NAL
宁波学术文库
JD53.201212

敖运梅 著

南明浙东遗民诗歌研究

浙江大学出版社
ZHEJIANG UNIVERSITY PRESS

目　录

绪论 南明浙东遗民研究概述

第一节 南明浙东遗民研究

一、南明浙东遗民研究缘起

南明是中国历史上一段特殊的时期,有所谓"乱世""末世"之称。以往有关南明史研究,研究者主要关注相关的历史事件。清朝曾销毁部分史料,自此,南明史料便鱼龙混杂,野史、轶闻与史实并存,经过学者对相关史料的搜集、整理与保存,南明大部分史实得以留存。作为研究的热点时段,20世纪80年代南明史得到相关研究者的重视,诸多的史料得以整理。

其实,辛亥革命时期,南明史学研究就已趋热。近代中华民族屡屡遭受外族的欺凌与侵吞,在"亡国亡种"的险境下,有着深重自省精神的士大夫,重新审视、反思南明时的历史事实并对之加以梳理,总结经验,寻找勇气来面对多灾多难的窘迫局势,直面波谲云诡的国家民族危机。光绪二十八年(1902)章太炎撰文:"愿吾滇人,勿忘李定国;愿吾闽人,勿忘郑成功;愿吾越人,勿忘张煌言;愿吾桂人,勿忘瞿式耜"[1],可见南明史研究的现实意义。

民国与抗日时期的背景下,当时的文士痛定思痛,反思国家变故与知识阶层之间复杂微妙的关系,把握他们所秉持的临危处世的人生态度,故而南

---

[1] 章太炎:《太炎文录初编》,《章太炎全集》第4册,上海:上海人民出版社,1985年,第189页。

明史研究在当时便成为一大显学。

易代之际是政权动荡而士子文人展演其道德与情感的最佳时机,生逢乱世的传统文士,往往打破"文质彬彬""温柔敦厚"的诗教传统,所谓"《诗》者,《春秋》之祖也。《诗》亡然后《春秋》作,知《春秋》得统于《诗》,则知《诗》为《春秋》权与矣。……史以直,《诗》以曲,义各有取"①。南明文士无法专心于治史之时,便以诗文旁通曲邑,达到月旦史实、品议人事的目的。南明史料众多,浩如烟海,南明遗民在戎马生涯与生死存亡的间歇,以超越闲情的笔触,记载了南明时期士子文人的困顿生活。南明浙东文士因循地域文化传统,在"忠孝节义"的传统品德下,恪守儒家传统文化与浙东地域文化传统。浙东东南临海的特殊地理位置,致使自宋代以来,少数民族入主中原时,汉族王权往往将这里作为最终的撤退据点。处于南明混乱朝政的统治下,南明浙东士子借助文学作品的书写,将这一乱世与众生百态惟妙惟肖地诉诸文本当中。南明文学研究,多将史实杂糅于文学当中,以阐释南明文学创作中的诸多内容,而在这段历史中,挖掘相关的文学作品便有了"以诗纪史"的作用。

在史学方面,南明遗民研究已较为深入,而文学层面则略有欠缺。但是,如果我们遵循地域文学研究的范式,以时代裂变的发展为契机,探寻浙东遗民对时局的洞察及"明知事已不可为而为之"的坚韧战斗精神,就会发现,南明浙东志士对皇权、君权的维护与批判及其痛苦精神与顽强意志的矛盾性,借助遗民诗歌而辗转流出。故而,解读南明遗民诗文,能够管窥南明浙东遗民群体的复杂性与特殊性;追索南明浙东遗民诗歌创作的特殊风格,亦能充盈中国古代诗歌研究的丰硕性,更能为理解时代、地域、文学之间的关系,提供一个较为直观的视角。

二、南明浙东遗民研究概述

南明史料浩如烟海,明末清初时,文士网罗搜求,撰述史实,载述其所闻所见,以缅怀南明君臣,借此表彰忠烈。故而南明史料良莠不齐,野史、传闻亦所多见。晚明乃至整个清代,对南明史学资料的收集,虽因党禁及"文字狱"等因素,稍有阻断,但南明史学的资料整理与相关撰述从未停滞,涉及南

---

① (明)钱肃乐:《南征集四·陈圣谋诗经治乱始末序》,卿朝辉点校,《钱肃乐集》,杭州:浙江古籍出版社,2014年,第274页。

明浙东地区的著作主要有(明)钱澄之《所知录》、(清)黄宗羲《南明史料》①《弘光实录钞》《行朝录》(六卷)、(清)计六奇《明季南略》、(清)徐鼒《小腆纪年附考》(上、下)、(清)邵廷采《东南纪事》、翁洲老民《海东逸史》等。因感动于南明义士的忠贞气节与英雄事迹,史家多有自觉意识,他们倾力搜集相关事迹,故个人撰述较多。南明史料比较丰富,通过当代学者吴航的《清代南明史撰述研究》②,我们可详细了解清代南明史的撰述情况。台湾学者 Koon Piu Ho 对此亦有所论:"清朝入关以后,致力宣扬他们是中国幅员内的唯一合法政府。他们强调明朝在清人入关之前已经覆亡,南明政权不过系僭伪政府;况且清朝从'流寇'手中取得天下,可谓顺天应人。清廷对南明政权的态度,至乾隆中叶才改变。高宗认为,明朝在福王被擒之后,国祚始告结束。至于唐、桂二王,虽不能如福王为正统君主,但不可贬斥为僭伪。乾隆君臣吹嘘上述处理南明历史地位的意见'大公至正',其实高宗是借帝王权威压抑汉人提倡南明政权为明朝合法继承者的言论。倘若所有南明政权都属正统,清初十七年的基业岂非居于闰位?因此,高宗赋予享国只有一年的弘光朝正统地位,实系采取以退为进的手法来确定清初的正统地位。虽然高宗改变了官方对明清之际正统谁属的定说,但是他对明朝之所以亡及清朝之所以兴的诠释,与前三朝的说法并无不同。例如,高宗下令重修《明史·本纪》时,便没有因应新说而赋予南明政权新的历史地位。"③这就表明即便在清朝,尤其清廷的高层对南明的态度也有其嬗变的过程。

　　民国时期,在"驱除胡虏,恢复中华"口号的感召下,人们挖掘出一批南明遗民抗清的史实。留学日本的知识分子,如梁启超、章太炎等人,他们搜集南明东渡日本的朱舜水、隐元禅师、心越禅师、张斐等人的资料④,佐证清朝统治的非正统与残暴,鼓动民众奋起推翻清朝政权。甚至当时的南社,亦以南明志士为励志的榜样,以期获得民众的认同。对此,台湾的林香伶在《时代感怀与国族认同——柳亚子"南明书写"研究》⑤一文中认为"南明"

---

　　①　黄宗羲《明夷待访录》中还记载如朱舜水等诸人流亡日本的经历,见黄宗羲:《两异人传》,《黄宗羲全集》第 11 册,杭州:浙江古籍出版社,2005 年。

　　②　吴航:《清代南明史撰述研究》,天津:天津人民出版社,2015 年。

　　③　Koon-Piu Ho：The Positions of the Southern Ming Regimes in Chinese History：Views of Emperor Kao-tsung of the Ch'ing Dynasty,New History,1996,7(1),pp. 1-27.

　　④　梁启超:《黄梨洲、朱舜水乞师日本辨》,《东方杂志》1923 年,第 6 卷第 20 号。

　　⑤　林香伶:《时代感怀与国族认同——柳亚子"南明书写"研究》,《政大中文学报》2006年第 5 期。

(1644—1683)有别于"明季""明末""晚明"(1573—1644)等词,在明代正统王朝结束后(指崇祯帝自缢),南明三帝及其忠臣烈士"偏安南方",这种"明代尾声"和"清朝初始"的并时现象,成为中国历史上特殊的时段。南社(1909—1923)以革命社团形态出现后,在文学与史学上均占有一席之地。南社领袖柳亚子,引领社团施以"南明书写",即搜集南明资料及研究南明人物,在他个人辗转流亡的过程中,获得了与南明时期遗民相似的民族认同与时代感怀,因此南社的研究成果亦重构了人们关于"南明"的历史记忆。

现当代如柳亚子的《南明史纲》、谢国桢的《南明史略》、钱海岳的《南明史》(全十四册)、南炳文的《南明史》、顾诚的《南明史》、美国学者司徒琳的《南明史》等南明史学专著,各有侧重,他们客观阐释南明史实,奠定了南明史研究的坚实基础。尤其是 20 世纪 80 年代以后,南明遗民研究可粗略分为三大部分:一是从文学角度,以文字、文本为切入点审视南明遗民的心理、空间、时间等动态信息;二是从历史角度,由文献入手,以历史事件为线索,梳理南明君臣的活动及动向,包括南明史、清朝史、遗民个体活动史等;三是综合地从政治制定、经济交流等角度切入南明遗民研究。

(一)南明浙东遗民群体研究

南明遗民身份研究者,如陈寅恪的《柳如是别传》、赵园的明清之际士大夫研究系列、张兵的明遗民身份研究等,以南明士大夫在末世的生存状态与遗民身份为内核,拓展研究易代与士大夫个体之间的关系;思想史研究,如王汎森的《晚明思想十论》《权力的毛细管作用:清代的思想、学术与心态》等,探讨晚明清初遗民与政权之间的共生关系,以多数研究者所忽视的遗民个案思想态势为切入点,切割、整合晚明士子文人思想与实践之间的联系。

南明浙东遗民研究,目前主要以中国、日本的研究成果为多。国内有关南明浙东遗民群体的研究,主要关注点在于南明君臣与周边国家的关系。史可非的博士论文《清初东渡明遗民研究》[①],以史学的专业视角论析明遗民东渡群体的概念、背景、成因、发展分期、意义及个案。孟晓旭所著《漂流事件与清代中日关系》[②],则以中日两国各自发生过的海上漂流事件为切入点,研究两国对待漂流事件及对难民的处理态度等问题,以此辐射中日两国之间的关系,为清代中日两国的海上交流提供了材料支撑与理论依据。孙文

---

① 史可非:《清初东渡明遗民研究》,博士论文,中央民族大学,2012 年。
② 孟晓旭:《漂流事件与清代中日关系》,北京:中国社会科学出版社,2010 年。

的《〈华夷变态〉研究》①、杨柳的《"唐船风说书"研究——以唐船风说书的构成要素和制度化过程为中心》②、李艳飞的《德川幕府末期日本对海外消息的搜集——以唐船风说书为中心》等,皆从中日交流的角度对南明东渡遗民的部分史实加以深入探讨;史学方面,与南明浙东遗民相关的主要事件便是"乞师"之事,陈祖武的《黄宗羲东渡日本史事考》③、刘晓东的《南明士人"日本乞师"叙事中的"倭寇"记忆》④、阎瑞雪的《黄宗羲日本乞师事考:兼论南明士大夫对中日关系的看法》⑤等,皆以乞师日本的南明遗民为对象,对其为光复明朝而竭尽全力的爱国行为加以详叙,同时,研究者分析遗民在与日本的接触中,明朝与日本之间的外交关系与政治地位发生了变化,如阎瑞雪所论,乞师事件致使日本从"倭寇""夷狄"的边缘国家,成为传承中华文化的代表。

南明志士除了流寓于日本之外,彼时迫于形势,他们与其他周边国家、地区亦有所接触,如黄一农的《两头蛇:明末清初的第一代天主教徒》⑥,就有专节介绍南明永历朝君臣与澳门等地天主教的接触。韩国学者吴一焕的《海路·移民·遗民社会:以明清之际中朝交往为中心》⑦,将出国遗民分化为不同的身份,然后对此加以论析。田渝的《16 至 19 世纪中叶亚洲贸易网络下的中暹双轨贸易》⑧,部分涉及南明时期中国与暹罗之间的经济贸易交往等。东渡日本的南明浙东遗民人数虽少但足够精良,他们对日本政治、文化做出了相当的贡献,因此相关研究亦较为繁多。

有关南明时期东渡日本的朱舜水,台湾相关研究专家徐兴庆在其博士论文《近世中日文化交流史の研究》⑨中主要探讨了中日交流宏观背景下朱

---

① 孙文:《〈华夷变态〉研究》,博士论文,浙江大学,2009 年。

② 杨柳:《"唐船风说书"研究——以唐船风说书的构成要素和制度化过程为中心》,硕士论文,中国海洋大学,2011 年。

③ 陈祖武:《黄宗羲东渡日本史事考》,《浙江学刊》1988 年第 3 期。

④ 刘晓东:《南明士人"日本乞师"叙事中的"倭寇"记忆》,《历史研究》2010 年第 5 期。

⑤ 阎瑞雪:《黄宗羲日本乞师事考:兼论南明士大夫对中日关系的看法》,《南昌大学学报》(人文社会科学版)2014 年第 3 期。

⑥ 黄一农:《两头蛇:明末清初的第一代天主教徒》,上海:上海古籍出版社,2015 年。

⑦ [韩]吴一焕:《海路·移民·遗民社会:以明清之际中朝交往为中心》,天津:天津古籍出版社,2007 年。

⑧ 田渝:《16 至 19 世纪中叶亚洲贸易网络下的中暹双轨贸易》,博士论文,暨南大学,2007 年。

⑨ 徐兴庆:《近世中日文化交流史の研究》,博士论文,九州大学,1992 年。徐兴庆:《近代中日思想交流史の研究》,京都:朋友书店,2004 年。

舜水在日活动及对日贡献,在此基础上他又出版了《朱舜水集补遗》[①],皆成为研究朱舜水必不可缺的资料,他搜罗朱舜水在日本的文献资料,亦将台湾有关朱舜水的研究资料罗列于册。其他还有杨儒宾、吴国豪主编的《朱舜水及其时代》[②],主要包括了朱舜水的生平事迹与诗文研究;文学方面的研究则有林俊宏的《朱舜水诗论析》[③];朱舜水以诗歌文艺为小道,因此诗作甚少,其学术思想则较为突出,相关研究亦颇多,如王瑞生的博士论文《朱舜水学记》[④]、庄凯雯所著《朱舜水学术思想及其对日本江户时代文化之影响》[⑤]等,多以朱舜水的学术撰述及其学术思想为研究内容。从台湾南明遗民文学研究的状况看,浙东遗民诗歌研究多以个体诗人研究为主,群体性诗人研究较少。资料整理方面,台湾文献史料丛刊有《张苍水诗文集》与《朱舜水文选》;流寓台湾明遗民文献的整理出版则有我国台湾地区文献委员会出版的《惠安王忠孝公全集》、近代中国史料丛刊续辑收录的《沈光文斯庵先生专集》等几种,台湾学界的南明浙东遗民研究着手较早,处于较为成熟的研究地位。

日本对东渡南明士人的研究,主要聚焦于中日两国之间的交涉,如松浦章的"唐船风说书",以中日乃至东亚的海外贸易研究为多[⑥],主要关注中日双方的文化经济交流。东渡遗民中的主要人物有朱舜水、心越、张斐、陈元赟等,目前学界多以前三者为研究中心,其他东渡遗民鉴于研究资料多少及对日本所做贡献的多寡,侧重则有所不同。日本学者石原道博为明末东渡乞师研究的较早发起者,著有《明末清初日本乞師の研究》[⑦];木宫泰彦则将乞师人数精确为 17 人[⑧],包括郑氏家族(郑芝龙、郑成功、郑经、郑彩、郑泰)、周鹤芝、冯京第、俞图南、黄宗羲、朱舜水、张斐等。在关于浙东遗民与诗歌作品的研究中,朱舜水的研究资料则非常丰富,如《朱舜水》[⑨]人物丛书,《郑

---

① 徐兴庆:《朱舜水集补遗》,台北:学生书局,1991 年。
② 杨儒宾、吴国豪主编:《朱舜水及其时代》,台北:台湾大学出版中心,2010 年。
③ 林俊宏:《朱舜水诗论析》,《永达工商专学报》1998 年第 11 期。
④ 王瑞生:《朱舜水学记》,博士论文,台湾文化大学中文所,1984 年。
⑤ 庄凯雯:《朱舜水学术思想及其对日本江户时代文化之影响》,台北:学生书局,2012 年。
⑥ [日]松浦章:《清代帆船与中日文化交流》,张新艺译,上海:上海科学技术文献出版社,2012 年。[日]松浦章:《海外情報からみる東アジア—唐船風説書の世界》,東京:清文堂,2009 年。[日]松浦章:《江戸時代唐船による日中文化交流》,東京:思文阁,2007 年。
⑦ [日]石原道博:《明末清初日本乞師の研究》,東京:富山房,1945 年。
⑧ [日]木宫泰彦:《日中文化交流史》,胡锡年译,北京:商务印书馆,1980 年。
⑨ 李苏平:《朱舜水》,昆明:云南教育出版社,2009 年。

成功·朱舜水·心越關係の二史料》①，中山久四郎的《朱舜水先生年谱》②，松下忠的《朱舜水の詩文論》③，町田三郎著、潘富恩主编的《朱舜水与日本文化》④中关于朱舜水生平事迹及年谱简编及其诗文创作都作了论述。日本学界关于浙东遗民研究的还有《張煌言江南江北经略》⑤，小松原涛的《陳元贇の研究》⑥，杉村英治的《望鄉の詩僧——東皋心越》⑦等，杉村英治先生对心越文献资料的整理贡献尤巨，1994年国内出版的《旅日高僧东皋心越诗文集》⑧多参照此本。总体而言，日本学者在东渡遗民诗家研究资料的整理收集方面功勋卓越。

（二）南明遗民文学整体研究

在南明史学的研究背景下，南明文学研究则稍显逊色，因南明时间过短及分期不明等原因，多数学者将南明王朝的几十年当作明朝最后的余音，致使当代研究者无暇顾及或不愿将其作为独立的断代文学史来加以研究。南明遗民文学研究较为突出的三部力作有：

潘承玉的《南明文学研究》⑨，围绕南明这一文学文化遗产的历史积淀进行集中、系统的梳理；在此基础上，结合大量原始文献的搜集和对历史真相的探究，展开多方面的创新研究，主要将南明文学理念遗产、文献遗产和学术史遗产加以总结；以地域、个案为研究对象，对相关研究状况加以综合梳理；以其中部分文学作品、研究人物，甚或地理范围为切入点，对南明文学加以全方位的整理与研究。

---

① ［日］石源道博：《鄭成功·朱舜水·心越關係の二史料》，《典籍論集》，東京：岩吉博士古稀記念事業會，1963年。

② ［日］中山久四郎：《朱舜水先生年谱》，《斯文》1959年第24号。

③ ［日］松下忠：《朱舜水の詩文論》，《斯文》1967年第49号。

④ ［日］町田三郎：《朱舜水与日本文化》，潘富恩主编，北京：人民出版社，2003年。

⑤ ［日］石源道博：《张煌言的江南江北经略》，《台湾风物》1955年第5卷，第11、12期合刊。

⑥ ［日］小松原涛：《陳元贇の研究》，東京：雄山閣，1962年。

⑦ ［日］杉村英治：《望鄉の詩僧—東皋心越》，東京：三樹书房，1989年。

⑧ （明）心越：《旅日高僧东皋心越诗文集》，陈智超编纂，北京：中国社会科学出版社，1994年。

⑨ 潘承玉：《南明文学研究》，北京：中华书局，2012年。

张晖的《帝国的流亡：南明诗歌与战乱》①，"帝国的流亡"的具体含义便是：朝廷的播迁，士人的流亡。本书围绕"帝国的流亡"主题，描绘出士人的心境和精神状态，诠释诗歌在南明这一特殊历史时期的价值。避免沿用所谓的"明清之际""明遗民""贰臣"等宽泛的历史概念和标签，在考证文献、辨析文献的基础上考索个体文士的生命史，剖析传统士人在困境中的痛苦历程。张晖通过细读南明文士的文本，以"流亡""乱离""绝命词"为关键词来重新审视南明文士遭逢乱世时的生存图景与人文关怀，同时避免将南明文士的形象概念化与类型化。可惜张晖英年早逝，其书稿虽出版但尚未彻底完成。

台湾学者吴翊良的《南都·南疆·南国——南明（1644—1662）遗民诗中的"南方书写"》②，他认为清人入关后，明朝宗室同时也在南方陆续成立了与北方相对立的政权，分别以南京的弘光福王、浙江的鲁王监国、福建的隆武唐王、广东的绍武唐王，以及西南的永历桂王为分期，同时将此时段内的南明文学划分为地理、时空等层面，构架出南明文士的独特个性及其创作的文学特质。

这三部南明遗民文学研究专著，以时空、地域为划分的基础区分南明文学研究的诸多问题，以乱世之下的士大夫为研究重点，叙写了时空裂变下乱离文学的嬗变发展。查漏补缺，南明文学还有诸多的问题可进一步加以探讨，诸如国变的过程与士子命运的休戚与共及对后来朝代与文学发展的影响，对南明遗民文学文本的深入解读，追溯他们的心理、情感等发展嬗变过程；甚至仍需加大对南明遗民文集的搜集范围，整理相关的研究成果等，因此南明遗民文学仍需更加细化与系统的梳理。

（三）南明浙东遗民文学个案研究

台湾学者的相关研究，主要以时空观、地理观为指导，借此切入南明文学文本，从而对南明史学、文学加以阐发。对明清之际东渡文学状况进行概览性研究的有台湾学者廖肇亨的《琼浦曼陀罗：中国诗人在长崎》③，他以长

① 张晖：《帝国的流亡：南明诗歌与战乱》，北京：中国社会科学出版社，2014年。
② 吴翊良：《南都·南疆·南国——南明（1644—1662）遗民诗中的"南方书写"》，博士论文，台湾成功大学，2013年。高嘉谦：《遗民、疆界与现代性——汉诗的南方离散与抒情（1895—1945）》，台北：联经出版公司，2016年。此清末至抗日结束的遗民研究堪称是吴翊良南明遗民研究的姊妹篇。
③ 廖肇亨：《琼浦曼陀罗：中国诗人在长崎》，王瑷玲主编《空间与文化场域：空间移动与文化阐释》，台北：汉学研究中心，2009年。

崎港口文化为中心,简略提及中国诗人在长崎的活动及其诗歌诗作,包括隐元及其弟子木庵、黄遵宪,还有张斐等人。部分台湾学者以清代流人研究为切入点,研究南明遗民的生存状态①,他们以流放的视角,重新诠释南明遗民的文学作品与政治、文化、地域之间的关系②,研究者主要有严志雄、王学玲、曹淑娟等人。严志雄撰有《忠义·流放·诗歌——函可禅师新探》,此篇即是《千山诗集》③的序言。薛顺雄的《明清时期台湾宦游诗探析》④,发表于1999 年东海大学旅游文学研讨会,后收录于《旅游文学论文集》。台湾"中央研究院"文哲所,于 2009 年 12 月和 2011 年 12 月分别举办了"行旅、离乱、贬谪与明清文学"国际学术研讨会,这两次会议将台湾的流寓文化研究推向了一个新的高潮。台湾学者关于浙东流寓台湾或日本的南明遗民诗人的文学研究,主要关注其离乱、流寓及创伤记忆等方面⑤,如周满枝的《清代台湾流寓诗人及其诗之研究》⑥、洪铭水的《沈光文与台湾流寓文学的多角观点》⑦等,皆以南明遗民时间、空间的流寓为视角,展开相关层面的研究。

　　栾志杰的《流寓台湾明遗民及其著述研究》⑧,则考证流寓至台湾的文士及其著述,梳理流寓台湾的明遗民的群体特征。个案研究中有关沈光文的相关著作主要有:1. 龚显宗编著的《沈光文全集及其研究资料增编》⑨,2. 龚显宗选注的《沈光文集》⑩,3. 刘昭仁的《海东文献初祖沈光文》⑪,4. 张萍、戴光中、张如安等的《沈光文研究》⑫,5. 施懿琳的《从沈光文到赖和—台湾古典

---

　　①　陈永明:《从"为故国存信史'到'为万世植纲常"——清初的南明史书写》,《新史学》2010 年第 21 卷第 1 期。

　　②　汪荣祖:《文笔与史笔——论秦淮风月与南明兴亡的书写与记忆》,《汉学研究》2011年第 29 卷第 1 期。

　　③　《千山诗集》,严志雄、杨权点校,台北:台湾"中央研究院"文哲研究所,2008 年。

　　④　薛顺雄:《明清时期台湾宦游诗探析》,《旅游文学论文集》,台北:文津出版社,2000 年。

　　⑤　宋孔弘:《张煌言诗"乱离书写"义蕴之研究》,硕士论文,台北师范大学,2005 年。

　　⑥　周满枝:《清代台湾流寓诗人及其诗之研究》,硕士论文,台湾政治大学中文研究所,1980 年。

　　⑦　洪铭水:《沈光文与台湾流寓文学的多角观点》,《明清时期的台湾传统文学论文集》,台北:文津出版社,2002 年。

　　⑧　栾志杰:《流寓台湾明遗民及其著述研究》,硕士论文,福建师范大学,2015 年。

　　⑨　龚显宗编著:《沈光文全集及其研究资料增编》(上、下),台南:台南市文化局,2012 年。

　　⑩　龚显宗选注:《沈光文集》,台南:台湾文学馆,2012 年。

　　⑪　刘昭仁:《海东文献初祖沈光文》,台北:秀威资讯科技股份有限公司,2006 年。

　　⑫　张萍、戴光中、张如安,等:《沈光文研究》,杭州:浙江大学出版社,2014 年。

文学的发展与特色》①,等等。潘承玉的《神话的消解:诗史互证澄清一桩文化史公案》②引发了学界沈光文研究者的强烈争论,"台湾孔子"沈光文,长期被认为早于郑成功收复台湾十年即在荷兰侵略者统治下致力于汉文教育和中华文化的传播;作为民族气节坚定的明遗民,向台湾人民传播了抗清不屈、眷怀故国的民族大义。潘承玉认为追溯这一造神运动的逻辑起点应是浙东史学大家全祖望的表彰原文,将沈光文的传世诗文作品放到明清易代的历史背景中深入推考,可以发现,这是十分虚妄的,不仅抹杀了明代郑成功时期台湾二十年的教育史、明代郑成功集团四十年的浴血抵抗史,更抹杀了至少一千多年的中华文化在台湾的传播史。他认为自全祖望始,将沈光文作为台湾文献鼻祖,是过高的称誉。陆敏珍的《人物镜像与意义建构:关于沈光文研究的思考》③,认为近年来对于沈光文研究的一些基本信息至今未能明朗。历史叙述中的多面镜像与模棱两可,并没有影响在这一人物意义分层上所获得的相对一致性,按照现在的需要将过去重新加以诠释,人物的镜像之后永远存着把握镜头的人的主体关怀。

南明台湾流寓文士,人数众多,与南明鲁王监国有一定关系的,还包括徐孚远、王忠孝等人,郭秋显选注的《徐孚远·王忠孝集》④等,则主要关注南明时期流寓台湾的浙东文士。司文朋亦有《徐孚远研究》⑤,由《钓璜堂存稿》入手,对徐孚远的生平、交游、著述、创作四个方面展开研究。

南明浙东遗民诗人研究,仍以黄宗羲、全祖望等人为主,涉及其诗论及诗作中的性情、学养、以诗为史等问题,多数从史学的角度对南明文士及其作品加以论析。南明浙东遗民文学研究,如有关张煌言的研究著作及论文,多以历史考证为视角,对于他的诗文研究皆取其爱国思想及诗史之意。目

---

① 施懿琳:《从沈光文到赖和——台湾古典文学的发展与特色》,高雄:春晖出版社,2000年。

② 潘承玉:《神话的消解:诗史互证澄清一桩文化史公案》,《复旦学报》(社会科学版)2008年第3期。

③ 陆敏珍:《人物镜像与意义建构:关于沈光文研究的思考》,《浙江社会科学》2016年第5期。

④ 郭秋显选注:《徐孚远·王忠孝集》,台南:台湾文学馆,2012年。

⑤ 司文朋:《徐孚远研究》,硕士论文,浙江大学,2010年。

前,有关张煌言文集的整理版本较多①,张诗多自己标注年代,因之研究者对其诗歌创作时间具有一定的把握。周东旭笺注的《苍水诗注》②对张煌言的诗作多有考证;曹楷的《张煌言生平及诗歌考论》③,对张煌言的研究包括其生平经历、诗文的思想内容与艺术特色并对其诗歌进行了点校;祝求是的《张苍水海上春秋编年辑笺(1645—1664)》④则按照大事记的方式考索张煌言诗歌的创作背景。关于魏耕的文学研究,期刊论文有张亦伟的《高洁的品格与真率的诗风——明遗民诗人魏耕其人其诗》⑤,主要对其爱国的诗歌特点进行评述;俞浣萍《魏耕其人其诗》⑥对其生平经历及诗歌作品都有所考证辨析。硕士论文中,胡梅梅的《魏耕研究》⑦考证了魏耕的作品及交游,发现其几首佚诗并为其作了简单的年谱。张哲的《明遗民文人魏耕、祁班孙研究》⑧则是以魏耕、祁班孙为中心的反清复明力量与张煌言、郑成功等海上抗清义军之间的联络,以及清朝江南三大案之一的"通海案"为切入点,旨在厘清其中复杂的原因和人物关系。

本书在前人研究的基础上,以断代地域的南明文学研究为基点,将南明时期,以鲁王监国为政权体制核心,以浙东地域范围为辐射点,整理当时王朝更迭与士子文人间的微妙关系。依照时代的发展脉络,解读南明尤其是鲁王监国政权中的遗民群体,囊括彼时彼地遗民的共性与个性特征,再现这一短暂历史时段中身份复杂、情感纷乱甚或可歌可泣的文士遗民,以此为肇端,逐步梳理乱世之下不同士子文人面对南明复杂形势时的思想与文学创作,借此展现南明政权与浙东士子的时代风貌与文学特质,以弥补前人研究中对具体区域南明文士研究的不足,书写在南明时空下,臣民、遗民、移民、逸民、流民等不同类型士绅的生平遭际与文学实绩。

---

① 主要包括:《张苍水集》,清光绪二十七年(1901)本。《张苍水集》,四明张氏约园,1934 年。《张苍水集》,北京:中华书局,1959 年。《张苍水诗文集》,台北:大通书局,1984 年。《张苍水集》,上海:上海古籍出版社,1985 年。《张苍水全集》,宁波:宁波出版社,2002 年。

② 张煌言:《苍水诗注》,周东旭笺注,北京:中国文联出版社,2011 年。

③ 曹楷:《张煌言生平及诗歌考论》,硕士论文,江西师范大学,2011 年。

④ 祝求是:《张苍水海上春秋编年辑笺(1645—1664)》,杭州:浙江大学出版社,2014 年。

⑤ 张亦伟:《高洁的品格与真率的诗风——明遗民诗人魏耕其人其诗》,《古典文学知识》2008 年第 1 期。

⑥ 俞浣萍:《魏耕其人其诗》,《浙江学刊》1986 年第 3 期。

⑦ 胡梅梅:《魏耕研究》,硕士论文,南京师范大学,2008 年 。

⑧ 张哲:《明遗民文人魏耕、祁班孙研究》,硕士论文,上海大学,2008 年。

三、南明浙东遗民研究的价值

南明作为明清易代的特殊时段,时间虽短,却将封建王朝的兴衰更替演绎得较为紧凑而精彩,同时也暴露了明朝灭亡的核心密码——朝廷内部钩心斗角,权臣忙于个人的权益之争;军饷、粮饷短缺,财政混乱,民生凋敝;军事管理混乱不堪,多次错失战机,尤其是君臣皆对清军存有幻想,所谓依靠清朝驱除李自成等农民起义军,尔后希冀割地安抚清军;幻想破灭后又乞师于周边国家,诸如日本、安南等国,依然幻想对方能够派兵,然后再通过割地安抚援方。南明朝的种种弊病显示明王朝已病入膏肓,然则南明也不至于完全一无是处,身处乱世的南明君臣,包括普通士子文人,在封建道统与个人利益的抉择面前,虽对未来有着不确定性甚至有深重的绝望心理,却依然浴血奋战,希冀实现明王朝的"中兴""复兴"之梦,这是中国近古以来具有代表性的历史时段。

有关南明时段的文史研究,学者多关注于南明史实,对以知识阶层为代表的士绅阶级的砥砺志节加以颂赞,突出其爱国忠心、保国保种的一面。随着历史真相的揭露,越来越多的研究者亦从思辨的视角,避免给这一时段的史实与人物粘贴标签,尽量由人性的角度切入南明史实与士子个体研究。乱世带给士人以巨大的冲击,促使他们强项不屈,于乱离的人生遭遇中,得到处理家国、君臣、民生、个体之间关系的启示。同时人性的复杂性与矛盾性,亦推动他们选择了迥然相异的人生之路,使得家国命运与个体生命轨迹密切地胶合于一处,南明遗民的生存去就、颠沛流离,亦勾勒出南明王朝兵荒马乱、流离转徙的末世图景。南明鲁王监国于浙东,某种程度上振奋了浙东士绅阶层抗清复明的决心,虚构了明朝复兴的神话,鲁王延续明朝的所有体制,创设了一个"小明朝",参与鲁王政权的官员,多属于官阶较为中下的文臣武将,但这没有妨碍南明浙东本土遗民对抗清朝的决心。同时,南明浙东遗民亦延续浙东地域文化传统,将忍辱负重、复仇雪耻的浙东文化精神传承下来,他们秉承"大浙东文化"主义,新旧、大小文化的碰撞,激发了南明浙东遗民抗清的力量与勇气,虽最终难挽颓势,随之抗清义士分化成隐居、逃禅、东渡的遗民,甚至有人因秘密抗清而被杀害、被流放,至此,南明浙东遗民终结了其沉重的历史使命,因之这一群体是研究时代、地域、文化、文学相互作用于特定时期的最佳研究对象。

南明鲁王监国政权对明末清初的浙东有着深远的影响,史学家何龄修曾道:"南明在诗文、小说、史学、绘画等文化史领域都有成就,有的是重大成就。国破家亡之际,投笔从戎之时,颠沛流离之遇,舍生取义之场,都产生好诗。张煌言、顾炎武、韩绎祖、阎尔梅、魏耕、方文等是杰出的南明诗人,留下的许多诗篇在思想、艺术上显示出震古烁今的辉煌。许多南明英烈的绝命辞、殉难诗,每篇(首)寥寥数十字,无不铿锵有力,洋溢着长留天地的正气。还有许多有成就的散文,张岱、余怀、黄宗羲、王猷定、魏禧等都是著名的散文家。甚至一些走出了国门的僧人的诗文集,如隐元隆琦的《新纂校订隐元全集》、东皋心越的《旅日高僧东皋心越诗文集》、《旅日高僧隐元中土来往书信集》,也是生动的南明文学。"①在南明王朝的历史语境下,对南明志士的诗歌研究具有了某种特定的价值,以往史学家对南明津津乐道,评议明朝、清朝、李自成三股力量的博弈,由此奠定了南明在史学界的地位。本书则将时代、地域、文学三者结合起来,借由诗歌文本的细读与解读,揭示南明王朝发展的大致历史轨迹,点化生新,推衍出南明遗民的心理裂变与文学表征。

中国历史上产生大规模遗民的两个主要时期便是宋代与明代,而南明时期的浙东遗民亦是传统文化与传统士子最为挣扎的代表,在对君权与政体早已存疑的情状下,面对新价值观与旧道德的碰撞,南明志士中涌现出一批为封建王朝殉国、殉道的士绅,其性质的复杂性与独特性,使得南明浙东遗民亦为遗民文化涂抹上了浓墨重彩的一笔。

南明浙东遗民因浙东学术文化的濡染,兼具学人与诗人的质性,在历史、社会、文化的变迁中,实现自我心理、身份颠覆后的自动修复,通过直抒胸臆或幽曲心意的方式,灵活地借用诗歌创作,表达坚韧顽强的传统士人的道统学统。随着南明、清朝战事的变化,他们立足现实,选择各自的生存之道与反抗之途,在追慕先贤、弘扬地域文化的自豪中,创作出具有共性情感特征和个性特质的诗歌作品。南明浙东遗民诗歌创作具有其他时代地域遗民的一些普遍特征:在国破家亡、遭逢乱离的时代背景下,他们抱有"不仕二朝"的朴素信念,用诗歌反复吟咏其故国情怀,坚定传统道德信念,在诗文中歌咏个人性情,砥砺志节,相互唱酬。南明浙东遗民诗歌亦具有其特定的特质,他们以"经世致用"的地域学术道统,驾驭其诗歌创作的情感倾向,通过诗歌传达明末清初浙东学派的"诗史"精神,同时记录其在南明时期浙东地区的军事战斗情状与心路历程。在"知行合一""矢志不渝""坚决复仇"等思想的指引下,即便清朝已占领浙东,他们仍积极抗清,志在复仇,其诗歌亦满蕴浓重的悲愤情感。当大势已去,众多遗民则选择远避他乡,重新建立社会

---

① 何龄修:《读顾诚〈南明史〉》,《中国史研究》1998 年第 4 期。

网络并力求实现个体价值。诸如漂流至台湾的沈光文,远赴日本的朱舜水、心越等,皆是其中的翘楚,他们的诗歌创作亦纳入了全新的时空、风物与情愫,拓展了南明浙东遗民诗歌创作的内涵与文化视野。

第二节　南明浙东遗民研究的基本概念

南明浙东遗民研究是地域断代文学研究,需探讨相关研究对象的共性特征与个性特征,将文学研究与政治、经济、军事等问题相结合,总结群体诗歌创作的独特之处,梳理相关研究的审美旨趣与文本价值。为让读者了解本书研究的大致脉络,此处特交代与南明浙东遗民研究有关的几组语词,以帮助读者厘清本书的研究思路与研究对象。

一、南明

学界共识性的说法,"南明"所指乃明亡后,南京福王弘光、福州唐王隆武、肇庆桂王永历、绍兴鲁王监国等政权。昭宗永历十六年(1663)为清所杀,台湾郑成功、郑克塽父子依然奉永历年号至永历三十七年(康熙二十二年,1683),此年八月,台湾为清兵所破,因郑克塽以明朝国号降清,所以史学界有"明朔始亡"之说①。因此南明的时间大约为四十年②,即为 1644—1682年或 1644—1683 年,部分学者亦称之为"后明"。故而,本书将南明的时间界定为 1644—1683 年,主要以这一时间范围内的遗民文士为研究对象。

其他代指"南明"或与"南明时间"并存的称呼有"明季""晚明""南疆""明末清初""清初"等。综而论之,"晚明"起止时间为万历元年(1573)至崇祯十七年(1644)。"明末"乃是万历四十年(1612)到崇祯十七年(1644)。"南疆"是南明与清朝相对峙的疆土,指称明亡至清朝绥靖天下时段内的政权与领土,这一说法则亦以空间、地理的划分为标准。"明末清初""清初""明清之际""晚明清初"作为一个特定的历史时段,学界并没有统一的时间界定,对"明末清初"或"清初""明清之际""晚明清初"的界定,主要参考史学

---

①　(清)徐鼒:《小腆纪年附考》卷二十,清咸丰十一年刻本,第 588 页。

②　朱希祖、柳亚子、谢国桢等,均持南明四十年的说法。

界多数人所接受的说法①：明万历二十二年（1594）至清康熙二十二年（1683）。

二、浙东

浙江被划分为东西两部分始于元代（"两浙"始以省制见称），因钱塘江把浙江分割成浙东和浙西两部分，所以江之东被称为"浙东"，江之西被称为"浙西"。"两浙东西以江为界而风俗因之：浙西俗繁华，人性纤巧，雅文物，喜饰盘饾，多巨室大豪，若家僮千百者，鲜衣怒马，非市井小民之利；浙东俗敦朴，人性俭啬椎鲁，尚古淳风，重节概，鲜富商大贾。"②"就地理环境而言，浙东地区群山环绕，多山地、黄土，呈现出明显的'土地'特征；浙西地区水网密布，多湖泊河流，'水性'特征较明显。"③有宋以来则分两浙，后来浙江西路部分留在浙江，部分入江苏，留浙江的就是下三府，包括杭州府、湖州府、嘉兴府，三地基本一体，属平原。其余的八个地区为上八府，包括宁波、绍兴、台州、温州、处州（丽水）、金华、严州（建德）、衢州，宁绍台一体，为丘陵地带。

浙东空间范围，具有确切的地理区划，涉及南明浙东时期，因特殊的时代环境，部分文化地理区域则会延续至舟山岛屿，甚至远衔福建岛屿与台湾岛屿，浙东成为以鲁王监国绍兴后逐渐败退于台湾的政治意义上的行政活动范围。南明浙东时期，因为当时最主要的一些文士集聚于宁绍地区，就浙东自身来说，明清时期学术人物的区域分布也是不均衡的，南明时期几乎整个浙江文坛、学界皆与浙东学人有着或多或少的联系，形成这一特殊历史时段的特殊群体。本书的"南明浙东"，狭义特指与南明时段有关的浙江东部区域，广义的外延仍可延展至南明时期长江以南的大部地区，包括南京、厦门、台湾等地区。

三、遗民

"遗民"一词的解释，尽管学者各有所依，但对其解析大致相同，所指便

① 陈祖武：《清初学术思辨录》，北京：中国社会科学出版社，1992年，第3-4页。"定明清之际上限可追溯到明朝万历十一年（1583），清太祖努尔哈赤以七大恨告天伐明，其下限则迄于清康熙二十二年（1683），清廷最终清除亡明残余，统一台湾。"孔定芳《清初遗民社会》，孙立《明末清初诗论研究》，陈文新《中国编年史——明末清初卷》中均认为"明清之际"基本处于此时间段之内。

② （明）王士性：《江南诸省·浙江》，《广志绎》卷四，清康熙十五年刻本，第43页。

③ 王嘉良、傅红英：《启蒙语境中的乡土言说——"五四"浙东乡土作家群论》，《文学评论》2004年第3期。

是时代鼎革,依然不肯承认新朝,仍奉旧朝为正朔,甚至为恪守这一传统道德放弃生命与仕途经济的士绅阶层。关于"遗民",学界对此早有系统的研究,相关成果也层出不穷。南明时期的这一群体以"义士""志士""士绅""文士""文臣"等视之,皆不如以"遗民"称之更为恰切。对这一知识阶层的划分,是为了与某些明朝覆亡之初便降清的士子文人区别开来。这些坚贞的文士奉传统的君臣道义为圭臬,"遗民"之称更是一种道义上的称谓,其他词语无法取代。

遗民固守传统道德与儒士节操,为拥护旧朝,或揭竿而起,或退避归隐,或远遁异国,或躬耕学海,这些行为的出发点皆是对旧朝的缅怀及对新朝的抗拒,在此情感基调下,"遗民"又衍生出各种身份,诸如"移民""逸民""流民""游民"等,简而概之,"移民"指在区域上的迁徙,不包括情感、道德因素。"逸民"原指退避隐居的世外高人,多数是读书人所采取的避世之举。"流民"亦指人群空间性的流动,所指逃荒避灾的成分居多。"游民"则指迁徙流动的人们,倾向于客观陈述转移的事实。由此,可大略在比对中了解"遗民"的基本含义。

南明浙东遗民身处时代的激荡之际,富有道德因素的"遗民"身份为其带来荣耀的同时,亦给他们套上了沉重的精神枷锁。为了恪守这一身份,他们牺牲个体的"小我",将"一己之私"置于道德的巨轮之下,多数遗民甚至不会反思倾尽全力地付出是否值得。他们具有至高无上的"遗民"志节与道德信仰,他们被后学归纳为同一种类型的人群,这些遗民具有一定的共性特征,如以"国家"利益为最高点,甚至毁家纾难,为实现这一目标能够抛弃个体的所有利益。在遗民执行自己道德义务的过程中,亦可得见他们不同的人生经历与所思所想。

四、鲁王监国

明朝开国皇帝朱元璋有"朕若有事于外,必太子监国"之说①,所指就是在紧急特殊的情况下,由未正式继位而能够行使执政权力的太子掌管国家权力。1644 年农历三月,明崇祯皇帝亡后,李自成进驻京城,对当时的都城大肆掠夺。一个月后,清军攻占北京。当初仓皇逃亡后,明朝遗臣立即在南京谋划抵抗,最先是福王"监国"。

福王监国的弘光小朝廷是在东林党的支持下成立的,兵部领导人是史

---

① (清)张廷玉,等:《明史》卷一百一十五,列传第三,北京:中华书局,1974 年,第 3548 页。

可法,主要以权臣马士英为中心。南明朝共经历六位监国者,政治体系较为混乱,小朝廷内部矛盾重重,纷争不断。清兵攻占南京后,浙江衢州的鲁王于 1645 年 7 月 10 日宣布监国。福建福州的唐王于 1645 年 7 月 29 日亦宣布监国,8 月 8 日即成为隆武皇帝。因浙东余姚军民激烈反抗清军,甚至一度将清军赶至钱塘江西侧,为了鼓舞士气,8 月下旬鲁王在绍兴正式建制。

　　鲁王朱以海乃朱元璋十世孙,鲁王朱寿镛第五子,他于崇祯十七年(1644)二月嗣王位。鲁王政权建立后,主要控制浙东的绍兴、宁波、温州、台州等地,拥有浙中义师及原明朝总兵方国安、王之仁部,曾凭借钱塘江天险,汇兵合攻杭州。但其延续故明的政体,政治腐败、军纪涣散、财政混乱,缺乏有效的行政能力,鲁王政权甚至鱼肉百姓,与隆武朝也有争夺皇统的罅隙,顺治三年(1646)六月不战而溃,朱以海渡海至舟山。清军迅速平定浙东,大臣张国维、朱大典①、孙嘉绩②、王之仁③

---

　　①　朱大典(1581—1646),字延之,号未孩,金华长山村人。万历四十四年(1616)进士,初授章邱知县,立升至兵部右侍郎,总督漕运,巡抚凤阳。后遭弹劾,归故里。福王即位于南京,以原官任职,曾奉命抵御左良玉的叛军。南京沦陷后不久,清军进攻金华,大典督军抵御,城破,自焚死。

　　②　孙嘉绩(1604—1646),原名光弼,字硕肤,浙江余姚人。宋朝烛湖先生之后,明忠烈公孙燧五世孙,明大学士孙如游之孙,崇祯十年(1637)进士,初授南京工部主事,召改兵部主事,擢升职方员外郎,不久升任郎中。为太监高起潜所陷害,下狱,后释放回籍。福王登基后,起为九江兵备金事,不任。鲁王监国绍兴,擢右金都御史,累进东阁大学士。鲁王航海,孙嘉绩从至舟山。其年遘疾卒。

　　③　王之仁(?—1646),字九如,北直隶保定人,传为崇祯末年东厂提督太监王之心堂兄弟,官苏松总兵。南明弘光时官至浙江定海总兵,统水师。清兵下浙东,曾奉表投降,旋为民众抗清义举所感动而悔之,乃积极拥立鲁王,进封武宁侯。鲁监国元年(1646)六月清军渡钱塘江,当江上师溃,众军皆逃,唯之仁一师坚守驻地。当见事不可为,乃率领部分兵员乘船数百艘,携带大批辎重由蛟门航海到舟山,打算同明肃虏伯黄斌卿会师共举。没想到黄斌卿竟炮击王之仁,趁火打劫王之仁的兵船。王之仁对黄斌卿痛恨不已,将载有家属九十三人的坐船凿沉,全部溺海而死,独留一条大船,竖立旗帜,直驶吴淞江口。当地清兵以为他前来投降,立即转送南京。王之仁见到招抚江南大学士洪承畴时,慷慨陈词,洪承畴以礼相待,婉言劝他剃发投降。王之仁断然拒绝,大骂洪承畴。洪承畴又羞又愧,无地自容,下令将他杀害。

等皆已殉国,方国安①、马士英②、阮大铖③等又纷纷降清,鲁王政权建立不到一年便灭亡。

第三节　南明浙东遗民研究的背景及思路

身逢乱世,浙东士子亦遭受离乱的纷扰,在时代变迁之下,个体的生存皆受到了巨大冲击。时代变迁、风云际会,彼时的战事、政策亦发生了重大变化,乱世之下涌现出各种人群,尤其是饱读诗书的文士对国运民瘼有着一定的担当,在多数人选择自保时,部分遗民文人激流勇进,勉力抗清,当家国沦亡成为既定事实时,他们选择避世隐居。南明四十年的历史,文臣武将多半参与南明建设并积极抗清,于朝代鼎革时,摹写了一幅幅南明遗民勉励自持的图谱。

一、明清鼎革的时代异变

浙东的地理环境主要以山岭居多,浙东百姓的地域质性则以坚韧、刚烈为主,为人处世多刚性迸发,直斥淋漓,因之特定的地理环境与地域风格,形成了浙东人的文化品行与行事风格,加之自宋明时代便源远流长的浙东文化传统,甚或是在明清时代趋于明晰的学派思想,使得浙东地区的人们形成了一套特有的价值体系。中国自宋代以来,一直奉行传统的道德信仰体系,

---

①　方国安,萧山(浙江萧山)人,明朝总兵。明末兵力最盛,但军纪不整,纵兵哗掠,给事中吴适劾之。由杭州退至钱塘江东岸和王之仁部构成抗清主力。南明时封镇东侯。后拥兵入浙,百姓受其迫害。后降清,马士英和阮大铖先后投靠于他。后挟制鲁王朱以海,驱逐张岱。张岱《石匮书后集》卷四十八有《方国安传》。

②　马士英(约1591—1646),字瑶草(一说字冲然),贵州贵阳人,官至内阁首辅。明万历己未(1619)进士,授南京户部主事,后历官严州、河南、大同知府、庐凤总督等职。甲申变后,马士英与兵部尚书史可法、户部尚书高弘图等拥立福王朱由崧建立南明弘光政权。因"拥兵迎福王于江上"有功,升任东阁大学士兼兵部尚书、都察院右副都御史,成为南明弘光王朝首辅,人称"马阁老"。后国事不济,在抵抗清军侵略中壮烈殉国。在清代,其为人颇遭指责,时唯有夏允彝、夏完淳父子《幸存录》对其持论公允。有《永城纪略》(含《永牍》)及部分诗文、书画作品传世。

③　阮大铖(1587—1646),字集之,号圆海、石巢、百子山樵。安徽桐城人。以进士居官后,先依东林党,后依魏忠贤阉党,崇祯朝终以附逆罪罢官为民。明亡后在福王朱由崧的南明朝廷中官至兵部尚书、右副都御史,对东林、复社人员大加报复,南京城陷后乞降于清,后病死于随清军攻打仙霞关的石道上。

从文学层面来看,便是中国古典文学中道德观念、品行操守的不断强化,这种价值观念也是社会发展的桎梏,在时代交替时,必然会有客观现实与主观信仰之间的碰撞,于是就会产生不肯依附新朝、尊奉旧朝文化的"遗民"。左东岭为张晖《帝国的流亡》一书作序时说:"从政治的角度讲,温柔敦厚更有利于人心的平和与人文的教化,因此要求有效控制诗人们剑拔弩张的激越愤懑;但从诗学的角度看,感人的作品往往是那些慷慨不平的鸣响,而易代之际皆正是这样一个情感多元、感慨多思的时代,从情感的浓度和感人的深度上,几十年的易代之际往往胜过平淡无奇的百年承平。易代具有变异性、过渡性、矛盾性,这些都是易代之际需要关注的焦点。"①晚周、晚宋、晚明、晚清在中国历史上皆是具有较大分割点的时段,而晚明时的南明王朝则愈加集中地体现了中国学术与思想,甚或文学的分际。遭遇世变时,个体与群体命运则是诠释时代风云的最佳视角,南明浙东这一历史舞台展演着中国士大夫的人生理念与道德信仰,当时社会的乱象丛生与士大夫的祸患丛生相依相傍,标识了在南明历史时段下,国家与士子息息相关的命运。

　　明朝崇祯皇帝朱由检 1644 年 4 月 25 日(农历三月十九)在万岁山自杀后,南京便开始上演复杂的朝臣内部斗争的戏码。甲申(1644)五月三日,福王朱由崧在南京称监国,又于五月十五日即皇帝位。1644 年 6 月 5 日福王朱由崧重建类似北京政权的各种政府机构,福王草拟了 25 条施政纲领,重新进行权力分配。明朝官场派别众多、官僚积习难改,迎接福王为帝的功臣马士英力排众议,招揽同好阮大铖入朝。然而,弘光朝的新立权贵与"清流派""逆党",包括武将之间的恩怨纠葛,弱化了弘光朝的执政能力。弘光朝原本以为可借助清朝的兵力扫除起义军李自成的势力,再给予清朝极大的奖励,与清朝分享战果,划江而治,以期坐享其成,攫取鹬蚌相争的利益,借此恢复明朝政府的统治权。南明君主与朝臣所关注的核心多是个体的既得利益,他们所直面的都是眼前亟须解决的问题,甚至异想天开地以为清朝会满足于二分天下而治,在南明君臣的集体臆想中,无人高瞻远瞩考虑到严峻的政治形势。

　　浙东大儒刘宗周先是担任南明福王弘光王朝的左都御史,建言南明王朝需继续宣扬儒家思想观念,抑制武官的野蛮与无知,他激烈地批判武将将领,认为他们需严格服从于帝王,然而这些言论触犯了武官的利益。在南明

---

　　①　张晖:《帝国的流亡:南明诗歌与战乱》,北京:中国社会科学出版社,2014 年,第 5 页。

朝迫切需要武官的时代,刘宗周被迫自动下野,武官继续飞扬跋扈。弘光朝文臣武将延续明末党派之争的传统,朝廷当中依然任人唯亲,拉帮结派,在弘光朝廷内部混乱的局势中,1645 年 6 月 7 日、8 日,清军抵达南京城,接受了南明文武百官的投降。8 月中旬清军即废除明朝体制,改南京为江宁。

顺治二年(1645)清廷在江宁颁发了"薙发令",受到儒家传统观点影响的汉族民众这才意识到朝代更迭之痛。八月下旬,鲁王监国在绍兴正式建制,以浙江尤其是浙东为据点,与清朝划钱塘江而治。鲁王监国绍兴后,浙东军民纷纷揭竿而起,如孙嘉绩、熊汝霖起兵余姚,章正宸、郑遵谦起兵绍兴,方国安攻打富阳,钱肃乐、王之仁起兵宁波,沈宸荃、冯元飙起兵慈溪,陈潜夫起兵台州等,还有于颖起兵萧山、张国维起兵东阳、朱大定起兵平湖,等等。[①] 浙东起义义士因循乡缘、地缘及姻亲等各种关系,借助对当地地理位置的熟稔,在当时取得了一定的胜利且进一步推进了他们的防线范围,鲁王指派孙嘉绩、熊汝霖所率之师为义军,军饷以募捐为主;方国安及其部下则为正兵,粮饷由本地田赋所出。鲁王监国政权中主要机构与主要官员[②]如表 0-1 所示。

表 0-1 鲁王监国政权主要机构与主要官员

官　职	人　名	职　权
东阁大学士	张国维、朱大典、宋之普	赐张国维尚方宝剑,督师江上
右佥都御史加督师	熊汝霖、孙嘉绩、钱肃乐 (后钱肃乐进东阁大学士)	实无权
吏部左侍郎	章正宸	署部事
户部尚书	李向春	
礼部尚书	王思任	
兵部尚书	余　煌	
工部尚书	张文郁	
吏部右侍郎	陈函辉	
武宁侯	王之仁	
永丰伯	张鹏翼	衢州守将

---

①　钱海岳:《南明史》第二册,北京:中华书局,2006 年,第 286 页。

②　(清)邵廷采:《鲁王以海》,中国历史研究社编《东南纪事》,上海:上海书店,1982 年,第 173 页。又见顾诚:《南明史》,北京:中国青年出版社,1997 年,第 261-262 页。

续表

官　职	人　名	职　权
义兴将军（又称义兴伯）	郑遵谦	
国安镇东侯	方国安	

文臣武将的阵营较为完备。甚至浙东百姓亦跃跃欲试，欲以抗清为大业，鲁王亦有所作为，他竭力重建明朝政权的体系"是月（隆武二年二月），浙东各府州县试生童"①。鲁王政权还举办了正式的科举考试，以期继续培养定国安邦的人才。

但南明小朝廷呈现末世王朝的颓败，鲜少有成事者。在鲁王监国不可成事之时，浙东义士钱肃乐曾慷慨激昂，陈述南明朝的种种流弊，其《直陈痛哭流涕疏》曰：

> 今何时也？此何地也，而监纪推官诸称又复四出。在外则车马喧阗，归寓则酒毂餍饫，绝不知隔江之上烽烟驰突是何情形，沿江之士风雨连宵是何困苦，亦绝不言进取筹划作何打算，各路义师应何联络，而徒以骗取一官为得计，越中光景，臣不忍见闻矣。②

值得一提的是，身为浙东人的钱肃乐能清醒地突破地域限制，直陈南明王朝官场中的腐败问题，竭力表明军民一心抗敌的决心，但令人忧虑的却是监国政权的建设与发展。在上书唐王的奏疏中，他说："皇上（唐王）圣度如天斯廓，决不以前事为恨，其系念鲁王，料复忧形于色，但恐朝臣仍执畸见以快前恨，欲使浙人自救其颈，而闽人自封其关，事将大裂，愿皇上急发兵救浙，毋为群议所摇也。"③号召唐王、鲁王兄弟一心，所谓"为鲁为唐，义先逐雀；是闽是浙，志切驱狼"④。呼吁两位监国共同光复明朝，重拾"中兴"的希望。可惜的是浙东的地域优势与军民的抗清热忱都没能够拯救南明王朝的最终宿命。1645 年 10 月隆武朝得知鲁王监国的存在，派人力劝皇侄子鲁王退位，鲁王具有仁慈宽厚的性格，本想直接退位，然浙东大臣当中，如大学士

---

①　钱海岳：《南明史》第二册，北京：中华书局，2006 年，第 297 页。

②　（明）钱肃乐：《钱肃乐集》，卿朝晖点校，杭州：浙江古籍出版社，2014 年，第 174 页。

③　（明）钱肃乐：《越中集二·陈越中十弊疏补》，卿朝辉点校，《钱肃乐集》，杭州：浙江古籍出版社，2014 年，第 204 页。

④　（明）钱肃乐：《越中集二·致闽辅黄跨千书（讳鸣骏）》，卿朝辉点校，《钱肃乐集》，杭州：浙江古籍出版社，2014 年，第 210 页。

兼兵部尚书张国维坚决不从,力陈浙东作为抗清之地需要精神领袖的重要性,鲁王只能答应不去除监国之号。福建与浙江因相隔较远,交通不便,在互通消息的过程中产生了不必要的误解与纷争,大臣们也出于各自利益的考虑,从中作梗,愈加造成南明两王之间的分歧与争斗。

1648 年春,清兵占领了鲁王军队的据点,1649 年 7 月,张名振又收复了海岸之地——健跳所。1649 年 11 月,鲁王移至舟山岛上,清军有预谋地铲除了当时舟山所能依靠的四明山起义力量——以王翊为首的抵抗组织。先前 10 月 4 日至 15 日,鲁王监国事先逃脱,而抵抗的明军舰队遭到重创,岛上的鲁王亲属及朝臣多数牺牲或自尽。

张名振带领鲁王于 1652 年初投奔郑成功,鲁王监国在厦门岛定居后,于 1653 年放弃监国之位。因郑成功只认可西南建立的永历政权,不承认鲁王监国政权,1653 年 3 月,鲁王亦承认了永历政权的正统地位,退位归藩,但仍保持其监国之名,鲁王因此寄人篱下。顺治十八年(1661)永历帝及太子被清军所俘,南明朝止。

在动荡的南明时期,常有荒诞之事发生,如"崇祯十六年十二月,奉化雪窦山胡乘龙作乱,伪号大猛,改元宗贞,谓于崇祯去其头剥其衣也。吴腾遂于二十一日发兵围雪窦,擒之。"①趁火打劫之行为证明了朝政的崩塌,这导致社会混乱、人心变异,而这种动乱还不是最致命的,可怕的是国体崩溃与信仰缺失之后,民心的浮躁与离心力的产生。明清易代之际,南明这一乱世时代大戏的序幕业已拉开,在此背景下,南明诸遗民以相异的姿态面对时代巨变的冲击,明朝子民的身份认同却将他们聚拢于一处,成为特定时代中的固定群体。

二、胜朝遗民的身份书写

"南明遗民"是明亡后士子主动选择的一种身份,同时又是士子刻意缔造的一套表意符号,作为曾经的优渥阶层——传统士大夫阶层,包括当地稍有文化的富裕阶层——乡村缙绅,他们在江山易主之际,多有"皮之不存,毛将焉附"的痛感,然而明代变节的臣子往往亦是士林中的主流群体。明代中叶伊始,阳明心学重视个体自我的价值观蔓延于明朝上下,使得部分士人愈加关注自我的感受,因此,明末清初以投诚换取继续生存和荣华富贵者人数众多。江阴野史曰:"有明之季,士林无羞恶之心。居高官、享重名者,以蒙

---

① (清)黄宗羲、顾炎武,等:《弘光实录钞》,薛正兴主编《南明史料》(八种),南京:江苏古籍出版社,1997 年,第 53 页。

面乞降为得意。"①这种言论多为清代人所发,自古有"乱自上作"之说,士林的厚颜无耻,也是建立在晚明乃至南明王朝腐败堕落的基石之上。对于南明军民而言,亦无所谓神圣抗战之说,乱世之下,南明军民早已自乱阵脚。清代沈涛所著《江上遗闻》有载:"闰六月初八,城兵出迎敌,唯北门骁勇自立动锋营,严队先行。至申港方造饭。忽讹传大兵相距仅六十里,乃奋呼而前。行六七十里,抵暮方遇敌,腹馁力乏,兼以马步不敌,失利返。舟师经双桥,田夫怒詈之,士卒愤欲登岸擒斩之。田夫群拔青苗掷船上,泥滑不可驻足,大半堕水死。其得登岸者,惧为耰耡所击,无一脱者。浮尸蔽河,而下水为不流。"②所谓"穷寇莫追",明朝常州守城士兵贸然迎敌,战斗失败,在溃逃的路上,遭到耕夫的鄙视与谩骂,使之愈加悲愤交加,最终他们互相杀死对方而后快,明朝子民与军队之间的互相攻讦,互为发泄,使得这一小队军士全部殒命。这种野史类的传说多为清代文人所作,甚至刻意加以杜撰,篇中已称清廷军队为"我兵",情感取向亦有所逆转,类似的载述中亦有迎合清军的夸张成分,描述南明史事或不够确切、客观,但也部分反映了当时普通民众与南明皇朝军队真实的相处状况。

南明皇帝与君臣之间的微妙关系,成为考察当时史实的一个切入点。南明王朝尤其鲁王监国政权存活的时日颇短,鲁王最终也落得寄食偷生的下场,然则越中士子文人却在绝望中构造出这一"君王"的形象。中国传统文士的国家信念必须寄意于君王的身上,即便崇祯皇帝自杀,南明小朝廷如走马灯般轮番登场,以南明遗民的眼光审视之,至少他们仍有所期望,有所寄托。浙东义士钱肃乐在其文集中逐渐改变了他对鲁王的称谓——由"主上"至"皇上",旋即又变为"主上",这种对王朝尤其是帝王的态度,揭橥了南明忠臣内心的隐秘想法,他们将"中兴明朝"作为一种理想,君王(哪怕是再不堪的君王)成为南明遗民忠臣的一面旗帜,众心所向,朝臣所能做到的,不过是沥血进谏,希望唤起皇帝振作的决心,这也是南明遗民较为悲哀的一面。南明遗民身份的书写,是南明朝足可彪炳史册的一笔。历经磨难,深受儒家文化濡染的士林,却螳臂当车般地竭力延缓王朝覆灭的最终结局,为历史所铭刻的恰恰是这些坚贞不屈的遗民。

---

① (明)许重熙:《江阴城守后纪》,中国历史研究社编《东南纪事》,上海:上海书店,1982年,第85页。

② (清)沈涛:《江上遗闻》,中国历史研究社编《东南纪事》,上海:上海书店,1982年,第85页。

南明王朝的遗民中,首先进入人们视野的便是殉国殉道的遗民。南明浙东殉国的遗民饱受传统礼教的濡染,以传承"忠孝"为己任,恰国难之时,无以尽忠尽孝,因此他们便采取了自杀的方式,以成全其"忠孝"的名节。如殉难忠臣陈良谟①,全祖望在《续甬上耆旧诗》中道:"甲申,左班殉难忠臣一十有九,吾浙得其六,杭之西湖所云六忠臣祠者也,而吾鄞得其一,作《陈恭洁公传》。"②国亡之时,他们有"苍苍不可问,国亡吾何存?誓守不二心,一死报君恩"③的喟叹。崇祯十二年(1639)春,京畿地区告急之时,陈良谟仍上疏力陈皇朝需要采用的对策,包括振奋士气、安抚流民、精简良吏、公平赏罚等六事。守城士兵缺少军饷,陈良谟大公无私地将家资全部捐献给因守城而死难的将士家属。当大势已定,明清战事昭然时,多数京官皆打算南下避祸,陈良谟在流亡江南前,请画师为他作一幅画像,他自认断无生还的可能。崇祯十七年(1644)三月十九日,京城失守,陈良谟悲愤交加,滴水不进,早已有了殉国的念头,最终选择自缢身亡。

黄宗羲以当时的邸报及个人见闻所录,逐日按时记载的《弘光实录钞》中有记:"施邦耀号四明,余姚人也。己未进士,左副都御史。邦耀城守,贼入,道梗不得还寓,入民舍自缢。居民恐累之,解其悬。入他舍又缢,他舍民又解之。邦耀取砒投烧酒饮之,乃死。绝命诗曰:'惭无半策匡时难,唯有一死报君恩!'当邦耀求死不得时,叹曰:'忠臣固不易做'。"④当时士人亦有相关的自觉意识,所谓"臣为君死",王朝沦陷,唯有结束生命,才能为自己毕生恪守的传统道德画上圆满的句号。

南明期间,遗民中不乏殉国者、抗清者、归隐者(部分以狂狷面貌示人)。值得一提的是,部分南明遗民在清朝入鼎中原后,彻底将自己隐于尘世当

---

① 陈良谟(1589—1644),字士亮,一字宾日,鄞县人。陈良谟初名为天工,思宗信奉敬天之学,下令群臣中有名"天"字者都要改掉,且一切奏章笺表不得袭用"天"字,其将"陈天工"改为"陈良谟"。陈良谟著有《娑罗园集》,今不存。《续甬上耆旧诗》录其诗八十九首,其中大部分为其在云南任职时所作,小部分为崇祯癸未(1643)所作。他现存的诗歌主要有两种内容:一是写景,描写了游历之地,主要是云南各种胜地的景色;二是抒情,抒发了对现实无奈的情怀。没过多久,陈良谟听说思宗于煤山上吊而死,他悲哭道:"主上不冕服,臣子敢具冠带乎!吾巾襄,安所得明巾。"于是,陈良谟穿上蓝色的便服出门,他的小妾时氏跟着他,两人一起自缢而死。其妾时氏,时年仅十八。南明赠陈良谟太仆寺卿,谥恭愍,清朝赐谥恭洁。

② (清)全祖望:《续耆旧》卷七甲申十九忠臣,清榰湖草堂钞本,第34页。

③ (清)全祖望:《续耆旧》卷七甲申十九忠臣,清榰湖草堂钞本,第34页。

④ (清)黄宗羲、顾炎武,等:《弘光实录钞》,薛正兴主编《南明史料》(八种),南京:江苏古籍出版社,1997年,第33页。

中,尔后默默无闻以终老,此类遗民人数最多,史书中亦多有所载,惜其一生并无大事可以铭记,因此多数遗民只有名、号,其他记录多不详细,但亦不可忽略这类遗民的存在。如周凤翔,号巢轩,山阴人。戊辰进士,左春坊左庶子。自经死,父母俱在。遗有"碧血九天依圣主,白头双老恋忠魂"①之句。甚至某些遗民以先帝自居,最终落到被杀的地步:"有僧在汉西门外,自冒先帝。"②后被当作妖僧杀于市,当时谣言四起,传言出现妖僧案、假太子案等,当时文人多有所记。邵廷采《明遗民所知传》载:"僧之中多遗民,自明季始也。"③南明时期部分遗民为躲避清廷、仇家的迫害,或者已然有心生退意的决心,他们便逃禅于佛门当中,最终隐秘终老。浙东地区慷慨抗清者有之,自然贪生怕死、爱慕虚荣者亦有之,浙东谢三宾④,即为反面人物,其行径亦揭示了在特殊环境下,普通士子常见的人生选择。明清易代后,部分士子并未参与南明政体,受到南明遗民精神的影响,终身不仕并著书立说的遗民,如李邺嗣、全祖望、万斯同等人,为维护传统文脉,争夺一定的话语权,参与了清朝的事务,变成有遗民之心,却未践行南明遗民准则的新遗民。

　　纵观南明遗民群体的生成因素及其表现形式,他们是在明朝灭亡后,与清朝、南明近四十年的政治、经济、社会等方面息息相关的一群人。赵园曾论及,很少有人能像遗民那样,保持着对岁月流逝的极度敏感,持久而紧张地体验着"时间"。瓦解遗民群体,使这一族类最终消失的,的确也是时间,是时间中不可避免的死亡。⑤ 南明遗民的复杂身份,因时代变迁、形成原因、个体经历的不同,这一特殊的群体,关乎南明各个时段的军事策略、政治形

---

　　① (清)黄宗羲、顾炎武,等:《弘光实录钞》,薛正兴主编《南明史料》(八种),南京:江苏古籍出版社,1997 年,第 34 页。

　　② (清)黄宗羲、顾炎武,等:《弘光实录钞》,薛正兴主编《南明史料》(八种),南京:江苏古籍出版社,1997 年,第 67 页。(清)钱澄之:《南渡三疑案》,《所知录附四种》,合肥:黄山书社,2014 年,第 139 页亦有记:"甲申年南渡立国。十二月有僧大悲,踪迹颇异,至石城门,为逻者所执,下锦衣卫狱。……据供称先帝时封齐王,又云吴王,以崇祯十五年渡江。又言见过潞王。其语似癫似狂,词连申绍芳、钱谦益等。阮大铖、杨维垣等令张孙振穷治之,欲借此以兴大狱,罗织清流。"本篇钱澄之还记有北方假太子案等。[美]牟复礼、[英]崔瑞德编:《剑桥中国明代史》,北京:中国社会科学出版社,1992 年,第 704-705 页,对此亦有提及。

　　③ (清)邵廷采:《思复堂文集》,祝鸿杰点校,杭州:浙江古籍出版社,2010 年,第 212 页。

　　④ 谢三宾,字象三,号寒翁,鄞县(今浙江宁波)人。明天启五年(1625)进士,钱谦益门生,明末降臣,替清朝打击南明抵抗军,晚年与钱肃乐等为难,为乡评所薄。

　　⑤ 赵园:《易堂寻踪——关于明清之际一个士人群体的叙述》,北京:北京师范大学出版社,2013 年,第 179 页。

式,展演着南明、清朝两者在博弈过程中核心战事及政坛的风云变化。笼统地说,南明遗民是明清易代的牺牲品,也是南明政治的隐性代言人,他们揭露了南明王朝内在的腐化堕落,在清朝的冲击下,腐朽不堪的明王朝最终倾覆灭亡。遗民的情感密度往往要比一般人大得多,其字里行间,充斥着强烈的忧患意识,满蕴忧国忧民与理想失落的感喟。在改朝换代时,其情感表达方式、自我解脱的心理乃至精神自救的模式皆有所不同。面对芜杂而特别的个体,其人格心态、生平遭际所导致的压抑与沉重及其难以回避的悲剧命运,充塞着南明文士的人生旅程。

三、南明浙东遗民群体研究的思路

南明浙东文士创作具有强烈的主体经验及主观意愿,为表现其亡国遗民的世界观,必定会受到时风与地域文化的影响,因之,特定时段的精神构建与文学图景,亦带有彼时的时代烙印与审美取向。南明浙东遗民这一略显陈旧的称谓,为中国古代文学研究塑造了某种类型化、典型化的符号概念与话语体系。遗民群体的共性情感征候与个性特质,使其共性与个案研究交织于一处。同时遗民群体类型化、经典化的性格特征与思想意识,在新旧朝政交替时的争斗与撕裂中,呈现出南明浙东遗民思想与环境之间的互动,经由文本解读,可对此加以客观的阐释。同时,本书挖掘特定时代的特定人物群像,重点关照他们的文学创作,尤其是其诗歌方面,借此揭示这一群像的统一性与代表性。

本书大略以南明的历史发展为主线,兼顾遗民群体的个体性研究,以诗歌研究为视角,综合研究南明浙东遗民的个体人生轨迹与南明小朝廷危如累卵的情状。以时代推进为主轴,随着时代的变化,遗民的身份亦分化为不同的样式,如臣民、流民、遗民、移民、游民、亡民等,本书的研究对象除却诗人身份的研究,也关注其在身份变化中的文学创作——遗民疏泄亡国之悲、自勉自励,渴望中兴明朝;又忧心忡忡,恪守本分,尽职尽责;却也适时的隐退,等等,致使他们的诗歌创作有着复杂的情感表征。

"浙东性"的"复仇"精神,促使浙东遗民不甘沦为"亡国奴",举旗呐喊,为故明起义。浙东学派的学术渊源又使得浙东遗民以经学、史学的精神内核与思辨方式对其诗歌加以创作,在南明浙东这一特殊的时空背景下,将传承与创新、情感与思想等内容纳入诗歌作品当中,填充、扩大了地域诗歌创作的内涵与深度。本书试图突破断代文学史与地域、地理文化的桎梏,探索南明浙东遗民的特殊质性,聚焦其群体文学特征,亦关注其个体诗文特色,通过搜集与解读史学、文学、政治、经济等方面的资料,梳理出南明浙东遗民身份与文学发展的脉络,凸显其明晰的诗歌审美风格。

　　浙东地方文化研究,除了浙东部分研究者的断代文化史或者地理文化史研究,还需要突破以史学研究而闻名的浙东学派的藩篱。本书力图全方位、多角度地审视以浙东文士为代表的多层次、多方面的地域诗歌创作,纵观其经学、史学的成就,重点观照他们的文学创作,即以南明浙东遗民的诗歌作品为主要内容,首先梳理地域文化及时代背景,重点聚焦于南明时期的时代历史环境,理解南明浙东遗民诗歌创作的缘起;然后以时代发展为经,以浙东地域遗民活动为纬,纵横研究南明浙东遗民的诗歌创作,研究其诗歌内容,同时思考遗民文化及遗民身份对浙东文学创作倾向与诗学审美的影响,结合南明浙东遗民的爱国情感与个体遭际,把握南明遗民之间的交游唱酬和诗歌创作风格的地域文化传承。最后总结南明浙东遗民诗歌的思想主旨与审美风格,客观评价南明浙东遗民的历史地位,评析南明浙东地域诗歌的创作价值与整体特征。

第一章　高岸深谷：南明遗民的心路历程

　　明朝覆亡、新朝未定的阶段，虽然有着各种称谓，但以"南明"最为常见。不甘心于亡国命运的士大夫群体在此时段中苦苦挣扎，历史上便出现了"南明遗民"这一特殊群体。饱读诗书的文人士大夫在危急时刻，选择恪守儒家传统道德中的忠孝节义，甚至为此付出生命而在所不辞。南明朝臣在战祸连连的乱世中，呈现出一幅怪象丛生的面貌，士林忠贞者有之，变节者亦有之，当朝士子在文集中也多有"以宋观明"的集体心理特征，即南明遗民以南宋遗民为模本，砥砺志节。南明遗民"以宋观明"的个性特质，反映了部分奋力抗清、意欲光复明朝的文士的理想。面对时代变迁，守节还是变节，南明士大夫做出了他们自己的选择。选择降清者，在世时或许对自身处境有着道德的焦虑，但也许一世安稳；选择以遗民终世的士子，或自杀殉国，或抗清殒命，或绝世隐居，多数一生坚定，甚少疑惑。然则无论是贰臣抑或是遗民，这些士大夫在长眠地下时，都面临着盖棺定论的拷问。南明遗民以其诗歌创作，揭示了易代之际南明的政治、经济、军事、人情、风俗等方面的内容，他们以全面的笔触，使得个体生命与国家命运紧密联系起来。在对自己与群体的观照中将南明遗民群体的整体特征呈现出来，他们记录南明的兴亡衰败，显现了南明遗民对明朝故国的忠贞及对自身身份的珍视。

第一节　南明遗民的群体特质

　　明末的中国，资本主义已经有萌芽的苗头，然在清军铁骑挥鞭南下之后，明王朝却节节败退，最终灭亡。当时故明的朝臣士子，尤其是南都确立后,多有"复仇"的愿望,甚至期待"明朝中兴"再现,但在残酷的现实面前,南明逐渐沦落,乃至最终接受了彻底失败的命运。时移世变的社会环境成就了明代遗民独有的个性,在愤懑、绝望的情绪下,明代遗民的反应各不相同,诸如"自戕""自残"的举动,乖戾、偏执的行为,甚至为国殉身者众多。明清易代之际的南明遗民,既是个体性的,又是时代性的,他们所体现的不仅是个体的生命价值与德行操守,亦是所有士子文人在易代之际的集体价值与思想倾向。

一、以宋观明:宋明相较下的南明遗民

生逢乱世,处在当时环境中的士子文人,往往要经受更多的道德拷问与人格评价,面对人生道路的选择,接受多年儒家文化熏陶的文士,皆需交出个体人生抉择与品性操守的考卷。钱仲联先生在《明遗民录汇辑序》中谓:"洎乎朱明之亡,南明志士,抗击曼殊者,前仆后继。永历帝殉国后,遗民不仕新朝,并先后图报仇九世之仇者,踵趾相接,伙颐哉!非宋末西台恸哭少数人所能匹矣。"①关于宋、明遗民的比较,学界诸多研究者都有所阐述,一个奇怪的现象是研究宋遗民者,多数认为宋遗民才是铁骨铮铮的忠孝节臣,他们大肆张扬宋遗民大义凛然的气质。研究明遗民者则因为史料较为充足,亦发现诸多明遗民的悲壮事迹,从而佐证明遗民亦是赤胆忠心的末朝遗民的论断。黄宗羲咏明遗民诗曰:

> 弁阳片石出塘栖,余墨犹然积水湄;一半已书亡宋事,更留一半写今时。剩水残山字句饶,剡源仁近共推敲;砚中斑驳遗民泪,井底千年尚未销。②

南明遗民向南宋遗民的自动靠拢与自我评议,展现了南明遗民忠君爱国的情感,对南宋遗民的推尊,不仅可以砥砺志节,亦可表明自己忠贞守卫旧朝正朔的决心。杨念群对此也有所品评,他认为"借宋喻明"变成了清初遗民浇心中鼎革痛楚之块垒的意象表达。"宋代"在这群明遗民的眼中已不可能仅仅是个把玩娱乐以助谈兴的对象,它早已约定俗成地变成了一个至

---

① [美]谢正光:《明遗民录汇辑序》,《明遗民录汇辑》,南京:南京大学出版社,1995年。时志明:《山魂水魄——明末清初节烈诗人山水诗论》,南京:凤凰出版社,2006年。亦称"明末的士子学人,忠臣英烈,远胜前朝各代,纵然南宋遗臣烈士在形态上亦非其比"。
② (清)黄宗羲:《周公瑾砚》,沈善洪主编《黄宗羲全集》第十一册,杭州:浙江古籍出版社,2005年,第281页。

为敏感的字眼和话题,一旦频繁地触碰此域,品评的氛围就不能总是显得那么闲情逸趣,悠雅自得。①

然而,明清易代之际的遗民与宋元鼎革之际的遗民有着一定的区别。邵廷采②以《宋遗民所知传》悼念文天祥时,曾道:"旧主为老死于降邸,宋亡而赵不绝矣。不然,或拘囚而不死,或秋暑冬寒,五日不汗,瓜蒂喷鼻而死,溺死,煨死,排墙死,盗贼死,毒蛇猛虎死,轻一死于鸿毛,亏损箦于泰山。而或遗旧主忧。"③阐释宋代遗民死生之大义,有死若鸿毛、泰山之说,当时士林对南宋遗民的态度也是高山仰止的。孙静庵《异史氏与诸同志书》④曰:"又思宋明以来,宗国沦亡,孑遗余民,寄其枕戈泣血之志,隐忍苟活,终身穷饿而死,殉为国殇者,以明为尤烈。"⑤当时代动荡,国亡帝崩之时,士大夫逡巡失守,心灵遭受了巨大的创伤。浙东余姚吕章成"每读书临文至三月十九日(崇祯上吊自杀之日)之事,未尝不搁笔掩卷,太息流涕也。冬服毡巾,夏或散发。所改辑周兴嗣《千字文》,纪有明一代,词核而义严,士大夫多诵抄之。"⑥但对他类似魏晋风度的行为举止,甚至撰书立说,充满敬意的也不过是士大夫而已。清初时,普通百姓很快就忘却了亡国之痛,人心也发生了变异。明朝降将洪承畴在金陵登上观象台后,发现明孝陵一带树木茂密,气象郁葱,他恐有再生之事,下令尽伐其树。这些树木都有二三百的历史,多是

---

① 杨念群:《何处是"江南"? 清朝正统观的确立和士林精神的变异》,北京:生活·读书·新知三联书店,2010 年,第 23 页。

② 邵廷采(1648—1711),字念鲁,又字允斯,浙江余姚人。康熙初,尝从毛奇龄游。幼读刘宗周《人谱》,服膺王学。年二十岁,为县学生,屡试不第。耻为应举之文,从同县黄宗羲问乾凿度算法、会稽董玚受阵图、保定王正中学西历,兼通刺击之法。师承黄宗羲,得授史学而传其文献之学。后读刘宗周《人谱》,崇奉王守仁心学,又通兵法。讲学姚江书院十七年,授徒著述,终老乡里。为学重在经世,谈理终归致用,力倡读史以救当世之失。对宋明忠烈、晚明恢复事迹,皆极意搜罗表彰。施琅征台湾,遇廷采于西湖,纵谈沿海要害,琅奇之。既游西北,走潼关,讲学于黄冈之姚江书院。晚岁,思托著述以自见。尝从宗羲问逸事于明末遗老,作《宋遗民所知录》《明遗民所知录》《王子传》(王子即王阳明)、《刘子传》(刘子即刘宗周)、《王门弟子传》《刘门弟子传》等凡数十篇,欲勒成一书,未成而卒。廷采著有《思复堂文集》十卷,《姚江书院志略》四卷,《东南纪事》十二卷,《西南纪事》十二卷。

③ (清)邵廷采:《思复堂文集·宋遗民所知传》,祝鸿杰点校,杭州:浙江古籍出版社,2010 年,第 198 页。

④ 原书作"民史氏与诸同志书",应为误。

⑤ 孙静庵:《明遗民录》,杭州:浙江古籍出版社,1985 年,第 375 页。

⑥ (清)邵廷采:《思复堂文集·明遗民所知传》,祝鸿杰点校,杭州:浙江古籍出版社,2010 年,第 217 页。

珍奇品种,顷刻便被毁灭殆尽。史称"人家炊爨悉用之,香气满于街衢者一两月"①。遗民哀金陵之变时即有"百代儒冠沦草莽,六朝宫粉污膻腥"②的长叹,可以想象人人忘乎所以地去抢柴火的场景。宋遗民在元朝故意毁坏宋帝陵墓、破坏宋室的龙穴风水后,多人(尤其是普通读书人)冒着生命危险,自发到山上收集宋先皇的遗骨,然后再找风水较佳的地方妥当安葬。宋遗民的这些举动众人交口称赞,以诗唱和者云集,民众为之感动鼓舞。南宋遗民与南明遗民孰优孰劣便一目了然。邵廷采谓:"于乎!明之季年,犹宋之季年也;明之遗民,非犹宋之遗民乎?曰节固一致,时有不同。宋之季年,如故相马廷鸾(1223—1289)等,悠游岩谷竟十余年,无强之出者。其强之出而终死,谢枋得而外,未之有闻也。至明之季年,故臣庄士往往避于浮屠,以贞厥志,非是,则有出而仕矣。僧之中多遗民,自明季始也。"③邵廷采这番话的用意,是想阐明南宋与南明遗民虽然气节类似,但此一时彼一时,南宋遗民尚且可以悠游度日,而明遗民早已按捺不住自己的仕途经济之心。

　　与宋遗民相比,明遗民为国殉死的官员、文人、百姓相对要少,悲壮程度也有差距,明遗民之所以不像宋遗民那样,多半是因为群众基础薄弱,因此导致明朝贰臣群体庞大。宋代仅仅是陆秀夫、谢皋这样的遗民,为国家献身收集先皇遗骸,皆使得士子文人争相诗文唱和,而明代早已没有了这种氛围,一些群众变成了看客,甚至变节的人刻意降低南宋遗民的这种崇高性,尽量视而不见、听而不闻。宋代奉行的是理学,明代奉行的是心学,概而言之,两个朝代的遗民在思想、观念上有着较大的差异:宋代末世遗民的观念深入人心,成为大多数人的信仰。历史上所谓时势造英雄,然而英雄也是需要基础的,群众则是强大的基础力量,发动、鼓舞大多数民众参与到时势中来,这也是某种思想或者某个政权成功的关键,明代遗民最大的败笔就是他们丧失了坚实的土壤,即没有得到众多百姓的认可与拥护。黄宗羲在《子刘子学言》中录刘宗周语:"上积疑其臣而蓄以奴隶,下积畏其君而视同秦越,则君臣之情离矣,此'否'之象也;卿大夫不谋于士庶而独断独行,士庶不谋

---

　　①　(清)戴名世:《忧庵集》第二十五条,王树民,等编校,《戴名世遗文集》,北京:中华书局,2002年,第95页。

　　②　(清)陈确:《陈确集·哀江南三篇》,北京:中华书局,1979年,第744页。

　　③　(清)邵廷采:《思复堂文集·明遗民所知传》,祝鸿杰点校,杭州:浙江古籍出版社,2010年,第205-206页。

于卿大夫而人趑人诺,则寮采之情离矣,此'睽'之象也"①,明代士习之嚣,黄宗羲比之为"里妇市儿之骂",钱谦益本人亦蒙好骂之讥。至于王夫之所说的士大夫"诋讦""歌谣讽刺",仍属政治斗争的手段,也是朝廷党争的继续。清初遗民痛定思痛,撰写反思当时士林相互攻击的回忆录,却忽略了他们的意气之争,亦是导致明朝亡国的祸端之一。同时,南明时的百姓(包括部分读书人)多以看客心理及愚昧无知、混沌麻木的态度面对故国覆亡之事。王阳明心学对此也起到了推波助澜的作用,阳明的本意不是如此,但是结果却如是——所谓"百姓日用即道",造就了一批自私自利的士子与百姓。阳明心学在中国未必就是枯禅,但是确实有导致人心涣散的危害,甚至导致士子关注自我甚于效忠国君,这绝对是不争的事实。梁启超在其《中国近三百年学术史》中说明代"士习甚嚣,党同伐异"②,明代百姓集体无意识,无疼痛,鲁迅先生总结的阿Q精神中的忘却,绝似南明百姓的自我麻醉和道德免疫。明代小民意识开始生根,因为资产的出现与集聚,私有财产的增多,必然会加强小我的私念,尔后忠孝节义成为一种被束之高阁且悬置淡漠的空洞理想。明遗民败就败在"大多数"人的不作为,百姓或者大多数的士大夫是明朝民众的基础,但这些人多是上行下效、趋炎附势之辈。鲁王政权在绍兴监国时依旧夜夜笙歌,百里以外都听得清楚,而此时清兵即将南下,可见当权者的不作为。南明小朝廷竟然几次都是被部下背叛,官兵押解皇帝去投降,可见明末皇权的衰败。南明各个监国亦惧怕对方夺权篡权,而将士之间则惧怕其他将领的权力凌驾于自己之上,在几成清廷囊中之物的情况下,朝廷内部众人还在互相倾轧。思想解体比朝政解体更为可怕,南明朝廷已经是一盘散沙,没有强劲的向心力和行政力,由此可见,南明政权就像一场闹剧。宋遗民与明遗民的最大区别,也许就是悲壮与悲剧的区别。同样的末法时代、同样的喧嚣士林,然而南明每个人的性格似乎都被放大:英雄慷慨悲壮,小人反复无常,或者介乎两者之间,不断游移的中庸主义者都具有鲜明的南明遗民性格特质,仅仅用抱残守缺、冥顽不灵来形容南明遗民似乎太过僵化、教条,南明遗民是一个活色生香的士林群体,他们抉择了人生道路的方向,并为此付出了特定的代价。对南明遗民的道德考评仍应以盖棺定论为准,毕竟不到最后,人们无法对其道德品行下最后的定论。

---

①　(清)黄宗羲:《子刘子学言》,沈善洪主编《黄宗羲全集》第一册,杭州:浙江古籍出版社,1985 年,第 276-277 页。

②　梁启超:《中国近三百年学术史》,上海:上海三联书店,2006 年,第 243 页。

二、盖棺定论：管窥南明遗民的独特视角

明清易代产生了特定的群体——南明遗民，在崇祯自缢后，明亡清兴之时，他们首先面临的问题便是生与死的抉择。主辱臣死，以死殉国者不胜枚举；而弃义自保，觍颜降附者也多如牛毛。然而，更多的人只能选择中间道路，就是做不降不死的遗民。如果说遗民具有某些模式化、固定化的特征，那么不同的时代又赋予他们迥异的风格。遗民研究当中颇有意味的一个文化现象即是盖棺定论。盖棺定论看似具有僵化教条的意味，即将遗民固化地标识为某种类型，但"盖棺定论"是中国文化中独特的现象，因其不仅涉及名誉、荣誉等问题，还涉及牵涉其广的生死观、价值观等问题，故而是研究南明遗民群体心路历程与情感趋向的一个角度。

周作人曾撰有《死法》一文，他统计世间的死法，共有两大类：一曰"寿终正寝"，二曰"死于非命"。[1] 周作人用其文人笔法，论及生死，率意洒脱，而"死于非命"者绝非是中国人的首选模式。曾子道："鸟之将死，其鸣也哀；人之将死，其言也善。"（《论语·泰伯篇》）从遗民临终前的状况，近距离地开展研究，可能会对南明遗民做出相对公允的评价。南明遗民各种死亡仪式亦别有深意，丧葬礼仪历来为国人所重视，所谓"死者为大，冢葬之"。在临死之前，即将沉寂的生命反而有了较大的话语权，逝者所交代的后事，活人需一一照办。荀子曰："夫厚其生而薄其死，是敬其知而慢其无知也，是奸人之道而倍叛之心也。君子以倍叛之心接臧谷，犹且羞之，而况以事其所隆亲乎！故死之为道也，一而不可得再复也。臣之所以致重其君，子之所以致重其亲，于是尽矣。"[2]而中国传统礼仪中，白事（丧事）是大于红事（喜事）的，"人子之事亲，承欢膝下，事更无大于此者，顾不即以当大事许之，至于送死之时，则养生自此而尽，人子之大事始毕，始可谓之当大事"[3]。中国人历来有"死者崇拜"的心理，因此，逝去之后的丧葬及对逝者的评价就显得至关重要。

南明遗民为了在最后的时刻表达自己对清廷易明的不满，有人要求后人不用棺材，而用幅巾布袍裹其尸入土，或者以直接烧掉尸体等极端的方法

---

① 周作人：《死法》，见傅光明编选《周作人散文》，西安：太白文艺出版社，2005 年，第 182 页。

② （清）王先谦：《荀子集解》（下），沈啸寰、王星贤点校，北京：中华书局，2016 年，第 424 页。

③ （清）黄宗羲：《孟子师说》卷四，《黄宗羲全集》第一册，沈善洪主编，杭州：浙江古籍出版社，1985 年，第 109 页。

表达他们的抗议。遗民何弘仁①死前曾说："吾有志不就，忝厥所生，不忠不孝，我死后，不得棺敛，野暴三日，举火焚之。"②中国历来注重全尸土葬，何弘仁却只想焚烧了事。遗民王世业则要求在自己墓碑的背面刻字，后人替他刻有"明人王世业"③。浙东遗民张煌言在就义前，亦作《绝命诗》曰："我年适五九，复逢九月七；大厦已不支，成仁万事毕。"④众遗民临终之前皆坦然赴死，放言豪壮。

以吴伟业为代表的贰臣，临终前则吞吐幽曲，充满矛盾与愧疚之情，其诗文更别有深味。陈廷敬《吴梅村先生墓表》载，吴伟业临终前对其子吴暻说："吾诗虽不足以传远，而是中之寄托良苦，后世读吾诗而知吾心，则吾不死矣。吾性爱山水，葬吾于灵岩、邓尉间，碣曰'诗人吴梅村之墓'足矣，不者，且不孝。"⑤吴伟业下葬时敛以僧装，墓刻诗人之名。而明代降将洪承畴死后葬礼风光，唯独墓志的撰写却让家人感到尴尬，洪氏在明朝拥有显赫的地位，降清后的勋业也算风光。一位书生毛遂自荐，以"弑吾君者，吾仇也；弑吾仇者，吾君也"之句评价他生前的选择。当时有人非议，以此类推，女子可道"杀吾夫者，吾仇也；杀吾仇者，吾夫也"；男子可道"杀吾父者，吾仇也；杀吾仇者，吾父也"，可乎？⑥ 陆世仪《答徐次桓论应试书》道："闻吾兄为学校所迫，已出就试，此亦非大关系所在。诸生于君恩尚轻，无必不应试之理。使时势可已则已之，不然或父兄之命、身家之累，则亦不妨委蛇其间。"⑦因世事变化，出仕清廷的文士也有被迫无奈之举，黄宗羲《将进酒》有云："中坐胡为君奠斝？谈忠说孝含风刺。……是非黑白何由定，谁言盖棺有成议！"⑧在明清鼎革的大环境下，人性原本就非常复杂，对于士子忠孝的行为，亦不可随意下定论，所谓"盖棺定论"或许只是一种镜里看花的行为罢了。

---

　　① 何弘仁，字仲渊，号书台，浙江山阴（今绍兴）人，崇祯十年（1637）进士，乾隆《江南通志》有云："崇祯十一年知建平，县吏不忍欺，岁大旱，步祷，赤日中大雨如注，飞蝗千里不入县境。"鲁王监国授以御史，追驾不及，自缢于僧以死。

　　② ［美］谢正光：《明遗民录汇辑》，南京：南京大学出版社，1995年，第169页。

　　③ ［美］谢正光：《明遗民录汇辑》，南京：南京大学出版社，1995年，第92页。

　　④ （明）张煌言：《张苍水集》，上海：上海古籍出版社，1985年，第179页。

　　⑤ （清）李祖陶：《午亭文录》卷三，《国朝文录》，清道光十九年瑞州府凤仪书院刻本，第346页。

　　⑥ （清）李伯元：《南亭笔记》卷三，上海：大东书局，1919年，第1页。

　　⑦ （清）陆世仪：《答徐次桓论应试书》，《论学酬答》卷三，清小石山房丛书本，第28页。

　　⑧ （清）黄宗羲：《将进酒》，《黄宗羲全集》第十一册，沈善洪主编，杭州：浙江古籍出版社，2013年，第214页。

　　传统文人值改朝换代或当朝变乱之际,辄面临"亡国或亡天下"与"仕或者隐"的困境,是慷慨赴义,还是变节附伪,他们徘徊挣扎,面临进退失据的局面,盖为易代文人需面对的典型问题。在所谓"忠臣不如叛臣多,名将不如妓女多"的明代,拥有铮铮铁骨的忠臣烈士也是面目各异,这一群体的相似之处就是对本族君主的忠诚与对本族百姓的热爱,并且仁人志士多也竭力"赢得生前身后名",为自己的人生添上浓墨重彩的一笔。李白诗云:"屈平辞赋悬日月,楚王台榭空山丘!"(《江上吟》)。历朝历代的士子文人所钟情的多是忠君爱国的典范人物,而这也是帝王君主对士林阶层的指导与规范。《胜朝殉节诸臣录》序言曰:"夫以明季死事诸臣多至如许,迥非汉、唐、宋所可及一。"[①]对于清朝统治者来说,最觉棘手的应该是那些前仆后继、义薄云天的忠臣烈士,在君臣将相的历史舞台上,冲突最为集中的一幕,便是志士们在被捕及行刑时的表现,这一情景也是遗民结束自身痛苦与赢得毕生荣耀的一刻,他们或许愚忠愚孝,而且有可能不为后人所理解,却不能遮蔽其正义凛然的英雄光芒,这光芒许是耀眼许是刺眼,亦卓然展现了末世遗民的风采。而对南明遗民而言,所谓盖棺定论,是指明朝贰臣在临终时才想到应该尽忠报国,不仕二主;抑或忠贞的明朝遗民业已无比忠诚,因之死而无憾,所以遗民和贰臣都想为自己的一生画上圆满的句号。遗民英勇就义者多慷慨悲壮,其毕生的事迹多可书写成一部传奇,他们战死沙场,为国尽忠,因主动赴死而成就了一世的英名,其中刻意殉国的遗民一心赴死的过程又是极尽曲折的,相对于战死沙场的将士来说,勉强苟活的明遗民备受家国沦亡的折磨。那些经过反复思量,处心积虑为国殉葬而一心寻死的遗民,如"王之仁同儿子下棋(曰):今可奈何? 子曰:'待之'。之仁毅然不悦:'吾死必不言,且商死法。'或曰:'即不幸,与汩俱没。'之仁曰:'不然,总死讨取明白。知明朝有宁国王(应为公)不肯二心,赴都会,万耳目见吾先帝九原,死不朽耳!'"[②]说完,他继续下棋,下完棋将妻妾子女诸孙都沉于蛟门下,独自乘舟到松江,穿明朝官服,骂洪承畴"背义之恩,操戈入室",犯了"通天之罪"[③]。王之仁在自杀前权衡思量,着朝服骂奸贰,一心赴死,这种极其极端的方式,

　　①　廷臣奉敕撰:《钦定胜朝殉节诸臣录》(上),台湾文献丛刊(291 种),台北:台湾银行经济研究室编印,1963 年。

　　②　(清)查继佐:《宁国公王之仁传》,《国寿录》卷三,北京:中华书局,1959 年,第113 页。

　　③　(清)张岱:《王之仁、张鹏翼列传》,《石匮书后集》卷四十二,北京:中华书局,1959 年,第246 页。

应是士绅阶层有意识的忠义行为,对仁人志士而言,忠诚耿直是他们获得认同感的一种道德标识。虽然相隔三百多年,后人仍能感受到当时遗民被迫自戕时的那种彷徨与无助。当国将不国、信仰不在、心中无主之时,部分遗民除了自戕,别无他法以消弭其内心的痛苦:

> (顺治三年,1646,六月)十五日,北使至越,宁绍分守于颖议晓士民,欲画江守,而人心离涣,力莫能支,乃解印去,遁迹河曲,此后北使直至温、台矣。二十六日,山阴儒士潘集(字子翔),年十九,闻王毓蓍死,自署"大明义士",操文哭尊于柳桥。有曰:"自古国运靡常,所赖忠臣骨作山陵,至今壮士何为,徒令儒生怨经沟渎!念太祖三百年养士之恩,竟同豢豕;思先帝十七载作人之德,无异饥鹰!"中云:"惟我王子气吞江浪,质烈寒泉,魂游故国,羞为他作嫁衣裳;声烈前朝,不落第一流人物。立身不二,始信秀才如处女,断不更夫。国士无双,才知名下不虚,今为定论。自兹柳桥石厉,不数司马题辞;泮水澜清,可继屈原《骚赋》。潘集闻风起鹊,幸达人先获我心;饮血啼猿,耻今日独为君子。魂其有灵,下榻俟我!"又《杂咏三首》中一绝:"放眼拓开生死路,高声喝破是非关。莫愁前路知音少,止畏当头断气难!"读罢哀恸。夜怀二石与诗文,逾女墙投于渡东桥下。①

作为明朝一名普通的儒生,文士潘集为南明鲁王监国的失守而悲痛欲绝,深入骨髓的"三纲五常"思想成为明朝千万儒生的人生信仰,于是他用举家沉江的方式随同故国故君一起消殒。一个朝代即将灭亡时,文士往往会念及开国皇帝的好处,所谓树立正朔之意,这在易代之际,几乎成为文士约定俗成的心理活动。明朝沦亡,身为"百无一用"的士大夫,部分偏激地寻死以谢皇恩,即孔夫子所谓"守死善道"。为明王朝殉国而亡的遗民颇多,有资料称:"清康熙间徐秉义撰《明末忠烈纪实》,书中所收明清对峙时因抗清而死的义烈近三百人;清初屈大均撰《皇明四朝成仁录》,书中所收崇祯、弘光、隆武、永历四朝(1628—1662)因抗清而死的人物即达三百余人;近人孙静庵所撰《明遗民录》一书所收录的拒不与清统治者合作而守志不屈的明遗民有八百人;清乾隆年间敕编的《胜朝殉节诸臣录》所载于明清对峙全过程中因

---

① (清)邓凯、瞿玄锡,等:《崇祯长编》(外十种),北京:北京古籍出版社,2002 年,第163-164 页。

抗清不屈而壮烈死难者更达 3787 人。"①以上不仅仅是些数字和名字，它表明这些遗民用决绝的方式祭奠明王朝的沦陷，其思想与行为达到空前的统一与自律。通读此段历史，后人无不为之扼腕叹息。遗民是改朝换代时独有的群体，朝代更替、文化断裂，社会鼎革便催生出一大批遗民，这些遗民恪守传统道德，一生不仕二姓王朝，直至生命消亡的时刻，他们方才是毕生恪守传统观念的"真正"遗民。

三、信仰抉择：南明遗民面临的一个门槛

在生死抉择的关头，崇高与卑微被瞬间放大，一批批血祭故朝、舍生取义的遗民有典型性特征更有群体性特征，他们砥砺志节，相互唱和，在大厦将倾时，寻求同声相求的慰藉。贰臣们有各自的降清理由——为家所累的吴伟业，不舍小妾的龚鼎孳，为红颜冲冠一怒的吴三桂等，其原因不同但各有说辞，而且降清的日子并不是那么顺风顺水，他们亦独自品咂着个人的悔恨与纠结。若论人性的复杂，莫过于仕任二姓天子的贰臣。传统社会中的士大夫，非常顾及时人与后人的品评訾议，投降毕竟不是件光彩的事情，贰臣在反思之余，纠结矛盾是必然的心理表征，这种矛盾的直接后果就是心理上的悔恨交加，行为上的反复无常："正人君子"也会突然变成"无耻小人"，抑或反之。马士英、阮大铖、龚鼎孳、钱谦益，都是贰臣中经常反复的人物代表。乾隆在《贰臣传》中评说降清的钱谦益是"畏死幸生，腼颜降附"②，并将钱谦益列在贰臣的首位。新朝如此鄙薄他们，而旧朝遗民亦耻于与他们为伍，仕任二姓天子的士子所经受的折磨可见一斑，他们往往自我否认、自相抵牾，并没有人们所想象当中应有的左右逢源的得意，却有着进退两难的尴尬。原本是一念之间的决定，他们却要承担长期痛苦的后果。士子文人偶尔通过诗文等形式，微妙小心地表达着这种痛苦与歉意，这种歉意的对象是封建道统、亡国故君、家族门风、师友同志，等等。贰臣群体的出现，揭示士

① 《清诗纪事》收"明遗民卷"的诗人，除去"清初抗清志士为明朝尽忠献身者如陈子龙、夏完淳、张煌言、瞿式耜等人不收"，尚有 439 人之多。转引自张玉兴：《明清易代之际忠贰现象探赜》（上），《国学资讯》，http://news.guoxue.com/article.php? articleid=15209.
② 中国第一历史档案馆编：《纂修四库全书档案》上，上海：上海古籍出版社，1997 年，第 558 页。

林更真实的一面,证实了人性的多面性。如遗民吕留良的著作、日记和书信中①,多有评议皇权政治的言论,他始终强调"华夷之分,大于君臣之伦"②,吕留良的政治作为与政治理想,正是明清鼎革之际士人生活态度的真实反映。作为曾经出仕新朝,尔后又避世于僧门的人,他的决定不仅关乎其个人志向的选择、政治态度的取向及气节的坚守等问题,还关乎与他相连的整个士人家族的生存延续,而且他还需面对来自外界的舆论,以及个体内在情感的挤压,这一切都表明了易代之时,遗民信仰选择的复杂性,揭示了明遗民生存的艰难处境。

　　人的意识是以客观现实为基础的,生活于明清易代时期的吴伟业,曾徘徊在降清和忠明之间。降清后,他的行为因违背了儒家纲常的道德准则,因之就不可避免地陷入思想与行为的矛盾中,在九曲愁肠的痛苦纠结中,他所作的《与子暻疏》和《临终诗四首》恰好成为其悲剧人生的自白书。长诗《与子暻疏》中,吴伟业以自传的形式提到自己在明清鼎革时的遭遇,"吾绝意仕进,而天下乱矣。南中立君,吾入朝两月,固请病而归。改革后吾闭门不通人物,然虚名在人,每东南有一狱,长虑收者在门及诗祸史祸,惴惴莫保"③。他所抒发的是无穷的悔恨,毕竟身仕二姓,名节有亏,这一强烈的耻辱感很自然地击中了病中的他,其人将死,万事成空。其《临终诗四首(其一)》道:"忍死偷生廿载余,而今罪孽怎消除?受恩欠债应填补,总比鸿毛也不如。"④吴伟业发自内心的自愧自谦,使得后人逐步理解并原谅了他投降清朝的行为。此诗其三道:"胸中恶气久漫漫,触事难平任结蟠。块垒怎消医怎识,惟将痛苦付汲澜。"⑤其人其言,所阐述的是发自肺腑的忏悔及对自身备受精神折磨的贰臣行为无法消弭的痛苦,唯有用余生的自我谴责去偿还这曾经的无奈之举。这两首诗都能解释他情感的变化,没有矫饰,饱蘸真诚的追

<hr/>

　　① 吕留良(1629—1683),又名光轮,一作光纶,字庄生,一字用晦,号晚村,别号耻翁、南阳布衣、吕医山人等,暮年为僧,名耐可,字不昧,号何求老人。崇德(今浙江桐乡)人。顺治十年(1653)应试为诸生,后隐居不出。康熙间拒应清廷的鸿博之征,后削发为僧。死后,雍正十年被剖棺戮尸,子孙及门人等或戮尸,或斩首,或流徙为奴,罹难之酷烈,为清代文字狱之首。吕留良著述多毁,现存《吕晚村先生文集》《东庄诗存》。

　　② 雍正:《大义觉迷录》卷一,《清史数据》第四辑,北京:中华书局,1983 年,第 53 页。

　　③ (清)吴伟业:《与子暻疏》,《吴梅村全集》卷五十七,上海:上海古籍出版社,1999 年,第 1132 页。

　　④⑤ (清)吴伟业:《临终诗四首》,《吴梅村全集》卷二十,上海:上海古籍出版社,1999年,第 531 页。

悔,感染力极强,因之其诗数百年来得以广泛流传。日本曾刊有《梅村诗钞》,日本学者安积信(1791—1860)(字思顺,号艮斋)对梅村也蔚为惋惜:"当都城失守,帝殉社稷时,不能与陈卧子、黄蕴生诸贤致命遂志,又不能与顾亭林、纪伯紫诸子自放于山林之间,委蛇优游,遂事二朝,是则不及尚书之竣整,随园之清高远矣。向使梅村能取义成仁,或隐身岩穴间,其节概文章,皆足为后学标准,而天下所推为一代冠冕者,亦将不在阮亭而在梅村矣。"①

　　死后究竟是流芳百世还是遗臭万年,这确实是士子,尤其是颇有声誉的大儒需要直面的问题:"抱志之士,遭值坎壈,最难知者肺肠,最可议者行迹。不逢直谅多闻仁人长者,谁为恤其隐而鉴其外,横被讥评者多矣。"②变节的贰臣唯有仕清一途,或者在仕清后暗地资助抗清事业,而遗民在易代之时,大致有几种出路:殉节、抗清、隐逸、遁逃,等等。仅以遁逃遗民为例,明廷自有抗击倭寇的传统,因此明朝臣民上下颇为歧视日本,而东渡日本的南明遗民,他们不仅乞师于日本,甚至部分人选择定居日本避难。可见南明士子在无计可施的窘迫下,改变了他们头脑中固有的观念。庄子云:"古之真人,不知说生,不知恶死。其出不䜣,其入不距。翛然而往,翛然而来而已矣。不忘其所始,不求其所终。受而喜之,忘而复之。是之谓不以心捐道,不以人助天,是之谓真人。"③在明末,无论做遗民还是做贰臣,都有各自的原因,遗民为了成全名节放弃了经济仕途,贰臣在生时或许得到了一定的功名利禄,所谓"礼者,谨于治生死者也。生,人之始也;死,人之终也。终始俱善,人道毕矣"④。传统士大夫的理想便是一生恪守道德人伦,所谓善始善终,部分文士却不肯循规蹈矩于这一正途,即如鲁迅先生所言:"中国人的不敢正视各方面,用瞒和骗,造出奇妙的逃路,而自以为正路。在这路上,就证明着国民性的怯弱懒惰,而又巧滑……亡国一次,即添加几个殉难的忠臣,后来每不想光复旧物,而只去赞美那几个忠臣;遭劫一次,即造成一群不辱的烈女,事过之后,也每每不思惩凶,自卫,却只顾歌咏那一群烈女。"⑤鲁迅先生觉得过

---

① 转引自魏中林:《徘徊于灵与肉之际的悲歌——论吴梅村诗歌中的自我忏悔》,《清代诗学与中国文化》,成都:巴蜀书社,2000年,第13页。

② 罗振玉辑:《徐俟斋先生年谱》,北京图书馆编《北京图书馆藏珍本年谱丛刊》第75册,北京:书目文献出版社,1999年,第87页。

③ (清)郭庆藩:《庄子集释》(上),北京:中华书局,2012年,第234页。

④ (清)江永:《礼书纲目》卷三十二,清文渊阁四库全书本,第430页。

⑤ 鲁迅:《坟·论睁了眼看》,《鲁迅全集》第一卷,北京:人民文学出版社,1973年,第221页。

度诠释几位忠臣或几位烈女,都是中国懒惰思维的一种表现,亡国的原因千差万别,但总归是鲜血淋淋的历史教训,亡国事变在激发起敌对情绪乃至抗争壮志的同时,也会给人们留下各种困惑与思考。生于其中的当事人——遗民或贰臣,他们的困惑与幻灭感应该更加强烈。那些忠贞之士砥砺志节,以死抗争亡国的命运,不仅是中国传统儒家文化的推动使然,也可以说是传统观念支撑起的群体信仰促使他们选择了不同的人生道路。信仰在中国传统文化中的地位很复杂,士子文人遵循的是传统儒家的道德思想,明末清初,除了正统的忠孝观,有"独善其身"的说法,还包括其他的生死观,甚至包括地狱观等观念,这些是传统儒生在南明时期经受时代冲击后,慌不择路时的精神慰藉与信仰选择。

为国捐躯者或身心隐退者,多是受中国儒家文化中亘古流传的忠孝观影响。传统士大夫安身立命的准则,不同时代对应着不同的内涵,万变不离其宗的是"三纲五常"的忠孝观,于是易代之际、家国沦亡时,便是儒生人生大考的时候:

> 浙江降,宗周恸哭曰:"此余正命之时也",门人以文山、叠山、袁阆故事言者,宗周曰:"北都之变,可以死,可以无死,以身在削籍也。南都之变,主上自弃其社稷,仆在悬车,尚曰可以死,可以无死。今吾越又降,区区老臣,尚何之乎?若曰身不在位,不当与为存亡;独不当与土为存亡者乎?故相江万里所以死也。世无逃死之宰相,亦岂有逃死之御史大夫乎?君臣之义,本以情决,舍情而言义,非义也;父子之情,固不可解于心,君臣之义,亦不可解于心。今谓可以不死而死,可以有待而死,死为近名,则随地出脱,终成一贪生畏死之徒而已矣。"于是不进饮食,门人侍,宗周曰:"吾今日自处,无错误否?"门人曰:"虽圣贤处此,不过如此。"宗周曰:"吾岂敢望圣贤哉!求不为乱臣贼子而已矣。"饿二十日而死,乙酉闰六月八日也。①

清军第一次攻占浙江时,浙东大儒刘宗周选择绝食而死,对其他遗民也造成了一定的心理冲击,遗民们纷纷效仿,将为国尽忠、为君死节视为幸事:

> 乙酉六月五日,出云门至寓山之书室,饮至夜分,家人皆散去,惟祝山人留。星月微明,望南山而叹曰:"山川人物,皆属幻影。山川无改,而人生倏忽一世矣!"已而山人皆卧,彪佳自投梅花阁前浅水而死,留书

---

① (清)徐秉义:《明末忠烈》,杭州:浙江古籍出版社,1987年,第373页。

曰:"臣子大义,自应一死。十五年前后,皆不失为赵氏忠臣。深心达识者,或不在沟壑自经,若余硁硁小儒,惟知守节而已。"赠兵部尚书,谥文敏。彪佳尝问刘宗周:"人于死生关头不破,恐于义利尚有未净处。"宗周曰:"若从生死破生死,如何能破? 惟从义利辨得明,认得真,有何生死可言? 义当生自生,当死自死。眼前止见一义,不见有生死在。"观彪佳从容殉节,其与刘子之所论者,可以不愧矣。①

祁彪佳与刘宗周的对话,阐明了殉国而死的刘宗周,以忠孝节义为信仰,既然国破家亡,便是士子万念俱灰、殉国死节的时候。刘宗周对生死的论析,证明其仍有追步圣贤之心,祁彪佳更是不讳为君臣大义而死,所谓看破利益与生死,忠孝大节、君臣大义都是中国儒家传统文化的核心。18世纪英国美学家爱德蒙·伯克在《论崇高与美两种观念的根源》中说:"凡是能够以某种方式激发我们苦痛或危险观念的东西,换言之,又或者以类似恐怖的方式发挥作用的事物,都是崇高的来源。"②刘宗周、祁彪佳可谓死得其所,也死得崇高。明遗民王夫之曾道:"且天地之生也,则人以为贵。草木任生而不恤其死;禽兽患死而不知哀死,人知哀死而不必患死,哀以延天地之生,患以废天地之化。故哀与患,人禽之大别也。"③他对自己退隐避世的行为做出了解释,不再仕任清朝的自己,既维护了道义又顺应了自然天道。然而,南明时期,因为普通百姓与士子文人的疏离,故而普通看客根本无法理解士子尽节的这种行为,士子的忠孝气节在当时又具有了某种表演的性质:"山阴文学范史直,字域之。原名于晋,负石投江。初五日,监军御史陈潜夫字符倩,旧讳朱明,兵溃。归寓小颍,作绝命诗曰:万里关河群马奔,三朝宫阙夕阳昏。清风血泪苌弘碧,明月声哀杜宇魂。白水无边流姓氏,黄泉耐可度寒暄。一忠双烈传千古,独有乾坤正气存。同妻妾孟氏赏月于村之孟家桥,两夫人先联臂而入于河,然后先生从焉。观者数千人,先生犹与两岸人拱揖而别。"④士子文人选择殉国尽忠,将之视为一种信仰,他们满心赤诚且强调仪式感。而此时岸上的看客既不加入亦不阻止,一直隔岸观望。这一事例很

①　(清)徐秉义:《明末忠烈》,杭州:浙江古籍出版社,1987年,第375-376页。
②　[英]伯克:《关于我们崇高与美观念之根源的哲学探讨》,郭飞译,郑州:大象出版社,2010年,第85页。
③　(清)王夫之:《周易外传》,北京:中华书局,1997年,第64页。
④　(清)孔昭明:《浙东纪略》,《台湾文献史料丛刊》第六辑,北京:人民日报出版社,2009年,第28页。

有典型意义,士子文人所崇尚的信仰,从一个角度来说也具有一定的历史虚无感。忠孝观念也只是文人士大夫铭刻于心,甚至融入血液中的某种观念,所谓"生死,释子看得轻。忠孝,儒门看重"①。

黄宗羲道:"桑海之交,士多标致。击竹西台,沉函古寺。年书甲子,手持应器。物换星移,不堪憔悴。水落石出,风节委地。"②时代变迁,物是人非,现实打败了很多精神上的东西,因此,士子只能无奈地接受改变。人性是复杂的,故而需要适度地给予谅解。德国哲学家伽达默尔对此的解释是:"人的生存意识一方面是向记忆和回忆开放,一方面是向着未来开放。所以即使当人面临生命的终点,期望和希望也将战胜一切懦弱。"③这懦弱不仅涵盖忠孝观念等传统士大夫公认的道德,还包括其他诸多中国传统文化的禁忌,黄宗羲以此警戒乱臣贼子,曾道:"地狱之惨形,所禁阳世之为非者也。上帝设此未命,使乱臣贼子知得容于阳世者终不容于阴府,以补名教之所不及,不亦可乎? 余曰不然,大奸大恶,非可以刑惧者也。地狱之说,相传已久,而乱臣贼子未尝不接迹于世,徒使虔婆顶老,凛其忏介之恶,而又以奉佛消之,于世又何益乎? 夫人之为恶,阴也,刑狱之事,亦阴也。以阴止阴,则洹结而不可解;唯阳和之气,足以化之。天上地下,无一非生气之充满,使有阴惨之象,滞于一隅,则天地不能合德矣。故地狱为佛氏之私言,非大道之通论也。"④佛门算是遗民和贰臣殊途同归的最佳场所,在明亡之前,佛教文化已极盛,明亡后,不仕清而入教者更多。黄宗羲以学者的视角,冷静分析所谓乱臣贼子死后进入地狱的说法,他认为,儒生有着自己本体的信仰操守,地狱不过是释家说法,不必以此再次补充、恐吓儒生做出忠孝节义的行为,乱臣贼子的存在反而佐证了世间的阴阳之说,善的存在即是为了证明恶的存在,而忠孝节义则是天地之间大阳大盛的至德,儒生只需以此为守则,固守自己的本分。

当朝代更迭时,士子文人唯一可用以抗争的便是自己所拥有的最珍贵的生命,可以想象为什么王国维在传统文化断裂之后,一心寻死,别无他念。

---

① (清)孔昭明:《浙东纪略》,《台湾文献史料丛刊》第六辑,北京:人民日报出版社,2009 年,第 29 页。

② (清)黄宗羲:《汪魏美先生墓志铭》,沈善洪主编,《黄宗羲全集》第十册,杭州:浙江古籍出版社,2005 年,第 383 页。

③ 转引自陆扬:《死亡美学》,北京:北京大学出版社,2006 年,第 136 页。

④ (清)黄宗羲:《地狱》,沈善洪主编,《黄宗羲全集》第一册,杭州:浙江古籍出版社,1985 年,第 198 页。

死生之际,方可得见一个人的价值观念和人生取向,所谓盖棺定论,就是为这些主动赴死之人的人生画上了最浓重的一笔。中国儒家传统观念本是珍惜生命的,从孔子的身体发肤受之父母之学说,到道家老庄的适意而为,道法自然,所谓"一生二,二生三,三生万物"的生生不息,本意都是尊重天意,维护生命,所以清初"留发不留头,留头不留发"导致满汉之间的强烈冲突。中国人最忌讳的就是横死,喜欢自然寿终。易代之时,尤其是饱读诗书,通晓大义的读书人选择自戕,这着实是需要勇气的,这也是一个很值得研究的文化现象。

南明多数殉国者是因为被执不屈而选择就义,而那些易代之时生命没有受到威胁却选择自杀的人,却是我们剖析中国传统文化的一个切入点,他们是忠于国君还是忠于道统或是忠于自己呢?南明遗民注重死后声名,主动选择为旧朝自杀,他们用这种与儒家思想决然相左的过激行为践行不自由,毋宁死的信念。士子的这些行为反而证明:死比生更有意义,而这个意义便是死得其所,死有所值。多数遗民为了"盖棺定论"而选择殉国或退隐,这就是当时士子所面临的人生选择。子曰:"未知生,焉知死?"单独个体的生,未必能对世事有太大的冲击,但个体的死亡却很可能对历史进程产生巨大的影响。子又曰"君子疾没世而名不称焉",比起对死亡的恐惧,死亡将至而名声未立,犹如雁过无声般可怖,更加让人不寒而栗。陆扬有这样的一个论点,他认为:"独有人类能够直面死亡向他展开的一切苦涩和困顿。死亡促使人沉思,为他的一切思考提供了一个原生点,这就有了哲学。死亡促使人超越生命的边界,臻求趋向无限的精神价值,这就有了伦理学。当人揭开了死亡的奥秘,洞烛了它的幽微,人类波澜壮阔的历史和理想便平添上了一种崇高的美,这也就有了死亡的审美意义。"①临终盖棺前的种种情状,多是贰臣忏悔逃避,遗民坦然赴死,这似乎成为易代之际一种刻板的士子文人反应模式,他们的观念也具化为某种具有集体倾向的思维定式:"文化仅仅是精神的表现和精神的意志。因而,它是处于所有对生存进行理智把握后面的'本质'的表现和意志;它也是'心灵'的表现和意志。这种心灵,在其表现出的冲动和意志中,毫不关注目的性和实用性……由此,出现了一种流行的文化概念形式。在这种形式看来,精神东西是在物质和精神的给定生存实体中的表现和释放。"②遭逢乱世,普通百姓唯求能够继续苟活,而饱读诗书

---

① 　陆扬:《死亡美学》,北京:北京大学出版社,2006 年,第 4 页。

② 　[德]A.韦伯:《文化学原理》,《社会科学年鉴》1920-1921 年,第 29 页,转引自[美]马尔库塞:《审美之维》,李小兵译,桂林:广西师范大学出版社,2001 年,第 14-15 页。

的士子文人,在礼教观念、精神信仰与残酷现实的夹缝中,不同的信仰选择汇集成了一个时代士林的精神风貌。

浙东鄞县人钱光绣(1614—1678),其兄长钱肃乐加入南明朝廷后,积极抗清,他却始终不愿入仕于任何政体,明朝鼎革后,晚年他与高宇泰组织耆社,慎选了九个遗民入社,常有感怀故国之举,最终忧思哀叹,自杀而死。南明遗民在自我放逐的过程中,最终为强大的信仰与黯淡的现实所撕裂,成为故国悄无声息的殉道者。南明遗民面对残暴的异族统治,他们的反抗也愈加激烈,清初为了保持大清政体的良性运转,清朝皇族主动选择接纳、改造传统华夏文化,所谓的"夷狄大防"至此慢慢松懈下来,然而在恪守儒家传统"君臣"大义面前,南明遗民贞烈者自戕而死,其他大多数南明遗民选择了避世而居,在荒芜的岁月中耗尽他们最后的忠诚。

第二节　南明浙东遗民的抗争

浙东南明王朝以鲁王监国为行政职能中心,围绕着这段史实,正史、野史等各种历史文献及文学作品皆有形式各异的记载。南明鲁王政权是末路王朝的缩影,而南明浙东遗民却显现出"知其不可而为之"的偏执,这也是考验文臣士子道德操守的最佳时段。清朝定鼎天下后的明遗民,他们接受的冲击首先是清朝官方的压制,如文字狱、禁书运动,禁毁目录的刊行、四库全书中对书籍的删改,等等;官方强制性行为亦造成了士大夫及一般百姓的自我压抑,外在与内在的压抑促进了明遗民对明末清初历史记忆的抹除①。与之相比,南明遗民即便在高压的政治环境下,却依然有选择道德信仰和人生道路的自由。浙东一域,地域文化传承及其固有的文化性格促使饱读圣贤之书的遗民志士在国家危亡时,进则参与政事,组织义军,积极抗清;退则隐居乡邦,留存故土,著书立说;折中者则湖海飘摇,抱残守缺,远避他乡。

一、反清复明为信仰积极奔走

传统士子文人安身立命的准则多半是恪守儒家教义中的信条,面对江山易主的局势,具有入世精神的旧朝遗臣、布衣文士选择力挽狂澜,为光复旧朝

---

① 王汎森:《清末的历史记忆与国家建构:以章太炎为例》,《思与言》1996年第3期,第1-18页。

献计献策,部分文臣甚至承担起军事将领的职责。南明志士由先前的"讨贼"过渡为反清复明,南明渐次发生过黄淳耀①、侯峒曾②、陈子龙③、夏允彝④、王翊⑤、张梦锡⑥、李长祥⑦等人起兵,以及鄞县六狂生、五君子等抗清运动。史学界对南明浙东遗民抗清行为的评价,具有一定的参考性,如顾城所言:"浙东的反清起义,和福建的隆武政权有一个重大的区别:浙东是在本地当权官绅已

---

① 黄淳耀(1605—1645),初名金耀,字蕴生,一字松厓,号陶庵,又号水镜居士,南直隶苏州府嘉定(今属上海)人。曾组"直言社",崇祯十六年(1643)进士,归益研经籍。弘光元年(1645),嘉定人起义抗清,与侯峒曾被推为首领。城破后,与弟黄渊耀自缢于馆舍。能诗文,有《陶庵集》。

② 侯峒曾(1591—1645),号广成,字豫瞻,明苏州嘉定(今属上海)人。明赠太常少卿侯震旸长子,天启五年(1625)进士。雅好诗文,能书法。曾任浙江参政。弘光元年(清顺治二年,1645)嘉定民众起义抗清,他与黄淳耀被推为首领,于闰六月十七日起兵守城,至七月四日城破,坚守十余日。城破后与二子投叶池殉国。

③ 陈子龙(1608—1647),初名介,后改名子龙;初字人中,后改字卧子,又字懋中;晚号大樽、海士、轶符、於陵孟公等,南直隶松江华亭(今上海市松江)人,崇祯十年(1637)进士,论功擢兵科给事中,命甫下而明亡,继而任南明弘光朝廷兵科给事中。清兵陷南京,他和太湖民众武装组织联络,开展抗清活动,事败后被捕,永历元年(1647)五月投水殉国。陈子龙为婉约词名家、云间词派盟主,被后代众多著名词评家誉为"明代第一词人"。曾主编《皇明经世文编》,删改徐光启《农政全书》并定稿。

④ 夏允彝(1596—1645),字彝仲,号瑗公,松江华亭(今上海松江)人,夏完淳之父。万历四十六年(1618)举人,崇祯初年,与同郡陈子龙、徐孚远等人结成"几社"。崇祯十年(1637)进士,任福建长乐县知县,体恤民情,去除弊俗。崇祯十七年(1644),李自成攻陷北京,明室福王在南京监国,任命他为吏部考功司主事。弘光元年(1645),清军进攻江南,夏允彝与陈子龙等在江南起兵抗清,兵败后于同年九月十七日投水殉节,时年50岁,谥"忠节"。著有《夏文忠公集》《私制策》《幸存录》等。和陈子龙齐名,世称"陈夏"。

⑤ 王翊(1616—1651),字完勋,余姚人,秀才出身,初从军西兴,抗击清军,西兴师溃,归余姚,重组义军得千余人,入四明山。两破上虞,杀清朝县令,名震浙东。后王翊在四明山孤军奋战被数倍于己的清军包围,血战杀死众多清兵后重伤被执,不屈牺牲。

⑥ 张梦锡,字云生,自号破屋先生,四明(今浙江宁波)人。明贡生,入太学。明末清兵南下,与董志宁、王家勤、华夏、陆宇爆、毛聚奎称"六狂生",起兵抗清,驻鄞县大皎,鲁王监国时,官至御史。后力战而死。刻有刘斧著《青琐高议》,前、后集各十卷。

⑦ 李长祥(1612—1679),四川达州人。字研斋,亦字子发,自号石井道人。崇祯十六年(1643)进士。鲁王监国四年(1649)任兵部左侍郎,移至舟山。1651年清军陷舟山,鲁王散失海上,李长祥被俘,羁押于南京。金陵才女姚淑于康熙元年(1662)与之奔逃,由吴门渡秦邮,走河北,遍历宣府大同,复南下百粤,与屈大均为友。诗仅有《秋怀》《五言律》《野池秋夜》三首。妻姚淑有《海棠居诗集》,附刻《天问阁文集》。其《天问阁文集》收入《四库禁毁书丛刊》集部第十一册。

经投降清朝以后,一批有志之士激于剃头改制,揭竿而起,不顾杀身亡家的
危险而展开的反清复明活动,它的骨干成员大多数是些社会地位比较低的
明朝生员和中、下级官员。"①这至少说明浙东抗清起义的艰巨性和群众性,
浙东地域文化中所传承的卧薪尝胆、发愤图强的精神力量,在时代的激荡
下,亦迸发出其奋发的精神特质。当时南明浙东鲁王监国于绍兴,张国维②、
孙嘉绩③、熊汝霖④等加入内阁,鲁王的辖地包括:绍兴、宁波、温州、台州等
浙东大部分地区,其时军事实力尚可,主要是浙中江上义师、方国安、王之仁
部,包括钱肃乐、孙嘉绩等人带领的义军,力量还算雄厚。此外,美国学者司
徒琳从地缘政治的角度分析指出浙东地区抗清活动的特殊性,她评价道:
"浙东的抗清情绪特别高涨,与他处不同。在鲁政权被迫离开大陆避往海岛
以后很久,该政权小小的领导核心(每个人都来自'清流'重镇的浙东)比南
明政权其他领导层更为团结一致,更愿献身于共同事业。要把满洲这条狼
拒于门外,浙东没有丰富的物质资源以为凭借,也并不实施严密的组织纪
律,确实可以依靠的只有其人民抵抗'胡虏'的同仇敌忾之气。"⑤她认为浙东
鲁王监国政权的存在具有其合理性及积极意义。鲁王权臣张国维从自身利
益的角度出发,拒绝鲁王并入福建唐王的麾下,这一决定有利有弊,若是刚
开始便解除鲁王政权,浙东地区这道地域防线便会较早崩塌。她称赞道:
"礼乐之邦的浙东,其人民一向以直道传统而自豪,与南直隶南部的情况相

---

① 顾诚:《南明史》,北京:光明日报出版社,2011年,第186页。

② 张国维(1595—1646),字玉笥,浙江东阳人。明天启二年(1622)进士,授番禺知县。
崇祯七年(1634),升任右佥都御史,巡抚应天、安庆等十府,主持兴建繁昌、太湖二城,后任兵
部尚书。清顺治二年(1645),他拥鲁王朱以海监国。清兵入关后,宁死不降,以身殉国。

③ 孙嘉绩(1604—1646),原名光弼,字硕肤,浙江余姚人。宋朝烛湖先生之后,明忠烈
公孙燧五世孙,明大学士孙如游之孙,崇祯十年(1637)进士,初授南京工部主事,召改兵部主
事,擢升职方员外郎,不久升任郎中。为太监高起潜所陷害,下狱,过了很久才释放回籍。福
王登基后,起为九江兵备金事,不任。鲁王监国绍兴,擢右佥都御史,累进东阁大学士。王航
海,嘉绩从至舟山。其年遘疾卒。

④ 熊汝霖(1597—1648),字雨殷,又字梦泽,乳名八祥,余姚(今浙江余姚)人。崇祯四
年(1631)进士。授同安知县,任内曾率兵渡海,在厦门击败荷兰殖民者。崇祯十四年
(1641),升任户部给事中,熊汝霖屡屡上书谏诤,猛烈抨击朝政,降为福建按察司照磨。明亡
后,与孙嘉绩举兵浙江抗清,迎鲁王朱以海于绍兴,南明首辅大臣。1645年,因军功擢升兵部
尚书,授东阁大学士。1648年,为拥有重兵的郑彩所杀。

⑤ 〔美〕司徒琳:《南明史:1644—1662》,李荣庆、郭孟良、卞师军、魏林译,严寿澂校订,
上海:上海书店,2007年,第63页。

比,浙东的士大夫不久就表现了高度的社会凝聚力以及有效的领导才能。"①
鲁王监国存在时间较短,一直处于南明其他政权的夹缝之中,但南明近四十
年的历史,在鲁王政权的领导下,众浙东抗清志士不顾个人的官衔高低和利
益多寡,同仇敌忾抗击清军,即便在明朝官员早已投诚的情形下,甚至在鲁
王病逝后,他们依然坚韧不拔地坚持抗清。南明浙东遗民的抗清行为,不能
简单地以"愚忠愚孝"视之,士子文人的身份没有阻碍他们在国家危难时投笔
从戎的决心,而王阳明、刘宗周等大儒的哲学观点,尤其浙东文化中"经世致
用"的思想对浙东遗民亦有启蒙作用。抗清志士以壮举留名青史,戎马生涯
中,他们以笔为旗,创作了大量反映国变时艰的作品,将国家巨变下的群体意
识及个体遭际加以诠释,借文笔抒写山河破碎时的悲壮情怀。

　　在南明浙东历史上,钱肃乐是一位关键人物②。他熟稔浙东地区的地理
环境及军事组织,有着广泛的人脉基础,若论与当地缙绅世家的交往,钱肃乐
算是浙东地区比较活络的一位士绅。清朝势力席卷南明主要地区后,为实现
真正的天下一统,随后便推行薙发令,此时"亡国亡种"的情绪方蔓延开来。为
维护儒家教义中"身体发肤受之父母"的说法,部分汉族士绅、普通民众对此加
以反抗,钱肃乐《四歌》(悲士民将吏也。长歌之言,惨于痛苦矣。)诗曰:"吁嗟
尔民一何愚,须发胡服满交衢。老者曰非不爱发,不尔无以守田庐。壮者曰非
不爱发,不尔无以保妻孥。"③此时,清廷已然施行"留发不留头"的政策,南明地
区的民众凛然感受到种族、文化侵略的暴力。顺治二年(1645),清军南下,宁
波知府朱一葵与通判孔闻语剃发降清,时鄞县"六狂生",包括董志宁、王家勤④、

---

　　① 　[美]司徒琳:《南明史:1644—1662》,李荣庆、郭孟良、卞师军、魏林译,严寿澂校订,
上海:上海书店,2007 年,第 61 页。
　　② 　钱肃乐(1606—1648),字希声,一字虞孙,号止亭,鄞县人。崇祯十年(1637)进士,授
太仓知州,因政绩卓越迁为刑部员外郎。1644 年明朝灭亡,钱肃乐闻之恸哭,随即令诸弟替
他准备身后事,他便计划起兵抗清。钱肃乐著有《正气堂集》《越中集》《南征集》等,这些作品
因兵乱而全部散失。现存的诗歌主要收于《续甬上耆旧诗》中,《续甬上耆旧诗》录其诗二百
四十一首《钱肃乐集》,卿朝晖点校,杭州:浙江古籍出版社,2014 年。
　　③ 　(明)钱肃乐:《钱肃乐集》,卿朝晖点校,杭州:浙江古籍出版社,2014 年,第 317 页。
　　④ 　王家勤(? —1648),字迪一,号石雁,宁波府鄞县人,明生员。与华夏、董志宁、张梦
锡等并称宁波"六狂生",拥戴钱肃乐在宁波举义。鲁王监国朱以海授予大理寺评事。后与
"宁波五君子"等谋划恢复宁波等城,为谢三宾所告发,谢三宾劝王家勤投降清朝,被其所叱,
终于被害。

张梦锡、华夏①、陆宇爌②计划起兵抗清,铲除投诚的朱一葵等人。后来钱肃乐亦加入集会,经多数人举荐,钱肃乐无意中成了领袖,因势利导,浙东众志士开展了抗清运动。他们将投降清朝的孔闻语处死,而朱一葵因有百姓哀求得以幸免。鲁王监国政权成立后,擢升钱肃乐为太仆寺少卿,又加为右佥都御使,驻守萧山瓜沥,后因战功又加右副都御使。

南明浙东地域性的文献中,多处可见与钱肃乐有所交集的事例与人物,在《甬上耆旧诗》《续甬上耆旧诗》《四明清诗略》中尤为常见,可见其抗清足迹及交游范围。钱肃乐怀着一腔报效故明、复兴南明的热忱,加入到抗清义军的行列。钱肃乐作有《纪梦》二首,全祖望曾对之加以注释:"先赠公有云:'此梦乃赦王北来讣音之先兆也,足以见公之忠诚格天。'"③钱肃乐《纪梦》(其二)诗曰:"故国山河掷逝波,海潮书恨不胜多。一番花信凭谁逗,几度麟书只自哦。处处春风摧玉树,年年秋草泣铜驼。浮生为客忧为主,梦亦悲哀晓奈何?"④句句申明其故明遗臣的心迹。时光荏苒、江山同悲,皆渲染了胜朝遗民的悲怆心绪。钱肃乐满蕴旧朝遗臣的热情,积极进谏鲁王,希望鲁王励精图治,摆脱南明政权的劣势。其《先去致虏之媒害民之贼疏》云:"主上居越中,虽不比前代人主乘舆荆棘之惨,然百司未备,百度未修,可谓僻矣陋矣。越城咫尺之地,皇天之所付予,祖宗之所寄托,万姓之所观瞻,皆萃于此,可谓重矣大矣。"⑤他关心南明王朝鲁王监国的安危兴衰,鼓励鲁王监国发愤图强,以图明朝再次崛起。然现实情况却颇为讽刺,当时王朝的所谓皇朝军,所经之处对百姓颇有掠夺,而浙东义士组织起来的义军,却能够做到秋毫无犯。鲁王监国政权迫于清军的外在压力,赋税严苛,强取豪夺,致使南明王朝辖区百姓民不聊生。

戎马生涯之余,钱肃乐撰写了多篇渴望南明复兴的奏折,亦含有部分表

---

① 华夏(1590—1648),浙江定海人。字吉甫,一字过宜,号默农。迁鄞贡生,通乐律。少与同佐里王家勤同业于倪元璐、黄道周、刘宗周。杭州破,与董志宁等佐钱肃乐起兵。鲁王监国授职方郎中。乞师翁洲黄斌卿,许之乃归。其书为侦者所得,降臣谢三宾证之,遂被执。戊子五月殉国。鲁王监国翁洲,赠简讨,门人私谥毅烈,清乾隆四十一年(1776)入祀忠义祠。著《过宜言》八卷,清钞本。

② 陆宇爌(1608—1663),字周明,弟宇燝,世科之子。钱肃乐起事,宇左右之,宁波府诸生董志宁、王家勤、张梦锡、华夏、陆宇爌、毛聚奎号称"六狂生"。鲁王在海上,宇爌供资粮靡屡不绝。余姚王翊枭首城西,宇爌与客江子云谋收之。著有《赣庵集》。

③④ (明)钱肃乐:《钱肃乐集》,卿朝晖点校,杭州:浙江古籍出版社,2014年,第330页。

⑤ (明)钱肃乐:《钱肃乐集》,卿朝晖点校,杭州:浙江古籍出版社,2014年,第181页。

明其情怀的诗文作品。钱肃乐《越中集》谓："宋臣袁燮谓人主必举一二事可以耸动天下者发愤而力行之，然后尊居九重而威震四夷。今数月以来，可以耸动天下者，未见行一二事也，而可以骇走天下者，行之且不止一二事矣。"①他直斥南明朝廷的不作为，完全不顾及君王的威仪及自身的安危。钱肃乐《越中集》所写奏疏皆是针对鲁王监国绍兴的现实状况，揭露鲁王监国统治下的各种劣行。他如实阐述南明鲁王监国以及南明弘光朝政治、军事、经济的各种弊端，情辞恳切，渴望南明能够"中兴"振作："人情惧则思患，安则图乐，今中兴事业未就，东奴窥渡可虞，而书帕满街，请托盈路。"②他还作有《陈越中十弊疏》③，力陈改善时弊的良策，皆可见钱肃乐拳拳臣子的心迹及他不为一己之私，"心怀天下"、悯天忧人的情怀。钱肃乐《越中集》写于鲁王绍兴监国时期，《南征集》则撰于随鲁王避难于福建之时，这些文集皆是其在峥嵘岁月的间歇所著，具有很强的纪实性，其中亦对自己在浙东所参与的抗清活动有所载述。

　　"复仇"是当时南明朝臣共同的心理范式与职责所在，他们是不愿承认、不愿直面明朝覆灭这一事实的，他们更愿意相信，明朝只是暂时被驱赶至南方，所以"复仇"之说多处可见。清初文秉所作《甲乙事案》序曰："司职事者咸曰：'必报仇，戮力致讨，毋有二心也'。……将奋其武怒，以报其大耻。"④弘光朝发明文曰："闯贼负不共戴天之仇，吴三桂乞援于清，立扫而驱除之。虽寸磔尚稽天诛，而舆尸亦稍吐气。尔时为庙堂计者，自应厚其金币，隆其礼貌，妙选其人，而郑重遣之。"⑤对普通百姓而言，无非是接受朝代更迭的事实，"报仇"之心则是当时国运式微，罹难之下士子文人不甘于命运的有心反抗，起义者如钱肃乐、董志宁、王之仁等人逆势而行，克服艰巨的困难，挽救早已处于颓势的大明王朝。南明鲁王监国只注重给臣下分配官职，导致臣子只关注各自的官衔和利益，而对近在咫尺的危机却掩面不视，尤其是面对起义者高涨的爱国情绪，亦不作规划与打算。忠臣义士即便是泣血力荐，君王也不为所动，南明小朝廷君臣的集体断档、文化休克或许是危机之下君臣的末世狂欢或自欺欺人，以致南明朝王朝在军事、经济仍有优势的状况下，

---

① （明）钱肃乐：《钱肃乐集》，卿朝晖点校，杭州：浙江古籍出版社，2014年，第182页。
② （明）钱肃乐：《钱肃乐集》，卿朝晖点校，杭州：浙江古籍出版社，2014年，第184页。
③ （明）钱肃乐：《钱肃乐集》，卿朝晖点校，杭州：浙江古籍出版社，2014年，第203-208页。全祖望注曰："此疏上唐王。"（张）寿镛案：原有目无文，今从《乾坤正气集》补。
④ （明）文秉：《甲乙事案》（上），清钞本，第1页。
⑤ （明）文秉：《甲乙事案》（上），清钞本，第18页。

再次沦陷。由此可见,历史上王朝的更迭具有了某种宿命的色彩。

关于"六狂生"事件,钱肃乐在自己的奏疏当中,对此事件的来龙去脉做了详尽的解释,他在《举义情繇疏》中将当时参与事件的人员名单加以罗列。即便是偏安一隅,类似钱肃乐之类的大臣,还是希望鲁王监国能励精图治,重振大业。然而现实是赋税更加严苛,抢掠迫切,民不聊生。钱肃乐本是以戎马立身,结果自动担当起谏官的职责,《越中集》中篇篇奏疏字字泣血,如实反映出南明鲁王监国,甚或南明朝政治、军事、经济的各种弊端,导致这些南明遗臣心中持有的"中兴"梦想与期待与之格格不入,"中兴"一词屡屡出现于南明文人的文集中,如"南都既破,天下旧臣遗老,志不忘明者,皆辅明之余孽以冀中兴"①。所以,闰六月初九张国维、陈函辉迎鲁王监国,初十黄道周、张肯堂迎立唐王,改元隆武,臣子依靠迎立不同的帝王以求南明"中兴"之心,也颇为世人所理解。

钱肃乐陈述百姓遭受国变的民生艰难,历数民众的十大苦,"典型未树,民多愁叹,强敌在边,烽火不息,百姓东西奔走,不得保其室家"②,他请求鲁王监国能够挽救民众于水火之中,重整朝纲,实现先圣先贤的治世理想。钱肃乐从未以狭隘之心来对待地域性的南明小朝廷,其在《致闽辅黄跨千书》(讳鸣骏)中道:"为鲁为唐,义先逐雀;是闽是浙,志切驱狼。"③南明王朝的臣子情结仍是以"明朝"为精神主轴。在《越中集》中,钱肃乐两次上疏,力陈义军缺乏粮饷,起义兵将的开支全是由郡乡绅士鼎力支援,其《臣兵无饷疏》④《鄞慈有兵无饷疏》⑤《臣兵四十日无饷疏》⑥等奏折,反映了军队供给方面愈来愈窘蹙的状况。钱肃乐军法苛严,所过之处秋毫无犯,然维生艰难,最终结果是义军唯有解散一途,然则散落的义军却有家不能回,处境愈加困难。

---

① (清)韩菼:《江阴城守纪》(上),中国历史研究社编,《东南纪事》,上海:上海书店,1982年,第55页。

② (明)钱肃乐:《拟监国鹭门诏》,卿朝晖点校,《钱肃乐集》,杭州:浙江古籍出版社,2014年,第217页。

③ (明)钱肃乐:《钱肃乐集》,卿朝晖点校,杭州:浙江古籍出版社,2014年,第210页。

④ (明)钱肃乐:《钱肃乐集》,卿朝晖点校,杭州:浙江古籍出版社,2014年,第187-188页。

⑤ (明)钱肃乐:《钱肃乐集》,卿朝晖点校,杭州:浙江古籍出版社,2014年,第195-196页。

⑥ (明)钱肃乐:《钱肃乐集》,卿朝晖点校,杭州:浙江古籍出版社,2014年,第199-200页。

钱肃乐行文处，皆可见其急促愤懑的心情。鲁仲连谓"将军有死之心，士卒无生之气"①，反抗清朝的过程，南明君臣经历的是艰苦卓绝的峥嵘岁月。戎马生涯中，钱肃乐的绝对忠诚蜕变成了绝对的偏执，他以个体的理性分析为依据，客观分析南明王朝的局势，无论弘光、鲁王、隆武哪个政权当政，他的核心理想皆是"中兴"明朝，这种偏执是浙东一域多数文士所具有的秉性，诸如刘宗周绝食殉国，张煌言舍生取义，等等，皆绝少变通。鲁王监国政权虽在浙东地区昙花一现，却使得南明浙东抗清义士绝少易帜的信念并在此舞台上得以展演，这种韧性与坚持，恰巧也是浙东地域文化的一部分。南明浙东遗民虽未能阻挡清兵侵占江南的步伐，但通过抗清义士众志成城的浴血奋战，一定意义上减慢了清军侵吞江南的步伐，使得清兵意识到江南文士内敛含蓄、不事张扬的战斗精神。钱肃乐作有七言绝句《云歌别诸弟十首》《偶和吴霞舟夫子十吟》《哭内十怨》《十恨》《十忆》《十愿》《十忏》《十期》等诗，其虔诚的遗民情怀，借由诗歌而传情，其近乎虔诚的宗教徒般的爱国热忱神明可鉴。钱肃乐所作词《谒金门》②（秋风）曰：

> 天正碧，叶落枝头无色。昨夜帘前战声急，羽书飞报捷。扫断妖云千尺，捧出一轮红日。山外青青松耶柏，惯风前独立。

南明、清朝斗争形势严峻，双方已进入关乎生死存亡的白热化阶段。钱肃乐词中所用的"红日""青松"意象皆表明他坚定的抗战意识。南明浙东一域，起义者的这种强大的斗争意志及铮铮铁骨的顽强自持，支撑着南明志士恢复故土，重建故国的信念。

浙东抗清义军将领，虽多为普通的下级官员，但面临南明危局，他们多挺身而出，执掌南明忠臣义士的道德旗帜，这种道德情操在南明浙东志士处亦是一种从众效应，他们之间有着密切的关系网络。诸如南明起义军将领王翊，他治军整肃，军纪严明，甚得属下拥戴。王翊是黄宗羲的同乡好友，他有着与张煌言相似的军事才能。王翊本是秀才出身，而张煌言乃举人出身，生逢乱世，身为浙东遗民的一员，王翊弃文从武，迅速成长为军事将领。浙东文化中的"不屈"与"尚武"精神传统影响着这些有识之士。可惜的是，在浙东地域文化的浸润下，浙东文士较有坚韧与奋进之资，但缺少较具担当意识的顶级帅才，即所谓具有大局观念、具有霸权意识的军事将领。浙东自古

---

① 《战国策》卷第十三，(汉)高诱注，(宋)姚宏续注，士礼居丛书景宋本，第75页。
② (明)钱肃乐：《钱肃乐集》，卿朝晖点校，杭州：浙江古籍出版社，2014年，第358页。

大儒频出,思想领域处于全国领先的地位,说到底浙东一域还是文士气过重,这些地域文化优势亦制约了浙东志士称霸称雄的能力与决心。

王翊曾在浙东余姚组织起千余人的义军,后以四明山为根据地。他曾两次攻破上虞,斩杀清廷委派的县令,因此名震一时。抗战之途艰难坎坷,王翊却愈挫愈勇,他一直组织各地的义军将士,军纪严明,与张煌言的义军联合以田亩征饷而秋毫无犯,深为下级将士及百姓所尊重,逐渐成为浙东重要的抗清劲旅。时任鲁王监国副都御使的黄宗羲曾推荐王翊加入鲁王政权,却被定西侯张名振所阻,应该说,鲁王监国因之丧失了一次增强军事力量的机会。黄宗羲见事终不可成,后隐居著书,王翊事件可谓是其起因之一。鲁王只遥封王翊为佥都御使和兵部侍郎,他的身份终究还是游兵散将。王翊在战斗中多次化险为夷,清军将其视为较大的威胁,后调重兵多路围攻四明山,王翊不敌清朝大军的强势会攻,便退守瀚洲(今舟山市)。1651年秋,清兵分三路夹击瀚洲,两军血战,王翊部损伤惨重,他冲出重围后,仍意欲重组抗清义军,后被清兵所俘,终不肯屈服而牺牲。南明的多支义军终不能在鲁王监国的旗帜下凝成一股强劲的力量,清朝抓住南明王朝的致命缺点,将抗清力量逐一击破。对南明王朝尤其是浙东鲁王监国而言,南明浙东遗民的抗清活动,延长了鲁王监国存在的时间。南明浙东义士的抗清,反映了明朝遗民桀骜不屈的反抗意识与战斗精神。诸葛亮《出师表》中所云"长使英雄泪满襟",南明志士的铮铮铁骨与坚强不屈,完善了他们个体的人格操守,谱写了南明浙东遗民抗清的不凡历史。

抗清是千千万万南明遗民的救世理想,经过近二十年刀光剑影的风云漫卷,南明抗清史成为历史上难以磨灭的沉重记忆。南明志士弘扬着近似宗教的献身精神和政治理想,即便在双方军事力量悬殊的状况下,依然决不妥协,这些行经过往应该被理解并得到尊重。南明浙东特殊的地理位置,将浙东抗清义士放置于危险而尴尬的地位,多数志士早已洞悉抗清无望,然则挖掘抗清义士的激情、理想、信仰等,依然可见一群鲜活的、呼之欲出的有志之士。出于对群体理想的追求及对传统道德的维护,以及为了实现个体生命价值,南明志士以处于劣势下的倔强与固执,偏执地选择了一条"向上"之路。南明浙东遗民身份的选择与归属,皆是当时文士主动抉择的结果,源自他们对"明君""救世",甚至在"亡国灭种"意识萌芽中所具有的简单的"拥护明朝正朔"信仰。此处亦应对南明浙东遗民礼仪文法的正统观稍加解释,诸如南明浙东遗民其斗争精神的源头似为浙东鲁王监国,然则通过解读王翊、钱肃乐、冯京第等人的抗清行为就会发现,浙东义士对鲁王自是优先拥护,但他们多以恢复明朝为己任，期盼抗清力量整合之后，化零为整，共同抵御清军。可叹的是，鉴于南明朝政包括鲁王监国政治系统的积弱及混乱，南明抗清志士的救世理想终究化成了泡影。

历史往往以最终的结果论输赢，有所谓"成王败寇"之说，然则过程亦如结局，没有浴血奋战，反抗故国颠覆命运的抗清经历，则无以践行南明遗民的志节和操守。即便仍有犹豫与怀疑的情愫，南明遗民还是以"举身赴国难"的行径，将感天动地的忠烈铭刻于南明史册之上。如果说南明浙东抗清义士在明朝亡国之后的起义与反抗算是浙东文化中"事功"观念下的一种积极行为，那么部分南明浙东遗民则选取了退隐避让的方式，消极应对明清易代的亡国之悲。引而不发的南明遗民，以"文化故明"的信念，借文献来留存国故，保留儒家礼仪传统的延续性，以此抵御清军的入侵与政体更替。

二、文化存邦为理想抱残守缺

南明浙东地区因不同规模的抗清活动，成为史学家所关注的重要地域，以江苏、浙江、福建，甚至包括广西为据点的南明各个小朝廷与清军之间的战事，毫无悬念清军为强势胜出者。浙东地区的将士在抵御清朝对南明的蚕食时，偶然间或有小范围的胜利，然最终难挽颓势。与清兵直接对垒的南明军民为保住明朝江山，浴血奋战，战败后，身处清朝统治区域的文士也受到一定程度的冲击。浙东地区诗书簪缨之家较多，世家望族读书治家的理念源远流长，最先经受考验的便是世家望族的积厚流光。明末清初，举国存有"华夷之变"的问题，浙东区域由稳固的乡缘、地缘、姻亲、师门等关系所结成的关系网，因清朝的入侵而危如累卵。浙东士绅阶层以志节相砥砺，以乡邦文化的缔结来对抗清朝的文化入侵，相对于驰骋疆场，传统文化与地域文化的持续与传承，是另一场域中没有硝烟的战争。文人士子安身立命的根本便是"齐家治国平天下"，当家国倾覆之时，所有的根基早已被颠覆，此时，"独善其身"式的读书、著述便成为他们主动或被动拣选的生存模式。

黄宗羲是浙东学术领域内的领军人物①,他在南明浙东遗民群体中,属于历经一系列事件后,走上流亡、逃匿、隐居之路的遗民。黄宗羲的弟子李邺嗣谓②:"先生(黄宗羲)尝叹末世经学不明,以致人心日晦,从此文章事业俱不能一归于正。"③刘宗周、黄宗羲身为浙东经史大家,他们对后学的榜样和鼓励作用非常明显。清前期浙东学派成员人数众多,包括黄宗羲、黄宗炎、沈国模、史孝咸、韩孔当、朱舜水、邵廷采、姜宸英、黄百家、卢文弨、邵晋涵、章学诚、邵昂霄、高士奇、钱肃乐、万斯大、万斯同、李邺嗣、潘格平、万经、万言、沈光文、郑梁、郑性、卢址、全祖望、蒋学镛、卢镐、董秉纯、袁钧等约三十人,可谓人才济济。黄宗羲师承刘宗周,从王学出发,进而修正王学,又将王守仁反对传统束缚的思想发展成对封建君主专制制度的否定,并从注重实际出发,力避"心学"空疏的缺点。黄宗羲传承刘宗周的学说与思想,并将之发扬光大,具有特定的贡献④。刘、黄撰述丰厚、弟子众多,抗清失败后,黄宗羲致力于文化传承与流播,建立学社,成立"甬上讲经会",有所谓"甬上十八高弟"之说⑤。讲经会上,士子以相互标榜气节为圭臬,传承南明浙东遗民

---

① 黄宗羲(1610—1695),明御史黄尊素之长子,浙江余姚人。弘光朝时,阮大铖为兵部侍郎,编《蝗蝻录》,据《留都防乱公揭》署名被杀,黄宗羲等被捕入狱。顺治二年(1645)五月,弘光政权崩塌,黄乘乱脱身返回余姚。闰六月,余姚孙嘉绩、熊汝霖起兵抗清。鲁王监国,划江而守。黄宗羲纠里中弟子数百人从之,号世忠营。授职方郎,寻改御史。后海上倾覆,乃奉母返里,毕力著述。戊午(1678)征召博学鸿儒,再辞得免。修明史,将征之备顾问,督抚以礼聘,又辞。

② 李邺嗣(1623—1680),原名文胤,以字行,号杲堂,鄞县人。砌街李氏为甬上文献世家,李邺嗣年十二即诗多佳句,十六岁为明诸生。其父李柟官岭外,随侍之,号称"通人"的张孟奇对他极为欣赏,与之成为忘年交。归里后名声大起。顺治五年(1648),刚刚脱祸于抗清义士华夏之难,复因其父参与四明山抗清活动被逮下狱,他也被驱至定海,缚马厩中达七十日。顺治七年(1650),四明山抗清义军首领冯京弟被捕,监军、黄宗羲之弟黄宗炎也被捕下狱,即将行刑,李邺嗣与冯道济倾尽家财将黄宗炎救出。康熙初,清兵搜出大陆缙绅与抗清名将张煌言往来之书信,欲按籍而杀,李邺嗣又使计令其中止,保护了一大批人。张煌言被害于杭州后,与万斯大等为之安葬。康熙十七年(1678),浙江官员举荐李邺嗣博学鸿词,其以死力辞。著有《诗钞》《西京节义传》《汉语》《南朝语》《续世说》等。

③ (清)李邺嗣:《杲堂诗文集》,张道勤点校,杭州:浙江古籍出版社,1988年,第445页。

④ 详参王汎森:《权力的毛细管作用——清代的思想、学术与心态》,北京:北京大学出版社,2015年,第121页。

⑤ 黄宗羲弟子众多,仅"证人高弟,十八君子"就包括:蒋弘宪、李邺嗣、张汝翼、陈赤衷、董允瑶、万斯选、范光阳、董道权、陈紫芝、万斯大、陈自舜、陈介眉、董允璘、郑寒村、万斯同、万言、仇兆鳌、王之坪,这些人就是通常所称的"甬上十八高弟"。

抗战志节的余绪。及至清初,杨凤苞在《书南山草堂遗集后》中曰:"明社既屋,士之憔悴失职、高蹈而能文者,相率结为诗社,以抒写其旧国旧君之感。大江以南,无地无之。其最盛者,东越则甬上,三吴则松陵。"①结社是士子集会的一种形式,诗集的撰述则有类似结社纲领的作用,南明浙东文学家所编纂的选本、总集更多地体现了文学的学术性,出自浙东选家之手的总集、别集也有着一定的学术性,对凝聚南明浙东义士之精神、思想也起到了一定的作用。黄宗羲的《南雷文案》《南雷文定》《南雷文约》《南雷余集》等文集,以学术思想观照文学创作,以浙东学派史家观点来观照文学艺术创作,推播其地域学术传统与道统文化思想。《中国历代禁书解题·朝行录》评价黄宗羲"透过明王朝无可救药的历史命运,直面时代风云之变幻,黄宗羲进一步进行历史的反思,从而对整个封建专制制度产生了全面的怀疑,由历史的检讨,进入哲学的思考,这位哲人又一次完成了思想的转化,适时的将武装斗争转变为思想理论斗争,集中精力于学术活动……大力倡办教育事业,应邀赴各地讲学,一时'大江南北,从者骈集',门人中的万斯同、万斯大、仇兆鳌、郑梁、查慎行等等,后来都成了著名的学者,浙东学派文史哲各方面的台柱"②。黄门弟子为传播蕺山、梨洲之学做出了较大的贡献,在文坛上浙东遗民一改思潮复古或弘扬门派的旧做法,转向关注地域文献的留存与地域文学的发展,这是经历清朝战火与追捕的涤荡后,南明浙东遗民的小地域、小传统所爆发出来的生命力。除却政治、经济、文学方面的因素,在思想领域内形成自我意识的觉醒及对个人既得利益的保护,也成为浙东南明遗民在抗清失败后所形成的一个新主题;他们对经典的儒家信条,诸如"安邦定国""忠信孝悌"等观念也有所质疑,所以南明有人数众多的忠臣义士,同时也有见风转舵,以个人既得利益为上的贰臣。刘宗周曾道:"世之降也,封建废而天下无善治,宗法亡而天下无世家久矣!代不乏名卿硕辅应运而起,犹得列五等之封,食租衣税,而建制既殊,又或扞以文网,及身而废,或及子孙一再传,而废若房杜之仅立门户者何限!"③或许这也是部分降清贰臣在洞察现实

① (清)杨凤苞:《书南山草堂遗集后》,《秋室集》卷一,清光绪十一年陆心源刻本,第7页。

② 尹小林《国学宝典·中国禁书解题》[M/CD]http//:www. guoxue. com Copyright 2002 GUOXUE ALL rightre-served,1997-11/2002,12.

③ (明)刘宗周:《按察司副使累赠资政大夫太子少保兵部尚书乌石吴公家庙记》,《刘蕺山集》卷十序下,清文渊阁四库全书本,第158页。

后做出人生抉择的理论基石,刘宗周本为故明绝食而亡,若他仍活在世上,对部分贰臣的投诚应该亦有所宽宥。

黄宗羲的高弟李邺嗣患有肺病,在其父李枏不幸殉难后,他意绝于人世,转而不遗余力地躬耕整理地方文献,与胡文学一起搜集前人著作。黄宗羲撰《墓志略》曰:"甬上有鉴湖社,仿场屋之例,糊名易书,以先生为主考。甲乙楼上,少长毕集,楼下候之,一联被赏,门士胪传,如加十赍。明州自东沙好文,主张艺林,士无不捧珠盘而至者,然其气力足以鼓动,不尽关著作。先生以布衣几与之颉颃,而肺疾为梗,流放家门,海内知之者尚未满其量也。集《甬上耆旧》,搜寻残帙,心力俱枯。布衣孤贱,尤所悁结,宛转属人,顿首丁宁,使其感动,夺之鼠尘绩筐之下,以发其光彩。若片纸未出,自比长吉之中表,凛乎有不祥之惧焉。集成,立诗人之位,祀以少牢。闻者为之轩渠。"① 李邺嗣倾力整理乡邦文献,传承传统文化,著有《汉语》《南朝语》《世说录》《甬上耆旧诗》四十卷等,《汉语》十卷,亦是李邺嗣在司马迁、班固等著名史家的基础上对汉代历史的整理,《南朝语》则是对南朝这段历史的研究。朝代鼎革,明朝覆灭之时,李邺嗣为民族文化的存续而焦虑,他致力于地方文献的收集、整理,以及中华传统文化的留存,因此李邺嗣还作有《西汉节义传论》《历朝记略》《可考录》《古史记》《汉史记》《续汉语二卷》《南朝语四卷》《栋塘小志》《世说录遗》《评点南华经》等,在践行遗民操守的同时,他也成为浙东地区优秀的学者之一。郑梁对此评价道:"吾郡之有李杲堂先生,非一代之遗老乎? 高尚不事,读书谈道,穷年著述,以终其身。"②当时自主形成的小传统意识即文献存邦思想,成为明清之际文人士子效仿的一种行为,这归功于南明浙东遗民群体的辛勤努力,南明(亦即清初)时,浙东文献达到自明以后的又一次鼎盛时期。宋代范祖禹有言:"国家隆替之本,社稷安危之机,生民休戚之端,君子小人进退消长之际,天命人心去就离合之时,此辨之不可不早也。"③此可谓道尽南明浙东遗民遭遇易代的厄运,无奈间隐居著书的遗民所采取的行为,成为"反败为胜"的神来之笔,尤其胡文学、李邺嗣编辑的《甬上耆旧诗》问世以后,影响广泛,全国各州郡竞相模仿,多自称系受到《甬

---

① 董沛辑录:《四明清诗略》(上),宁波市鄞州区政协文史资料委员会整理,宁波:宁波出版社,2015 年,第 57 页。

② (清)郑梁:《李母项太夫人八十寿序》《寒村诗文选》,《四库全书存目丛书》(集部)第 256 册,济南:齐鲁书社,1997 年,第 512 页。

③ (清)李邺嗣:《杲堂诗文集》,张道勤点校,杭州:浙江古籍出版社,1988 年,第 404 页。

上耆旧诗》的启发而追踵效之。胡文学、李邺嗣编辑《甬上耆旧诗》时,便在序言中有所定义:"此书既出,得传诸名州大郡,当有仿其凡例,亦相采辑,必举甬上为发端,使郡国所在文献并征,是诚有望于著述家者矣。"①他们仿元好问《中州集》的体例,倡导文史并重的理念,书中洋溢着浓郁的乡邦文化自豪感,以弘扬地方文献为契机对抗清朝的蛮夷文化。至少在南明浙东遗民看来,这是一种有效的对抗方式,他们在无法对明朝"尽忠"的情形下,将生命蛰居起来,默默躬耕于地方文化。

儒家传统的两大基石是"忠"与"孝",明清易代后,文人士子对于"忠"的两难选择或者隐晦不彰,亦间接导致了明亡后,部分世人转向阐发"孝"的方面,诸如表彰地方节义,常有文字方面的倾斜:"泰交幼颖敏,博览经史,工诗、古文词。性至孝,父病疽,亲为喢吮,殁则号恸泣血,及营葬,躬执畚锸为佣仆先。服阕,犹时至墓所,哀慕如初。"②对浙东地区"孝道"观念的高度关注,是南明浙东士绅在获悉清朝推播"薙发令"后,倡导儒家文化的核心内容,他们借此维持世道人心、民情风俗不至于堕落。李邺嗣是浙东文献领域的中兴人物,诗名尤巨,继之者全祖望可以说是集大成者,在史学理论、诗歌选纂等方面亦是另一个波峰。对全祖望的评价,阮元曾谓:"经学、史才、词科三科者,得一足以传,而鄞县谢山先生兼之。"③全祖望、万斯同、李邺嗣等,即浙东南明的遗民代表,他们作为深受遗民精神影响的一批"后遗民",部分身份原本比较模糊,并不符合学界所严格界定的"遗民"身份。他们在南明王朝的历史中,以观看者的身份,情感上对南明朝及南明遗民较为认同,抗拒清朝新朝的统治,但因无法安身立命而选择出仕新朝。

明代浙江地区有着诗书簪缨的传统,尤其是名门望族,多恪守以传统儒家道德典范为重心的诗书礼仪,秉承封建王朝的"忠孝观",坚持遗民志节,义不仕清。南明鲁王监国绍兴后,对浙东地区亦有着莫大的影响,以宋代学术体系(尤其是浙东学派)为脉络的学术理念与用世精神,随着南明王朝的覆亡却出现了某种精神层面的兴盛与反弹。南明政权统治期间,浙东士子

---

① (清)胡文学、李邺嗣:《甬上耆旧诗·原序一》(上),宁波市鄞州区政协文史资料委员会整理,宁波:宁波出版社,2010年,第2页。

② 谢泰交,字时际,号天童,镇海人。顺治丁酉顺天举人。著有《天童集》。《镇海县志》,转引自董沛辑录,宁波市鄞州区政协文史资料委员会整理:《四明清诗略》(上),宁波:宁波出版社,2015年,第174页。

③ (清)阮元:《全谢山先生经史问答序》,《揅经室二集》卷七,四部丛刊景清道光本,第304页。

忙于参加抗清义军起义,辗转于江南区域与清军做少量的抵抗,甚或资助义军,毁家纾难。部分士子参与了南明王朝的政治机构,却在内部的斗争中消耗了他们的力量。与此同时,眼见报国无门、复国无望,士子文人所坚守的"达则兼济天下,穷则独善其身"信念,又促使他们偏安一隅,著书立说,留存国故,从"立言"的角度来梳理毕生所学,表彰忠臣义士的忠勇行为使史实得以流传而不致湮灭。同时,遭逢乱世,疏泄个人的郁结与情怀,文字恰能适当地表述士子的情志。虽考据之学此时还未盛行,浙东文士亦有远身避祸,借文字寻找一处宁谧之所的想法。浙东士子在撰述中,亦有争夺当时文坛、史界话语权的端倪,这体现为对南明抗清史实的编著,比如文坛"宗唐宗宋"之争,浙东学派的黄宗羲、吕留良倡导"宋学",反思明代学界空疏与宽泛的学风,以文字匡正意识形态中的不良风向。浙东隐居遗民所关注的是政治、文化层面的明清易代,至于个人的生活及情绪,多被他们以个体的方式加以纾解并释放。在大时代背景下,士子与强权国家的对抗几乎是不可能的事情,与其以卵击石,不如拒不合作,消极对抗。

　　自明代崇祯皇帝自戕后,康熙二十二年(1683)南明王朝方才终结,士子文人为之苦苦挣扎了近四十年,多数人半生甚或一生都在时代的动荡之下度过。逝者远矣,存活于世的士子仍需面对个体的生存、发展问题。战争频仍,世家望族皆遭受了一定的冲击。以万泰①家族的"万氏八

---

　　① 万泰(1598—1657),字履安,晚号悔庵,鄞县人,是清代浙东学派甬上支派的创始人。长于文学,兼精史善诗。他的儿子万斯年、万斯程、万斯祯、万斯昌、万斯选、万斯大、万斯备、万斯同各有成就,人称"万氏八龙",以万斯同最为著名。万泰著有《续骚堂集》《万履安行卷》《寒松斋集》《明州唱和集》《怀剡诗》等。

龙"①为例,曾经显赫鼎盛的望族,遭受战乱的冲击与撕裂,万氏家族一门,个个谋生艰难,虽然有昔日故朋旧交的支援,也只能勉强解决温饱问题。战乱时期,家家谋生皆颇为紧张,因此"万氏八龙"为生活,一门皆散,他们挣扎于生存问题中而无暇顾及余事。尚小明《学人游幕与清代学术》谓:"这里所谓小一代遗民,是指崇祯年间(1628—1644)出生的遗民子弟。清军入关时,他们中年龄最大的不过十六七岁,许多人只有几岁。"②他将万斯同、朱彝尊、黄百家等人归入"小一代遗民"。他们并未实际参加过反清复明运动,因此人们亦将他们称为"后遗民"一代,因他们年岁尚小,只是靠父兄辈口耳相传,才将故国情结植根于自己的内心深处,但他们又践行遗民操守,对清廷保持适当的警觉、反感与敌意。在文献存邦之后,部分遗民对满人采取妥协的态度,其间所谓"狄夷之辨、满汉大防"的观念,虽在遗民心中并未完全褪色,但在后遗民时代,少壮派遗民群体毕竟要面对生存的第一要义,他们便选择了

---

①　长子斯年(1617—1693),字祖绳,号澹庵,前明邑庠生。年轻时曾师从明朝名臣钱肃乐,被称为钱门第一高足。钱氏死后,斯年为其搜集整理遗稿,又为他立嗣延宗,时人颇称其义。"国变"之后,斯年隐居读书。斯年授徒于宁波桃源书院。二子斯程(1621—1671),字号失考。他恪守庭训,介洁自恃。"国变"之后,隐居宁波桃源乡,力攻医学,卖药为生,大家把他视为东汉隐居卖药的名士韩康。三子斯祯(1622—1697),字正符。读书甘贫。考中秀才之后就不再应科举,以训蒙终老。斯祯精研《周易》,旁治毛《诗》《春秋》,手录唐宋元人经解之文,乐此不疲;又工诗善书,穷年著述。因贫穷而寄食女家。四子斯昌(1625—1653),字子炽。兄弟八人唯有斯昌继承了祖先英武善战的特点。史称斯昌"少负奇气,勇力过人"。明末兵荒马乱,他常常手持短戈,往来捍卫家人和乡亲。五子斯选(1629—1694),字公择。浙东知名理学家,黄宗羲最器重的学生之一。"国变"之后,斯选不求闻达,一心探索躬行实践之学。他一生读书思考,涵养纯粹,年六十而卒。六子斯大(1633—1683),字充宗,别号褐夫。晚年因足带残疾,又自号跛翁。清代著名经学家。"国变"之后,继承忠义家风,谢绝进取,独专经学。为人刚毅坚卓,慕义若渴。抗清名将张煌言于杭州就义,尸骨被清军弃之荒郊。斯大等人集资买棺,葬之南屏山麓。斯大继承黄宗羲经学,尤精于《春秋》和三《礼》,其所著《学春秋随笔》《学礼质疑》等多种经学著作后来被收入《四库全书》。七子斯备(1636—?),字允诚,一字又庵,浙东著名诗人。为人厚道,笃于兄弟之情。明清易代后,斯备隐居不试,潜心文学艺术。他入赘同乡李家,深得丈人李邺嗣的钟爱。斯备工于诗,书法极佳,又兼精篆刻。有《深省堂诗集》行世。八子斯同(1638—1702),字季野,号石园,门生私谥贞文先生,师事黄宗羲。康熙间荐博学鸿词科,不就。精史学,以布衣参与编修《明史》,前后十九年,不署衔,不受俸。《明史稿》五百卷,皆其手定。著有《历代史表》《纪元汇考》《儒林宗派》《群书辩疑》《石园诗文集》等。"万氏八龙"以斯大、斯同、斯备和斯选四人最为著名,易代乱世之际,皆以道德学问知名天下。

②　尚小明:《学人游幕与清代学术》,北京:社会科学文献出版社,1999年,第16页。

和平的妥协策略。与其任凭清朝政权随意篡改明朝的历史史实,不如暗中护佑,在修明史的过程中,实现曲线救国的目标。"万斯同、顾祖禹、刘献庭、黄百家等纷纷加入徐乾学幕府,表明清政府的笼络政策收到一定的效果。"①实则是南明浙东遗民不拘泥于抗清的方式,以灵活的手段及处世方式,竭力留存国故之韵,沿承传统文化与地域文化。

南明浙东遗民为使华夏传统道德不至堕落,他们选择了著书立说,传承华夏文化,重振南明遗民士林的风气。浙东本地学者中主要以黄宗羲为领袖,围绕在他身边的弟子及友朋众多,他们编纂、创作了大量的文史作品。受到时代风潮的冲击,黄宗羲还写出了三百年后才有人读懂并加以赏识的作品——《明夷待访录》,时风虽日渐严峻,士林却众志成城、集腋成裘,收集海量的文史资料,翔实地记载了南明的史实。他们载述地方文献,秉承地域文化精神,弘扬了坚韧、昂扬的南明士气。据谢国桢先生所记,仕宦、参与南明鲁王监国的文士,对当时的史实多有文史资料的纪录②。南明浙东的部分遗民,逃匿隐居,以搜集文献、著书立说为反抗清朝的方式,终究成为一时的风气,扬士林之斗志。若论南明时期文献撰述的贡献,浙东地区当以黄宗羲、毛奇龄、朱舜水、姜宸英、全祖望、李邺嗣、万斯同等人为翘楚,尤其是黄宗羲,远承王阳明、近续刘宗周的学说,以"甬上证人书院"为阵地,延揽了大部分的浙东文士,由此形成了学界、文坛一时的习尚。"讲经会"的初衷原本是为了传承地域学说与儒家教义,这一交往形式与方式,在清初得以兴盛,亦有士子在遭受异族入侵的冲击之后痛加反思的成分。浙东地区文士内部虽仍有"文人相轻"之说,总体来说互相之间仍较为团结,中国文化传统中重要的一环便是:国人更加认同亲戚、友朋、同道等之间关系,因此一地的学风,必然会波及大部分士子文人,南明浙东地区的士绅,受南明浙东遗民坚贞、奋进精神的影响,使浙东一域的文化传统与南明遗民的时代风气得以包容并蓄,并行不悖。同时,由于浙东地域文化自豪感的高度认同,又使得这一地区的遗民与后遗民,具有了相通的精神传承与思维特质,成为拥有相似思维模式与行为模式的士林群体。

三、转退台湾寻求另类抗争

台湾岛具有独特的地理位置,岛上天然资源丰富,是中国与其他国家尤

---

① 尚小明:《学人游幕与清代学术》,北京:社会科学文献出版社,1999年,第69页。
② 参谢国桢:《晚明史籍考》,上海:华东师范大学出版社,2011年。

其是东南亚各国互通往来的纽带。一直以来台湾都处于静默无声的地位——其名字一直含混、模糊，《隋史》《宋史》称其为"流求"。12 世纪开始有人居住于台湾，元朝曾将其作为军事基地，1648 年，台湾由荷兰东印度公司管辖，该公司将台湾岛作为中国的丝织品和瓷器，日本的银和铜，东南亚的香料的配销中心，获利颇丰①。因南明郑成功家族的入驻，台湾成为见证明清易代的关键场域。

　　1645 年夏，唐王朱聿键在福州成立隆武政权，郑芝龙、郑成功父子宣誓效忠②，两个月后唐王自溺，郑芝龙投降，却被清朝终身监禁。1647 年郑成功纠集兵力，尊广东肇庆桂王永历帝为正朔，展开抗清战斗，一度收复失地，甚至在 1658 年夏几乎攻进南京城。1660 年 6 月郑成功亦在厦门、金门等地重创清军，令清廷大为忌惮。为阻隔以郑成功为代表的海上抗清力量，清朝政权曾大动干戈地颁布"迁界令"，肃清海边义军、渔民与郑成功部之间的瓜葛，切断郑成功在浙江、福建、广东的物资供应链，清朝的海禁亦阻断了来自葡萄牙、暹罗、荷兰、英国的通商请求。1662 年 4 月郑成功驱逐荷兰东印度公司在台湾的统治，却仍沿用荷兰司法制度与法政架构，这也保留了部分"外夷"恶习："赌博盛行。奸民开设宝场，诱人猜压胜负，以千百计。初由洋舶舵师长年等沾染外夷恶习，返棹后群居无事，或泊船候风，日酣于赌。"③郑成功攻占台湾后，受到了台湾少数民族的欢迎，他以此为根据地，经营抗清事业及维持军民生计。因南明与清朝间的战乱，部分流亡的明遗民亦流寓于台湾，致使清朝对台湾重视起来。郑成功在台湾普及汉族文化教育，推行系列恢复民生的举措，诸如施行屯田制度，采用寓兵于农的古法，使野无旷土，军有余粮。后郑氏家族内讧，势力衰落，1683 年 9 月 8 日，郑成功之孙郑

---

　　①　Ts'ao Yung-ho：Taiwan as an Entrepot in East Asia in the Seventeenth Century，Itinerario 1997，21(3)：100.

　　②　郑成功(1624—1662)，本名森，又名福松，字明俨、大木。福建泉州南安人。其父郑芝龙，其母名田川氏。弘光时监生，因蒙隆武帝赐明朝国姓"朱"，赐名成功，并封忠孝伯，世称"郑赐姓""郑国姓""国姓爷"。1645 年(清顺治二年，弘光元年)清军攻入江南，不久郑芝龙降清，田川氏在乱军中自尽；郑成功率领父亲旧部在中国东南沿海抗清，成为南明后期的主要军事力量之一，一度由海路突袭、包围清江宁府(原明朝南京)，但终遭清军击退，只能凭借海战优势固守泉州府的厦门、金门。1661 年(清顺治十八年，永历十五年)率军横渡台湾海峡，翌年击败荷兰东印度公司在台湾大员(今我国台湾地区台南市)的驻军，收复台湾，开启郑氏在台湾的统治。有《延平王集》行世。

　　③　转引自郑维中：《荷兰时代的台湾社会》，台北：前卫出版社，2004 年，第 163 页。

克塽正式向清朝投降。1684 年 5 月 27 日,清朝设置台湾府,隶属福建省。

明郑时期的台湾延续了明朝的政权制度,台湾呈现出一定程度的繁荣,施琅①《靖海纪事》谓:"至顺治十八年,郑成功亲带去水陆伪官兵并眷口共计三万有奇,为伍操戈者不满二万"②,而且"鹿港向设屯丁三千余名,岁给饷银,不敷衣食,开辟则调取无业番丁酌给荒田农具,令其自行耕作,仍由官给器械,随营操演,使该屯丁等生计裕如,均得安心学习。无事则保卫沙连,有事则协助兵力"③。亦兵亦农的军事力量、生产力量,使台湾浮现出南明王朝最后岁月里"回光返照"般的昌隆。连横《台湾通史》曾道:"吾闻延平入台后,士大夫之东渡者盖八百余人,而姓氏遗落,硕德无闻,此则史氏之罪也。"④仅就台湾一处,逃亡的南明遗民便人数众多。流寓台湾的南明志士在国破家亡、兵连祸结之时,颇有《论语》中所谓"行己有耻"的感慨,在复国无望甚或难以成事的时候,他们选择了避祸远遁的另类抗争。

南明遗民在移居台湾时,见证了台湾的生死存亡及盛衰兴废,南明遗民在台湾的流亡史便是台湾郑氏家族的荣枯史。学者蔡石山评之为:"郑成功的退走台湾,也带来数千名明朝忠贞志士、学者、各类难民,他们开始以日渐衰退的明朝社会为蓝本建设台湾。让人意外的是以反清为职志的明朝残余势力进入蛮荒的台湾后,反倒赋予这岛新的活力,建立了井然有序的边疆社会。一六七〇年代,岛上据估计有十五万汉人。中文这时成为官方语言。"⑤台湾是南明朝的最后防线,郑成功因之得以延续南明王朝的存在时间。郑成功在台湾建造了类似明朝版的个人乌托邦疆域,他依然实施明朝的政治

---

① 施琅(1621—1696),字尊侯,号琢公,泉州府晋江县(今福建晋江市)人,祖籍河南固始。施琅早年是郑芝龙部将,顺治三年(1646)随郑芝龙降清。他随后加入郑成功的抗清义旅,郑成功手下曾德一度得罪施琅,施琅借故杀曾德而得罪郑成功,郑成功诛杀施琅家人,其父亲与兄弟被杀害。因郑成功为杀父仇人,施琅再次降清。施琅投降清朝后被任命为清军同安副将,后擢为同安总兵、福建水师提督一职。康熙二十年(1681),康熙采纳李光地意见,授施琅福建水师提督,准备攻讨台湾。康熙二十一年(1682),康熙决定攻台,命施琅与福建总督姚启圣一起进取澎湖、台湾。康熙二十二年(1683)六月,施琅指挥清军水师先行在澎湖海战对台湾水师获得大胜。上疏吁请清廷在台湾屯兵镇守、设府管理,力主保留台湾、守卫台湾。因功授靖海将军,封靖海侯。康熙三十五年(1696)施琅逝后赐谥襄庄,赠太子少傅衔。

② (清)施琅:《靖海纪事》卷上,清康熙刻本,第 10 页。

③ (清)丁曰健辑:《治台必告录》卷三,清乾隆刻知足园刻本,第 126 页。

④ 连横:《台湾通史》,北京:人民出版社,2011 年,第 320 页。

⑤ 蔡石山:《海洋台湾:历史上与东西洋的交接》,黄中宪译,台北:联经出版公司,2011年,第 67 页。

纲领:"成功治理台湾,立法尚严,虽亲族有罪,亦不稍贷,有功必赏,伤亡将士,抚恤尤至,故人人皆畏而怀之,且乐为其效劳。其立法:有犯奸者,妇人沉之海,奸夫死杖下;为盗,不论赃多寡,必斩。故台湾虽市肆百货露积,无人敢作盗。"①郑成功将台湾作为缩小版的明朝来治理,崇尚法治,为人严苛,所以部下多有降清者,其于永历十六年(1662)以三十九岁病卒。1683年郑克塽降清,台湾归入清朝版图。

南明遗民的抗清运动主要以浙闽的几个地区为据点,以钱塘江为界,逐步被清军逼退至浙闽的海岛中,直至南明抗清义士随郑成功退守台湾。一些文士追随郑成功,亦奔赴台湾等待时机。部分文士亦在追随鲁王监国的时候,因在海中遇到暴风暴雨,而阴差阳错地同样漂流至台湾。当时明朝百姓以"最后一线希望"看待郑成功退守台湾,虽然,寓居台湾这一举措,具有强烈的流寓文人漂泊无依的客居意识与苦难意识,使南明遗民摇摆于幻灭与旷达之间。中国文士多具有安土重迁的思想,流寓台湾,让他们寻找不到归属感,在颠沛流离的逃亡、流寓生涯中,一些义士亦成就了他们的别样人生,最具代表性的应该是被台湾学界称为"台湾文献初祖"的沈光文②,其他追随郑成功至台湾的遗民,部分在流离转徙的过程中过劳而死,部分因兵燹之灾,殒身丧命。

流亡这种类似惩罚一般的痛苦,郑成功对此颇有洞察,寓居台湾时,郑氏家族曾将台北平原作为罪人的流放之所③,他们以流亡为惩罚罪犯的手段,而流亡至台湾的南明遗民,虽与刑法上的"流放"有着悬殊的差别,但结局亦是流寓他所,远离故园。南明遗民的初衷仍以抗清为终极目标,孤岛上的生活则又完整重现了南明朝的发展变化过程:初则百废待兴,中则略有恢复,后则内部倾轧,末则衰败降清。这几乎是南明各个小朝廷相同的发展模式和集体宿命。仅以无意漂流至台湾的沈光文为例,他先后经历了荷兰人据台、郑成功父子治理台湾、清朝统一台湾三个时期,其

---

① 程大学编著:《台湾开发史》,台北:众文图书公司,1991年,第75页。

② 沈光文(1612—1688),字文开,号斯庵,出生于浙江鄞县,是南明时期的文人、官吏;后半生因故流寓台湾,他写下了台湾第一批文学作品,在文学史上具有特殊的意义。沈光文本人独自在台流寓多年,留下一些感时怀身和记述当地风土民情的诗文。

③ 程大学编著:《台湾开发史》,台北:众文图书公司,1991年,第89页。

他流寓台湾的遗民,还有徐孚远①、卢若腾②、王忠孝③、李茂春④、沈佺期⑤、

---

① 徐孚远(1599—1665),字闇公,晚号复斋,江苏华亭(今上海松江)人,崇祯十五年(1642)举人。崇祯二年(1629)陈子龙、夏允彝、徐孚远、彭宾、杜麟徵、周立勋六人组成"几社",时人称"云间六子"或"几社六子",以道义文章名于世,有《几社六子诗》行世。明亡后起兵抗清,曾任南明隆武朝福州推官、鲁王左佥都御史、永历朝左副都御史等职。后追随郑成功到台湾,徐孚远以诗文名世,时人号为"两脚书橱"。他和张煌言、卢若腾、沈佺期、曹从龙、陈士京等人结诗社,时称"海外几社六子"。他与叶后诏、郑郊、黄骧陛、林兰友、纪许国兄弟为"方外七友"。治毛郑之学,与陈子龙并负重要声名。著有《钓璜堂存稿》《交行摘稿》《徐暗公先生遗文》《十七史猎俎》等。

② 卢若腾(1598—1664),字闲之,一字海运,号牧洲,文号留庵,自称自许先生。明末福建同安浯洲贤厝(今金门)人,卢若腾系长泰县青阳村明代监察御史卢经之孙,崇祯十二年(1639)进士。卢若腾曾任兵部主事、浙江布政使左参议,分司宁绍巡海道。为官正直,黄道周、沈佺期、范方等引为同志,极获民众爱戴,士民建祠以奉,有"卢菩萨"之称。隆武帝即位,授以副都御史,巡抚温、处、宁、台,后加兵部尚书。永历十八年(1664)二月,郑经退守台湾,卢若腾亦渡台,因生病在澎湖居住下来,三月十九日(崇祯忌日)病逝,葬于澎湖太武山南麓。著有《方舆互考》《浯州节烈传》《留庵诗文集》《学字与耕堂值笔》《岛忆集》《岛居随录》等,皆已散佚,唯《留庵诗文集》经金门文献会于1969年编印,《金门县志》存其多数诗文。

③ 王忠孝(1593—1666),字长儒,号愧两,福建惠安人。崇祯元年(1628)进士,与辜朝荐、沈佺期、李茂春并称"闽四隐君子"。初任户部主事,因弹劾太监,被廷杖下狱,发落边疆,三年后免刑。南明弘光帝时,授绍兴知府,擢副都御史。隆武帝时擢兵部左侍郎。福州被清兵攻破后,他居家不出。延平郡王在厦门设储贤馆,他婉辞不就。郑成功起兵,后投奔郑氏,对军政大事多所策划,备受推重,在抗清复台中,出力甚多。康熙五年(永历二十年,1666),王忠孝病殁于台湾,著有《四居录》等。

④ 李茂春(?—1675),字正青,福建漳州龙溪县巧南人,明隆武二年(1646)乡试举孝廉。李茂春早年即依附郑成功,往来厦门,郑成功延请其为子郑经师。明永历十八年(1664)春,郑经入台湾,招纳避乱遗民缓绅一同东渡,李茂春遂跟随入台湾。入台后,李茂春居于永康里,构建草庐,题名曰"梦蝶处",咨议参军陈永华为其草庐作"梦蝶园记",刻于碑上。李茂春生退隐之意,日诵经念佛以自娱,时人称其为"李菩萨"。永历二十九年(1675),李茂春卒于台湾,葬于新昌里。李茂春去世后,他平日往来的僧友将其故居改建为"准提庵",即今台南法华寺前身。

⑤ 沈佺期(1608?—1682),又名中丞,字云又,号复斋,福建南安人。崇祯十六年(1643)进士,授吏部郎中。明朝灭亡后弃官南归。隆武朝时,唐王朱聿键召沈佺期为都察院右副都御史。隆武朝灭亡后沈佺期隐居于厦门。永历元年(1647),郑成功进兵泉州,沈佺期前往响应,成为郑成功的幕僚,受到郑成功礼遇。永历十八年(1664)三月,沈佺期随郑经渡海入台湾。在台湾近二十年间,沈佺期行医救人,收徒教授医术,被称为台湾"医祖"。永历三十六年(1682)卒于台湾,所著有诗文集,卓然成名家。

许吉燝①、辜朝荐②、郭贞一③、黄事忠④、黄骧陛⑤、林英⑥、叶后诏⑦、张灏⑧、

---

①　许吉燝,字伯符,号延公,福建晋江人。崇祯十六年(1643)进士,初始时任知县,后晋升刑部主事。明灭亡后,许吉燝归于故乡,杜门不出。郑成功收复台湾,明朝遗老多有追随依附者,明永历十八年(1664)春三月,许吉燝与卢若腾等共同渡海至台湾,后励节以终,卒于台湾东宁。

②　辜朝荐(1598—1668),字在公,广东潮州揭阳人。崇祯元年(1628)进士,任安庆(桐城)推官,历任山东道御史、户科给事中、礼科给事中,任职谏垣十年。与郭之奇、罗黄杰、黄奇遇三人并称"四骏"。崇祯十七年(1644),任礼部给事,清兵攻陷北京,辜朝荐回到故里。永历朝辜朝荐前往厦门投靠郑成功,永历帝授御史。永历十年(1656)辜朝荐入台,居台湾六年,永历二十年(1666)卒于台湾。

③　郭贞一(1615—1695),字元侯,号道憨,福建同安人。崇祯十三年(1640)年进士。初始时授监察御史,任浙东巡抚。弘光朝时,他拥福王于南京,南明福王擢其为都察院右都御史。郭贞一正直敢言,当时有内监不遵守朝班,郭贞一上疏纠讨,宦官畏不敢言。郭贞一又曾上疏称夏允彝、陈子龙、原吏部尚书徐石麟、詹事徐汧、春坊沈延嘉、郎中叶廷秀、科臣熊开元、袁彭年、知县林之蕃等皆忠君爱国之臣,举荐委用。审时度势,条陈屯田、保甲之事。负气敢言,风采凛然。1646年,清军攻陷南京,弘光朝灭亡,郭贞一归隐厦门。郑成功开府思明,郭贞一前往投靠,受郑成功礼遇。后随郑成功入台,居数年后卒于台湾。

④　黄事忠,字臣以,福建漳浦人。隆武朝时辗转于福建、广东地区,屡次起兵,谋划光复明朝。兵败后,母亲和妻子均遇难,黄事忠随后遁走厦门,投靠郑成功。永历十二年(1658)冬,黄事忠和御史徐孚远、都督张自新奉命入滇,途中经过越南,与越南国王争尊卑之礼,幸得全身而归。后流寓至台湾。

⑤　黄骧陛,字陟甫,福建漳浦人,大学士黄道周的侄子。天资醇厚笃实,读书数百回成诵,诵后即焚烧,此后终身不忘。天启四年(1624)乡试中举,在家中设学教授学生,门生中多有成才者。李自成攻陷北京后,黄骧陛与同乡林兰友召集义师抗击贼兵。后又至福建,被清兵攻破后入台湾,在台湾与徐孚远等明遗民放浪凭吊,哀思故明。沈光文是黄骧陛叔父黄道周的学生,与黄骧陛交谊笃厚。后卒于台湾。

⑥　林英,字章叔,又字云又,福建福清人。明崇祯时以岁贡身份任昆明县令,施政惠恩,县人称其神明。明永历朝时,任兵部司务。永历朝覆灭后林英削发为僧,从云南流离至厦门,后至台湾。

⑦　叶后诏,福建同安县嘉禾里人。以诸生身份参加县试,屡次夺得头名。崇祯十七年(1644),以明经科岁贡得入太学,尚未赴京师参加廷试,恰逢明朝灭亡,京师沦陷,叶后诏遂南归。此后整日诗酒自娱,与徐孚远、郑郊等并称"方外七友"。后赴台湾。

⑧　张灏,字为三,福建同安县人。万历四十六年(1618)乡荐进士,官至兵部职方司郎中。明朝灭亡后隐居于大嶝。永历三十四年(1680),张灏赴台湾,居承天府郊外。清朝统一台湾后,康熙二十二年(1683),施琅听闻张灏贤明,遣舟送其归乡,巧至澎湖时张灏病作而卒,遂葬于澎湖,年九十五岁。

张瀛①、张士②、诸葛倬③等人④,他们与南明的命运共进退,无意中亦成为台湾汉化的亲历者与践行者,徐孚远、卢若腾等南明遗民皆经历了南明多个政权,前后二十余年,所志不懈,实在是难能可贵。徐孚远曾取道安南国,一生仕任三个南明王朝政权,最终兵败而死。全祖望亦曾记载过徐孚远之死及其在清朝势力尚未控制台湾时的活动,其《徐都御史传》记徐孚远曰:"呜呼!明季海外诸公,流离穷岛,不食周粟以死,盖又古来殉难之一变局也。"⑤顺治二年(1645),清兵南下,时华亭知县举城投降。徐孚远与陈子龙、夏允彝等人在松江起义抗清。兵败长白荡,自信州入闽,投奔唐王。唐王授其福州推官,升兵科给事中。第二年,又命为行人司使。唐王政权覆灭后,徐孚远渡海入浙,往来于浙、闽之间,联络各地义军,促使义军团结协作,以图大业,但义军各自为政,难以凝聚力量。

顺治六年(1649),徐孚远闽溃入浙,复返浙东,入蛟关,结寨于定海的柴楼。恰鲁王从长垣至舟山,徐孚远即至鲁王处,升为左金都御史。顺治八年(1651),随鲁王逃至福建,后居于厦门。顺治十五年(1658),桂王派使者延诏,升徐孚远为左副都御史。是年冬,奉郑成功命令随使者入滇拜谒桂王,迷路后飘至安南,安南王遣送其还于厦门。徐孚远曾向安南礼部尚书范公著表明其立场,其《交行摘稿》中有《赠安南范礼部》:"十载风尘卧翠微,今来

---

① 张瀛,字冶五,张灏弟。崇祯十五年(1642)乡试举人,未授职,与张灏同隐居于大嶝。弘光朝唐王朱由崧召张瀛为工部司务。永历三十四年(1680)跟从张灏赴台湾。永历三十五年(1681)病卒于台湾,年八十四岁。

② 张士,福建惠安县人,万历四十四年(1616)年进士。张士八岁时即为诸生,补弟子员,崇祯六年(1633)登副榜。永历二十八年(1674),耿精忠于福建起兵反清,张士避难于浯屿岛、厦门、漳州、澄海之间。永历四十三年(1689),张士至台湾,居东安坊,此后"杜门不出,持长素,焚香烹茗,日以书史自娱,飘然于世俗之外焉"。三年不食五谷,仅以茶果充饥。后卒于台湾,年九十九岁,诸罗县知县刘作楫为其题匾"期颐上寿"。

③ 诸葛倬,字士年,福建晋江人,明贡生。隆武朝时,经举荐官授翰林待诏,后加御史。于郑鸿逵军中任监军,出兵浙东。清军攻陷福州后,诸葛倬随郑成功至厦门。永历朝时,晋升光禄寺卿。其时有降清贰臣致书诸葛倬招降,遭诸葛倬严词拒绝,自称"圣主隆唐、虞之德,小臣守箕山之操,代有其人。新朝政尚宽大,须弥大千,何问微尘!必欲相强,便当剜胸着地,勿问是肝是肉矣!"(连横:《台湾通史》,北京:人民出版社,2011年,第322页。)诸葛倬后入台,卒于台湾。诸葛倬有子诸葛璐,誓守遗民之志,不应清朝试,遨游大江南北,著有《淮上集》。

④ 详参栾志杰:《流寓台湾明遗民及其著述研究》,硕士论文,福建师范大学,2015年。

⑤ (清)全祖望:《鲒埼亭集外编》卷十二,清嘉庆十六年刻本,第116页。

假道赴皇畿。未闻脂秫遄宾驾,更有荆榛牵客衣。生似苏卿终不屈,死如温序亦思归。南方典礼唯君在,侨肸相期愿弗违。"[1]表达其效忠南明王朝,维护南明朝的尊严,不愿向安南行跪拜之礼。1659年郑成功进攻南京失败,退据台湾,徐孚远仍居厦门,奔走于闽广沿海,仍与多处义军联络,意图恢复。康熙二年(1663),鲁王死,徐孚远由厦门逃亡至广东潮州府饶平县,继而秘密进行抗清复明活动。两年后病卒,其次子徐永贞扶棺归故里安葬之。

　　流寓台湾的南明遗民,较为著名者还有卢若腾,他曾任兵部主事、浙江布政使司左参议,分司宁绍巡海道。极获民众爱戴,士民建祠以奉,有"卢菩萨"之称。隆武帝即位时,授右副都御史,巡抚温、处、宁、台,后加职兵部尚书。永历十八年(1664)二月,郑经退守台湾后,卢若腾和其他明朝遗臣同至台湾,因生病居于澎湖,三月十九日病逝,葬在澎湖太武山南麓。南明遗民经历过清朝与南明的战斗岁月,以清朝为宿仇,而随着时间的推移,遗老遗少的南明旧臣渐次凋零,部分南明遗民亦有所动摇,这也是日后郑氏三代孙郑克塽降清的一个重要原因。

　　南明领土被逐渐侵吞,迫使南明遗民对现状及自身产生强烈的不满,进而群情激愤,或趋新求变,或走向没落。朝政的失意及"光复"明朝计划的生不逢时,"渡海赴台"是南明遗民群体透过诸多挫败的历史而暂时臆想出来的一个新希望,遗民主体在特殊的时空情境中,借由家国情绪、政治嗅觉等方式,将他们的未来寄托于渡海逃亡或依附明郑。在南明赴台遗民的诗歌创作中,诗人借由特定的意境与物象,抒发一己之情怀,向世人展现出他们的"群体意识"。徐孚远曾作有长诗《舟中杂感》[2],感慨其颠沛流离、壮志未酬的生活,现撷取几首示之:

　　　　屈指乘桴今几时,推篷匡坐强支颐。十年荒岛心常苦,一拜夷王节又亏。玉帐久悬都护檄,蛮乡空寄少卿诗。遥闻吴楚将龙斗,不禁临风泣路歧。

　　　　孤舟尽日雨潇潇,宾从无声不自聊。臣节当坚中路阻,天威未振小夷骄。狂来欲借琴高鲤,骑去应吹伍员箫。使客虽然失意气,前军还有

---

　　①　(明)徐孚远:《钓璜堂存稿、交行摘稿、徐暗公先生遗文》,《清代诗文集汇编》编纂委员会《清代诗文集汇编》第14册,上海:上海古籍出版社,2010年,第617页。

　　②　(明)徐孚远:《钓璜堂存稿、交行摘稿、徐暗公先生遗文》,《清代诗文集汇编》编纂委员会《清代诗文集汇编》第14册,上海:上海古籍出版社,2010年,第618-619页。

霍票姚。

千行涕泪王威弱，三月拘留臣节艰。来日无能假宋道，归时犹恐滞秦阙。贾人欢喜金钱会，使客苍黄容鬓斑。安得禁中求颇牧，早施长策定南蛮。

徐孚远"中兴"明朝，驱除清朝之心，溢于言表，所行所指，皆有坚守南明遗民志节的决绝，他三次赴台①，为南明王朝奔走呼号二十余年，终含恨而逝。渡海赴台遗民群体的行为和思想，来源于对现实状况的灵敏感知，也是他们随着时空变化而做出的反应。部分南明遗民因南明朝臣，尤其是郑成功的邀约，历经艰辛，流亡至台湾，备尝辗转海岛之苦，遇险蒙难的状况也常有发生，徐孚远有"时近上元作飓惯，谁云此语非汗漫"②之句，慨叹永历十六年(1662)正月中元之前，等待凶险的飓风过后再至台湾的情状。能够流寓至台湾，暂时稳定安居，对南明遗民来说也算是幸运之事。

南明遗民依附于明郑集团的幸运之处，在于他们至少可避难于海岛之上。鲁王监国于1645—1651年，辗转于浙东的绍兴、定海、舟山等地。此时鲁王身边围绕着多位从臣③，他们随鲁王奔逃于厦门，荡迹于周遭海岛。据称"时缙绅避难入岛者甚众，赐姓皆优赡之；岁有常给，待以客礼，军国大事时辄咨之，皆称为老先生而不名"④。部分从臣后来亦流寓至台湾，郑成功皆以礼相待。在此过程中，部分遗民亦参与了台湾的文化建设，流寓台湾的南明遗民中，浙东遗民沈光文对台湾文化的留存与发展起到了重要的作用。

在留存台湾文献方面有着突出贡献的沈光文，受到台湾及浙江两地研究者的重视，众学者虽对其文化贡献及入台时间、家族宗谱等多有争议，但

---

① 永历十五年(1661)三月，郑成功远征台湾，徐孚远随军赴台。永历十六年(1662)一月，待飓风后第二次赴台。永历十六年(1662)五月郑成功卒于台湾，十一月鲁王殂于台湾，徐孚远随舟三次入台。

② (明)徐孚远：《钓璜堂存稿·待飓》，《钓璜堂存稿、交行摘稿、徐暗公先生遗文》，《清代诗文集汇编》编纂委员会《清代诗文集汇编》第14册，上海：上海古籍出版社，2010年，第466页。

③ 主要有张煌言、曹从龙、任文正、沈光文、马星、俞图南、蔡昌登、任颖湄、钱肃遴、陈荩卿、傅启芳、张彬、叶时茂、林泌、崔相、陈光禄、陈豸、丘子芳、丘伯玉、俞师范、杨灿，还有太监陈进忠、刘玉、张晋、李国辅、刘文进、韩升等二三十人。

④ (清)夏琳：《海纪辑要》卷一，《中国哲学书电子化计划》http://ctext.org/wiki.pl？if=gb&chapter=753187&remap=gb。

对沈光文为台湾文化的贡献表示一致认同。全祖望《沈太仆传》曾道:"辛卯,由潮阳航海至金门。闽督李率泰方招来故国遗臣,密遣使以书币招之。公焚其书,返其币。时粤事不可支,公遂留闽,思卜居于泉之海口,挈家浮舟过围头洋口,飓风大作,舟人失维,飘泊至台湾。时郑成功尚未至,而台湾为荷兰所据。"①全祖望描摹政治形势的云波诡谲,陈述沈光文流寓台湾的原因及其漂泊至台湾的偶然性,沈光文被誉为"海东文献初祖",亦成为明郑时期台湾地区的文献鼻祖,尽管仍有学者对此表示质疑②。孙静庵《明遗民录》谓:"光文灵光岿然,得以其集见于世,为台人破荒,亦少慰虞渊之恨矣。"③沈光文所著作品,收入《沈光文斯庵先生专集》,共收录41首七言诗,63首五言诗,《全台诗》则收其107(一说106)(参张萍等著《沈光文研究》)首诗。晚年时,沈光文在台湾组织"东吟诗社",结社诗文唱酬。其主要文学作品有《草木杂记》《台湾赋》《东海赋》《橤赋》《桐花赋》等,沈光文对台湾文学的发展可谓功不可没。在四十岁之前,他投身钱肃乐义军,积极抗清,赤胆忠心地追随鲁王。鲁王兵败匿迹于海岛,他亦誓死跟随。鲁王逝后,他又追随南明桂王抗清,转战浙江、福建、广东等沿海地区,践行南明遗民"光复明朝"的决心。入台湾后,又坚持撰述诗文歌赋,以诗文酬唱其"遗民之音"。同时,传授传统文化知识,设馆授徒,甚至以中医救治当地的居民,成为书写台湾历史的端绪之人。沈光文在史学上亦有造诣,可以说他是用文献标识台湾的第一人,他所著的《台湾舆图考》,以台湾为绘写目标,成为台湾人文地理方面的专篇。沈光文寓居台湾一年后,郑成功去世,其子郑经继位,大力改革其父的政策,沈光文作《台湾赋》讽之,后被郑经逼迫,变服为僧,退避隐居。

沈光文隐居之后,致力于诗文、史乘、方志,他成立的"东吟诗社"是台湾破荒诗作的发起者,其诗《野鹤二首之一》曰:"独得孤鶱趣,难违天性真。优游俯仰适,爱惜羽毛新。高与烟霞狎,廉为雁鹜嗔。朝游苍海表,夜唳鹭江滨。"④在物象中,除了菊花,鹤应是沈光文最喜赞颂的对象,所谓夫子自道,他将高洁的白鹤比拟成自己孤高的人格。龚显宗论曰:"从歌咏台地特殊风

---

① （清）全祖望:《沈太仆传》,《鲒埼亭集》卷二十七,《全祖望集汇校集注》上册,上海:上海古籍出版社,2000年,第499页。

② 参潘承玉:《神话的消解:诗史互证澄清一桩文化史公案》,《复旦学报》(社会科学版)2008年第2期。

③ 孙静庵:《明遗民录》,杭州:浙江古籍出版社,1985年,第328页。

④ 龚显宗选注:《沈光文集》,台南:台湾文学馆,2012年,第107页。

物之作,可见当地住民早期生活习尚,以及异于中原物产之处,后人读之,颇富趣味。但,在明郑时期,因文人所忧在家国,所系在安危,因此,无心从事这方面的创作。沈光文因避祸于罗汉门,在灰心丧气之余,乃有此类理乱盛衰之外的作品,而这,恐怕是此期诗作中的凤毛麟角吧!"①所谓因祸得福,沈光文在文学领域创设、建树颇多,其《野鹤二首之二》诗亦自道:"骨老飞偏健,身闲瘦有神。"②坚贞的遗民志节并没有随着时间的消磨而泯灭殆尽,反而愈挫愈勇,这是真正弥足珍贵的南明遗民情结。

沈光文寓居台湾期间常怀念家乡,甚至依然惦念明朝故土,追念昔日的岁月,其《葛衣吟》诗曰:"故国山河远,他乡幽恨重。葛衣宁敢弃,有逊鲁家傭。"③诗前有序云:"永乐时有河南傭者,常衣葛衣,余绍兴出奔,亦衹衣葛,今已两载。"绍武元年,即唐王隆武二年、顺治三年(1646),绍兴被清军攻陷,沈光文、张煌言等逃至闽海,两年后,沈光文便作了这首《葛衣吟》。

漂泊无依的流寓士子,多有茫然无根之感,故国乡园成为他们精神上的一种自我救赎,所谓"宁不怀乡国,并州说暂居"④这种心怀乡国之感,是游子身份的沈光文所秉持的真切情感,这种痛彻心扉的思恋,唯有真正流亡在外的人才会有如此深刻的体会:"义旗嗟越绝,胜得此顽民。……中山几度醒,故国十三春。"⑤残梦易醒,思念难寐的清寒之夜,心中自持的便只有光复明朝的期盼,胜朝遗民恪守儒家传统道德规范,为故明甘洒热血。沈光文浪迹天涯,离开故园早已十三载,虽物是人非,心中的执念却难以消释,每念及此,不禁潸然泪下而感慨万千。其《夜眠听雨》诗云:"过晴常听月,无月听偏难。海怒声疑近,溪喧势作寒。闲枝惊鸟宿,野渚洽鱼欢。梦与诗争局,诗成梦亦残。"⑥避居海岛台湾,多数夜晚与海、月相伴,寂寥难寐,而他最想了解南明的战事,希望听到郑成功东征台湾的消息,唯此才能安枕无忧。

沈光文的寓居生活甚为艰苦,得罪郑经后,他变换僧服隐居避祸,经常过着食不果腹的日子。在克服饥馑、自强不息的日子里,沈光文将南明浙东遗民的志节转化为保持文士操守的清贫乐道,在迷茫时,他学会了自问自

---

①　施懿琳:《从沈光文到赖和——台湾古典文学的发展与特色》,台北:春晖出版社,2005 年,第 53-54 页。

②　龚显宗选注:《沈光文集》,台南:台湾文学馆,2012 年,第 109 页。

③　龚显宗选注:《沈光文集》,台南:台湾文学馆,2012 年,第 117 页。

④　龚显宗选注:《隩草十一首之一》,《沈光文集》,台南:台湾文学馆,2012 年,第 127 页。

⑤　龚显宗选注:《隩草十一首之三》,《沈光文集》,台南:台湾文学馆,2012 年,第 130 页。

⑥　龚显宗选注:《沈光文集》,台南:台湾文学馆,2012 年,第 156 页。

答,其《偶成》诗谓:"荒居欲藉虚名重,前路茫茫且问天。"①沈光文应该没想到,当初抗清的日子充满艰难,而今避难于台湾,却愈加充满了凶险和困苦,甚至这种无望与孤独,更甚于当初的峥嵘岁月。因此,他以《无题》诗安慰自己:"既来学避地,言色且从权。"②沈光文亦自知需独自面对蛰伏的日子,偶尔也需要人情练达,努力适应当前的生活,或者暂时依附于明郑集团,至少应该对郑氏家族略为客气。这种困难的隐居生活,其在《戏题》一诗中亦有所阐发:"十五年来一故吾,衰颜无奈白髭须。只应遍处题诗句,莫问量江事有无。"③或许他应该顾及自己早已衰败的残破之躯,不再关注明朝、鲁王、郑明王朝的生死存亡,这种悲愤与悲凉,是沈光文勉力自持的情感基调。

避难台湾的流寓士子,多有去国离乡之感,沈光文秉持坚定的遗民志节,即便避居于厦门,甚或流寓至台湾,空间辗转、颠沛流离,他所关注的焦点仍是南明鲁王的安危、南明抗清义士的战况。他常挂念鲁王,其《山居八首之三》诗云:"念此朝宗义,孤衷每郁寥。"④朝宗,乃见天子之意,此诗亦为怀念鲁王之意。南明唐王隆武二年(顺治三年,1646),沈光文参加画江之师,后绍兴被清军攻破,他跟随鲁王奔赴闽海,辗转到了舟山,11 月 24 日到厦门,再到长垣。而今想到与张煌言的交往,遥想当年一起参加画江之役的岁月,其《赠友人归武林》⑤诗云:

> 却有机缘在,相逢意气同。来看云起处,共话月明中。去去程何远,悠悠思不穷。钱塘江上水,宜与海潮通。

这是沈光文送张煌言返回浙江的一首诗,他与张煌言曾共同拥护鲁王,舟山战役失败后君臣退至厦门。永历二年(1648),时张煌言暂别长垣,两人惜别,因志同道合,共话多年来的用世之心。"钱塘江上水,宜与海潮通",虚设地理上钱塘江与厦门海潮的互通,两人深厚的情谊变为浩荡的江海,浅显的抒情方式,道出两个人质朴、悠长的友情。借助这首诗,追忆了两人辅助鲁王监国,曾经患难与共、战火纷飞的韶华岁月。在沈光文的潜意识中,钱塘江本为鲁王监国的成立之所,虽暂时失败,君臣逃亡于厦门,但他仍怀有

① 龚显宗选注:《沈光文集》,台南:台湾文学馆,2012 年,第 197 页。
② 龚显宗选注:《沈光文集》,台南:台湾文学馆,2012 年,第 199 页。
③ 龚显宗选注:《沈光文集》,台南:台湾文学馆,2012 年,第 202 页。
④ 龚显宗选注:《沈光文集》,台南:台湾文学馆,2012 年,第 175 页。
⑤ 龚显宗选注:《沈光文集》,台南:台湾文学馆,2012 年,第 45 页。

收复失地的愿望。沈光文与诗友唱和时,有云:"不堪观败局,聊欲试燃灰。"①这仍在预示明朝基业还有东山再起的机会,得见沈光文惦念旧朝的遗民情结。他亦勉励好友继续坚守遗民志节,其《寄怀庄楷庵》诗云:"别岛山川异,伤怀是故臣。同心为千载,分手记初春。志士尊声气,东都重缙绅。寒梅将欲放,折寄不嫌频。"②初春的元宵节,与老友分别,同为南明遗民的身份,诸君仍需同心同德,诗中满蕴浩然的士气。他仍然相信"谋身尚不足,王业几时兴"③。在沈光文养家乏力,糊口尚难的时刻,他心中惦念的仍是明王朝的复兴,其遗民情结堪称至精至纯,这应该是南明遗臣深入骨髓的信仰。

乡愁是流寓台湾遗民诗歌的一个重要主题,乡愁亦是世世代代流寓至台湾的人们的共同要旨,他们将思恋之情转为对家国的牵挂。沈光文惦念家乡亲友的安危,先前他对自己的种种宽慰,其实都是自欺欺人的做法,其《秋日和陈文生韵》诗云:"惭愧故人意,传言战血殷。"④故乡阻隔,不通消息,耳中却似有传闻,关于战争的谣言,不免有生灵涂炭、血流漂橹的画面感,由此使人顿生凄怆之心。沈光文身在台湾,对家乡的百姓只能是遥寄相思。在沈光文的系列诗《思归》中,他更加直白地倾诉了其思乡之情,如"待看塞雁南飞至,问讯还应过越东"⑤,大雁南飞,掠过浙东的天空,沈光文热切希望它们能带来故乡的讯息,家园愈远,乡情愈浓。"洗兵欲挽河犹远,利涉当前藉夫才。"⑥想到家乡的安危,沈光文欲以河水浇灭蔓延的战火,至于复兴大业,还需仰仗足智多谋、文韬武略的人来力挽乾坤。不然日月销蚀,岁月淹留,"故国霜华浑不见,海秋已过十年淹"⑦,丧失时机,复兴明朝便愈加无望了。自永历五年(1651)逃难至台湾,匆匆岁月已逝,而与故园却渐行渐远,实属残忍。沈光文于台湾海峡望穿秋水,祈盼返回故园却不得。其《怀乡》诗道:

> 万里程何远,萦回思不穷。安平江上水,珠涌海潮通。⑧

---

①　龚显宗选注:《与友奕》,《沈光文集》,台南:台湾文学馆,2012年,第42页。
②　龚显宗选注:《沈光文集》,台南:台湾文学馆,2012年,第59页。
③　龚显宗选注:《寄迹效人吟六首之五》,《沈光文集》,台南:台湾文学馆,2012年,第73页。
④　龚显宗选注:《沈光文集》,台南:台湾文学馆,2012年,第57页。
⑤　龚显宗选注:《思归六首之一》,《沈光文集》,台南:台湾文学馆,2012年,第76页。
⑥　龚显宗选注:《思归六首之四》,《沈光文集》,台南:台湾文学馆,2012年,第82页。
⑦　龚显宗选注:《思归六首之六》,《沈光文集》,台南:台湾文学馆,2012年,第85页。
⑧　龚显宗选注:《沈光文集》,台南:台湾文学馆,2012年,第104页。

　　"安平"一语的由来,是永历十五年(1661)十二月,郑成功攻占台湾,将荷兰殖民者所称的热兰遮城改为安平镇,后又改名为王城,沈光文的诗歌亦成为见证历史的纪实之作。诗歌一家之言的质性,透露出诗人所关注的焦点,沈光文以笔记史,亦传达出时代遭际下个人的人生感喟。其《归望》诗云:"镜里头多白,风前泪积殷。用坚饥馁志,壮士久无颜。"①对于流寓的遗民群体来说,独特的身份经历,反而彰显了他们的志节与诗品,南明罹难,渡台遗民的诗境却得以拓展,诗歌气象愈加恢宏。痛苦的流寓岁月成为他们书写的对象,南明遗民在其诗歌中得以畅达其情,这成为赴台遗民文学书写的重要特质。全祖望《明故太仆斯庵沈公诗集序》赞曰:"太仆之诗,称情而出,不屑求工于词句之间,而要之原本忠孝,其所重,原不祇在诗。"②沈光文原本以诗歌为游艺之作,表明其坚贞的南明遗民情志,方才是其叙写的核心内容。沈光文的文集传世,标志着台湾文学在创作模式与书写对象方面具有了地域化的文学特征。季麒光在《题沈斯庵杂记诗》中云:"从来台湾无人也,斯庵来而始有人矣;台湾无文也,斯庵来而又始有文矣。"③由此可解释,为何历来文论家尤其是台湾本土者,如此推崇沈光文的诗歌作品。

　　台湾文化的传承与流变,与以沈光文为主的南明流寓台湾文士有着密切的关系,当然,台湾儒家文化的推播亦非沈光文一人之力,流寓台湾的南明遗臣文士,多参与了儒家文化的教化活动,王忠孝曾赞道:"椎结多随汉,衣冠半是唐"④,叙写了台湾人民深受儒家文化影响的生活场景。沈光文《题梁溪季蓉洲先生海外诗文序》曰:"先生之诗,凡山川风土,番俗民情以暨草木花果,鸟兽鱼虫之属,莫亦有作。即一饮一宴,亦畅性灵歌咏之。两年之间,举从前野屿凄凉,百蛮荒绝之区,彬彬然渐开风雅云。"⑤作为文化蛮荒之地的台湾,因之接受当时较为先进的儒家文化,取代荷兰殖民文化而使台湾成为诗书礼仪之邦,这对台湾文化的发展确实有着决定性的意义。

---

　　①　龚显宗选注:《沈光文集》,台南:台湾文学馆,2012 年,第 105 页。

　　②　(清)全祖望:《明故太仆斯庵沈公诗集序》,《鲒埼亭集》卷三十一,《全祖望集汇校集注》上册,上海:上海古籍出版社,2000 年,第 5295 页。

　　③　龚显宗编著:《沈光文全集及其研究资料汇编》(上册),台南:台南市文化局,2012 年,第 264 页。

　　④　(明)王忠孝:《东郊行》,郭秋显选注:《徐孚远·王忠孝集》,台南:台湾文学馆,2012 年,第 172 页。

　　⑤　龚显宗编著:《沈光文全集及其研究资料汇编》(上册),台南:台南市文化局,2012 年,第 68 页。

　　处于明清易代之际,为坚守破碎的山河,恢复昔日的明王朝,南明浙东遗民,尤其是流寓至台湾的遗民,牺牲自我,保全志节,将反清当作终生的事业而矢志不移。徐孚远《将适荒外念故人存殁,怆然赋之》诗曰:"忆昔相闻南极昌,一时仕子皆越疆。"①徐孚远将赴台湾时,追忆昔日亡国的挚友,悲从心来。因为战败流寓至台的南明志士又充满深重的忏悔意识:"吁嗟天公失昏晓,中华失华焉可道。"②没有顾及个体将赴天涯海角的孤独,他们忧伤的却是故国的沦亡。孙静庵《明遗民录》谓:"弘光、永历间,明之宗室遗臣,渡鹿耳依延平者,凡八百余人;南洋群岛中,明之遗民,涉海栖苏门答腊,凡二千余人。"③大致道出在清兵攻占浙江、福建沿海后,南明遗民多数人的归属,除了依附于郑成功父子之外,他们甚至远遁至东南亚地区,亦是投足无门,别无他法。

　　渡海后,活动空间的变迁及对家乡故土的眷恋,不仅来自波涛汹涌的大海的阻隔,也因为旧有生活内容的隔绝。这些绵长惆怅的情绪,成为流寓文士的一种遗憾。凭借文学作品的排遣,南明文士有了暂时的纾解渠道,空间、时间的变换,扩大了他们对故乡的思恋;在家国无望的情绪下,"无根"的意识逐步渗入到他们的骨髓当中,通过他们的诗赋作品,后学得以洞察南明遗民一唱三叹的情感与思乡恋家的心路历程。沈光文《东吟社序》曰:"余自壬寅将应李部台之召,舟至围投洋,过飓漂流至斯,海山阻隔,虑长为异域之人,今二十有四年矣。虽流览怡情,咏歌寄意,而同志乏俦,才人罕遇,从寂处于荒埜穷乡之中,混迹于雕题黑齿之社。"④"异域"之感,是流寓台湾的南明文士内心的隐痛,失去国家已属灾难,在家国无依时,他们却需正视其难以直面的人生困境。文学作品的创作一部分是南明遗民的情感需要,另一部分是为了实现遗民群体同志砥砺,自励自强的目的。林光显《浙人与台湾诗风》谓:"吾台沦陷五十年间,扶持正气,维斯文于垂绝者,唯诗。台湾诗社

---

　　①　(明)徐孚远:《将适荒外念故人存殁,怆然赋之》,郭秋显选注《徐孚远·王忠孝集》,台南:台湾文学馆,2012年,第43页。
　　②　(明)徐孚远:《将适荒外念故人存殁,怆然赋之》,郭秋显选注《徐孚远·王忠孝集》,台南:台湾文学馆,2012年,第43页。
　　③　孙静庵:《明遗民录》,杭州:浙江古籍出版社,1985年,第372页。
　　④　龚显宗编著:《沈光文全集及其研究资料汇编》(上册),台南:台南市文化局,2012年,第65页。

之风,冠于全国。然开风气之先者,实明末鄞人沈光文。"①诗友唱和,诗歌唱酬,诗歌的灵活性与含蓄性,使得南明遗民炽热的家国情怀能够有所抒发,明郑又成为他们家国观念中另一个模糊的信仰。

近代台湾人吴浊流生于 1900 年,处于日本殖民统治下的他异常压抑,他将祖国、漂泊游子的关系描述为:"眼不能见的祖国爱,固然只是观念,但是却非常微妙,经常像引力一样吸引着我的心。……以一种近似本能的感情,爱恋着祖国,思慕着祖国。这种感情,是只有知道的人才知道,恐怕除非受过外族的统治的殖民地人民,是无法了解的。这种心情,在曾是清朝统治下的人,是当然的"②,这种情感,或可模拟流寓台湾的南明遗民的心路历程。南明王朝的风云变幻和南明君臣的颠沛流离,佐证了南明四十年的沧桑历史,仅以南明朝文臣武将的漂泊流寓,得以谛视、悲悯末路王朝的衰亡过程。对清朝而言,则是奋勇征战,鲸吞天下的过程。李自成农民起义军在摧毁晚明王朝时,占据庞大历史叙事系统的中心,被清朝驱逐出京师后,则有着流落逃亡的心酸史。最终尘埃落定,清朝完成一统天下的权力褫夺,驱使部分南明士子叩天无路时选择铤而走险,流寓台湾只是其中的一部分,然则他们的流亡与漂泊生涯,在特定时期,具有一定的象征意义。

第三节　南明浙东遗民东渡日本

南明遗民的群像图谱,显现出晚明多元文化下的复杂性质,因动机及表现方式的差异,南明遗民的人生选择及行为选择皆不相同,这使得他们的人生道路千差万别。在时代变迁与政治制度的作用下,江山残照,南明遗民被动走向了宿命式的人生轨道。机缘凑巧,部分南明浙东遗民漂洋过海,虽有不同的目标,却最终到达了同一目的地——日本,由此开辟了南明浙东遗民的另一地理活动空间。

---

① 林光显:《浙人与台湾诗风》,原载 1951 年《晚香丛谈》,收录于 1976 年 3 月出版的《沈光文斯庵先生专集》,第 169-170 页。转引自龚显宗编著:《沈光文全集及其研究资料汇编》(上册),台南:台南市文化局,2012 年,第 270 页。

② 吴浊流:《无花果》,台北:前卫出版社,1988 年,第 40 页。

一、明清中日经济、文化交流背景

明朝的周边国家中,高丽(今韩国、朝鲜)、安南(今越南)皆自动依附于明廷[1],高丽史料有载:"恭愍王十九年(明太祖洪武三年,1370)四月庚辰(二十二日)帝(朱元璋)遣道士徐师昊来祭山川。祝文曰:'皇帝遣朝天宫道士徐师昊致祭于高丽者首山及诸山之神、首水及诸水之神。高丽为国,奠于海东,……迩者高丽遣使奉表称臣,朕已封其王为高丽国王。'"[2]此举表明高丽归属明朝后,朱元璋以明朝领地视之,于是派遣道士赴其地为他们的山水祈福。明朝与高丽有着盘根错节的关系,总体来说,高丽对明朝王朝怀有浓重的尊奉之意。南明时期,南明遗民有漂流至高丽、安南者,他们从此避居于此。居于高丽、安南遗民的声名则稍逊于东渡日本者,诸如朱舜水、心越等人,皆是众所周知的对当地较有贡献的南明遗民。

明朝开国皇帝朱元璋严禁海外贸易,明清之际,南明遗民因处于特殊的环境而远赴日本。受日本相关制度、政策的影响,东渡遗民被稍作限制,然则南明东渡遗民避祸扶桑的举措,反而促进了明清之际中日之间的文化嫁接与文化融合。中日文化交流是建立在两国经济贸易、政治政策基础之上的,明清易代对中日交往造成某种程度的冲击,使两国的政治邦交与经济往来具有一定的复杂性与特殊性。南明遗民的流亡生活,有着身处异国他乡的忐忑和孤寂,但他们东渡日本,亦忘却了逃离覆亡旧国的尴尬,从而选择在异国重建功业,这种自由是南明遗民付出了巨大的代价换取回来的,南明遗民尤其是南明浙东遗民,在日本期间的经历充满了传奇色彩,要全面了解南明浙东遗民在日期间的生活,需对当时两国的相关国策加以探究。

---

[1]　洪武年间,明太祖朱元璋曾颁诏晓谕安南国王陈日焜,命令归还,但陈朝此时已由国相黎季犛掌权,他胁迫国王陈日焜,称兵拒命。朱元璋以战争方息,重在安抚,不愿再起干戈,于是置之不理,安南从此处于半独立状态。后明成祖于1406年至1407年期间派兵攻打南安,明封黎利为安南国王,从此朝贡不绝。这场战争最后以明朝胜利、胡朝灭亡告终,越南被并入明朝领土,标志着安南属明时期的开始。后几经反复,明英宗正统二年(1431年农历正月初五),明封黎利为安南国王,从此朝贡不绝,黎利亦不愿与明为敌,直到崇祯十七年明亡,始终奉明朝为正朔。

[2]　金渭显编著:《高丽史中中韩关系史料汇编》(下册),台北:食货出版社,1983年,第797页。

(一)中国对日的政治、经济政策

明清之际的对日贸易,主要分布在东南沿海一带,以广东、福建、浙江和江苏等省份较为活跃①。明代王士性《广志绎》有语:"江、浙、闽三处,人稠地狭,总之不足以当中原之一省,故身不有技则口不糊,足不出外则技不售。"②特殊的地理位置,使得沿海省份主要是浙江、福建、广东等地与海外的通商贸易较多。沿海省份的对日贸易,在不同时段侧重点不同:广东地区对日贸易较早,明中期已开始发展;江浙地区于嘉靖年间呈现过一段时期的繁荣;福建地区在明末清初占有一定的优势,康熙开海之后,江浙地区对日贸易便独领风骚。大体而言,明清之际的中日贸易区域逐渐北移,由广东到福建再至江浙。万斯同就万历年间发生的对外商贸事件,在《哀闽商》一诗中序曰:"海外有吕宋国,地产金银,闽商人多贸易其国。万历中,内官高采至闽,榷税贪虐特甚。有奸徒张嶷,言吕宋有金银矿可开,采将听之,其国长知而大惧,恐我潜师入其境也,遂尽杀闽商之在其国者凡二万五千人,事闻于朝,竟不能问也。"③诗中有"华人填于异域兮,冤魂阻海何由回? 致彼无辜蒙祸兮,天朝君臣悲未悲"的慨叹,可见对外贸易事关国家与百姓的切身利益。

明王朝经济贸易圈建立以后,实施朝贡贸易并垄断对外海运,在沿海地区推行严厉的海禁政策,但江苏、浙江、福建、广东等地区的居民都是私下交易,在东南海岸线上建立港口据点,暗中从事海上贸易。南海与东海的海岸线上,自南向北,有许多天然良港,诸如广州至宁波,就延续着大陆东部的黄金海岸线。宁波处于甬江、余姚江、奉化江三江交汇口,自此至内陆沿长江上溯到江西豫章(今南昌)的鄱阳湖流域,这一路线又是内陆水路的黄金通道。以宁波为节点④,东南海岸的贸易水路与长江下游的贸易水路,因之交错形成了江南贸易区域。

崇祯时,虽屡次申饬海禁,但政令松弛,郑芝龙集团如日中天,势不可

---

①　清初称江南省,设立于顺治二年(1645),省府位于江宁(今南京),前身是明朝的南直隶,范围大致相当于江苏省、安徽省和上海市,康熙六年(1667)拆分为江苏、安徽两省。

②　(明)王士性:《王士性地理书三种》,周振鹤编校,上海:上海古籍出版社,1993年,第337页。

③　(清)全祖望:《贞文先生万斯同》,《续甬上耆旧诗》(下册)卷七十八,杭州:杭州古籍出版社,2003年,第88-89页。

④　现在长崎兴福寺内存有三江会所门。明治元年(1868),兴福寺内建立三江祠堂,以纪念江户时代长江下游出身的唐人,明治十三年(1880)改成三江会所。后在长崎原子弹爆炸中受损。

遏,控制了东海沿海的私人贸易。自明后期始,中日民间走私贸易就十分活跃,南明政权因自身的需要,始终积极与日本往来,南明政权下的南明志士多有奔赴日本"乞师"的经历,希望日本出师援助南明并交易双方需要的物资①。福王政权特许赴日贸易,以印信为凭:"明季法弛,取税开洋借为射利。不唯无禁,而反给护照矣。今查乔复初等于弘光元年三月初一日投明孙太监,纳税给引,定海出关,至初十日挂号。又禀浙镇王之仁给照,佩带弓箭以戒不虞,细验单牌,历历见在。"②尤其是郑成功,因与日本的渊源,不仅乞师日本且与日本进行多种贸易。虽然日本始终没有同意出兵援助,但日本通过贸易交往,缓解了南明郑氏集团某些物资紧缺的状况。

　　清朝建立伊始对日贸易态度还算积极,日本则游离于清朝的朝贡体系之外。清顺治帝特许对日执照贸易,康熙在扫除政治隐患后,对中日贸易也一直持肯定的态度。雍正继承先帝的传统,建立了商总制度,加强对赴日商人的管理。顺治时出于政治目的不想与日本为敌,他希望早日剿灭南明和东南海疆的反清势力,并想建立中日宗藩关系。顺治四年(1647)二月,浙东、福建平定后,清日双方仍未建立朝贡关系,主要是由于日本方面不积极③,日本对大清政权持反感态度:"先王礼文冠裳之风悉就扫荡,辫发腥膻

---

　　①　南明政权的乞师也大致经历了三个阶段,南炳文将之解读为:"一、弘光时期,这是沿用明朝末年旧政策的阶段;二、鲁监国、隆武两政权并存时期,这是拒绝交往与通好、求助同时并存的阶段;三、鲁监国政权、郑成功及其子孙主持的政权、永历政权等并存时期,这是通好、求助政策全面推行阶段。影响南明政权对日态度转变的因素,包括总体形势、力量对比的变化,当事人的经历和性格,以及地域远近等。"南炳文:《南明政权对日通好求助政策的形成过程》,《南开学报》(哲学社会科学版)2003年第2期,第61-65页。

　　②　台湾"中央研究院"历史语言研究所编:《明清史料》(已编),北京:中华书局,1987年,第155页。

　　③　参见荆晓燕:《明清之际中日贸易研究》,博士论文,山东大学,2008年,第58页。这是因为:首先,日本在明末时曾希望恢复两国之间的朝贡关系,但遭到了明政府的拒绝。到清初时,清政府愿意与日本建立朝贡关系,但此时日本已经进入了锁国时期,严厉禁止出海贸易。所以,两国间恢复朝贡关系的时机就被错过了。其次,清朝建立时,中日之间的私人贸易已经很繁盛。除了两国商人之间的直接贸易外,日本还通过葡萄牙、荷兰及东南亚等地的商人来获取中国商品。所以,在经济上,日本没有与清王朝建立朝贡关系的迫切需要。第三,从思想上来说,日本认为清政权起蛮夷,并非正统王朝,因而对其入主中原、成为华夏共主存在一种抵制心理。

之俗已极沦溺"①，甚或"鞑虏横行中原，是华变于夷之态也"②，这种"华夷变态"的中国观，使得日本同情明朝而疏离清廷。

清初清廷为能够到日本及东南亚各个国家采购铜、金，顺治二年（1645）发布了准许商民赴日贸易的敕令："凡商贾有挟重资愿航海市铜者，关给符为信，听其出洋，往市于东南、日本诸夷。舟回，司关者按时值收之，以供官用。有余，则任其售于市肆，以便民用。"③尽管当时施行了严厉的禁海令，但是上有政策下有对策，贸易铜、金的合法性使得其他交易也私下进行。康熙二十三年（1684），清廷正式停止海禁："今海内一统，寰宇宁谧，满汉人民相同一体，令出洋贸易，以彰富庶之治，得旨开海贸易。"④顺治三年（1646），清廷宣布"江苏的松江、浙江的宁波、福建的泉州、广东的广州为对外贸易的港口，并分别设立江海关、浙海关、闽海关和粤海关四个海关，负责管理海外贸易事务"⑤。康熙开海之后的情形，浙东姜宸英⑥道："康熙二十三年，克台湾，各省督抚臣先后上言，宜弛航海之禁，以纾民力。于是诏许出洋，官收其税，民情踊跃争奋，自近洋诸岛国，以及日本诸道，无所不至。"⑦康熙开海不久，中日之间的贸易就出现了史无前例的繁荣局面。康熙四十二年（1703）春，朝鲜釜山"倭馆""正月间唐船十二艘来泊长崎岛"及江户派员赴长崎等信息惊动了朝鲜政府："今春唐船多持土产，将往江户，欲结邻好。"⑧日本独立于

---

① ［日］中川忠英：《清俗纪闻》，北京：中华书局，2006年，第5页。

② 1672年日本林鹅峯的《华夷变态》，林罗山之子林恕为《华夷变态》作序文曰："崇祯登天，弘光陷虏，唐、鲁才保南隅，而鞑虏横行中原，是华变于夷之态也。"林春胜、林信笃编：《华夷变态》，东洋文库，1958年。

③ 张寿镛：《皇朝掌故汇编》（内编）卷十九《钱法》，光绪二十八年（1902），求实社铅印本，第1-2页。

④ （清）王先谦：《东华录》（康熙三十五），清光绪十年长沙王氏刻本，第1205页。

⑤ 赵树廷：《江南省海关设于庙湾考》，《江海学刊》2006年第2期，第90页。

⑥ 姜宸英（1628—1699），字西溟，号湛园，又号苇间，浙江慈溪人，与朱彝尊、严绳孙并称"江南三布衣"。明末诸生，康熙十九年（1680）以布衣荐入明史馆任纂修官，分撰刑法志，记述明三百年间诏狱、廷杖、立枷、东西厂卫之害。又从徐乾学在洞庭山修《大清一统志》。在京因得罪大学士明珠受冷遇。康熙三十六年（1697）70岁始成进士，以殿试第三名授翰林院编修。越两年为顺天乡试副考官，因主考官舞弊，被连累下狱死。著有《湛园集》《苇间集》《海防总论》。

⑦ （清）姜宸英：《日本贡市入寇始末拟稿》，贺长龄《皇朝经世文编》卷八十三，台北：文海出版社，1972年，第2958页。

⑧ 吴晗辑：《朝鲜李朝实录中的中国史料》，北京：中华书局，1980年，第4207-4208页。

清朝的朝贡体制外,清廷鼓励商人赴长崎贸易,华裔处于受制于日方的被动局面。"嘉靖倭患"和"万历朝鲜之役"的历史记忆使得士子文人对此忧心忡忡,1684年朱彝尊看到家乡浙江嘉兴平湖乍浦"迩来弛海禁,伐木运堂栋"①的景象,咏出"我口默不言,我心有余痛;昔者嘉靖中,狡倭肆狂纵"②之句,但当时日本长崎贸易一时臻于极盛,仅"1688年就有177艘唐船驶入长崎,当年随船进入长崎的唐人竟达9128人次之多。当时长崎市内人口达六万多人,其中唐人约占一万"③。长崎港内,唐船辐辏,舳舻相衔,蔚为壮观。康熙于1717年颁布了"南洋禁航令",但此时康熙并未禁止赴日本贸易,主要是因为清政府需要采办日本铜作为铸币的原料。康熙帝对日本的态度是不同于其他国家的,在对南洋国家实行保守政策的同时,对日本的贸易他是支持、鼓励的。雍正初期,又继续实行南洋禁航令:"商船不许往西南洋吕宋等处,其西南洋货物听其自来,履奉圣祖谕旨,钦遵通行在案。今定海所泊洋船果从吕宋、噶喇巴回棹,自应照例治罪,有何株连干系之处?至官加倍收税,地方官借端勒索,尤宜严查参处,以惩将来,有何难归结也?当日设立海关,其来已久,其自外国贩来货物到关,无不收税之理。海洋商船亦无不许往安南之禁。看尔此奏,似欲借此一事,竟开西南洋往贩之禁,甚数(属)不合。十数年来海洋平静,最为得法,唯宜遵守定例,不可更张。"④明清时期,中国政府对日本的态度是一直有所变化的,但总体而言,以柔和的外交尤其是贸易政策为主。

(二)日本对华的政治、经济政策

明朝与日本的交涉往来时间较早,"嘉靖甲午,给事中陈侃出使琉球,例由福建发津,比从役人皆闽人也。既至琉球,必候汛风乃旋。比日本僧师学琉球,我从役人闻此僧言日本可市,故从役者即以货财往市之,得获大利而归,致使闽人往往市其间矣"⑤。此时民间贸易往来日渐活跃,明朝嘉靖、明宣德年间始,沿海商贸日益兴盛:"他们以长江下游的江南地区和连接江浙闽粤的东南沿海为商品集散地,满载生丝、丝织品、棉织品、书籍等物品,驶

---

① ② (清)朱彝尊:《乍浦》,《曝书亭集》卷第十七,四部丛刊景清康熙本,第175页。

③ [日]渡边库辅:《投化唐人墓碑路录》,兴福寺(长崎县图书馆藏)。转引自邵继勇:《长崎贸易中的唐通事》,《江南大学学报》2008年第5期。

④ 中国第一历史档案馆编:《雍正朝汉文朱批奏折汇编》(第五册),第298号《闽浙总督满保奏陈严禁商船出洋贸易折》,南京:江苏古籍出版社,1991年。

⑤ 郑梁生编校:《明代倭寇史料》第七辑,台北:文史哲出版社,2005年,第2838页。

向茫茫海洋，北到朝鲜半岛，东到日本、琉球列岛，南到南洋诸岛，西至安南（一称广南，今越南）等地，在当地换取白银、陶瓷、海产或其他物品。"①沿海商人的贸易活动，使得江南地区在明政府的朝贡贸易体制外，形成了一个特殊的贸易地带。以江南贸易带为中心，一个充满活力的亚洲经济贸易圈便构筑而成。在贸易交流过程中，也产生了一批批移民，尤其日本长崎聚居着大多数来自中国江南的移民。以布衣身份奔赴日本的郑舜功②，其《日本一鉴·桴海图经》③卷一载"万里长歌"曰：

> 钦奉宣谕日本国，驱驰岭海乘槎出。五羊歌鼓渡三洲，先取虎头出
> 氵鑊头。大鹏飞鸣平海札，看看碣石定铁甲。靖海东头马耳还，大家井里
> 傍牛田。天道南阳王莽灭，诏安走马心㫋节。镇海先滇定六鳌，下门平
> 静金门高。

关于倭寇之事，郑梁生道："嘉靖壬寅，宁波知府曹诰，以通番船招致海寇，故每广捕接济通番之人，鄞乡士大夫尝为之拯拔。"④某些士绅亦愿意接济倭寇，就是为了与日本的经贸往来。当时赴日的航线大致为：广州虎门→广东、福建→大鹏、碣石、靖海、南阳、诏安、镇海（浙江）、金门→日本有马岛→长崎，此航线是明中后期中日贸易的一条重要航线。日本江户初期开放对外贸易，主要由丝割符制度、朱印船制度、奉书船制度和唐通事制度组成。前三项制度主要是围绕牛丝输入，以及国内商人从事外贸活动而制定的，是贸易体制的管理政策。丝割符制度是日本江户幕府初期所实行的一种外贸制度。"丝"指白丝；"割符"指在竹片、木片上写字，然后做上印记，分为两片，其一留底，其二交给他人，便于日后合在一处并作为凭证，类似虎符或骑缝章。丝割符制度即用于生丝贸易的信牌制度。朱印船意为获得政府颁发的"异国渡海朱印状"，面向一定国家的贸易船舶。朱印状即进行海外贸易时的渡海贸易凭证及船籍凭证。日本幕府政府在实施朱印船制度之后，

---

① 林观潮：《明清福建籍海外移民宗教信仰状况研究——以日本长崎在留唐人为重点》，《闽南佛学院学报》2011年第六辑。

② 郑舜功，新安（今徽州）人，有日本学者考证其为广东新安人。曾作为"大明国客"的身份于嘉靖三十四年出使过日本。郑梁生编校《明代倭寇史料》第七辑，台北：文史哲出版社，2005年，第2912-2914页。载"嘉靖癸未，布衣郑舜功奏奉宣谕日本国。"郑舜功为平息倭寇之乱，探知倭夷的虚实，亲赴日本。尔后蒙冤入狱，最终得以平反。

③ （明）郑舜功：《日本一鉴·桴海图经》第一册，民国二十八年（1939），据旧钞本影印。

④ 郑梁生编校《明代倭寇史料》第七辑，台北：文史哲出版社，2005年，第2838页。

1631年又实施奉书船制度。"奉书"是幕府颁发给长崎奉行的特许出国航行命令,奉书船制度使得出国贸易既需要将军颁发的朱印状,还需要"奉书"这一证明,如此双保险的措施使得幕府对出国贸易的管理更加强化,幕府不仅可以将海外贸易权力掌握在自己的手中,而且对民间自由贸易资本的发展可以直接干涉。奉书船制度被看作是朱印船贸易制度的延续,自1631年始至1635年止,朱印船贸易制度结束了其历史使命。

在日本江户初期开放的对外贸易政策中,其中最重要的是唐通事制度。明朝末年,随着中日民间贸易的展开,为了便于两国的贸易往来,日本幕府政府设置了唐通事制度,唐通事是为了翻译及其他一些具体业务应运而生的。居住在日本的华侨日益增多,使得唐通事的设立成为一种必然。庆长九年(1604),居住在长崎的华侨冯六被授予唐通事职务,标志着日本政府委任唐通事的伊始。经济贸易的繁盛也使唐通事的数量逐年增加,因此这一项制度逐渐规范化。唐通事不仅是世袭制,而且对居住地也有要求,即需由居住在长崎的中国人担任,通常称之为"住宅唐人"。唐通事多是本人或祖先就已经赴日经商并定居于日本。其中因从事中日贸易的商人以闽商居多,所以唐通事中也多是闽籍华人。有学者对唐通事的籍贯加以研究,"据考证,唐通事主要分为三个帮派,即'漳泉帮''福州帮''三江帮'。顾名思义,'漳泉帮'的成员主要来自福建漳州、泉州两地,包括陈冲一、陈道隆、高一览等;'福州帮'主要来自福建福州一带,成员有林大卿、林仁兵卫、何高才、魏之源、王心渠等人;'三江帮'的代表人物为颍川官兵卫,籍贯为浙江绍兴。"[①]所有唐通事都是从当地华侨中挑选出来,唐通事社会地位很高,而且深为日本人所重视与尊敬。唐通事主要从事翻译工作,之外就是处理涉外的贸易事务,具体来说就是对来日唐船加以管理。唐通事的工作还有诸如检验牌票、制作账簿、维持唐馆秩序、参与对外贸易管理决策,甚至还有"唐船风说书",即搜集中国的情报[②]。江户锁国时期,长崎是日本对外通商的唯一港口,日本并没有闭目塞听,是因为唐船船主入长崎港后,必须常常向管理外贸事务的长崎唐通事报告海外消息,"唐船风说书"便是此意,通过这种手段收集的内容有中国国内形势、航海情况、贸易状况、船员的情况等。唐

---

① 刘小珊:《活跃在中日交通史上的使者——明清时代的唐通事研究》,《江西社会科学》2004年第8期。

② 详参[日]松浦章:《海外情報からみる東アジア—唐船風説書の世界》,東京:清文堂,2009年。

通事的"唐船风说书"使得日本对当时中国的国情、形势等都比较了解，为其制定针对中国的经济、文化交流政策创造了有利的条件。

唐通事制度作为整个江户时代日本的对华贸易制度，使得幕府对中日贸易的管理更加有效，这也是日本政府熟悉中国事务的一个通道。彼时长崎施行的是一口通商时期的自由贸易政策，所以幕府对当时商人的贸易活动很少干预。1610年，一艘广东商船开到日本长崎，德川家康应长崎奉行长谷川藤广的申请，颁发了如下的朱印状："广东府商船来到日本，虽任何郡县岛屿，商主均可随意交易。如奸谋之徒枉行不义，可据商主控诉，立处斩刑，日本人其各周知勿违。"[1]此政策对中日贸易的繁荣做出了贡献，然而其后弊端自然也有所显现，这就是使日本白银流失严重，颇有自由市场经济的影子。随之幕府也加强了对中日贸易的调控政策，自1655年至1672年，相对商卖法被废止，这样短时期的自由贸易却带来了极大的成效。鉴于日本市场对中国商品的需求，日本政府对贸易活跃的广东商人大开方便之门，彼时广东商人赴日贸易的主要航线是广东→有马岛→长崎。清朝建立之后，中国政府海外贸易政策与明末相比限制较多，但中日民间贸易一直未曾中断，诸多商人仍然从广东的这条航线与日本进行贸易活动。《朝鲜李朝实录》曾载，宪宗十一年（康熙九年，1670），济州牧使卢锭报告："该年五月二十五日，有中国商船漂到旌义境，其中剃头者二十二人，不剃头者四十三人，有着明服者，有着清服者，还有穿倭服者。"据称他们"本以大明广东、福建、浙江等地人，清人既得南京之后，广东等诸省服属于清，故逃出海外香山岛、兴贩资生。五月初一，自香山登船，将向日本长崎，遇飓风漂到于此。"[2]其中也提到："闽人也。合福、兴、泉、漳共数万计。"天启五年（1625），福建巡抚南居益亦向明廷奏报："闻闽越、三吴之人，住于倭岛者不知几千百家，与倭婚媾，长子孙，名曰唐市。此数千百家之宗族姻识，潜与之通者，实繁有徒。其往来之船，名曰唐船，大都载汉物以市于倭。而结连崔符，出没泽中，官兵不得过而问焉。"[3]明末清初日本对中国的贸易政策大致较为自由开放，经济上的交易往来也促成了中日文化的深度交流。德川光圀编修《大日本史》亦是日本

---

① ［日］木宫泰彦：《日中文化交流史》，胡锡年译，北京：商务印书馆，1980年，第624-625页。

② 吴晗辑：《朝鲜李朝实录中的中国史料》卷九，北京：中华书局，1980年，第3968页。

③ （明）温体仁，等纂修：《明熹宗实录》卷五十八，台北："中央研究院"历史语言研究所，1962年，第2661页。

史学史上的划时代之作,此前,日本一直以中华史为第一要义,无暇于日本本国史学。江户时期诗人赖春永书的《咏史诗后》①云:

> 请咏史如何?金曰:"可"。子琴独言:"仆于国史不辨菽麦……"伯潜曰:"详于西土,而略于本朝,人人皆是……"是时《大日本史》未传播人间,无所取正。

以往日本对中华文化的推尊,源自对华夏文化的倾心仰慕。明清易代之时,明朝势如山倒的倾覆,尤其颠覆了以往日人对华的心理期待,即便当时日本读书人包括幕府官员多同情中华,诸如林春胜、林信笃父子所著的《华夷变态》(かいへんたい)是日本江户时代前期长崎奉行上报给德川幕府的中国形势报告书(所谓"唐船风说书")的文件汇编,由幕府儒官林氏父子编辑整理成册,秘藏于内阁文库中。时间界限为 1644—1724 年,通过这2000 多份报告文书,日本高层了解了明清易代乃至清朝康熙帝的史实,这部书有明显的同情故明的情感成分。日本方面更为冷静地看到明朝内部的腐败及面对强大军事打击时的不堪一击。日本更在意的是,中国到底发生了什么,他们的邻邦如此混乱,日本是否还足够安全,在明代闭关锁国政策、清代"海禁""迁海"等政策中,日本得到了大致的答案,那便是清朝王朝似乎仍是自顾不暇地忙着"华夷大防",整肃国内环境,维持国内的安定团结而无暇顾及日本。

二、东渡遗民的群体构成

清朝定鼎中原后,遗留于新朝的遗民,或避难于深山或遁隐于空门,以僧侣隐士处之;或远渡东邦,逃逸至日本或朝鲜等国。明末东渡华人为保持自己的旧朝衣冠,远赴扶桑,多以遗民身份留居日本,在异域生活中挣扎。南明浙东遗民魏耕有诗云:"勾漏有丹砂,葛洪拂衣行。……一朝世事殊,落魄浮东瀛。"②大致勾勒了当时浙江遗民的两条出路:或避入佛道,或遁迹东瀛。当时在日中国人蔚为有名的,仅以浙江人为例,除却为人所熟知的朱舜

---

① [日]中山久四郎:《日本儒者赖山阳の史学》,《本邦史学史论丛》下卷,東京:富山房,昭和十四年(1939),第 1052 页。转引自朱云影:《中国文化对日韩越的影响》,桂林:广西师范大学出版社,2007 年,第 7 页。郑梁生:《中日关系史》,台北:五南图书出版公司,2002年,第 169-181 页,亦有清代中日贸易的相关论述。

② (明)魏耕:《雪翁诗集·酬萧台州亮》,杭州:杭州古籍出版社,1985 年,第 25 页。

水、心越之外，还有张斐、陈入德①、陈元赟②、逸然③、澄一④、独立⑤等。其中浙江金华人陈明德，最精小儿科，于日本庆安年间（1648—1651）来到长崎，医术高超，深受日本人的信赖。因浙江特殊的地理位置，赴日的遗民以唐僧与"乞师"遗民为多。据统计，"当时向日本派遣乞师使者的共有 17 人次之多，涉及人员有郑氏家族（郑芝龙、郑成功、郑经、郑彩、郑泰）、周鹤芝、冯京第、俞图南、黄宗羲、朱舜水、张斐等"⑥。乞师活动虽以失败告终，但却开启了明代遗民的另一条出路。朱则杰在《清诗史》中将明末清初这一阶段的诗人分为三种类型：第一，以陈子龙、夏完淳为代表的"殉节诗人"；第二，以钱谦益、吴伟业为首的"失节诗人"；第三，介于二者之间的"遗民诗人"。遗民是明末清初的特色群体，还有一种未被收入的遗民便是流亡海外的遗民、移民、逸民。遗民即不仕异朝，并往往有兴复旧邦之举的人。遗民楚氏所编《巴陵楚氏东谱·旧谱序》⑦曰：

> 中国氏族隆替转徙，亦止于中国之内而不外服焉。春秋大夫有之他邦者，必书奔，而春秋列国亦中国而非外也。我东于中国固外也，而

①　陈入德（？—1675），讳明德，字完我，浙江省杭州府人。明之后，他身赴日本，改名为颍川入德，乃朱舜水所称之"完翁"也。1654 年（明永历八年、日本承应三年）与柳川藩儒臣安东省庵初识于长崎。1658 年（明永历十二年、日本万治元年）10 月，朱舜水六渡日本，安东省庵得陈入德的介绍，书致朱舜水问学，执弟子礼。

②　陈元赟（1587—1671），本名珦，字义都，又字士升，号芝山、升庵，另号虎魄道人、瀛壶逸史、菊秀轩、羲都甫、既白山人、玄香斋逸叟等。生于浙江杭州府余杭（在今浙江杭州）。明末杰出学者与武术家，在中日文化交流史上具有相当的贡献，阮元赟与朱舜水在日本皆享有声望。通晓武术、书法、绘画、诗词、建筑、医术、制陶技术，为文武兼备之才，被尊为日本柔术之父。

③　逸然（1601—1668），法讳性融、性会、独融，俗姓李，浙江省杭州府钱塘县人，明万历二十九年生，1641 年（明崇祯十四年、日本宽永十八年）41 岁，以药商渡航长崎，1644 年皈依明僧默子如定，并出家于长崎兴福寺。翌年默子退隐，继任该寺第三代主持。

④　澄一（1608—1692），法讳道亮，俗姓陈，浙江省杭州府钱塘县人，生于明万历三十六年，夙抱出家之志，遂入禅门。1653 年（明永历七年、日本承应二年）渡航日本入长崎兴福寺追随逸然禅师。1656 年擢为兴福寺中兴第二代主持，翌年赴大阪普门专访隐元隆琦。

⑤　独立（戴曼公）（1596—1672），名笠，字曼公，号荷锄人，杭州人。曼公其先世居山阴会稽。其诗、文、书法等皆佳。被赞读曼公《天外老人集钞》二卷，知其学术主于洛闵，文章经艺固不让朱舜水。著述颇多，留存无多，留寓日本十九年，对中日文化交流做出巨大的贡献。

⑥　[日]木宫泰彦：《日中文化交流史》，胡锡年译，北京：商务印书馆，1980 年，第 628 页。

⑦　转引自[韩]吴一焕：《海路·移民·遗民社会：以明清之际中朝交往为中心》，天津：天津古籍出版社，2007 年，第 226 页。

视为内者,汉唐则拓广也,元则擅制也,礼乐文物许与之同者,独皇明也。非专附属,最近向慕者深也。意者一脉享报不绝于他日而自然遗惠,为有开必先之兆也。是故明季罔仆之士,多出于东,闻见熟而气节在也。大运将倾,中外所同兴,言及此有不忍更绎也。

唯独明末清初这一时段才有大量的以政治避难或"乞师日本"为目的的遗民流亡至日本。心越本为禅师,因逃避清廷的捕杀而到日本从事宗教活动,但仍不失其遗民的身份,心越东渡十九年之后,在其逝世时,仍然以明遗民自居,在临终偈中他自署的是:"明朝东皋心越杜多俦老人。"①当然若仅以赴日唐僧统计,"1620 年以来受日本邀请赴唐寺的高僧有真圆、觉悔、超然、逸然、蕴谦、独立(戴笠)、隐元等五十余人,他们不仅精通佛学,而且都是文学素养很高的人,江户初期他们是传播中国文化的主要力量"②。唐僧数量众多,促进了日本文化艺术的发展,以心越为代表的唐僧可称为名副其实的遗民僧人。当然明末也有日本学者僧人到中国,但是人数极少,如日本赴中国尤其浙东地区的有雪舟、策彦等人,且以僧侣的交流活动居多。

在日本的明遗臣中,有何倩、林上珍、顾卿、张斐、朱舜水、陈元赟和陈入德等,这些人长期流寓海外,终老异国。他们到日本后大多是通过唐通事的帮助,以不同方式弘扬中国文化。精通文学的唐通事如深见玄岱、林道荣、彭城宣义等都在传播中国文化方面贡献良多。如彭城宣义(1633—1695),原姓刘,18 岁即任通事,懂儒学、工诗文、擅中国方言。1659 年做大通事,很受隐元、独立和朱舜水尊重,与林道荣齐名,皆是中国文化的优秀传播者。

朱舜水于反清复明之际奔波于舟山、镇江,亡命日本、越南、暹罗等地。到了日本长崎,朱舜水对安东省庵云:"我若能恢复明朝,能救生民于水火,能雪中国之耻,天必不肯杀我,朱之瑜若不能恢复明朝,不能救生民于水火,不能雪中国之耻,虽活百年,与今日死一般。"③乃是当时遗民万般无奈之下曲线救国的方法。朱舜水最大的功绩就是指导编纂《大日本史》并对水户学派产生极深的影响,这部史学巨著的第一位编纂者是朱舜水的学生、水户学派代表人物安积觉,这部巨著前后费时 50 年,于 1806 年完成并准备出版,

① (明)心越:《旅日高僧东皋心越诗文集·序》,陈智超编纂,北京:中国社会科学出版社,1994 年,第 13 页。

② 《中国文化と长崎县》,长崎县教育委员会,1989 年。

③ 徐兴庆编著:《新订朱舜水集补遗》卷二,笔语三十,台北:台湾大学出版中心,2004年,第 198 页。

共 397 卷，完全模仿中国的正史，本纪、列传、表、志应有尽有，水户学派以"尊王贱霸，大义名分"为宗旨，对幕末维新志士尊王倒幕有很大的影响①。朱舜水恰巧在日本游移于"倭寇""夷狄"的中国传统观念中，但他同时也看到明朝覆亡是由于朝政腐败、学问空疏的致命伤，故而提倡所谓的"浙东大中华主义"②，以浙东乡邦学统的范式，推播中华儒家文化，承继周孔、阳明、宗周之学，倡导浙东学派中的事功之学，成为彼时日本较受欢迎的大儒。中村新太郎在《日中两千年》一书中道："朱舜水所学的是介于朱熹和王阳明之间的一种学问，同时对于实用的学问也有很深的造诣。"③朱舜水帮助了许多当时有名的学者阅读著作、研究问题。1659 年朱舜水受郑成功、张煌言邀约，返国抗清，败后又侨居日本。康熙二年（1663）他被水户藩主德川光圀聘为宾师，向日本学者传讲汉学。1669 年，日本初造学宫，他绘图指导建造，事后撰《学宫图说》。当时遗民在日本多是以语录体的形式回答日本方面的有关问题，内容涉及明朝政治制度、社会民俗、地方风物、语言习惯等，借以传道授业解惑。

朱舜水的文学理论带有极强的功利主义色彩，他完全是用实用的眼光来评判诗文的存在价值。朱舜水所写的诗歌极少，他认为诗歌乃旁门小道，原亦不足挂齿，朱舜水《寄琴山井诗》④诗曰：

> 避乱安南涨海愢，气桴日本路悠哉，皇明征士回天志，水府师儒劝学才。单服但怀韩干画，重围渐脱鲅人灾，珍宠知有琼华字，读罢蹰蹰感易催。

朱舜水为反清复明赴日"乞师"共 6 次，1659 年复明无望时，他便以 60 岁的高龄留在日本。他在长崎讲学 6 年，受水户藩主德川光圀邀请后，移居江户，招收弟子，将中国传统儒家文化传播于日本，促进了中日文化交流。朱舜水在日期间结交广泛，主要通过唐通事与日本方面联系，与当时有名的大通事刘宣义（彭城宣义）、林道荣、陈独健、何可远、何兆晋（何仁右卫门）、

---

①　［日］石原道博：《朱舜水》，東京：吉川弘文館，1961 年，第 12 页。

②　韩东育：《关于朱舜水的"东夷褒美"》，《江南文化と日本 —資料・人的交流の再発掘—[上海シンポジウム2011]》2012 年，第 18 卷，第 299 页。

③　［日］中村新太郎：《日中二千年》，长春：吉林人民出版社，1980 年，第 222 页。

④　徐兴庆编著：《新订〈朱舜水集〉补遗》，台北：台湾大学出版中心，2004 年，第 244 页。

何可侯等书信频繁,往来密切。① 朱舜水与其居日友人、弟子们的关系,如图1-1所示②。

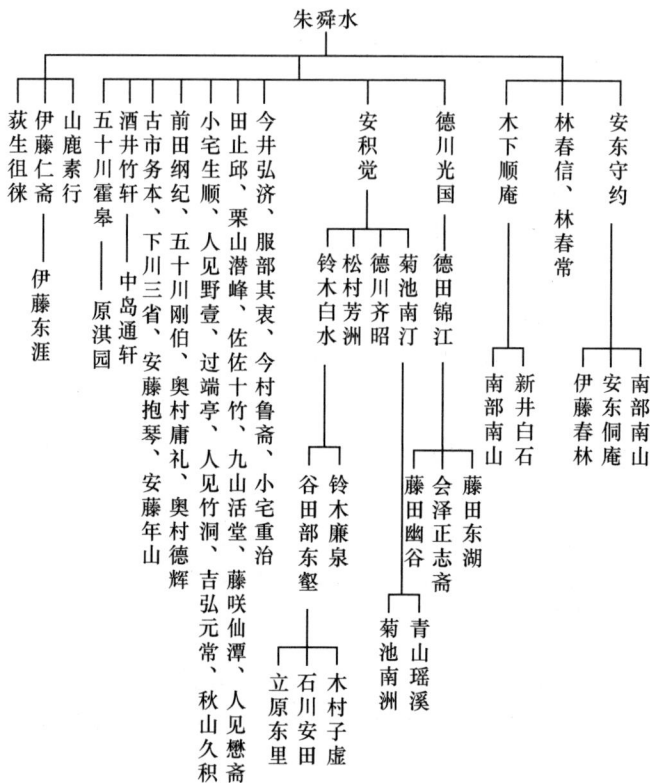

朱舜水

- 荻生徂徕
- 伊藤仁斋 — 伊藤东涯
- 山鹿素行
- 五十川霍皋 — 原淇园
- 酒井竹轩 — 中岛通轩
- 古市务本、下川三省、安藤抱琴、安藤年山
- 前田纲纪、五十川刚伯、奥村庸礼、奥村德辉
- 小宅生顺、人见野壹、过端亭、人见竹洞、吉弘元常、秋山久积
- 田止邱、栗山潜峰、佐佐十竹、九山活堂、藤咲仙潭、人见懋斋
- 今井弘济、服部其衷、今村鲁斋、小宅重治
- 安积觉
  - 铃木白水 — 谷田部东壑 — 铃木廉泉 — 石川安田、木村子虚；立原东里
  - 松村芳洲
  - 德川齐昭
  - 菊池南汀 — 藤田幽谷 — 藤田东湖；会泽正志斋 — 青山瑶溪；菊池南洲
- 德川光国 — 德川锦江
- 木下顺庵 — 新井白石；南部南山
- 林春信、林春常
- 安东守约 — 南部南山；安东侗庵；伊藤春林

图1-1　朱舜水与其居日友人弟子系统

德川光圆、安积觉、今井弘济、安东守约等,都是喜好汉文化的日本人,除了跟朱舜水交往密切,他们同时也与心越、张斐等人交好,可以说朱舜水

---

① (明)朱舜水:《朱舜水集》(上),北京:中华书局,2008年。徐兴庆:《朱舜水集补遗》台北:学生书局,1992年。徐兴庆1992年的《补遗》,收集了已有7种版本中所未刊的珍贵资料达200余种。宋越伦:《中日民族文化交流史》,台北:正中书局,1966年。

② 参见[日]石原道博:《朱舜水》,第244页。李甦生:《朱舜水日本学系略图》,《朱舜水》,第63页。贾启勋:《朱舜水重组日本近世汉学队伍认定前后意图表》,《朱舜水东瀛授业研究》,第162页。转引自钱明:《胜国宾师——朱舜水传》,杭州:浙江人民出版社,2008年,第158页。其中"德川光国"应为"德川光圆"。

打开了赴日遗民的交际圈,奠定了汉文化对彼时日本文化影响的基础①。"舜水以极光明俊伟的人格,极平实淹贯的学问,极纯②挚和蔼的感情,给日本全国人以莫大的感化,德川二百年,日本整个变成儒教的国民,最大的动力实在舜水。后来德川光圀著一部《大日本史》专标'尊王一统'之义。五十年前,德川庆喜归政,废藩置县,成明治维新之大业,光圀这部书功劳最多。而光圀之学全受自舜水。所以舜水不特是德川朝的恩人,也是日本维新致强最有力的导师。"③朱舜水出生于浙东余姚,并在那里生活了近二十年,又在地处浙西的松江生活了二十五年,自称自己身上既有浓重而深切的浙东民俗情结,又有深邃而厚重的浙西学风文思之内质;既表现出浙东文化实用之向度,又表现出浙西文化精雕细琢之志趣④,其"论学则以为经世之业实儒者之要务"⑤,是一位具有多重文化身份的南明浙东遗民大儒。

　　华人东渡群体中,还有一些无名可寻的学者、商人、船主、水手、船客等中国移民,他们对促进中日文化交流也做出了自己的贡献,有些古籍在中国已经散佚,而在日本却有保留,一些中国学者随中国赴日贸易船到日本买回或翻抄带回,如"唐代魏征等编纂的《群书治要》(50 卷)、《宋史·艺文志》等皆不见著录,中土已佚,而金泽文库藏有镰仓僧人的手抄本,1616 年德川家康命令排印刊行,此书后来传到中国,对清代典籍校勘帮助极大。"⑥浙东移民、遗民的东渡,间接促进了日本文化、经济等的发展;另一方面,浙东遗民多数仍以本国本土为奋战的据点,或者直接参与抗清的斗争,或秘密结社、反清复明,甚或隐居不仕、著书立说,皆以恪守明朝子民的操守为己任,拒认清朝为正朔。

---

　　①　日本立教大学教授文学部史学科教授荒野泰典在其《近世日本的国家领域和境界——从长崎艺妓和混血儿看起》一文中,亦有"像朱舜水等是厌恶清的统治而亡命于日本的明人,因此'归化'而能发挥他们的特殊技能"。[日]甘怀真、贵志俊彦、川岛真编:《东亚视域中的国籍、移民与认同》,台北:台湾大学出版中心,2005 年,第 37 页。

　　②　原书作"肫"。

　　③　梁启超:《中国近三百年学术史》,上海:上海三联书店,2006 年,第 76 页。

　　④　关于两浙文化地理的特征及其差异,可参钱明:《"浙学"的东西异同及其互动关系》,《杭州师范学院学报》(社会科学版),2005 年第 4 期,《近世"浙学"的东西之分及其走向》,《中国哲学史》2006 年第 1 期。

　　⑤　(清)万斯同:《石园文集》,张寿镛辑《四明丛书》第十四册,扬州:广陵书社,2006 年,第 21 页。

　　⑥　彭裴章主编:《中外图书交流史》,长沙:湖南教育出版社,1998 年,第 116 页。

第二章　志士砥砺:抗清名臣张煌言诗歌研究

　　南明诗文创作是以动乱的社会为背景所进行的文学书写,南明浙东朝臣的荣辱成败伴随着南明政权的兴衰与台湾明郑势力的消长,透过张煌言参与的军事行动与创作的乱离诗歌,得见南明朝臣的凋零及其家国情怀,他们背负着沉重的情感负担,包括亡国、复国、思乡等,在强大的压力之下,踽踽前行。虽遭逢亡国之臣的身份焦虑,以及"夷夏大防"观念下的内心折磨,但在夹缝当中生存的南明遗民们依然努力践行自己的人生信念与生存价值。经历世事变迁,南明浙东遗民的抗清历程与文字载述,使得他们的流亡经历与复杂情感,借由诗歌吟诵而出,南明浙东抗清遗民浴血奋战的人生履历,因文字得以呈现于后人面前,他们以诗记史,展现出南明浙东遗民文学中悲壮的美学风格,其中南明浙东遗民张煌言,其诗歌内容明显地呈现出南明浙东遗民的抗清史实及以舟山、绍兴、杭州为代表的浙东抗清活动的地理空间标识。

　　张煌言血洒故国又落笔烟云,赤子丹心且情感丰富,可谓是南明浙东遗民诗人当中的典型人物。因叛徒出卖,张煌言于康熙三年(1664)九月初七在杭州弼教坊就义;秘密抗清的南明浙东遗民魏耕因孔孟文的出卖,亦被清廷捕获,于康熙二年(1663)在杭州就义,后人将张煌言、魏耕、杨文琼并称为"西湖三忠"。顾城曾评价道:"在南明历史上,最杰出的政治家有两位,一位是堵胤锡,另一位是张煌言。堵胤锡①在永历朝廷中一直遭到何腾蛟②、瞿式耜③等人的排挤,无法展布他的雄才大略,终于赍志以殁;张煌言偏处浙江、福建海隅,得不到实力派郑成功的支持,空怀报国之志。历史上常说'何代无才',治世不能'借才于异代',就南明而言又何尝不是如此。在史书上,人们习惯于把史可法、何腾蛟、瞿式耜列为南明最堪称赞的政治家,其实,他们不过是二、三流的人物,就政治眼光和魄力而言根本不能同堵胤锡、张煌言相提并论。"④就南明朝群臣的才干与胆识而言,此种评价堪称中肯之论,只是南明朝文臣间的内耗,折损了部分具有文韬武略的将士的光芒,故而历

---

① 堵胤锡(1601—1649),又作允锡,又名锡君,原名灵授,字仲缄,一字牧子,号牧游。生于明神宗万历二十九年(1601),今宜兴市岠亭镇前亭村人。清军入关后任南明兵部尚书,封光化伯。在湖南、江西、贵州、广东、广西等地进行反清活动,遭到瞿式耜、李元胤的猜忌。堵胤锡等人主张联合大顺军和大西军,何腾蛟、瞿式耜则排斥农民军。瞿式耜的同党丁时魁、金堡等上疏弹劾他在湖南"丧师失地之罪"。永历三年(1649)十一月与忠贞营的淮侯刘国昌出兵,是月二十六日,至浔州(今广西桂平),二十七日吐血病卒,年49岁,三军恸哭,如丧父母。永历帝痛悼不已,辍朝五日,谕祭九坛,赠上柱国、中极殿大学士,太傅兼太子太师、浔国公,谥文忠。

② 何腾蛟(1592—1649),字云从,贵州黎平府(今贵州黎平)人。祖父何志清,明嘉靖年间贡生,曾任四川夔州府开县主簿。父何东凤,明万历贡生,曾任云南楚雄府新州学正。何腾蛟1645年任湖广总督,与李自成旧部农民军合作,共同抵御清军。1647年清军攻陷湖南,他退至广西,守全州,击退了清军。1648年反攻,收复湖南大部。后在湘潭兵败被俘,遇害于长沙。著有《明中湘王何腾蛟集》一卷。

③ 瞿式耜(1590—1650),字起田,号稼轩、耘野,又号伯略,江苏常熟人。瞿式耜早年拜钱谦益为师,1616年考中进士,后授江西永丰知县,有政绩。1623年丁父忧返乡,与西洋教士艾儒略(Jules Aleni)往还,后受洗入教,取名多默(Thomas),曾为艾氏所著《性学觕述》作序。1628年,擢户科给事中,屡上疏劾斥掌权佞臣,皇帝多采其言。后遭温体仁、周延儒等排挤陷害,与其师钱谦益同被贬削,继而罢归常熟。式耜在乡颇治园林,以诗酒自遣,集大儒隽语为《魄林漫录》十卷。1644年李自成攻克北京,福王在南京建立政权,瞿式耜出任应天府丞,旋擢为右金都御史,广西巡抚。1645年夏,瞿式耜抵梧州,时南京已破,鲁王监国于绍兴,唐王亦称号于福建,靖江王亦于稍后监国于桂林,瞿式耜以为当立者应为永明王朱由榔,故与丁魁楚等合力擒靖江王,亦不入闽就唐王封职。第二年,唐王殉国,朱由榔立于肇庆,瞿式耜进吏部右侍郎。后清兵破赣州,瞿式耜留肇庆。明年,改元永历,清兵陷肇庆,乃走梧州,旋护帝至桂林,升任兵部尚书。瞿式耜曾自澳门借得葡兵三百人、重炮数门,故一时收复失地甚多,桂林亦因之而久守,后封临桂伯。1650年,南明朝臣互诋,粮饷匮乏,清兵自全州进,桂林大乱,城中无一兵,瞿式耜独不去,与总督张同敞相对饮酒,日赋诗唱和,得百余首。后从容就逮,孔有德劝降不屈。又于囚中作临难表疏,与张同敞同在桂林风洞山仙鹤岭下就义。

④ 顾城:《南明史》(下),北京:光明日报出版社,2011年,第419页。

史上并不缺少贤臣良将,缺乏的却是让他们施展才干的机会和平台。

　　换作太平盛世,张煌言是当之无愧的文班魁首、诗人翘楚,浙东地域文化的性质决定了浙东士人中将才、史才、巨商、思想家、哲学家、军事家辈出,张煌言的诗歌文采与典故兼备,较少放纵性情,把持有度而又能恰当地抒发自己的情感,他的诗作比较完整地展现了南明抗战将士的心路历程,借助对其诗歌的解读,亦能管窥南明与清朝的战事及南明抗战志士之间的交游唱酬,关乎南明时期抗清将士的战事发展与情感嬗变,其诗作亦是不可多得的作品。张煌言身为将才又兼为诗人,恰如明中期浙东大儒王阳明,其文才与武略兼备①,其文治武功在历史上亦独一无二。所谓"胜者为王败者寇",张煌言作为南明末朝的将领,也逆转不了朝代更迭的大势,他仍做了旧王朝的祭奠品。但张煌言的文治武功却也不可否认,其诗才因中正的"爱国"头衔而光芒不显,但其诗歌创作亦是卓然成体,自有风韵。面临国败的颓势,浙东大儒黄宗羲适时身退,朱舜水全身而退,而张煌言却是一位激流勇进的"偏执"英雄,最终他战斗至死。与其说张煌言是武将,不如说他就是位行吟诗人,唯有诗人才会有这种末世英雄的情怀,怀着诗意的浪漫在嗜血的战争之余勤于笔耕。张煌言曾自道:"功名富贵,早等之浮云。成败利钝,且听之天命。"②作为一位军事将领,他应该更加积极地谋划战事,甚至直接血战殉国,而不是知事已不可为便遣散旧部,自己独居一隅,偶尔诗酒遣兴,等待微渺的时机,如同隐居的世外高人。英雄的结局似乎总是要有流血牺牲的,苦苦煎熬着的其他南明遗民或许比之张煌言缺少了些战斗的勇气和结束自己生命的魄力。张煌言在战事失利的战乱中匆匆写就只言片语的诗歌,还有他四十五岁壮年即英勇就义的生命,使他在文坛上地位不彰,才华被遮蔽。同时因时代剧变,他得以青史留名,成为南明爱国将臣的一座丰碑,亦成为爱国诗人的典范。高斗枢三奠张煌言,分别赞道:"直须赤帜长驱日,宵际忠魂惬素期"③;"千祀中原蕴义士,俱将雪涕诵君诗"④;"鼎撑于岳真无愧,更

---

　　①　《四库全书·王文成全书总目录提要》评曰:"守仁勋业气节,卓然见诸施行。而为文博大昌达,诗亦秀逸有致。不独事功可称,其文章亦自足传世也。"

　　②　(明)张煌言:《答赵廷臣书》,《张苍水集》,上海:上海古籍出版社,1985年,第33页。

　　③　(清)全祖望辑选:《哭沧水》,沈善洪审定,方祖猷、魏得良,等点校,《续甬上耆旧诗》(上册)卷九,杭州:杭州出版社,2003年,第199页。

　　④　(清)全祖望辑选:《哭沧水》,沈善洪审定,方祖猷、魏得良,等点校,《续甬上耆旧诗》(上册)卷九,杭州:杭州出版社,2003年,第199页。

向婿江白马游"①。高斗枢将张煌言与宋末忠臣岳飞相提并论,凸显其英雄气节。张煌言个人也有相关的意愿倾向,如其所言:"国亡家破欲何之?西子湖头有我师:日月双悬于氏墓,乾坤半壁岳家祠。"②因清军的侵入,明代遗民再次燃起对岳飞的尊崇之情,彼时文人间皆因此而产生了共鸣与启示③。张寿镛在《四明丛书》中张煌言的《奇零草序》卷首案"先生之诗,诗史也"。张煌言曾受教于云间诗人陈子龙④。张氏之诗多记录其战斗生涯,梗概古朴,不仅记录了战事军事,也渲染了他忧国忧民的爱国热忱。张煌言诗文著述数量颇丰,后学收集整理其集为《张苍水集》。直到 1901 年,国学大师章炳麟将其排印成二卷本,并附《北征录》一卷问世。1909 年,国学保存会排印本十二卷,补遗一卷,附录八卷出版。另有《四明丛书》九卷,附录八卷。1959 年,中华书局对张煌言的诗文集重新整理、校勘,将《张苍水集》编为四编,包括《冰槎集》《奇零草》《采薇吟》《北征录》,并附录一卷,内载有年谱、传略、序跋等。

张煌言(1620—1664),字玄若,号苍水,浙江鄞县人。南明儒将、诗人,被人誉为铁血将军。张煌言少喜读书,九岁能诗,十一岁丧母,随父到解州。少年时即"慷慨好论兵事",十六岁参加县试,诸生试射时,他勇武异常,二十一岁时常与人斗殴,尚武好勇。二十三岁乡试中举,可谓年少得志。崇祯年间举人,官至南明兵部尚书。南京失守后,与钱肃乐等起兵抗清,后奉鲁王命,联络十三家农民军,并与郑成功配合,亲率部队连下安徽二十余城,坚持抗清斗争近二十年。至清康熙三年(1664),他见大势已去,隐居不出,被俘后遭杀害,时年四十五岁。黄宗羲对他充满钦佩之情,撰墓志铭曰:"今公已为千载人物,比之文山,人皆信之。余屈身养母,戈戈自附于晋之处士,未知

---

① (清)全祖望辑选:《哭沧水》,沈善洪审定,方祖猷、魏得良,等点校,《续甬上耆旧诗》(上册)卷九,杭州:杭州出版社,2003 年,第 199 页。

② (明)张煌言:《甲辰八月辞故里》,《张苍水集》,上海:上海古籍出版社,1985 年,第 176 页。

③ 至于晚明对岳飞的形象重构,具体可参王瑷玲:《明末清初历史剧之历史意识与视界呈现》,胡晓真主编《世变与维新——晚明与晚清的文学艺术》,台北:台湾"中央研究院"文哲研究所筹备处,2001 年,第 234-255 页。

④ 《明诗纪事》引用全祖望《鲒埼亭集外编》道:"尚书诗古文辞,皆自丁亥(明永历元年,1647)以后,才笔纵横,藻采缤纷,大略出于华亭(陈子龙,云间派)一派。"

后之人其许我否也?"①张煌言的生平,就是一部南明浙东志士的抗清史。

顺治二年(1645)六月,杭州被占,其他州县亦归降清朝。因清廷的剃发法令,在投降之后,闰六月初九,明官原任九江道金事孙嘉绩于余姚起义,杀清朝所委署知县王玄如;初十,明生员郑遵谦于绍兴起兵;十二日,宁波发生抗清运动。浙东地区"逆于时趋""非毁典谟"的民性使得清廷的招降变得十分艰难,南明浙东的抗清运动一直为史学界所津津乐道。1645年张煌言和钱肃乐等人在家乡浙江鄞县一带起兵,在多数人壮志消磨,文恬武嬉的情况下,张煌言、钱肃乐等人揭竿而起,始终顽强地坚持抗清。

在清兵入关近三十年的时间里,南明遗民与清王朝的对抗始终没有间断。清政府采取了严酷的压制政策,顺治四年(1647)的"函可史案"、顺治十四年(1657)的"科场案"、顺治十六年(1659)的"通海案"、顺治十八年(1661)的"奏销案",所有矛头直指南明士林。在如此艰险的环境中,南明遗民群体一直积极地抵抗,顾炎武、阎尔梅、屈大均等人在北方,王弘撰等人在南方相互呼应,浙东张煌言、钱肃乐、王翊等人的反抗尤为壮烈持久,其中张煌言被誉为南明抗清将领中最为坚决和彻底的一位,历史学家顾城亦称誉他为"始终是一位抗清志士,而不是一个独善其身的人"②。

张煌言不满清廷的侵略,拒绝承认清朝的正统地位,作为南明爱国遗民的典范人物,他的诗人身份并不甚为后人所留意,而被笼统地归类为爱国诗人的张煌言,其诗歌内容确实以抒发爱国情怀为主。爱国诗歌的基本题材就是对家国河山的描绘、对国家民族前途命运的关注及个体保家卫国、建功立业的热望,这些关注与热爱,包孕了深厚的爱国情感。爱国思想的自觉使得张煌言的诗歌内容与情韵美感也达到了一定的高度。在家国分崩离析时,爱国于张煌言而言则表现为渴望恢复故明、一统天下的雄心。张煌言与宋代文天祥的爱国情操相似,但他最仰慕岳飞。这源于岳飞能够挽救国家命运于旦夕之间,虽忠而被谤,至少曾经力挽乾坤。张煌言曾在《满江红·怀岳忠武》诗中吟道:

> 屈指兴亡,恨南北黄图消歇。便几个孤忠大义,冰清玉烈。赵信城边羌笛雨,李陵台上胡笳月。惨模糊吹出玉关情,声凄切。

---

① (清)黄宗羲:《有明兵部左侍郎苍水张公墓志铭》,《张苍水集》附录,上海:上海古籍出版社,1985年,第312页。

② 顾城:《南明史》(下),北京:光明日报出版社,2011年,第777页。

汉宫露,染园雪。双龙逝,一鸿灭。剩遗臣怒击,唾壶皆缺。豪杰气吞白凤髓,高怀眦饮黄羊血。试排云待把捧日心,诉金阙。

刘勰《文心雕龙·时序》篇云:"文变染乎世情,兴废系于时序。"时代的沧桑巨变使得以天下为己任的士大夫忧心如焚,遭逢忧患又使得他们的爱国情感愈为深沉。南明时期浙东遗民的爱国情感,其最大的表现形式便是对"夷夏大防"观念的捍卫,对清朝狄夷的敌视与轻蔑。传统文化中的"忠君爱国"思想浸润于易代之际士大夫阶层的血脉中,敦促他们将忠君爱国思想付诸实践。当故国危亡,国将不存时,张煌言历经磨难、九死而其犹未悔,他自明心志道:"不佞之所以百折不回者,上则欲匡扶宗社,下则欲保捍桑梓。"[1]南明浙东遗民诗歌的主题是对国家民族、乡邦故土一往情深的挚爱,而其主旋律多是其爱国爱民思想的呈现,因"爱国"这一语词的中正性与严肃性,使得后人并不能全面、客观地去鉴赏此种类型的诗歌。张煌言的爱国诗歌中含有大量的地方风物、文献典故,整体看来,可谓丰富厚重。张煌言在其《奇零草》序中谓:"余自舞象,辄好为诗歌。"他在戎马倥偬的岁月中,以诗代言,倾诉情怀,"以有韵之词求知于后世",即所谓"士君子不可一日遭心史之事,不可一日不存心史之心。此心之失,则人而禽矣。白日而昏夜矣。文字召妖口舌战血矣,金铄而石穿矣"[2]。因此,张煌言诗史诗的创作,亦传达出其对恪守南明遗臣身份的审慎态度。

当时的时局中存在三种势力,即清朝、南方及海上,其中南方、海上都与浙东有着密切的关系。张煌言、钱肃乐、王翊等人皆与南方、海上有着千丝万缕的联系,他们最终皆因抗清而被捕就义,由志士变成烈士,是浙东抗清遗民群体中较为突出的一群。严格说来,张煌言的诗歌创作特质,应该是"爱而天矣,仙矣,佛矣,一日而千古矣,诗文而史矣,经矣,亦图箓矣"[3]。同乡全祖望对他的评价较为中肯,即张煌言对南明鲁王政权有着一以贯之的追随与支持,张煌言的诗作亦体现出其心路历程。全祖望赞曰:"如江上争颁诏一案,是苍翁始终为(鲁)王脉络,中间又能转移郑氏使化其旧隙为我合力,

---

①　(明)张煌言:《答赵安抚书》,《张苍水集》,上海:上海古籍出版社,1985年,第36页。

②　(清)计六奇:《钱肃乐和心史诗》,《明季北略》卷十五,清活字铅本,第132页。

③　(清)全祖望辑选:《钱肃乐〈读郑所南心史诗〉(并序)》,沈善洪审定,方祖猷、魏得良,等点校:《续甬上耆旧诗》(上册)卷十,杭州:杭州出版社,2004年,第228页。

是苍翁最大作用。晚年欲再奉(鲁)王起事,及力必不逮而后散军,是苍翁始终为(鲁)王结果。"①概括了张煌言的戎马生涯,亦道出其诗歌创作的情感基调。

第一节 诗逸史兴的南明挽歌

张煌言诗歌最明显的特点便是"诗以纪史"。诗史之说,言者众多,但张煌言的诗歌,确实是可以用作"以诗证史"。在有关明代的史料中,俯拾皆见以他的诗歌来佐证南明的某段史实,甚或在诗中加上文学性的艺术渲染,进而其诗比史料更具有说服力与感染力。钱肃乐《咏史》(并序)谓:"上古之世,诗即为史。及诗亡,春秋作,而诗、史遂判二流矣。史以谨严立体,诗以婉曲树义,然于以发扬往烈、扶助幽美,劝激后人,风厉来者,其道一也。"②研究张煌言诗歌的意义,不仅在于其诗歌独特的审美特质,更在于其诗歌的时代主题内涵。张煌言诗歌对于历史的贡献,甚至大于其文学本身的功绩。通过对张煌言诗歌的解读,亦可知悉当时南明抗清的史实,甚至时间、地点等一一具备,当时清廷重大的政治军事动向,在其诗歌当中也有所体现。不以诗史互证的角度解析张煌言的诗歌,无以剖析其诗歌的特殊价值与时代意义。叶日济《军中遗稿序》云:"迩者虏氛洊噬,公独以孤身支半壁,名城大地,数就垂成。以补天浴日之才,罹睢阳碧血之惨,厓门坡岭,异代同心。至今取其《军中遗草》披诵之,泪与字俱,情随辞著,《九辩》也,《出师表》也,《过金陵》《平原》《双庙》诸吟也。……呜呼,世无传人,知公者不易;有敢存者,有不敢存者;有能读者,有不能读者;卒之千百世以下无人不欲存,无人不欲读者。"③叶氏赞誉有加的是张煌言诗歌情辞恳切,对其忠君爱国的遗民之心更是加以颂扬。深入剖析张煌言系列诗作,可见一位颠沛流离的南明志士,为挽救故国于覆亡的危险而积极奔走,为国家民族的利益而逆流前进,同时

---

① (清)全祖望:《明故权兵部尚书兼翰林院侍讲学士鄞张公神道碑铭》,朱铸禹汇校集注,《全祖望集汇校集注》,上海:上海古籍出版社,2000年,第198页。

② (清)全祖望辑选:《钱肃乐〈读郑所南心史诗〉(并序)》,沈善洪审定,方祖猷、魏得良,等点校,《续甬上耆旧诗》(上册)卷十,杭州:杭州出版社,2004年,第208页。

③ (明)张家玉:《张家玉集》,杨宝霖点校,广州:广东高等教育出版社,1992年,第131-132页。

张煌言艰苦卓绝的抗争过程,亦揭橥了南明浙东抗清诸义士的悲壮人生。

一、枕戈寝甲的抗清经历

清顺治二年(1645)闰六月二十八,鲁王朱以海监国于浙江绍兴,主要被余姚、会稽、鄞县等地义军及缙绅所拥戴。鲁王政权主要控制浙东的绍兴、宁波、温州、台州等地,大将以原明朝总兵方国安、王之仁为支柱,依钱塘江的天险而治。鲁王监国因政权腐败,且与隆武政权争夺皇统,顺治三年(1646)六月不战自溃,清军渐定浙东,鲁王监国之大臣张国维、朱大典、孙嘉绩、王之仁等死节,而方国安、马士英、阮大铖等降清。监国朱以海进驻舟山,时张名振、阮进、王朝先等都驻扎于舟山;福建闽安伯周瑞、平虏伯周鹤芝据于温州三盘;宁波府四明山寨有王翊、王江、冯京第等与舟山呼应。当时鲁王监国的兵力还比较强盛,舟山群岛的有利地形,对清廷构成了巨大的威胁。浙东抗清义军牵制了清军主力,使他们不能攻占福建,也为郑成功养精蓄锐创造了时机。清军甚感头痛,在进攻舟山前,先剿灭了四明山的义军。为鼓舞士气,痛击清军,张煌言代草了檄文,《海东逸史》有记:"王以蛟关未能猝渡,亲帅舟师捣吴淞,以牵其势,荡胡伯阮进居守。"[1]记载鲁王朱以海率军北攻吴淞的经过:"予起义于浙东,与薪胆俱者七载,而两载泊于此。……今义旅如林,中原响应,且当率文武将吏,誓师扬帆,共图大事。洁诚备物,致告行期。启行之后,日月朗曜,星辰烂陈,风雨靡薄,水波不惊。黄龙蜿蜒,紫气氤氲,棹楫协力,左右同心,功成事定,崇封表灵。"[2]而驻师之前的壮观场面,张煌言也大肆渲染了一番,其《立春日大雨雪,时驻师吴淞(甲午)》[3]诗云:

> 春信惊催玄腊残,江梅犹带六花蟠。屠苏饮出冰余冷,组练光浮木末寒。吹垢岂期风入梦,洗兵自合雨成溥。征人感荷东皇意,且逐年光奋羽翰。

南明浙东史上最关键的战役乃舟山战役,它关乎以浙东地区为据点的南明鲁王监国政权的存亡。顺治八年(1651),清朝对南明鲁王监国政权发动了决定性战争,结果是鲁王的根据地被毁,其兵力锐减,他被迫南下依附于郑成功,被冷落于厦门。顺治七年(1650)正月及四月,清廷严我公进行策

---

① 收入《张苍水集》内的鲁监国《祭海神文》由张煌言代草。
② (明)张煌言:《冰槎集》,《张苍水集》,上海:上海古籍出版社,1985 年,第 2 页。
③ (明)张煌言:《奇零草》,《张苍水集》,上海:上海古籍出版社,1985 年,第 100 页。

反,发出一批空头敕印,即招来鲁王监国政权中的动摇人士,严我公借此了解到鲁王军事力量的虚实,加上鲁王政权内部不稳,权臣之间的内斗,鲁王监国政权已有风雨飘摇之势。双方于横水洋展开激战,炮火相交,战况惨烈。九月初二,清军围城并挖城竖梯,由舟山城西突破明军防御。刘世勋、张名扬、马泰等将士与部下在巷战中力竭阵亡,舟山城死守十日后失守。鲁王嫔妃或亡或降,南明鲁王监国朝臣张肯堂、李向中、朱永祐、吴钟峦、郑遵俭、董志宁、朱养时等皆自杀殉国,一万八千余人相继殉难,史称"辛卯之难"。张煌言的《瀼洲行》详细描述了当年的战况,他写道:"斯时帝子在行间,吴淞渡口凯歌还。谁知胜败无常势,明朝闻已破岩关。又闻巷战戈旋倒,阖城草草涂肝脑。忠臣尽痤伯夷山,义士悉刭田横岛。"①这次浙东战场最大的对峙与交锋,奠定了清朝压倒南明的优势。《光绪鄞县志·张煌言列传》载:"丙戌师溃,泛海将之舟山,道逢富平将军张名振偕昙监国入闽,招讨朱成功,不奉命,乃劝名振还石浦,与威虏侯黄斌卿为犄角,加右金都御史。"②当时鲁王和张名振等率师亲征吴淞本是因清军齐聚定海而采取的围魏救赵之策,"唯是弃舟山之时,毁城迁民,焚毁房屋,当日虑为贼资,是以唯恐不尽。职查舟山,旧城周围五里,仅存泥基,砖石抛弃海中。"③顺治十五年(1658)郑成功、张煌言领军北伐,再次来到舟山,建造草棚作为屯军的临时处所。直到顺治十六年(1659)十二月,郑成功因为厦门吃紧,三次发出令箭调回舟山驻军,马信、陈辉部明军才在顺治十七年(1670)正月初八放火烧毁草棚,乘坐大小船只三百余艘南下金、厦④。从这时起到康熙二十二年(1683),舟山群岛基本上成了一片废墟。张煌言当时只有少数兵船驻泊于浙江沿海僻岛,他自道:"臣以孤军,孑处荒壤,夷艘星列,五倍于臣,而臣又无蚁子之援。臣日夜枕戈,与死为邻,亦以死自誓。苦轻为移跸(指从金门

---

① (明)张煌言:《奇零草》,《张苍水集》第二编,上海:上海古籍出版社,1985年,第75页。

② (清)徐鼒:《小腆纪传》卷四十四列传第三,清光绪金陵刻本,第276页。

③ 台湾银行经济研究室编:《郑氏史料续编》四,台北:台湾文献委员会,1995年,第1070页。张煌言诗文也提到他再到舟山时所见荒凉情景和张名振墓被清军所毁等情况,见《张苍水集》。

④ 海外散人《榕城纪闻》记:顺治十三年"七月十八日,海兵破闽安镇,陆路由古岭,水路由大江。十九日掠鼓山下各村及东北一带,乡村俱焚。二十一日掠南台至洪塘,皆焚烧无遗。……围城之中(指被围之福州),百姓皆分垛守御,灯火器械,各令自备。至二十七日始退,据闽安镇。"陈支平主编:《台湾文献汇刊》第二辑第十四册,北京:九州出版社、厦门:厦门大学出版社,2004年,第150-151页。

出迎鲁王),则风鹤频惊,臣罪谁诿?倘仍栖浯岛(金门),窃恐号召既远,复与臣呼应不灵。"①顺治六年(1649)罗应垣亦有《军中遗稿序》云:"当虏骑追迫,颠沛流离,夜不解甲,使他人于此,不知几许蹙蹙靡骋,而先生乃能据鞍草檄,横槊赋诗,所至留题,辄盈墙壁,抑何从容整暇也。略概先生自春徂冬,凡行间履历,一胜一负,皆见于诗。恨多遗逸弗存,今所录,于八月以后者,篇什虽少,率皆贯虹喷碧之语。……先是,丙戌(隆武二年,1646)冬,先生谋倡义旅,悉哀生平著述,授之剞劂,惜寿梨未竣,毁于兵燹。兹先生令侄孟器民部搜刻《军中遗草》,特昆山片璧耳。"②南明浙东君臣在敌我势力悬殊的情况下,逐渐失去陆地的领土,渐次退居于海岛当中,直至舟山海岛这个抗清基地亦被清军所摧毁,南明浙东遗民最后多依附于郑成功了事,唯有张煌言为保存鲁王监国的最后势力,仍在继续谋划抗清的计策,转战于浙江沿海的诸群岛之中。

二、池鱼之殃的亡国悲音

张煌言诗歌的史料价值是有目共睹的,尽管关于他自己的很多史实(如作战的具体时间及被执地点等)是学界争论的焦点,但他的诗文却也是史学家经常引用的重要资料。关于清廷的"迁海"策略在张煌言的诗歌中即有所体现,有关史家论及此政策时,多引用他的诗文。关于沿海迁界,史书记载语焉不详,清廷这一举措对中国文化、经济的影响远远超出人们的想象,"迁海"是对中国历史有重大影响的事件,甚至影响到了整个中国经济发展的进程。

顺治十六年(1659),由郑成功、张煌言所率领的军队准备入长江攻取南京,郑成功在南京城下遭到清军重创,但这场战役却产生了深远的政治影响,显现了以郑成功、张煌言为代表的东南沿海义师所拥有的雄厚军事实力,尤其是周边故明缙绅百姓群起响应,使得清朝统治者深感不安。为了截断郑成功、张煌言的供给,打消周边百姓支持义军反清复明的念头,封锁境外反清势力与内地的联系,顺治十八年(1661),清廷决定强制执行大规模的禁海政策,这便是历史上有名的"迁海"政策。清朝划定了一个范围(从濒海三十里左右,到濒海四十里、五十里,乃至到二三百里不等),设立界碑,修建界墙,强制此范围内的居民迁移,若有不迁移者,杀无赦,若有敢越界者,也

---

① (明)张煌言:《张苍水集》,上海:上海古籍出版社,1985年,第28页。

② (明)张家玉:《张家玉集》,杨宝霖点校,广州:广东高等教育出版社,1992年,第126-127页。

杀无赦。其目的是让距离海边三十里至二三百里不等的全部沿海地区,成为一个无人区。时人记载:"勒期仅三日,远者未及知,近者知而未信。逾二日,逐骑即至,一时踉跄,富人尽弃其赀,贫人夫荷釜,妻褓儿,携斗米,挟束槁,望门依栖。起江浙,抵闽粤,数千里沃壤捐作蓬蒿,土著尽流移。"①沿海迁界政策在二十年的时间里把中国的沿海地区变成了无人区。康熙四年(1665),李率泰在遗疏中说:"臣先在粤,民尚有资生,近因迁移渐死,十不存八九。"②"迁界"对沿海的民生及经济发展造成严重破坏,导致百姓极度贫困。时张煌言四十三岁,其《辛丑秋虏迁闽浙沿海居民,壬寅春,余舣棹海滨,春燕来巢于舟,有感于(而)作》③诗曰:

> 去年新燕至,新巢在大厦。今年旧燕来,旧垒多败瓦。燕语问主人,呢喃泪盈把。画梁不可望,画舫聊相傍。肃羽恨依栖,衔泥叹飘扬。自言昨辞秋社归,北来春社添恶况。一片靡芜兵燹红,朱门那得还无恙!最怜寻常百姓家,荒烟总似乌衣巷。

> 君不见,晋室中叶乱五胡,烟火萧条千里孤。春燕巢林木,空山啼鹧鸪。只今胡马复南牧,江村古木窜鼪鼯。万户千门徒四壁,燕来亦随檐上乌。海翁顾燕且太息,风帘雨幔胡为乎!

沿海一带被掠夺一空,荒凉萧条取代了昔日繁华的朱门乌巷,张煌言用文人之笔描绘出了"迁海"之痛。谢国桢的《清初东南沿海迁界考》重点讨论清代迁界之事④,对郑成功没能及时回应张煌言主动抗清之举表示遗憾。全祖望的《续甬上耆旧诗》中收录的多篇诗歌涉及清朝的"迁界"一事,如张鸢《插界》《巡海》、董守瑜《见招宝山观海有感》等诗,诗中所述甬东舟山多次迁界,而迁界与海禁并行,所迁之处,焚掠一空:"去年迁舟山,万室入蛟门""小儿饥索饭,老羸卧树根;伶仃弃沟壑,十口元半存"(《插界》)⑤。"迁界"导致人口锐减,村庄里百姓死亡过半,这在张煌言的诗歌中得到印证,可见当时

① (清)陈迁鹤:《叙》,施琅《靖海纪事》,《续修四库全书》(史部)390册,上海:上海古籍出版社,2002年,第536页。
② (清)何福海,等修:《新宁县志》卷十四,《事纪略》下,光绪十九年(1893)刻本,第5页。
③ (明)张煌言:《张苍水集》,上海:上海古籍出版社,1985年,第155页。
④ 谢国桢先生认为,清初迁界是决定清朝和南明、明郑政权走向的大事。参谢国桢:《明清之际党社运动考》,上海:上海书店,2006年。
⑤ 沈善洪、史小华主编:《续甬上耆旧诗》序,《浙东文化(集刊)》第一辑,上海:上海古籍出版社,2005年,第43页。

生灵涂炭、民不聊生的状况。"当播迁之后,大起民夫,以将官统之出界,毁屋撤墙,民有压死者。至是一望荒芜矣。又下砍树之令,致多年轮囷豫章、数千株成林果树、无数合抱松柏荡然以尽。……三月间,令巡界兵割青,使寸草不留于地上"①。浙江迁界"当迁遣时,即将拆毁民房木料,照界造作木城,高三丈余,至海口要路复加一层二层,缜密如城隍。防兵于木城内,或三里,或五里,搭盖茅厂看守。"②迁徙时间十分短促,一般三天,过期清廷则派官兵加以驱赶。为了杜绝迁民的返回之心,所在范围内的房屋全部焚毁。康熙十二年(1673),福建总督范承谟在奏疏中写道:"自迁界以来,民田废弃二万余顷,亏减正供约计有二十余万之多,以致赋税日缺,国用不足。"③实则"迁海"不仅没有阻隔内地与抗清义军的联系,沿海居民反而冒死给义军输送粮食。顺治十八年(1661)二月,郑成功攻取台湾,张煌言曾修书力劝郑氏回师继续抗清,所谓"宁进一寸死,毋退一尺生"(《上延平王书》),然终未能如愿。谢国桢在《清初东南沿海迁界考》中道:"此书在壬寅,即康熙元年,正迁界之时,而苍水亦仅一旅孤军,难伏处江表矣。"④他认为迁界之祸始于清廷,但主要的过错还在于郑成功最终没接受张煌言抗清的建议。接着,张煌言海师队伍又先后遭受康熙二年(1662)和三年(1663)春在闽海的两次失败,几近覆没。康熙二年(1662)后,清军更加强了对浙东沿海的控制,据《浙江通志·海防》载:"顺治十八年,以温、台、宁三府边海居民迁内地。康熙二年奉檄沿海一带钉定界桩,仍筑墩壕台寨竖旗为号,设目兵若干名,昼夜巡探,编传烽歌词,互相警备。"⑤南田三岛距石浦的清军很近,在如此恶劣的生存环境下,张煌言残存海师实在已无条件在原地继续驻扎。壬辰年张煌言作《绝炊》⑥诗曰:

> 炎凉虽世态,不信在同舟。自去梁间燕,真同水上鸥。婢原无赤脚,仆已鲜苍头。亭午炊烟绝,何能免百忧!

---

① (明)余扬:《莆变纪事》,陈支平主编《台湾文献汇刊》(第二辑),北京:九州出版社、厦门:厦门大学出版社,2004年,第208页。

② (清)洪若皋:《南沙文集》卷三,奏疏。《清代诗文集汇编》委员会,《清代诗文集汇编》第91册,上海:上海古籍出版社,2010年,第458页。

③ (清)范承谟:《条陈闽省利害疏》,贺长龄《皇朝经世文编》卷八十四,台北:文海出版社,1972年,第3032页。

④ 谢国桢:《明清之际党社运动考》,上海:上海书店,2006年,第240页。

⑤ (清)嵇曾筠:(雍正)《浙江通志·海防》卷九十六,清文渊阁四库全书本,第1874页。

⑥ (明)张煌言:《奇零草》,《张苍水集》第二编,上海:上海古籍出版社,1985年,第126页。

该诗对此时段行军生活中物资匮乏、生存艰难的状况描摹得较为贴切。老友王忠孝撰有《与张玄箸（张煌言）书》曰："今迁民无巢可栖,我为之慰止疆理,从如妇市,足食足兵,以图光复,此其时矣。弟老而无能,于知己有厚望焉。"①鼓励张煌言继续抗战,对他寄予极大的厚望。最后,义军不得不舍弃根据地,移营到离清军据点相对较远点的舟山桃花山。

三、同仇敌忾的遗民情结

在古代文学研究范畴内,除却相对较小的地域文学研究,还有更加细化的文士群体研究。所谓"同声相求,同气相合",张煌言抗清义士与爱国诗人的双重身份,使得他身边聚集了一批砥砺志节、志同道合的同侪。张煌言的文集中多为写史纪实的诗篇,部分是抒写心志的书信,其他便是挽诗悲歌,祭奠友人的诗作,通过这些诗作得见张煌言的交游圈及其价值观,这也从另一侧面展现了他的诗史特色。因南明浙东遗民渐次凋零,张煌言挽诗很多,偶尔夹杂着死亡气息与哀伤情绪,这也是其诗歌的另一种基调。张煌言倾向于创作史诗作品,以图表彰志节,志存匡复,由此可见其纯粹的遗民特质。通过感怀诗观照现实,南明浙东遗民群体互相砥砺志节,增强战斗精神,树立光复明朝的信心。张煌言《怀古二首(戊子)》②诗云:

> 我怀申大夫,哭秦辛复郢;人定能胜天,一言重九鼎。亦有张长史,唐室赖藩屏;当其语江中,筹划先井井。古人秉忠贞,谋国无侥幸。操此左券言,勋名终彪炳。如何遭播臣,智勇不得骋? 废兴宁有运,吾欲讼青冥。

> 云本依龙翔,风亦附虎烈。古来王佐才,往往待圣哲。白水产真人,乃能显高密。先生自枭雄,隆中愿荡涤。卓哉一臣靡,赤手挽禹历。浇浞既迭生,郭灌且并灭。君方娠有仍,臣也奔有鬲;国亡四十年,兴灭复继绝。祀夏伊谁功,万古冠臣节!

此诗蕴含武帝曹操"老骥伏枥,志在千里,烈士暮年,壮心不已"(曹操《步出夏门行》)的心志,支撑张煌言的是"人定胜天"的必胜信念与"一言九鼎"的处世观念,这种战斗不息的乐观精神是他能够"虽九死其犹未悔"的精神食粮。浙东文献大家所搜集的遗民诗,如全祖望所辑《续甬上耆旧诗》,内有

---

① 郭秋显选注:《徐孚远·王忠孝集》,台南:台湾文学馆,2012年,第247页。

② (明)张煌言:《奇零草》,《张苍水集》第二编,上海:上海古籍出版社,1985年,第60-61页。

700多位人物,诗文有一万多篇,他通过"以诗存人"的方式来撰写人物传记,使英雄事迹不致湮灭,而张煌言诗歌当中,仅是挽诗吊诗等所涉之人就有20多人,人数已相当可观,颇有"以诗代传"之意。如其《挽杨玄石侍御(戊子)》①诗道:

> 避莽争夸汉两龚,逋臣浩气正如虹。何期士雅鞭先着,转觉宾王檄未工。华表应归千载鹤,夜台谁避五花骢! 独怜江左风流尽,禾黍依然满故宫!

张煌言诗素以"悲壮"撼动人心,作为坚定的南明遗民,身边老友为复明大业前仆后继,这种民族意识的执着张扬与抗清事业节节败退的痛苦压抑,在其怀念老友的诗歌中流淌而出。

杨玄石(《鲒埼亭集》玄作圆),名文瓒,字赞玉,瑶仲季弟,崇祯己卯举人。其父秉鼐,监纪推官,画江之役,尝率诸子从军,鲁王授玄石监察御史。闽中颁诏,力言宜合不宜分,入闽,命掌贵州道,又力言当联络以为同仇。闽、浙继亡,乃返故里。戊子豫于翻城之役,事泄被执,不屈死。鲁王还舟山,赠右佥都御史,国朝赐谥"烈愍"②。杨文瓒在明朝有佐治之功,国灭后又坚决抗清,最终不肯投降而被杀害,张煌言写诗祭奠并明志,如哀悼诗《追挽屠天生③兵部(己丑)》④:

> 雄坛曾记探阴符,共挽天戈指羯胡。我似鲁连还抗节,君为翟义竟捐躯! 旄头应避祁连冢,匕首空藏督亢图。归去延陵须挂剑,只愁零落是楷模!

张煌言所追慕的亦是纵横四海的鲁仲连,仰慕他乃爱国壮士,希望自己亦能为国捐躯复仇,死而后已。张煌言一直怀有浓厚的传统士大夫的浪漫主义理想,在浙东地域文化的影响下,他希冀"捐躯赴国难"式的流血牺牲,

---

① (明)张煌言:《奇零草》,《张苍水集》第二编,上海:上海古籍出版社,1985年,第63页。

② 《海东逸史》《南疆绎史》及《鄞县志》有传。

③ 屠天生,名献宸,一名宸,初名懿忠;鄞县人(《小腆纪年》作定海人),兵部侍郎大山曾孙。以诸生从军,鲁王授兵部车驾司主事。江上师溃,失守而归。戊子豫于翻城之役,事泄被执,不屈死。鲁王还舟山,赠大理寺丞。国朝赐谥"烈愍"(《海东逸史》《南疆绎史》及《鄞县志》均有传)。夫人朱氏,贤而有文。天生死,姥恐其殉也,守之。夫人好言如平日,潜赋绝命词;俟姥归,自缢死(《鄞县志》有传)。族孙屠用锡辑《六经堂遗事》;六经堂者,公所居也(张寿镛补)。

④ (明)张煌言:《奇零草》,《张苍水集》第二编,上海:上海古籍出版社,1985年,第62页。

或许在他的心中，早应为国捐躯，只是时刻未到，还要做最后一搏。张煌言作有"死生尽一别，忠孝已双穷！"（《显甥奔至》）之句，于国于家，他满腔的遗民血泪早已洒尽。

杨玄石夫人张氏，名玉如，杭州人，工翰墨，侍御死，负尸归，以纫联其身首，恸哭尽哀。己衣其故时衣服，题绝命词一首，拜谢太公前，遂解所佩带自缢①。对杨夫人这样的烈妇，张煌言也是推崇有加，如其《天生元配投缳殉夫，临终有诗（己丑）》②诗曰：

> 碧血（海）流干沧海尘，深闺谁是未亡人！曾闻脱珥都忘纬，岂惜磨笄并化磷！荀女尚惭珠未碎，明妃莫怨玉难春！临危犹作离鸿调，字字遗丹在缟巾。

张煌言高度赞誉张氏忠贞刚烈的个性，他为其写诗存照，为张氏"巾帼不让须眉"殉国殉情的牺牲所感动。

张煌言所作的悼亡诗，如《侍御室人从容就义（戊子）》《挽杨瑶仲广文（己丑）》《挽华吉甫明经（己丑）》《挽董若思明经（己丑）》《挽大宗伯吴峦穉先生（辛卯）》《挽朱闻玄少宰（辛卯）》《挽安洋将军刘胤之（辛卯）》《挽王完勋侍御（辛卯）》《挽冯跻仲侍御（辛卯）》《吊肃虏侯黄虎痴（辛卯）》《吊沈五梅中丞（辛卯）》《吊熊雨殷相公（壬辰）》《吊义兴侯郑履公（壬辰）》《哭定西侯墓》等，多是以浙东名将为主，诗中所悼多是赤胆忠心、彪炳史册的人物。

张煌言还是浙东诗史精神的实践者，与浙东其他诗人比较而言，张煌言无论在军事行动还是诗文创作方面都是一个行动派人物。黄宗羲去日本乞师时，张煌言等诗人曾作诗略作消遣，长路漫漫而不至于无聊。由此可见，诗歌仍是其表达情志的最佳途径，南明浙东遗民多借诗歌以泄其郁结。

张煌言的诗歌少有人研究的原因，或许是其"爱国"诗人的头衔，使得其人其诗都让人有高山仰止的感觉，其实在他的诗歌当中，读者可体察到一个真实的张煌言，一个不断拷问、追寻、力图探寻国家命运和个人前途的行吟诗人。张煌言在交游诗歌中不仅砥砺志节，与友朋共勉，而且也酣畅地表达了自己愈挫愈勇的战斗精神，以及秉持的不做亡国奴的信念。在《奇零草（二）》《即事，柬定西侯张侯服二首（甲午）》诗中，张煌言更是张扬其斗志，不肯屈服："十载冰霜誓枕戈，岂应歧路转风波？和戎魏绛终当谬，结客燕丹

---

① 《宁波府志》有传。《海东逸史》《南疆绎史》事载《玄石传》中。

② （明）张煌言：《奇零草》，《张苍水集》第二编，上海：上海古籍出版社，1985年，第62页。

恐亦讹！剖竹已非秦郡县，分茅可是汉山河？孤臣独有干将在，紫气青雯自不磨。"群体效应与集体意识的相互纠合，使榜样的力量成为抗清志士坚持斗争信心与信念的力量源泉。好友钱肃乐《苦吟》诗曾道："血浪崩腾泣百川，万鬼瓦聚生寒烟。狐狸跳荡掷平地，猿狖哀吟啸树巅。我遭此世惨不乐，欲奋身兮匪鹈鸢。仰看青天犹昨日，日月星辰正斗躔。胡为下土冤号若弗闻，天门重扃高且玄。……自古岂有五色石？忠义锻炼石匪坚。忠义糜碎不复种，只手支天岂独全？小臣万苦万万苦，积忧凝膏中夜煎。小臣死耳复何说，未审苍天何以天。"①正是苦苦支撑的浙东抗清将士，将清军吞并江南的时间推迟了几年。艰苦卓绝的抗清生活磨砺着南明浙东遗民的心志，这种固守故明正朔，不仕二朝的忠贞之气，着实是遗民群体留给后人的精神财富。"爱国"永远不会过时，"信念"亦是人生中至精至诚的珍宝。南明浙东遗民群体在他们的诗文中，彼此呼应着高尚的遗民精神，这类诗歌竭力避免哀伤、颓废之情绪。

第二节　湖海飘摇的诗文书写

　　在近二十年的抗清生涯里，张煌言几历生死，转战千里，三渡闽江，四入长江，可谓战功赫赫，在南明抗清史上亦是可圈可点。张煌言身后安葬在西子湖畔，与岳飞、于谦墓遥遥相望，后人将三位英雄并称为——"西湖三雄"。张煌言的诗歌多是在军旅生活中写成，诗风质朴悲壮，多呈现其忧国忧民的情感。他所作长诗，如《瀛州行》《闽南行》《岛居八首》《冬怀八首》等，以抒发情志为重心，书写其艰苦峥嵘的战斗岁月；《甲辰八月辞故里》二首、《放歌》《绝命诗》等写于牺牲之前，字字饱含血泪，句句饱蘸真情，可谓是迥绝传世的佳作。张煌言在《奇零草·自序》中云："余自丙戌浮海，经今十有七年矣。其间忧国思家，悲穷悯乱，无时无事，不足以响动心脾。或提师北伐，慷慨长歌；或避虏南京，寂寥短唱。即当风雨飘摇，波涛震荡，愈能令孤臣恋主，游子怀亲。岂曰亡国之音，庶几哀世之意。"②以诗歌为载体，张煌言淋漓尽致地抒发了他忠君爱国的真挚情感，他在关注国家民生的同时，也杂以昂扬乐观的情绪，在流亡与战争的交替中，借助典故、铺叙、纪实等手法，将有情有

---

① （明）钱肃乐：《钱肃乐集》，卿朝晖点校，杭州：浙江古籍出版社，2014 年，第 321 页。
② （明）张煌言：《奇零草自序》《张苍水集》，上海：上海古籍出版社，1985 年，第 51 页。

义的铁血将军与赤子诗人的形象,完整地展露于世人面前。

一、诗史诗的历史兴亡

全祖望评论张煌言诗曰:"古来亡国之大夫,其音必凄楚郁结,以肖其身之所涉历。独尚书(张煌言)之著述,嚖咳博大,含钟应吕,俨然承庙堂之巨手,一洗亡国之音,岂天地间伟人,固不容以常例论耶!"①《明诗纪事》全文引用全祖望的评语,认为张煌言可与文天祥齐名,"宋明之亡,其传之忠义与不得而传者,非他代可比,就中险阻艰难,百挫千折,有进而无退者,则文文山(文天祥)、张苍水两公为最"②。纵览张煌言的诗歌,满纸荡气回肠,绝少亡国哀音,诗境阔大,气势磅礴而酣畅淋漓,充斥着历史的兴亡之感。如其《忆余在翁岛与张鲵渊、吴峦徲(稚)、朱闻玄诸先辈从游,一时情文宛然在目。今三君皆以国难殉,而余在行间,犹偷视息。然蹙蹙靡骋,盖不胜兴废存亡之感矣(癸巳)》③诗云:

> 年来洒泪看桑田,陶、谢风流已尽捐。伊昔几人陪后乘,我今何处竞先鞭。未消肝胆堪许托,无恙须眉祇自怜。转觉诸君真羽化,夜台杖履亦珊然。

即便是哀悼同侪遇难,感时伤怀之际,张煌言仍以"仙人羽化"的美丽愿景冲淡浓郁的"物伤其类"之情。但凡遭乱之际,总有英雄迭出,厮杀疆场,总会有成败伤亡,血流漂橹,此乃历史之大势所趋,往往不以个人意愿为转移。孤胆英雄张煌言对故明充满着深深的眷恋之情,对国家不治、缺乏人才愤懑不已,他常嗟叹的是自己的治国无策与治生无计。如《追往八首(癸巳)》④其二中所道:

> 六朝遗迹雨花台,旧识先皇草昧开。南渡尚留龙种在,东迁祇避犬戎来,却悲羯鼓荒原动,不见羊车复道回! 国破何人犹抱膝,当年应有管萧才。

张煌言的《追往八首》组诗几乎囊括了他全部的心路历程,在清军铁骑踏入中原后,在江南备受蹂躏,血雨腥风之时,张将军想起明朝承平之时的

① (清)全祖望:《张苍水诗序》,载张煌言《张苍水集》,上海:上海古籍出版社,1985 年。
② (清)陈田:《明诗纪事》辛签卷八,清陈氏听诗斋刻本,第 1734 页。
③ (明)张煌言:《奇零草》,《张苍水集》第二编,上海:上海古籍出版社,1985 年,第 95 页。
④ (明)张煌言:《奇零草》,《张苍水集》第二编,上海:上海古籍出版社,1985 年,第 93-94 页。

景象,而救国无望,有负圣恩,他用组诗慨叹旧朝衰亡,人才匮乏的萧索状况。在风雨飘摇、转战大江南北的峥嵘岁月里,他时时憧憬自己避祸退隐,脱离凶险战事,但满目疮痍,兵燹困扰,他又无法放弃自己的责任,只能借凭吊先贤之机,抒发自己心生退意的想法。张煌言文韬武略,颇有谋略与将才,尽管屡战屡败、壮志成虚,他依然充满浩然之气,毫无哀婉颓丧之态,所作所为唯求无愧于国家民族。其他诗如《书怀》(壬辰):"山河纵破人犹在,试把兴亡细较量。"这种蕴含兴亡之感的诗作,是张煌言一腔赤诚的真切表达,满纸心酸,处处可见末世遗臣的情怀。如其《拟别义阳王(壬辰)》诗云:"紫橐玄戈事几秋,伤心忠孝竟何酬。"南明浙东遗民倾心报国,较少顾及个人的利益得失,如《即事有感(丙申)》云:"一旅尚堪扶共主,百年谁肯盐孤臣。"无论如何,忠于明朝的赤子之心不变,问心无愧便好。正如张煌言所言:"棘人经岁解朝簪,忧国江湖一片心。"(《师次湄岛,诸勋镇行长至礼;余以服制不预,志感(壬辰)》)南明朝形势严峻,逼人愈急,愈能彰显出爱国遗臣的忠贞之心。

概称张煌言的诗歌为诗史或史诗都不为过,怆怀故国,怀古伤今,他不仅用行动诠释了自己的赤胆忠心,而且思想上也毫无瑕疵,忠心不贰,他对恢复明朝的信念从未动摇过,这在历史上也少有。其他士大夫在反清复明的愿望落空之后,只能逐渐从行动派转变成寄托派。张煌言其人其诗,可谓"经成就之人材,亦无废弃"①,就连郑成功对张煌言也敬重有加,称赞他始终忠于鲁王与明朝。在惊闻崇祯于万岁山自尽时,张煌言曾作《三月十九日有感甲申之变》②三首(辛丑)以凭吊先帝:

> 燕山春老泣啼鹃,屈指号弓十八年。阙里麟游书莫载,桥陵龙逝鼎仍迁。玉衣晨举黄尘染,铜狄秋眠碧血捐。欲赋黍离何限恨,依稀风雨故宫前。

> 当年群盗满长安,仓卒宫车弃百官。旗散黄龙争解甲,桁虚朱雀罢鸣銮。攀髯犹惜须眉少,压纽空悲羽翼单。独使至尊殉社稷,千秋青史未曾宽。

> 汉家天仗肃仙班,一掷金椎不复还。苜蓿秖肥秦塞外,樱桃谁荐晋陵间。魂招蜀望花同碧,泪染姚华竹尽斑。何处旌旗皆缟素,好传露布

---

① 李格:《杭州府志》,卷一百七十六,民国十一年(1921)本,第4788页。
② (明)张煌言:《奇零草》,《张苍水集》第二编,上海:上海古籍出版社,1985年,第151-152页。

到阴山。

张煌言诗歌的历史兴亡感,除体现为诗题内容的苍雄浩大之外,还表现为用典、比兴等方法所达到的效果。他在歌行体诗的创作中能够借助铺排的句式与富赡的典故史实,抒发家国兴亡及个体的心理焦虑。其《翁洲行(壬辰)》诗曰:"呜呼!问谁横驱铁裲裆,翻令汉土剪龙荒?安得一剑扫天狼,重酹椒浆慰国殇。"①仗剑天涯,还需靠武力驱逐强劲的清朝铁骑,犹如"犯我强汉者,虽远必诛"般彪悍勇猛的大汉将士,此诗显现出张煌言勇武的一面。他的长诗《翁洲行》在他的作品中占有重要的地位,《翁洲行》②的情景,三百年后的今天读来,仍然具有震人心弦的力量:

> 东风偏与胡儿便,一夜轻帆落奔电。南军鼓死将军禽,从此两军罢水战。孤城闻警早登陴,万骑压城城欲夷。炮声如雷矢如雨,城头甲士早疮痍。云梯百道凌霄起,四顾援师无缕蚁。裹创奋呼外宅儿,誓死痛哭良家子。斯时帝子在行间,吴淞渡口凯歌还。谁知胜败无常势,明朝闻已破岩关。又闻巷战戈旋倒,阖城草草涂肝脑,忠臣尽瘗伯夷山,义士悉到田横岛。

张煌言的长诗《岁在戊戌,余行年已三十九矣。抚时感事,遂以名篇(戊戌)》云:"人生百岁安得有,我今草草三十九。请看征士门前柳;谁能出处两无凭,踯躅千秋笑鸡口。莫论兵,且饮酒;今人争羡古人贤,后人亦羡今人否。"气势磅礴,纵横开阖,指点江山,睥睨历史。可见一代将才诗人的诗意笔法,颇有豪壮的气概。此种诗境,与其《王师北发,草檄有感二首(戊戌)》,"似闻天地悔疮痍,片羽居然十万师。……自古殊勋归跃马,几人谈笑得封侯!"相得益彰,彰显了张煌言的个人魅力,亦高扬了矢志不渝的战斗精神。张煌言诗歌多从历史兴亡入手,记载战争战事的同时,亦将张煌言将军加诗人的气质完美呈现,无处不显示出其爱国志士之情怀。

二、爱国诗的个人情志

为国尽忠的过程中,张煌言偶尔还是会透露出一点不得志的私人化情感,这表明他并不是一味的中正严肃,只有爱国热情而没有生活情趣。诗歌原是为抒发情感而设,由诗史到心史,也可见张煌言的某些心理活动。如其

---

① (明)张煌言:《奇零草》,《张苍水集》第二编,上海:上海古籍出版社,1985年,第75页。

② (明)张煌言:《奇零草》,《张苍水集》第二编,上海:上海古籍出版社,1985年,第75-76页。

《感怀二首(壬辰)》①诗云:

> 沧江一卧已心灰,避地何人赋七哀?欲遣新愁悟后去,翻招往恨醉中来。六桥归梦催衰柳,五月寒岩听落梅。拟欲冥鸿差强意,回看玄发又徘徊。浮名世上长蓬心,我自商歌独抱琴。流水非因钟子调,阳春只合郢人吟。乾坤大抵分王霸,治乱由来半古今。转悔十年尘事拙,不如经济在山林。

张煌言砥砺志节、托物言志,以古圣贤为偶像,仰慕高山流水遇知音的友谊,诗末亦隐然有懊悔之意,许是其接受历史的宿命,这一内心的隐秘情绪才偶然得以闪现。如其《吉了(辛卯)》诗云:"秦吉了,生为汉禽死汉鸟,塞南塞北越禽飞,怅望故山令人老。……我自名禽不可辱,莫待燕婉生胡雏!鸢犹吓,鹊徒喈,仓庚空格磔。哀哉不能飞,起视来禽尝叹息。……潦倒未应犹倔强,文人久已学承蜩。"以飞禽喻志,原也是中国文士惯用的手法,这种以物言志的表达方式,源自庄子式的清高孤傲,张煌言"剑气箫心"的质性,表明了其文人士子的气质;还有其《帆映虹梁孤桐吟(乙未)》诗曰:"孤桐产峄阳,百尺巢风雨;士诚贵知音,此道已如土。"以"孤"起兴,孤鸟、孤桐,以鸟喻人,暗寓自己宁肯清高自傲,但依然"生为汉禽死汉鸟"。在四面楚歌,孤军奋战时,他人已接受现实,对清朝屈从归附,张煌言依然倔强到底,抗争到底。在这个过程中亦可见张煌言内心的孤独之感,他亦渴望知音,期待有人能够与他团结一致,抗击清兵的入侵。如其较为知名的《野人饷菊有感四首(壬寅)》诗云:"战罢秋风笑物华,野人偏自献黄花。已看铁骨经霜老,莫遣金心带雨斜。"张煌言自弘光元年跟随钱肃乐等起兵迎奉鲁王,前后占据浙东山地与海岛,携张名振三入长江,联络郑成功北伐,坚持抗清近二十年,自谓"三度闽关,四入长江,两遭覆没",全国抗清诸军相继被剿灭,他才解散余部,独自等待东山再起的时机。既遭诱俘,屡拒清廷诱降,最后英勇就义。后来者把他推为千古难得一见的忠臣,奉之为真正的儒将,几近将他尊为完人。张煌言却在《自嘲(乙未)》中道:"一掷年华三十余,须眉对镜复何如。……若待功成始归去,溪山主人笑我愚。"其《清明感怀(乙未)》诗曰:"貑首只今伤暴露,一杯空拟醉佳城。"亦不如把酒言欢,可以暂时得到解脱。在生病虚弱时,张煌言也曾失落与迷茫,其《病中遣怀(乙未)》诗云:"潘鬓萧疏已自惊,何当二竖复纵横!渐安药灶同舟鼎,早废诗瓢共酒铛。侠骨风中添肮

---

① (明)张煌言:《奇零草》,《张苍水集》第二编,上海:上海古籍出版社,1985年,第64页。

脏,雄心云外失峥嵘。明朝把镜还相看,华发星星又几茎。"近二十年的战争生活,遗民皆已疲惫不堪,岁月荏苒,华发早生,辗转抗清耗费的是南明浙东遗民们的人生岁月。在此过程中,他们处处面临挫折,尤其是强兵压境、十面埋伏时的世态炎凉,唯有自知。其《秋怀三首(乙未)其三》诗云:"天方尊肃气,人已苦兵声。""国事存亡关正闰,人情冷暖逐春秋。"(《丙申除夕》)军旅生涯,游子岁月,即使是坚强如张煌言也偶尔会有所困惑。每当佳节来临之际,硬汉张煌言也会展露其柔软的一面,那便是对亲人的牵挂,其《己亥除夕》诗道:"湖海椒觞十五星,故园咫尺却扬舲。"张煌言常年过家门而不入,即便是除夕佳节,依然是有家难回。南明志士倾其所有,为故明奉献了他们所有的生命与情感。张煌言《复田提督雄张镇杰王道尔禄书》曰:"窃闻两间自有正气,万古自有纲常。忠臣义士,唯独行其是而已。不孝一介书生,遭逢国难,初学士稚匡世,久同去病忘家,忠孝已难两全,华夷岂堪杂处。区区此志,百折弥坚,不过以恪守人伦。"①面对"华夷之辨"的大事,唯有牺牲孝道,方可尽忠恢复明朝正朔。然而张煌言对家人的愧疚之情,亦是极其深沉真挚,如其《北还入浙偶成(癸巳)》诗所云:"国从去后占兴废,家近归时问假真?一寸丹心三尺剑,更无余物答君亲。"在半生倥偬的生涯中,他献身于抗清事业,鲜少照顾到双亲,更难以绕膝尽孝。想到家人,张煌言未免心生愧疚之情,如其《余自丙戌蹈海,奉违家君定省已四载矣。兹待罪军次,每一念至,为之黯然(己丑)》②诗云:

> 猎火年年急羽书,飘零子舍竟何如。不因阃外惊投袂,那见庭前叹绝裾!燕语空梁泥自落,鹃啼细柳血应枯。遥知今夜关山月,独照龙钟人倚闾。

> 铁衣何事换斑衣,朔雪炎风归未归。莫慰儿觥娱昼锦,聊凭龙盾报春晖。停云转悔辞家易,夹日还惭国补微。记得青箱多旧训,丹心玄发敢相违!

在金戈铁马的生涯中,忠孝自古不能两全,其对亲人的愧疚之情,至诚无昧、精意为芳。其《得家信有感二首(戊戌)》有对妻子的许诺:"天涯亦有刀头梦,恰是巫山化石时。"因为战事,张煌言回家团圆的机会较少,妻子翘盼丈夫的归来,却驻足成望夫的那块石头。另外张煌言《奇零草(三)》中有

① (明)张煌言:《张苍水集》,上海:上海古籍出版社,1985年,第2页。
② (明)张煌言:《奇零草》,《张苍水集》第二编,上海:上海古籍出版社,1985年,第67页。

《代内人狱中有寄(己亥)》一首:"国破已饮泣,家破复间关;自君之出矣,妾孽君亦鳏。儿女虽有情,不在别离间;上堂洁脯脡,下堂代斑襕。"南明浙东遗民毁家纾难,在当时的情境下,牺牲个人的小家庭成全国家这一大家庭,是为人所称道的事情,但毕竟伦理亲情难以割舍:"自分孤臣九死应,国仇家难转相仍。"张煌言给妻子的诗,有《得友人书,道内子艰难状(甲午)》《拟答内人狱中有寄(己亥)》《梦内(壬辰)》《晚泊漫成回文(甲午)》等,皆表达了自己的思念之情与歉疚之意。其《闻家难有恸四首(壬寅)》[①]诗云:

> 仇国言终验,门衰祚亦危。痛心唯骨肉,耄及受深夷。白首青枫暗,黄肠广柳迟。百端交集处,能不碎心脾。

> 家破原因我,何堪玉并焚。亢宗空有子,函夏已无君。左衽兴亡决,南冠生死分。拊棺犹未得,挥泪结玄云。

> 孤竹行吟后,家无四壁存。更闻宗欲坠,不但族先燔。蹭蹬微臣节,踉跄孝子魂。愿为双白鹤,飞去叩天阍。

> 淫威何太甚,原外鹡鸰鸣。空拟班昭疏,甘成聂政名!肝埋有处士,肠断是零丁。遥识江胥路,霜飞独满城。

身为南明义军的首领,抗清的张煌言致使家人蒙难。但作为孤臣,他有一腔爱国热忱,认为唯有牺牲个人的利益,其忠于故明的赤诚才得以鉴于日月。纵览中国历史,如此忠诚义士,殊为难得。

英雄都是孤独寂寞的,张煌言《癸巳除夕》[②]诗曰:

> 八载他乡腊鼓催,乡心撩乱鼓声哀。无情天地犹撰甲,有意山川独画灰。儿女藏钩离别后,君臣投璧播迁来。年华如许人将老,辜负春风又几回。

他似乎已经感觉到了强弩之末的哀伤,相比之前意气风发的抗清行动,此时坚守抗清信念已成为一种为信仰献身的情结,如果忠君爱国是信仰的话,张煌言才是真正矢志不渝忠诚的爱国信徒。钱肃乐《唐多令》[③](和文文山旅怀)词曰:

---

① (明)张煌言:《奇零草》,《张苍水集》第二编,上海:上海古籍出版社,1985年,第157-158页。

② (明)张煌言:《奇零草》,《张苍水集》第二编,上海:上海古籍出版社,1985年,第100页。

③ (明)钱肃乐:《钱肃乐集》,卿朝晖点校,杭州:浙江古籍出版社,2014年,第358-359页。

旧恨指芦花，新愁结暮笳。织兴亡寒云一梭，千古凄凉轮到我。挑冰雪，卖谁家？

晓日上窗纱，轻禽散晚衙。木兰舟有客咨嗟，不道江南浑似水，愁帆指，夕阳斜。

往事总堪嗟，归心逐暮鸦。二十年南北天涯，破屋半闲还未许。浮云外，旅人家。

白眼看繁华，风流安在耶？同奔走几緉麻鞵，欲借东风重拾取，蚤蹴损，牡丹芽。

在南明浙东遗民这一视角下，国破家亡的愁绪，丝丝缕缕，弥漫于物是人非的滚滚红尘中，这种个人情志无以宣泄的哀愁与凄婉，不是军旅生涯峥嵘岁月的悲壮，而是万物同悲，繁华如梦的空洞与虚无。唯有此时，爱国的沉重情感外化为风轻云淡的歌咏，浴火重生，升华为至高至纯，渗入肌骨的故明情结。

三、民俗诗的湖海之气

南明浙东遗民的诗文在戎马倥偬之余，也有对活色生香的生活情景的摹写，洋溢着生活气息，这亦是遗民热爱故土，向往"恢复明朝"理想的一种映射。浙东毗邻东海，张煌言部的活动范围便是以舟山为中心的岛屿一带，舟车颠沛、湖海江湖的生活，使得南明浙东遗民诗歌中多有海洋主题，诗家以海洋及与海洋相关的题材为审美对象，从而构筑出浙东海洋诗歌的空间美学。张煌言《岛上祀灶(庚子)》①诗道：

绝岛寒宵亦荐阴，聊从越俗祀非淫。曾闻五祭尊盆盎，却忆西归赋釜鬵。老妇倘能来绛节，少君空说致黄金。只怜汉腊无多地，柏叶梅花自古今！

自宋代始便有祭祀之俗，每年的腊月二十四，民间有"灶君朝天欲言事"的说法，此时酒糟涂灶而司命酒醉，男儿献酒女儿避让。关于海岛的祭祀习俗，遗民如张岱于崇祯十一年(1638)寓居普陀山时在其《海志》篇记曰："张帆，卒过招宝山，舟人撒纸钱水上，扑扑亟拜。余肃然而恐，毛发为竖，问渠何拜，答曰有龙也。"②此亦描写镇海民情风俗，渔民虔诚祭奠龙王，使人肃然

① (明)张煌言：《奇零草》，《张苍水集》第二编，上海：上海古籍出版社，1985年，第124页。
② (清)张岱：《琅嬛文集》卷二，栾保群点校，杭州：浙江古籍出版社，2013年，第50页。

起敬。张煌言自己亦撰有《祭海神文》,其中有"神于水中最尊且大"①之语,渐次引出义旅如林,中原响应的抗清壮语,希望舟师义旅得到神灵的护佑。关于民生方面的诗,张煌言则有《舴艋行(癸巳)》②:

> 乘舴艋、载馀艎,槌钲挝鼓走风樯。满船儿郎抹额黄,人言若辈真鹰扬,饥则攫人饱则扬。江村鸡犬绝鸣吠,老稚吞声泣道旁:罄我瓶中粟,使我朝无粮;断我机中苎,使我暮无裳。我亦遗民事耕织,当身不幸见沧桑。入海畏蛟龙,登山多虎狼;官军信威武,何不恢城邑,愿输夏税贡秋粮!

渔民舟楫海浪的生活,劳苦艰险,下海怕"龙王",上山惧"虎狼",还有赋税贡粮苛捐杂税的压迫,民不聊生,朝不保夕。言及自身,张煌言自己何尝不也是舟车劳顿,历经漂泊,如其《枞阳谣》③诗云:

> 八尺风帆百丈牵,枞阳湖里去如烟,江南米价秋来长,喜杀桐艚卖稻船。沿湖下网荡湖船,网内纤鳞锦样鲜,灯火湖边儿女笑,鱼秧种得不须田。

此诗绘写了浙东鱼米之乡人民安居乐业的情境,诗中满溢欢喜之情,道出张煌言悲天悯人的情怀。张煌言转战海岛江湖之间,其诗梗概多气,海天明月,多是其疏散愁绪的对象,如其"岛屿微茫兵甲残,千年碧血恨漫漫。"(《舟山感旧四首(戊戌)》),张煌言多年飘荡于岛屿之间,从事抗清战争,此诗对海上战事惨烈的描述,撼动人心。常年逃亡,面对浩然的大海,张煌言亦思念着故园的土地:"海峤看明月,苍茫练影多;不知乡国夜,皓魄复如何?"(《海月(壬寅)》)他偶然也反思自己的所作所为,认定自己不过是一介治生无计的武夫罢了,如其在《复屯林门(庚子)》中所道"人去鹿场仍旧迹,秋高蟹浦足晨羞。……自笑经营何太拙,误将岛屿作并州!"他苦中作乐、诗酒遣兴,往往仍是与海月相对,自酌一杯酒而已。南明军旅生涯使得张煌言的诗境、诗情较有气象阔达的气质,他所写涉及海洋的诗歌,其他还有《海上二首》《舟中听雨分得"长"字(壬辰)》《舟次中秋(壬辰)》《岛居八首(己亥)》(其

---

①　(明)张煌言:《冰槎集》,《张苍水集》第一编,上海:上海古籍出版社,1985年,第2页。
②　(明)张煌言:《奇零草》,《张苍水集》第二编,上海:上海古籍出版社,1985年,第128页。
③　(明)张煌言:《奇零草》,《张苍水集》第二编,上海:上海古籍出版社,1985年,第143页。

八)等,皆放语豪迈,俊秀有致,又兼壮丽宏大,颇有情志与神韵。张煌言不仅以诗传史,诗道心声,在其饱含情韵的诗歌中,亦可得见一位情思绵邈的将军诗人。

康熙元年(1662)五月,郑成功突然病逝,张煌言等又提出希望鲁王继任。郑成功之子郑经对此却嗤之以鼻。是年十一月十三日鲁王因常年身体状况不佳,于本日去世,年仅四十五岁。至此,张煌言开始失去信心,浙东抗清事业也陷入低谷,张煌言对南明的前途也感到绝望,即便如此,他并没有抽身而出,像郑氏父子及南明其他遗臣那样为保留明朝衣冠而移居台湾。在心灰意冷时,康熙三年(1664)六月,张煌言解散余部,带领几位亲信暂时退避在离舟山比较近的偏僻岛屿——悬山花岙。后清军侦破了张煌言的藏身之所,浙江提督张杰派遣兵丁潜伏于舟山的普陀、朱家尖一带,不久果然截获了张煌言的购粮船,当即利用所获船只连夜赶往悬山花岙。七月十七日天色未明时分,清兵出其不意地突然闯入张煌言居室,张煌言及其随从被抓捕,清兵搜出永历帝为其颁发的"视师兵部"银印和九枚关防,张煌言历时二十年的战争岁月宣告结束。

清初傅山、朱舜水、侯方域、方以智、张煌言等一大批南明遗民诗人,他们留下了诗史之文,借以吐露自己的哀伤之情,此类南明遗民诗人即事撰文,即情吟诗,所作皆是当时当地的所见、所闻、所知,真实可信,其中有军国大计、朝政庙谟,亦有战乱灾祲、民间疾苦等,作者据实而书,感叹沧桑,文本与艺术价值颇高。《清史稿》评张煌言曰:"当鼎革之际,胜国遗臣举兵图兴复,时势既去,不可为而为,盖鲜有济者。徒以忠义郁结,深入于人心,陵谷可得更,精诚不可得沫。煌言势穷兵散,终不肯为诡死之计。"[1]张煌言乃浙东地区的普通士绅,统军征战的豪情与诗文歌赋的哲思却兼容并蓄地统一于他的身上,他是浙东学派阳明心学"知行合一"学说的践行者。强大的生命力与坚强的意志力,使得张煌言不甘于对"蛮胡"俯首称臣,当四面萧索时,他依旧以高度的虔诚来坚守自己的信念,虽然其人最终被清廷所杀,却成就了个体的牺牲价值与救赎意义。这种向死而生的忠诚,使得张煌言在遭受苦难后终求得内心的安宁,这应该是南明浙东遗民张煌言心甘情愿的选择,亦是他作为南明遗民所必须坚持的操守。

---

① 赵尔巽主编:《清史稿》列传十一,第 30 册,北京:中华书局,1977 年,第 9174 页。

第三章　蕴欢于愤:复明遗民魏耕诗歌研究

南明特殊的时代,民族矛盾与阶级矛盾集中迸发,清廷在侵吞明域的过程中施行了屠城、掳掠、洗海、清山、迁界等政策,导致土地荒芜,人口锐减,望族瓦解,乡镇残破。清廷借顺治十七年(1660)浙江祁六公子的通海案与顺治十八年(1661)江南庄氏史案两大案,沉重打击了江浙一域的士林阶层。江南一域牢狱之祸尤甚,康熙元年(1662)爆发的"浙中通海案",全祖望在《江浙两大狱记》中道:"时江、楚诸名士列名书中者皆死"①,清廷欲使江浙遗民志士铩羽收敛,而江南一域遗民的顽强抵抗,致使清廷对江南施政镇压的手段比其他地区更加严酷。这一遗民群体同时也是一个诗人群体,而甬上诗人的"憔悴枯槁之音",因避清廷的查抄也有隐晦而终湮灭不见者,这在明末清初或清前期表现得尤为明显。魏耕通海案件是清初的一宗要案②,也是复明运动的大事。由于通海案的影响,当时许多与之有关的事件,后来都成了"真事隐"。通海案这一群体中的魏耕、祁班孙、朱士稚、钱攒曾、张宗观、陈三岛等人皆有诗作流传于世。朱彝尊《贞毅先生朱士稚墓表》云:"先生既免系,放荡江湖间,至归安,得好友二人,其一自慈溪迁于归安者。自是,每出则三人俱。至长洲,交陈三岛,已交予里中,交祁班孙于梅市。后先凡六

---

① （清）全祖望:《江浙两大狱记》,朱铸禹汇校集注,《鲒埼亭集外编》卷二十二,《全祖望集汇校集注》中册,上海:上海古籍出版社,2000年,第1169页。

② 严迪昌先生在《清诗史》中将清初浙江诗人划分为浙东遗民诗群和浙西遗民诗群,魏耕被划入浙西遗民诗群。本书从地域角度来划分,按照魏耕的出生地及活动范围,将其亦归为南明浙东遗民诗人。

人,往来吴越,以诗古文相砥砺,吴越之士翕然称之。"①祁班孙、朱士稚、张宗观皆为山阴人。据何龄修先生考证,与魏耕结交的政治人士有:顾有孝、吕师濂、徐芳声、沈永馨、吴邦玮及其子侄卿祯、懿祯、理祯、棠祯等,潘陆、屈大均、刘俊、沈士柱、朱日升、钱谦益、吴祖锡、张拱干等二十多人②。魏耕所涉及的通海案,恰是需要稍作交代的背景。

魏耕(1614—1662),原名璧,又名时珩,字楚白,号雪窦,清兵入关后改名耕,字白衣,慈溪人。生于败落的世族之家。七岁"日诵数百言,覆背如流"③,家人以颖异称之。后"岁试冠军"④,得到"官给廪饩"的待遇。"有富家奇其才客之,寻以赘婿居焉"⑤,他便以赘婿的身份侨居在归安县。明亡后,便密谋抗清,后入狱身亡。

魏耕堂弟魏霞称:"先生著述甚多,有《道南集》《息贤堂初后集》《吴越诗选》,今皆仅有存者。"⑥据张寿镛《序》中所道:"是稿(《雪翁诗集》)乃得之于张冷僧,而冷僧得之先生族孙魏仲车友枋,盖传家之稿也。考其自序,乃称雪岩,又分卷十四,题作《雪翁诗集》,与《续甬上耆旧诗》所称《慈溪县志》著录《息贤堂集》十五卷本皆不同。"⑦《雪翁诗集》共收魏耕诗歌609首,其中五言古体诗为154首,七言古体诗为96首,五言律诗为107首,七言律诗为127首,五言排律为20首,五言绝句为38首,七言绝句为43首,乐府诗为24首。

魏耕在其《饮酒八首之二》中自道:"旷怀父母生,落地为男儿。岂不荣轩冕,纵浪古所嗤。……何人期白云,招之安所辞。"⑧所以其自号曰"白衣"。

---

① (清)钱仪吉:《碑传集》,北京:中华书局,1993年,第3619页。

② 详参何龄修:《关于魏耕通海案的几个问题》,《文史哲》1993年第2期,第32-34页。也可参佘德余:《魏耕与清初江南"通海案"的反清据点——山阴祁氏寓园的关系》,《绍兴文理学院报(网络版)》2008年6月30日。"从魏耕《雪翁诗集》中的诗题来看,参与当时祁氏寓园复明反清活动的绍兴籍人士竟有40余人之多,主要分布在山阴、萧山、会稽、上虞四县,参加人员大多数是故明官宦子弟,巨家大族",其中重要人士亦于文中列出。

③ (清)魏霞:《明处士雪窦先生传》,(明)魏耕《雪翁诗集》,杭州:浙江古籍出版社,1985年,第195页。

④ (清)魏霞:《明处士雪窦先生传》,(明)魏耕《雪翁诗集》,杭州:浙江古籍出版社,1985年,第196页。

⑤ (清)陈田:《明诗纪事》,清陈氏听诗斋刻本,第1716页。

⑥ (清)魏霞:《明处士雪窦先生传》,(明)魏耕《雪翁诗集》,杭州:浙江古籍出版社,1985年,第196页。

⑦ (明)魏耕:《雪翁诗集》序,杭州:浙江古籍出版社,1985年,第1页。

⑧ (明)魏耕:《雪翁诗集》,杭州:浙江古籍出版社,1985年,第49页。

清兵入关,整个江南为之震动。魏耕听到这个消息,便"悬衣冠堂上,北面稽首曰:'予虽在草莽,然廪食胶庠,亦君禄也,纵不赴国难,亦当潜身遁迹,为世外闲人。'"①明朝覆亡,处于震惊、愤怒状态的南明遗民,此时的信念便是恢复明朝,推翻蛮夷。魏耕亦拍案而起,为反清而积极奔走:"麻鞋草屦,落魄江湖,遍走诸义旅中。当是时,江南已隶版图,所有游魂余烬,出没山寨海槎之间,白衣为之声息,复壁飞书,空坑仗策,荼毒备至。顾白衣气益厉。"[全祖望《奉万息郭门魏白衣(息贤堂集)》]为恢复明朝而努力抗争的最终结果,《慈溪县志》本传载:"霞传:康熙壬寅六月朔,先生与允武伏法于会城观巷口。配凌氏,闻先生死,以发自经。次子嶭,亦自经。长子峤戍尚阳堡。"②尽管如此,南明遗民依然在道义上做出了最后的努力,而魏耕是这些遗民中的一员,他坚持抗清并努力付诸行动,乃至以身殉国而矢志不移。魏耕坚持不懈地暗中抗清,其战斗经历多体现于其诗集当中。对于其心志的最佳阐释,如《杂诗》(朱士稚)诗道:"中夜蹴起舞,惨恻念旧京。愧我亦臣子,何为事难成。弩力挽银河,随风双涕零。集荼岂吾乐,庶以明坚贞。临危岂敢辞,荡涤成英名。"③其中复明志士朱士稚,亦是魏耕复明集团的骨干④,南明遗民们暗中集结,伺机待动,他们相互激励,乃至共赴国难。

第一节　放浪不羁的遗民诗史

相较南明浙东遗民张煌言的义胆忠魂而言,魏耕恰好是相反类型的爱国遗民。魏耕生在宁波府的慈溪,十九岁入赘浙西归安,之后活跃于吴越两地。魏耕是名士浪子的典型代表:亡国之痛,在士子文人那里所表现的痛心疾首,在张煌言处是战斗至死,而在魏耕处则是曲线救国,他借诗酒畅情以泄痛失故国之恨。魏耕在其《雪翁诗集》自序中曰:"余之于诗,初无矜饰,务达其情。"⑤以诗歌剖露其思绪,可以透彻地了解抗清义士、诗场名士——魏

---

① (明)魏耕:《慈溪县志·魏耕传》,《雪翁诗集》,杭州:浙江古籍出版社,1985 年,第 3 页。

② (明)魏耕:《雪翁诗集》序,杭州:浙江古籍出版社,1985 年,第 3-4 页。

③ (明)徐崧:《诗南》卷二,清初刻本。

④ 参见何龄修:《关于魏耕通海案的几个问题》,《文史哲》1993 年第 2 期,第 35 页。

⑤ (明)魏耕:《雪翁诗集》,杭州:浙江古籍出版社,1985 年,第 5 页。以下魏耕诗文皆出于此文集,不再标注页码。

耕的情感内核,通过对其诗歌的考索追溯,大致可分析魏耕其人其诗的独特风格。

从《雪翁诗集》中亦可看出,魏耕较为倾心于古体诗和律诗的创作。在魏耕的诗歌中,他的七言古诗创作是最出众的,其他各体诗歌创作则稍逊一筹。魏耕诗歌中最具特色的是送别、赠答、寄酬之类的作品,这些诗歌有180多首,约占《雪翁诗集》诗歌总量的三分之一。《雪翁诗集》所收雪翁诗并非其全部诗作,触及清初政治、军事斗争的诗篇则极为少见,或者只是隐隐约约地有所反映。这部诗集并非按年编次,而是按体裁进行辑录。全集共十七卷,从题材上看,其内容涉及唱和、赠答、送别、远游、山水、闲居等方面,还有部分题画诗及与佛理有关的诗歌;从体裁上看,魏耕的诗歌涉及古体诗、绝句、律诗、乐府、排律等。

魏耕的《雪翁诗集》除了表现他的经历、思想情感之外,还广泛记录了明末清初吴越人士反清复明活动的历史,具有一定的诗史价值。其诗平易自然,只是情之载体而已,并无刻意矜饰。正如其在诗集《自序》中所说:"苟无所为而为之,虽拟议尽变,曲肖曩篇,无疾呼痛,伪托可笑!故余之于诗,初无矜饰,务达其情。凡博弈饮酒、朋友酬酢,以至山川风俗城郭之所历览,遗迹之所辨证,杂然前陈,有触于怀,发之咏叹,以为合乎作者不能自已之指。"所以他驰情骋志,或高歌,或沉吟;或张扬,或静谧;或奇矫,或平淡,无意求工而自工,完全是诗人心迹的自然流露。

一、故国兴亡的遗民抒怀

魏耕描绘其所居息贤堂的诗作,如《忆息贤草堂作》诗:"秦望白云里,却忆别鲜山。草堂在其下,秋风吹未还,松露弹弦响,草虫鸣螯寒。遥怜稚子弱,竚立候颜颜,惆怅无心月,柴门不能关。"颇有文士气息的居所,本应是桃花源般的所在,然烽烟四起,国家危亡时,士人早已没有安静的栖居之地。其《息贤渡》"遥岸杏花落,晴川谷莺吟,清歌扣舷去,渔夫知我音,开尊湛芳月,归来露沾襟。"虽以风轻云淡之语落笔,所蕴含的却是治生无门,愧对亲人的愤懑情绪。其《南楼雨中望鉴湖作》诗云:"苍茫寒雨晦,何处散愁疾?况我离故园,已是清秋日。"暗含家国之悲与离愁别绪。《避地》诗亦云:"胡笳起北海,戍鼓迭南州。百战行人断,千山独客愁。"颇有边塞诗的风范,肃杀与浩古并存,犹有战争风云的气象。魏耕诗歌仍多为山水田园之作,点染有江南诗作的风韵。如其《秋日述怀》诗谓:"借问八荒间,何以固吾宝?绿缛惜秋晖,无过田园好。"对美好的田园生活加以绘写。其他如《吴江道中》

曰:"猎猎酒旗吹草碧,寒城过雨听疏钟。"是其寻愁觅恨的托笔之作。总体而言,魏耕之诗较为朴素平淡,文风较为平稳冲淡。

在得知明帝崇祯自尽,清兵南下之后,他作诗感慨:"怜君国破总飘蓬,归去休寻扶荔宫。当日君臣空洒泪,异时城阙满飞鸿。"(《送桂佳玑还闽》)对故国故君的缅怀与追念,凄怆悲恸,观其所作所为,皆可知晓魏耕的遗民志节。国家覆亡,倾巢之下,文士的命运亦如风中之叶,所谓唇亡齿寒,国家既殁,家亦非家。魏耕却始终是先国家后小家,他抛妻弃子,舍弃自己的家庭,为恢复明朝而奔波。顺治十六年(1659),郑成功挥军北上之时,"几下江陵",以致"江南半壁震动",因"闻其谋出于魏耕",而"通海案"起,清廷大肆搜捕魏耕,后因孔孟文告密而被捕,之后魏耕便被执至杭州钱塘,"与缪曾俱不屈死,妻子尽殁",一门忠烈,死而后已。魏耕虽以名士处世,但其诗气势磅礴,刚直透彻,颇有阳刚美学的感染力,尤其是其缅怀故国的主题,深沉阔达,语调沧桑,使人读其诗歌便有了怒发冲冠的豪情。如其《梁父吟》云:"闻报哥舒已破房,兵连三月残黎苦,黄河西岸震鼓鼙,鸭绿江南横干橹。又闻鼎湖骑白龙,王孙乞食困戎伍,九州流血城城满,明驼衔草蹂中土。"斥责清廷的征伐侵略,揭橥兵祸之患。战事频繁,黎民饱受战争蹂躏,黄河两岸,甚或大江南北血流漂橹,除却百姓哀鸿遍野,明贵族王孙也生活拮据,朝不保夕。在《晓发苏州逢故人》中,魏耕更是毫不客气地指斥清廷:"相逢屠狗皆亡房,对泣南冠半故乡。回首东吴遗恨在,胥门犹自向江湘。"对清廷的愤恨与仇怨之情溢于言表,直接表露其深重的南明遗民情结。其在追怀故明王朝的诗中,更有痛定思痛的反思,他在《奉赠山阴朱骓元》(题注:时修成国史)诗中道:

> 千年史职竟谁传?禹穴龙门相对愚。雪夜常书纲目草,春王著就射堂前。本朝两党皆亡国,当日贤奸总斗权!搔首岂堪归运数,一回相见涕潸湲。

在亡国不久之后即有如此深刻的见解,殊为可贵。明末党祸之患,无论复社、几社,还是东西厂阉党,其末流在清军兵临城下时还在计较内部矛盾,终致明朝覆亡。历史发展总有自身的规律,不能总以命运一说来粉饰明末两党相争导致灭国的历史实情,翻开明末的历史,怎能不让志士心寒而为之扼腕叹息! 如其《善哉行》所言:"富而上同国必昌,愚而上同国必亡。"在《雪翁诗集》中类似的诗歌,还有《孝陵》《万历》《天门山浮舟望金陵》《成都行》等,他的诗歌描绘明败亡之时,大臣厚颜无耻,认贼作父;腐儒鲜廉寡耻,纸上谈兵;盗贼强取豪夺,趁火打劫;大户买官鬻爵,纵奴行凶。其诗曰:"欲骑此马杀盗贼,恨无垂纶出渭滨。逡巡李闯破京都,大官叩头小官趋,鼎湖仙去玉座陷,仓卒不得同驰驱。"(《天马行》)对当初李自成进京后,众大臣卑躬屈膝地逢迎所不齿。他已四十多岁,抚今追昔,进入眼帘的却是世间万般的丑态:"今岁野夫四十一,追忆往日真如梦,腐儒营斗粟,闾阎挽长弓;盗贼如麻乱捉人,流血谁辨西与东?又闻大户贪官爵,贿赂渐欲到三公,豪仆强奴塞路隅,獝貐豺狼日纵横。皇天无眼见不及,细民愁困何时终?安得圣人调玉烛,再似隆庆、万历中,天下蚩蚩安衽席,万国来朝明朝宫。"(《湖州行》)众生百态,天地不仁以万物为刍狗。魏耕呼唤圣人,希望时光倒流,再回到明代隆万二朝国泰民安的时代。魏耕在其《赠杜太傅》诗中叹曰:"花溅厓山泪,猿啼禹甸空。"他通过对宋末"崖山一役"的追忆,影射明朝战败的惨烈。而在朝代更替的情形下,遗民仍须坚持自己的信念:"乱世轻忠孝,谁堪铸鼎钟。"(《赠朱七毅元二十五韵》)扛起忠义的大旗,对忠义之士的祭奠便是他对自己最大的鞭策,如其《西湖数峰阁谒两朝忠义祠》:

> 故国阴云下夕阳,山楼遗像肃衣裳。千年橘柚人烟尽,万古文章霄汉长。草莽只今谁北望,塞鸿犹自向南翔。素车白马同缥缈,精爽归来夜未央。

此诗颇有诗谶的味道,最终结局是名为"白衣"的魏耕,最后于杭州英勇就义,他与前朝忠义之臣同眠于地下,同样得以流芳百世。魏耕《醉时歌与朱廿二》诗云:"忆昨破屋藏亡命,事败何如燕荆卿。颈系青丝脚栓木,同日义侣被束缚。爷娘捶胸不敢送,亲戚拦街齐恸哭。先生毅然赴法曹,睢阳寸胔知无逃,众囚相对破浊醪,掀髯长歗声转高。……才雄万夫遭人努,名垂史册有何补,年来吹箫过黄歇,乞食寻常遍环堵。"在酒醉之时,他所撰写的唱酬之作,将内心的担忧与恐惧皆表达出来,然在此诗结尾处,他却以率性洒脱的胸怀,正视自己反清复明的行为。他自言心志的《忼慷歌》谓:"猛虎不处卑势,劲鹰不立垂枝,豪杰徒步言归,耻就乡里小儿。"这些诗作皆表达了他对忠义之士的仰慕,以及不甘做亡国奴的操守。亦如其序《春日柳园忆群从作》云:

> 余早岁婚于茗上,遇时多艰,到四明者廿载,间才三四往而已。戊戌秋,送婶还乡,置酒会高曾下群季,得四十余人。依坐班齿,余乃褎然为首,自顾己容,白发苍苍,把杯叙欢,慨亦至焉。余常游鸡鸣湖、越谢岭,爱李家竹园十余里丰墙坡,松篁葱蒨,溪涧潆回,谓可以构室娱老,

与昆弟辈逍遥赋诗。今辗转以来,遂成虚愿。矜念同气,聚处何期? 上春芳菲,羁旅滋愁! 聊书短篇寄之,亦俾群从知我意尔。

在这一序言中魏耕言明了自己浪荡江湖、羁旅不归的心志。名士风流本应该是他选择或所向往的生活,然在奔波往复中,诗人白发丛生,年齿渐长,已有垂老之相,但其矢志不渝,壮志不悔,依然为抗清事业而奔走。他通过短章小词来抒发心意,恪守其坚贞的遗民之志,在与朋友交游酬唱的诗歌中,魏耕直抒胸臆,以文字来"浇胸中块垒",申明其为光复明朝不辞劳苦的心意。

二、浪游结志的同侪交游

清初遗民诗群的形成与遗民诗人的联系与互动密切相关,这有利于形成群体性的抗清氛围。南明遗民结交朋友不仅是一种社交活动,也是为了使群体保持昂扬的反清斗志。遗民魏耕在其《惜尾骊行》中表达了他们同声相求的心愿:"呜呼! 自古豪杰之士,方在草泽,囷囷无所见长,欲求知于庸众,宜其所如斥落耳。"他的目的就是"才大今牢落,为儒困一经。饥鹰垂翅怯,老骥向天鸣。"(《赠秦溥》)希冀弱势的士子文人结成团结的抗清组织。清初士子文人延续明末的积习,仍喜欢结社交流。南明遗民诗酒唱和,把酒言欢的前提是共同拥有的抗清志向与人生选择。清初贰臣虽各怀己意,南明遗民却有相似的信念,遗民们的"革命友谊"便是诞生在这种相同的志趣之上。"以'通海案'而著称的魏耕、朱士稚、钱价人、钱缵曾等人,在反清的同时结成了一个联系密切的文学群体。诸人通过社事、酬唱和编辑诗选等活动活跃于清初文坛上,《道南集》《吴越诗选》和《今诗粹》等诗选是他们文学活动的重要成果。……由于诸人的特殊经历,他们以文学活动串联了江浙地区的一大批文人志士,不少人的生平事迹便赖彼此的酬赠之作得以保存。而诸人编选的当代诗选共收录诗人 871 名,无集流传者达 667 人,其中富含的历史信码有待于研究者的破译。"[①]魏耕自谓:"今年暮春,越州文宴,赴者三百余人,而余为之客。"(《哭吴理祯》序)当时吴越之地文人诗酒以会颇为兴盛,以魏耕为辐射中心的遗民群落中比较著名的还有屈大均与胡介。顺治十六年(1659)屈大均经朱彝尊介绍而与魏耕结识于山阴,并与魏耕、祁

---

① 邓晓东:《拯救与宣泄:魏耕诸友入清后的文学活动及其意义》,《南京师范大学学报》(社会科学版)2010 年第 9 期,第 115 页。

彪佳①等人秘密联络郑成功、张煌言等义师共同抗清。对于两人交往,屈大均有诗为证:"雪窦山人去几秋,弹琴东市亦风流。相思最是耶溪月,夜夜清光为我愁。"②及其"平生梁雪窦,是我最知音。一自斯人没,三年不鼓琴。文章藏禹井,涕泪满山阴。向夕闻悲箫,魂应起壮心。"③他将魏耕引为伯牙子期式的知己,评价之高可见一斑。屈大均在《屡得友朋书札感赋》中又重复强调:"慈溪魏子是钟期,大雅遗音独尔知。一自弹琴东市后,风流儒雅失吾师。"④《皇明四朝成仁录》卷十二,屈大均为魏耕立传,表彰其抗清志节。关于魏耕与胡介的交游,也互有诗歌赠答为证,其《送胡介》诗道:

> 蓟门不可行,北望使我哀!冰雪截马角,狐狸驰蒿莱。山岑造云起,洪流何洄洄!猿狄骇崩岸,鸱鸮鸣林隈,宿莽涂人肠,行路尽徘徊。奈何远游子,将赴轩辕台,出门辞亲友,顾泣离袖挥。触目见俘虏,累累随兜魋!何乡无乐土,跋涉从南来。念君此行役,冥冥心脾摧!

姚佺《诗源初集》在魏耕同题《送胡介》诗后附曰:"好句皆下好字样,而又无斧凿之痕,诗至此工而神矣,宿屋盛邪草,瑟瑟风泠泠,一洲霜桔过千帆。乐府、近体无不精工,广大教化主现前矣,可不景粮而从之耶。"⑤可见魏耕诗歌颇为人所欣赏。《送胡介》虽为酬唱之作,亦披露了南明遗民的心声,作为亡国弃民,经行之处,满目疮痍,所见多是哀鸿遍野,该诗表现了南明时期,江南胡蛮横行,民生凋敝的景象。

---

　　① 祁彪佳(1602—1645),字虎子,一字幼文,又字弘吉,号世培,别号远山堂主人。英慧早发,十七岁举乡试,二十一岁第进士,次年授福建兴化府推官,崇祯年间授御史,出按苏松诸府,文治武功俱有可观。八年以事忤当权,引疾南归,至十五年冬国势危急,曾短暂复出。弘光元年(1645),清兵入越,以书币相招,遂自沉于水,年四十四岁。曹淑娟:《流变中的书写——祁彪佳与寓山园林论述》,台北:里仁书局,2006年,第229-230页。有记祁彪佳建其寓山园林,各段名义分别是:园林、文章、见闻、飞潜、交游、名胜、轩冕、游戏、放达、名节,以此园林空间为据点,聚拢了大批志同道合之人。
　　② 屈大均:《送张南士返越州,因感旧游有作》之二,魏耕《雪翁诗集》卷十七,民国四明丛书本,第97页。
　　③ (清)屈大均:《怀魏子雪窦》,《翁山诗外》卷五,清康熙刻凌凤翔补修本,第136页。
　　④ (清)屈大均:《翁山诗外》卷十四,清康熙刻凌凤翔补修本,第561页。
　　⑤ (清)姚佺:《诗源初集》,《四库禁毁书丛刊》(集部)第169册,北京:北京出版社,1997年,第227页。姚佺此处所评《送胡介》为:"五月枣花候,薰风吹别离。送君黄蘖浦,落日孟郊湄。勿以樽前语,引为虚赠期。明朝临广路,何地问栖迟。"

魏耕的赠答诗及交游诗数量众多，部分印证了其浪游文士的身份，如其《赠朱士稚四首》《酬赠潘时升》《与祁五兄弟泛镜湖》《赠李翰林长发》《还别鲜山寄冯征君元仲》《赠刘云》《登吴山望浙江怀古赠董以宁》《酬张杉》《宿天台桐柏观寄云灵先生姚尚靖》《中秋藏书楼置酒对月醉后示祁五》《剡溪招朱骍元作》《紫芝轩对雨书怀示祁五》《含绿堂牡丹盛开，集胡介、陈维崧、朱士稚、陈三岛子作二首》《自破楚门别王庭璧、姚宗典、金俊明、张隽、叶囊、朱鹤龄、顾有孝、姜垓、徐晟、陈三岛、徐崧、李炳归苕溪草堂，怅然有怀》等诗，借助诗题，可获悉魏耕浪游结交的人士，其中较为人所熟知的有钱谦益、吴伟业、朱十彝、毛奇龄、姜大行、金是瀛、冯瑞英、彭师度、刘徽之、朱士稚、计东、赵沄、汪琬、汪永恺、吴兆宽、兆宫、兆骞等人。魏耕交游广泛，他对当时因丁酉科场案而被贬宁古塔二十三年的吴中才子、"江左三凤凰之一"的吴兆骞寄予了深深的同情，在宴集时，他赋诗鼓励："明月楼头曾寄远，关山笛里总徘徊。最怜才子听莺去，几度鸣鞭薄暮回。"（《望太湖柳色寄吴四兆骞》），可见魏耕与当时吴越文坛中有名望的文士皆有交往，亦可见当时江南抗清文士的交际网络。

南明时期，这种"革命友谊"不仅起到了结社的作用，甚至在社会交往以及抗清活动中都起到了很好的效果。南明遗民成员，当其本人或家人有难时，自有其他遗民直接或间接地出手相助。魏耕本人对自己的交游圈甚为满意："结交皆豪杰，耻为儿女谋。"（《赠吴生》）但是这种浪游结交的生活却充满无奈："奔走东吴与西楚，满城尽是商与贾，各自全躯保妻子，捶胸何处诉愁苦。今年漂泊长洲来，性命如丝更可哀，一餐饱饭襟怀好，输心写意倾深杯。"（《歌醉行·姜大行筳中作》）在他人趋之以利的情形下，魏耕自己仍不改初衷，抱守南明遗民身份而至死不渝。但魏耕对妻儿也是充满惦念与愧疚之情，其诗如："百计解愁愁不断，解愁愁转惹愁长。生憎苦竹沿江活，最怕梅花满眼香。姊妹隔天空洒泪，妻孥无力共还乡。年年多病共群盗，冉冉残生殊未央。"（《愁》）魏耕写给两个幼子的书信——《岁暮远游与峤嵝二稚子》诗云："吾束发读书，蒙朝廷恩典，兼祖宗以还，世有显人，为清白吏，不愿屈迹虏庭，自甘穷饿。汝母生于富族，亦粗知大义，既侍吾巾帔，固当黾勉同心。"他向幼子剖露自己的心志，恳请二子能够理解他身为南明遗民所做出的人伦方面的种种牺牲。近人杨钟羲撰《雪桥诗话三集》评魏耕的诗云："恭己不怍天，赴物蹈众善。神理当有凝，衰荣随所遭。志士贵决机，盈缩在一人。何须慕黄唐,揖让相逡巡。"①认为魏耕能够伸缩自如,畅达其情,为人处世较为率性旷达。魏耕《避地》诗曰:"胡笳起北海,戍鼓迭南州。百战行人断,千山独客愁。"一人独悲,不如众人同悲,群体性的郁结与愁闷情绪,减轻了他的痛苦。文士聚会,雅人云集,美酒佳肴,觥筹交错,是人生一大快事,如其《丙辰夏,以事之山阴,客祁生班孙宅。其伯净超,毗邻居士后身也,他日邀余游密园宴饮,因为醉歌》诗所道:"磨刀那藉设鱼鲙,荐莼何烦罗辛葱。冰盘雪藕堆四座,青芹锦带甘野翁。"酒酣耳热时,最为人生的快事。而他亦会在诗友相聚中,暂时将自己解脱出来,仰而赋诗,诗酒精神,方显文人士子的本色,魏耕《弹铗歌》诗曰:

> 我生岂无命,何为使我漂流天南海北陬,日与腐儒小子论诗书,唇干口燥不得休。谁言人生直如矢,苍茫反复曲如钩,不见城中达官骑大马,杀人多者居上头。会须觅取百个钱,日醉洞庭岳阳之酒楼,俯观波涛千里相横击,销我千古万古之忧愁。

此诗颇具诗仙李白的神韵。酒醉之后,忧愁俱消,诗酒唱酬本是士子文人的活动范式,比之张煌言的岁月倥偬,战场杀敌,魏耕的秘密抗清反而具有了某些隐秘的浪漫色彩。魏耕游走于抗清与浪游之间,这种生活反而成就了白衣名士魏耕的一世浪名。

三、放浪遣怀的以乐唱哀

魏耕虽为复明积极奔走,坚贞执着地奉行南明遗民所需奋斗之事,但另一方面又难掩其在抗清局面混沌情况下的自我怀疑与自我放逐。在魏耕自己的诗集中,也常有这种心绪的表达,如其《秋夕宴集吴松顾有孝北郭草堂,顾请予作抱瓮丈人歌,予时大醉,为赋此篇,不自知其潦倒也》:

> 怜君倾家罗绮筵,白罽倒著华堂前,广乐直接洞庭野,临风玉树绕朱弦。弹琴蹋踘竞游戏,逍遥散发凌云烟。谑浪舞长袖,扬揄扣铜盘,忽然涕横集,慷慨惜暮年。时人不识阮嵇辈,烂醉且歌抱瓮篇。歌抱瓮,杜世援,行径已在御寇间。何须问君然不然,但能豪饮即神仙,不见酒星三四五,举头历历秋河边。

诗人自道:"弹琴蹋踘竞游戏,逍遥散发凌云烟。谑浪舞长袖,扬揄扣铜盘。"可以想见诗人与友人相聚一处,弹琴游戏,歌舞曼曼,但又"忽然涕横集,慷

---

① (清)杨钟羲:《雪桥诗话三集》卷一,民国求恕斋丛书本,第867页。

慨惜暮年",这种歌舞喧嚣的热闹下,掩盖的其实是诗人壮志难酬的悲观情绪。他又曾写道:"时人不识阮嵇辈,烂醉且歌抱瓮篇。……何须问君然不然,但能豪饮即神仙。不见酒星三四五,举头历历秋河边。"魏耕将自己与阮籍与嵇康相对照,感叹自己英雄无用武之地的失落,在政治抱负无处施展的境遇下,他只能"烂醉且歌抱瓮篇",用"但能豪饮即神仙"来宽慰自己,只能抱着"风流散诞事沈醉"的心态,偶然游戏人生,疏泄巨大的精神压力,这也是一种因命运不济而与世俗疏离之后的颓废表现。这种风流散诞的行为,应该理解为诗人在复国无门时感伤心境及慷慨悲愤情绪的一种宣泄。受这一心态的影响,魏耕的诗歌创作沾染了一层兼具自我放逐的落寞与民族国家意识昂扬的两相矛盾的复杂思想形态。两个矛盾相互冲击的结果,便是促成了魏耕诗歌独特的创作审美特质。如其诗《公莫舞行赠顾有孝》云:"寥阔千年来,吾与汝曹在尘埃,日向廛头籴升米,布袍垢腻颜如灰,遭逢浊世取竛竮,数忆往事增徘徊,疏狂常得世人骂,颠倒屡使尘眼猜。诗书礼乐何龌龊,束缚难教笑口开。"诸如魏耕等南明遗民是不受诗书礼乐束缚的浪荡文士,他们疏狂颠倒,喜好自由,不拘礼法,悖于世俗,这也表现为他们倾心为戏子柳敬亭写诗颂赞,陈寅恪先生有诗云:"岁月犹余几许存,欲将心事寄闲言。"士子文人为艺人写诗在清初也成为一种独特的现象。黄宗羲道:"亡何国变,宁南死。敬亭丧失其资略尽,贫困如故时,始复上街头理其故业。……每发一声,使人闻之或如刀剑铁骑,飒然浮空,或如风号雨泣,鸟兽悲骇。亡国之恨顿生,檀板之声无色。有非莫生之言所可尽者矣。"[①]魏耕亦作有《柳麻子说书歌行》诗:"出门人呼柳麻子,往往拦街不得行。……风雨飒沓动鬼神,片言落地咸称善。"先写崇祯时柳敬亭在左良玉幕府中春风得意的生活,明亡后柳敬亭也因国家之变而穷途末路,由此产生身世之感。"明时迁客犹磋怨"和"升平乐事难重见",与黄宗羲为柳敬亭所撰写的传记思路相同。魏耕为江湖艺人撰写传记,他自己亦放诞于歌舞升平中。他以歌舞为内容的诗歌,如《流音歌冬曲》[②]:

> 孤蓬嘘噎气,四野行人绝。旅葵瑟已雕,红兰熏已歇。萧条沙场中,纵横多白骨。白骨欲归家,谁裹白骨归?缠绵在一方,咫尺音信违。

---

① (清)黄宗羲:《柳敬亭传》,沈善洪主编,《黄宗羲全集》第十册,杭州:浙江古籍出版社,2005年,第588页。

② (明)魏耕:《流音歌冬曲》,《四库禁毁书丛刊》(集部)第169册,北京:北京出版社,1997年,第227页。

焉能结君情,令君到我庭。语我堂上亲,兼我孀闺妻。负我白骨归,不使卧路岐。枯肠日夜转,谁知我心悲。流阴横穹垓,划然若长帷。但见牧羊奴,淹夕衔芦吹。吹我营营魂,望星中宵归。

魏耕所作的《流音歌冬曲》,摹写了废墟上的缠绵深情,他在绝望中愈加惦念残存的亲情,其怅惋之后的通达,颇有中国传统文人的自嘲与娱乐精神。蕴欢于愤,放浪形骸皆是士子文人在家国失守易代之际的选择。魏耕偶因"狎妓"而为人所议,此举并不为当世所容。魏耕乃一介遗民,以疏狂的方式排解亡国之苦,颓废情绪下诗酒往还乃至"狎妓"的狂放之举,在当时应属有悖儒家传统道德的行为。

歌舞升平,轻歌曼舞,是太平盛世的常事,又抑或为末代王朝的靡靡之音。南明诗人目睹国家逐渐败坏,乃至最终亡国,他们借歌舞之事来抒发亡国之恨的举动,在当时也是一种较为普遍的现象。原本莺歌燕舞、温柔富贵的江南之地,遭遇兵燹之祸,空余残枝败柳。魏耕《苕上酬施埁并示程棿》诗道:"年年转忆崇祯日,忽忽难扶野老颠。放诞须知人欲杀,伶俜谁肯故相怜。"他故作痴狂疯癫,放浪形骸,沉醉于歌舞与诗酒的生活方式中,这也是部分南明遗民疏解亡国之痛的一种方式。夏完淳《大哀赋》序曰:"鲁酒楚歌,何能为乐? 吴歈越唱,只令人悲!"[1]这种以乐寓哀的行为,较符合南明遗民的矛盾心理。喜好訾议品评他人的全祖望亦道:"魏耕之谈兵也有奇癖,非酒不甘,非妓不饮,礼法之士莫许也,公子兄弟(祁班孙、祁理孙)独以忠义故曲奉之。"[2]言语间对魏耕颇有不满之意,当然亦不得不承认其忠义的行为。魏耕诗歌内容确实也喜言诗酒风流、推杯换盏的生活,仅以他的西湖诗为例,如《招杨春华泛西湖》诗云:"明圣湖头日日春,洞箫醉杀冶游人。何须揽镜悲华发,且弄流霞泛水滨。拂袖妓看歌舞妙,回波香散芰荷新。由来张翰耽杯酒,不爱浮名与世尘。"这是魏耕吟咏风月,流连轻歌曼舞,士子风流生活的写照。其《杭州西湖酒楼月下吟》亦云:"西湖酒楼临湖水,玩月何必待清秋。"用一"玩"字点明诗兴,道出文人游山玩水的生活习性。其《十五夜西湖舟中玩月诗中》亦曰:"吾爱西湖水,揽之清若空。"直接以"玩月"为题,游览遣兴,颇为自得。魏耕《李侍御模园亭集饮之明日,柬其公子炳兼呈侍御》诗曰:"苍苍桂树月中凉,茂苑楼台秋夜长。锦瑟正随歌管合,罗衣微解

① (明)夏完淳:《大哀赋·序》,《夏内史集》卷一,清艺海珠尘本,第1页。
② (清)全祖望:《鲒埼亭集》卷十三碑铭,《祁六公子墓碣铭》,四部丛刊景清刻姚江借树山房本,第120页。

泽兰香。"于歌舞台榭间,消耗着南明遗民痛苦的弃民岁月。他还作有《寓怀四首》,"车骑及美女,恣取供敖般,琐细豢养具,宁足结其欢?"如此香艳的宴饮场面,似乎与铮铮铁骨的遗民性格大相径庭,但除却张煌言式的武装起义或行伍出身的遗民,这种宴饮燕集,化痛苦为欢乐的遗民还是占了绝大多数。文人的本性如此,明末积习亦如此,这也不失为化解故国沦亡情伤的一种方式,但亦显现出国运士林的衰败态势。在南京建立的弘光小朝廷,即使在清兵攻临城下时,君王大臣仍能置国事于不顾,忙于招选蛾眉,供其朝夕之娱,狂歌醉舞,靡有终日。屈大均《秣陵春望有作》其九云:"燕子新笺唱未终,君臣一笑失江东。风吹苑柳花无数,飞向天山与雪同。"[1]在歌舞升平之余,剩下的仍是无尽的亡国之悲,钱谦益《徐子能黄牡丹诗序》道:"按湖湘红豆之歌,听秦淮商女之曲,则为之顾影骨惊,悲不自禁。"[2]朱则杰先生认为:"这种感受,为一般清初诗人所共有。歌席舞筵,只能勾起他们的故国之思。……清初诗人或取其精神,或袭为典故,融入已作,藉以抒写故国之思、亡国之痛。"[3]魏耕、屈大均等南明遗民,化解自身的悲苦之情,以宴饮歌舞排解他们的压抑之情,传达的却是遗民们自甘堕落的颓废气息。魏耕《赠朱士稚四首》其二云:"人无延年术,随时宜乐康,鄙愿既有涯,胡为常恻怆?"其四云:"吾无济时策,整驾归北山,雅怀敦典籍,蕴愤托寓言。"都表明了他希望及时行乐,蕴愤于欢的想法。魏耕在《白苹洲上寄萧然李生文达》诗中自谓"雪窦山人嵇阮辈,风流散诞事沈醉"。时人杨宾记载了其父杨迁与魏耕等人交往的情形:"魏耕又与先子及湖州钱瞻伯、钱缵曾、潘廷聪、山阴祁班孙辈为气节交。酒酣耳热,对生客大言,无少顾忌。暇则作为诗歌,大书屋壁,若释子宫,指斥当路,又自占头衔相标榜,或群举而哭,骇其闾里。"[4]清初遗民拟仿魏晋名士的放诞不羁,终日以酒买醉,或也是宣泄痛失家国的情感需要。魏耕在《寒食行》中云:"吾生最喜绕花行,洞庭春酒故须倾。"也可表明他"狎妓嗜酒"的浪子情怀,这种放浪物外、悠游诗酒的唱和,是魏耕宣泄其抑郁不平心情的端口,他追求抵御颓废、追求个体生存价值的生活,放浪宣泄是其精

---

① (清)屈大均:《屈翁山诗集》,清康熙李肇元等刻本,第 144 页。屈大均:《翁山诗外》卷十四,清康熙刻凌风翔补修本,第 512 页。

② (清)钱谦益:《牧斋有学集》卷二十序,四部丛刊景清康熙本,第 189 页。

③ 朱则杰:《歌舞之事与故国之思——清初诗歌侧论》,《贵州社会科学》1984 年第 1 期。

④ (清)杨宾:《魏雪窦传》,《杨大瓢先生杂文残稿》,江苏省立苏州图书馆民国二十八年(1937)(复印装订本)一卷。

神痛苦与恐惧困惑的一种方式。以魏耕为代表的南明浙东遗民,其不受世俗羁绊,狂放不羁于诗酒士林的生活方式,阐释出末世遗民的真实情感与生活现状,折射出他们面对内部性格冲突,面对压力与迫害时近乎对立、分裂的矛盾心路历程。

第二节　诗追唐音的胜朝哀歌

社会变迁与个体命运紧密相连,面对时代之变,人们多难以突破时代的局限,困扰于彼时的生活当中而无法自拔,在其肉体困顿与精神超越的矛盾心理中践行着个体的生存选择与人生理念。人生况味的呈现,需借助一定的载体方能得以展现,诸如在南明时期,文士愈加喜言屈原、李白、杜甫,他们内蕴深厚的爱国热忱,渴望超越现实,追求更高层面的文学成就与精神生活,期盼摆脱时代困厄与人生桎梏。南明浙东遗民魏耕最喜李白诗,同时也有模仿杜甫、陶渊明的诗歌,甚至在某些诗境上还有阳明诗歌的神韵遗风,点染灵性的气质。魏耕之诗五古习汉魏,七古习李白,律诗则习杜甫。可见魏耕的诗风仍以唐调为宗,沿袭明末诗坛余风,浙东诗家在明末仍是以复古风格为主,这也影响了魏耕诗歌的创作。魏耕友人朱士稚亦评其诗曰:"楚白五古,初摹汉、魏。至其得手,则在景纯《游仙》,支遁《赞佛》,游行晋宋之间。若五律,纯祖少陵,离奇夭矫,难以准绳相格。"[①]在追忆过往生活,抒发爱国情志的时候,模仿杜诗虽有严格的诗律限制,却能传神地表达沉郁顿挫的慨叹黎民苍生之感。魏耕在《柳麻子说书歌行》诗中自道:"唐时工部杜少陵,翰林供奉李太白,彩笔光芒干云霄,人间万古称诗伯。"直接表明其诗追李白、杜甫的风格。魏耕学习汉魏五古之作,诗风自然浅近,风韵纯朴;学习李白七古之作,主学其飘逸洒脱的诗风,蒋驭宏亦评曰:"魏子游意篇幅之外,洋然自得,不以烦简为度。"[②]魏耕《晓发采石怀李白》诗曰:"朗吟谪仙句,欲与天上游。天上不可见,云阙增我愁,还乘大江月,啸登黄鹤楼。"难掩其对李白的钦慕之情,他以李白《醉后答丁十八以诗讥余捶碎黄鹤楼》为模仿对象的《拟李翰林醉后答丁十八以诗讥余摧碎黄鹤楼》诗曰:

　　我本谪仙翁,亲见东王公,借取卢敖杖,汗漫随春风,寻仙直上黄鹤

---

①② 　(清)陶元藻辑:《全浙诗话》卷三十六,清嘉庆元年怡云阁刻本,第520页。

楼,扁舟系缆潇湘东。黄鹤高楼压荆州,影落洞庭三万秋,凭陵大啸弄明月,崩摧卷入天河流.太守却来相调笑,讥余捶碎黄鹤楼。黄鹤已捶碎,更铲迭嶂倾豪辈,洪涛浩瀚驾青雀,乘风啸傲事沈醉。醉后狂吟渌水歌,白云一片遥相对。愿君归汉阳,日日进千觞,锦袍吹玉笙,振笔为文章。若道鹦鹉无人赋,试看洲前瑶草芳。

效仿李白的诗作,以其狂傲淋漓的笔触,将其内心的悲愤转化为充满希望的情状,以谪仙之姿,撷取李白诗歌中孤傲狂狷的内核,顾盼生姿地将自己追慕李白的性情毕现无遗。还有其模仿杜甫诗《春望》《春雨》《春夜喜雨》几首诗题所作的《春望有感》:

> 望春春不极,弄柳柳垂条。雨洗湖南岸,风连渭北桥。流云哀过雁,舞剑拂深宵。欲献河清颂,天边金阙遥。

以杜诗之富,魏耕难免有"理屈词穷"之感,在这种诗中,他以春天的杨柳、小桥、细雨、流云、哀雁为意象,刻画出一幅蓬勃天下春的哀景图,其中有刻意模拟杜甫诗的诗意,但内容则较为平平,勾画出一幅满蕴愁思的春景。前程黯淡、灰心失望的情绪常有所现,以春愁为题的诗作便显而易见地揭示出魏耕的末世遗民情怀。魏耕之所以主张模仿李杜,主要是对明末余绪竟陵派"幽情单绪、孤行静寄"诗论的反诘,其《吴越诗选》云:"神庙以来摹王李者不啻白昼攫金,昔日神奇几化为臭腐。故钟谭饥寒狼狈之论得横行三十余年,予与朱子钱子思振其弊。遂有是选。然吾观近时七律只取句字、对仗之间,求其冠冕,不论题之大小,不顾辞之浮切,意不连贯,气不沉实,吾恐不出数稔又有钟谭议其后也。"[①]明中后期中央集权积弱,自诩担负"齐家治国平天下"重任的文生儒士,由诗坛上宗唐宗宋的罅隙,逐渐发展为政坛上分门别派的倾轧,终致朋党相争、文网罗织,因文害政、为文误国之事始见端倪,不利于文苑诗坛的繁荣昌盛,魏耕仍持明末复古的主张,力主崇尚唐诗。

魏耕模仿李白的痕迹,略举几例,如《杂诗》,"道逢扶桑君,云车下冉冉,贻之青蓝花,赠我玉橄榄"。以李白狂放天真的性情为模仿对象,代笔诗仙的神韵。其《鞠歌行》,"长风吹月满瀛洲,还当独坐弹箜篌",化用李白"长风万里送秋雁,对此可以酣高楼"的名句,用语还算贴切。魏耕《忆朱大客扬州》,"初值梨花飞白雪,又逢荷叶弄金钱",仍以李白的诗境为模拟对象。率意洒脱者如《赠李翰林长发》,"苦县有李耳,骑牛出函关,空余五千字,能开

---

① (明)魏耕、钱缵曾:《吴懋谦》,《吴越诗选》卷十二,清顺治刻本。

天地颜。"其中融合了李白多首诗歌的词句、韵味,只是稍显生硬。其中《还别鲜山寄冯征君元仲》,"缅怀赤城驾,冥心坐超越,窈窕望东瀛,石华未可掇",以仙岛瀛洲为书写对象,撰述的是冥想求仙的飘逸之姿。甚至魏耕的个别诗作,亦可与阳明诗歌的空禅相媲美,如其《剡溪招朱骅元作》,"弄琴潭水侧,藤花落纷纷",空寂的诗味,呈现的是深潭、落花一静一动的禅思哲理。而其《晚秋滞山阴与朱四、祁六二生》,"吾欲依二子,白云以为家",则铺陈了随意自然、自由惬意的云游生活,诗歌平白如话,却蕴含诗味与理趣。

魏耕学杜甫诗者,如其《十月逢吴懋谦冯镳二子吴门酒肆》,"枇杷茂苑花初白,桔袖包山霜故红。地近江湖岁月晚,人逢南北乱离同。"杜甫《秋兴八首》组诗,感物伤怀,借深秋的衰惨冷寂之景,抒写人到暮年空怀抱负的心境,传达出深切的身世之悲、离乱之苦和故园之思。魏耕之诗对杜诗的诗意诗境,以及国破家亡的情怀,皆有一定的体现。魏耕还表现出对自己的自嘲,诗作如《钱山漾作》,"我怀无怀前,为心淡已忘,堪笑洗耳翁,临流犹豢养。"杜翁亦常有自我调侃的诗作,这些调侃也暂时消解了遗民担忧家国的心情,魏耕《赠山阴老翁周三懋宜醉歌行》道:"世人反复争机巧,吾爱老翁气义好。世人颠倒夸明聪,吾爱老翁双耳聋。"魏耕的诗中多次提到洗耳翁,因魏耕患有耳疾,他用诗歌传达出的是对自己年迈体衰、命运多舛的调侃。

魏耕阐发其心志的诗,如《梅市送愚庵和尚还横山集福寺呈西遽先生祁超》,"吾师虽沙门,能为儒者言,脱略时世拘,贵爱鲁仲连"。"鲁仲连"几乎成为南明浙东遗民诗家必提的一位人物,因其旷世救济的儒家治世思想和挽国家于狂澜的行为,皆是南明乱世之中诗家们所能寄托理想的人物。在《慈溪县志》本传中魏耕自述:"所交皆当世豪侠,志图大事。"[1]"白衣锐意学杜",所以他在诗风上也就具有了杜甫的"沉郁顿挫"之美,还有模仿陶渊明的诗作,如《饮酒八首》(其二),"独策还庐山,林泉久见披,资粮罄竭尽,褴褛及老妻。旷怀父母生,落地为男儿,岂不荣轩冕,纵浪古所嗤。"其《今诗粹》道:"予尝学七古转朗诣,好为横厉之词,而朗诣明秀之中,间作一二雄语,如蜻蜓点水一拂便起,真得古人三昧。"在其旷达豪迈的背后,偶有夹杂振作盛语,而表达其恬淡闲适诗境的诗歌则多为田园景物诗。

魏耕诗歌诗境才高体妙,充斥着色彩感,其色彩语词的运用常互为衬托,品其诗味绵密、艳丽,常有香艳扑鼻的错觉。诗中人物渐入视野,逶迤而来,一部分具有"香奁体"诗歌的特点。如其《仲夏月湖馆思双髻语风院旧

---

① (明)魏耕:《雪翁诗集·序》,杭州:浙江古籍出版社,1985年,第3页。

游》,"涓涓俯清波,峨峨忆高山。突兀双髻峰,何异浮罗巅。回溪注白雪,沓嶂横青天。我行自春暮,桃花正欲然。密箓无行径,飞梦有夤缘。"夏天游览之景,山水相依,青山白雪,整首诗解构开来,犹如二八佳人的曼妙身姿,清波拟其秋波,雪山为其双髻,桃花为其增色,诗境颇为香艳。魏耕在宗承李白、杜甫等唐诗诗味的同时,亦偶被晚唐诗风所熏染,因之整首诗便以唐诗的风韵示人。其他写景诗如《灵岩四首》(其一)道:"湖波荡霞流,花雨从风残。碧空送归雁,嘹呖没云端。故乡肠断处,落日正西看。"此诗诗境恬淡,熨帖流畅。本诗(其四)亦云:"云生有起灭,我心本湛然。会得粲可趣,屡泊云窗眠。"灵岩为山中一景,魏耕在抒写此情此景时,寄托了自己随性自然的散漫心绪。其《久别离》诗云:"别来五见樱桃红,双飞紫燕入帘栊。樱桃花落子累累,紫燕巢成雏西东。"别离时,本应凄凉伤怀,魏耕却反悲为喜,充满对生活的美好憧憬。关于春光春色的描写,魏耕还作有《探春》诗云:"梅蕊迎人浑欲绽,柳条窣地暗偷新。"创作此类诗歌,除了他刻意迎合唐诗风格的原因,还有其借春天景色冲淡人们压抑焦虑心情的寄托。魏耕《七里濑作》诗又道:

> 澄江碧若凝,寒山与之一。回瞩来时岭,已见彩虹灭。晶晶望何归,淡淡坐起忽。缅怀披裘翁,乘搓钓明月。中流指双台,高风邈未歇。雨洗枫林清,猿啸岛藤绝。日暝回我舻,钟落遥天末。

魏耕在游山玩水、交游唱和的过程中,得以颐养性情。值得注意的是,魏耕诸友的文学活动并非停留于社事及唱和上,他们在广交诗友的基础上,积极开展了选诗工作。诸人所选,今见《吴越诗选》《今诗粹》两种,前者为魏耕、朱士稚、钱缵曾合选,后者则出自魏耕、钱价人之手。魏耕在其《中秋藏书楼置酒对月醉后示祁五》诗中道:

> 皎若盘龙镜,碧若玛瑙杯。欲邀此月光,舞蹴起徘徊。况登高楼上,置酒凉风来。银筝弹急丝,玉笛横落梅,四座飞觥筹,妙曲还相催。醉罢酬清论,挥尘大言开。君看我豪迈,何如袁宏才?飘飘牛渚咏,缅怀凤凰台。岂必庚元亮,乘月朗啸回?我愿驾乌鹊,濯足天河限。

魏耕在《今诗粹》诗选序言中云:"余与钱子瞻百澄大雅之音,协和平之调,操绳以律士,而不敢稍溢于唐人。虽时代有殊,而天实生才不尽。苟操之有程,简之得法,不使赝者乱真,则朱紫别而分数齐,格律严而绳削正。呜呼!尚刻饰以骋险,争诐诞以耀奇,修隐僻以炫博,攒卤莽以明真,裂雅宗而叛古律,余实不敢与其间也。"①他还认为"五律绝句,由唐而取之,百无一失。"魏耕选诗不敢超出唐诗标的,他操绳律士,希望正雅宗,合古律。他反对诗歌创作"诙诞以耀奇""隐僻以炫博""卤莽以明真"的风尚。他在《吴越诗选》卷十九中云:"盛唐七绝王李娟逸,高岑振拔,而少陵肆口横谈,吞天匝地,若无意为绝者,正其超近诸家,独雄千古处。"②这也是他推崇并学习杜甫、李白的诗歌创作,强调诗歌有法可学、转益多师的原因。

顺治十二年(1655)乙未四十二岁的魏耕和朱士稚、钱缵曾合选的《吴越诗选》大约于此年成书③。何宗美先生亦认为,顺治朝论诗与明代诗学思潮关系密切,前后七子、竟陵派、云间派之影响尚在,人们论诗常与之相关。此期的选本大多以宗唐为主,但宗唐的具体对象又有不同。首先,有继承云间派而宗盛唐者。代表作有魏耕、钱价人选的《今诗粹》,刻于顺治十七年(1660)。二人同为清初遗民诗社孚社的成员,在文学上恪守唐法。④《道南集》亦是魏耕、朱士稚所辑录的诗选,陆嘉淑在其《射山诗抄》中有《寄朱朗诣》诗,小序云:"往与朗诣连床吴苑,抵掌论口谓曲当朗诣意也,今年伯调谓余,朗诣堕称射山诗,鱼称射山知诗。雪窦贻书亦言朗诣推射山,且索予诗稿入《道南集》。夫余诗固不工,朗诣固不知其尽焚龄祝融也。人至吴门,更以一章寄之,亦志余感知砖朗诣矣。"⑤证实《道南集》乃是魏耕、朱士稚所作,亦为当代的诗集诗选。

魏耕在《吴越诗选》序中道:"声音舒惨,盛衰之数也。……启祯明开皇之乱,数十年来,掩抑摧藏,哀声嗷杀,虽圣明勤劳于上,而风教凌夷,竟不救鼎湖之狩。故挽江河之骇,必克中声之节,泰阶之奏,必灵台宝鼎之制也。"他同时强调:"昔扬子云耽尚玄寂,班固言雄自有大度,非圣哲之书不好,顾尝好司马相如作赋,便拟以为式,以余论雄嗜博德智,才非怯也,而必以相如为法者,何也? 大匠斲律不可变也。至近世以扬雄小技,壮夫不为窜取其近。已而,俗变相类议卑易行者师之,谓诗本性情何必读书,自我为祖,何必先民,执其私说,欲以杜塞余道,断灭征学,如子骏所称,此予之所大惧也。"⑥

① (明)魏耕、钱介人辑:《今诗粹》,清刻本。另见谢正光、余汝丰编著:《清初人选清初诗汇考》,南京:南京大学出版社,1988 年,第 73-74 页。

② (明)魏耕、朱士稚、钱缵曾辑:《吴越诗选》卷十九,清顺治刻本。

③ 参见胡梅梅:《魏耕研究》,硕士论文,南京师范大学,2008 年。

④ 参何宗美:《明末清初文人结社研究》,天津:南开大学出版社,2003 年。

⑤ (明)陆嘉淑:《射山诗钞》,清钞本。

⑥ (明)魏耕、朱士稚、钱缵曾辑:《吴越诗选》,清顺治刻本。

从魏耕的这段序言中,可以看出魏耕的诗歌创作仍主张摹法前人,认为诗歌创作有法度可循,反对"诗本性情"。邓之诚《清诗纪事初编》卷二云:"屈大均最服耕诗。大均颇以太白自拟,今观耕诗较大均为自然,此境殊不易致,或才气犹过之欤。"①在此环境下,魏耕所作诗歌多有冲淡之语,实属不易。魏耕《今诗粹》序中自云,"长短歌行,以参错见长,脱换见致。风度萧散,出没龄行间"②,魏耕七古诗歌创作多采用散文的章法,参以对仗工整的律句。

　　浙东慈溪遗民魏耕在战斗性上虽未可与张煌言匹敌,但其韬光养晦参与恢复明朝的过程,却愈加真实地代表了南明遗民原生态的生活遭际与心理嬗变。后来者如黄宗羲、李邺嗣、全祖望等人,作为遗民,皆通过怀旧,如祭奠故国故人,借以表现其遗民情怀,而在他们之前的张煌言、魏耕,多是砥砺志节,倾力抗清,这是时代所赋予他们的不同诗作创作内容和情感表达向度。对烈士、遗民而言,他们的所作所为、所思所想,皆是为了保持遗民这一身份的声誉。烈士抛头颅、洒热血的峥嵘岁月;遗民弃功名、远俗世的著书立说,都有刻意为之的主观性选择。一言以蔽之,南明浙东遗民诗人的主体灵魂便是:经世致用。他们践行理想的主要表达方式便是诗以纪史,在行动的基础上,努力实现他们救世治世的人生志向,只是这些志向在各个朝代和人生各阶段的表现各不相同而已。

　　南明浙东遗民诗人兼具思想家的特点,都是从忠义等传统道德入手,意欲重振道统,教化人心。南明遗民爱国诗歌多以写史为主,一般来说,对"爱国诗人"或"爱国诗歌"的研究,看似老生常谈,实则关涉诸多政治、历史、哲学等方面的问题。浦起龙曰:"史家只载得一时事迹,诗家直显出一时气运。诗之妙,正在史笔不到处。"③诗歌不仅有记载历史事件的功用,更有史家所达不到的内蕴高度,此即宋代黄庭坚所言:"千古是非存史笔,百年忠义寄江花。"④爱国精神与文士情怀,都需通过文笔而非史笔阐释出来。南明"诗史"可谓与南明浙东诗家息息相关:士人们或为书写诗史并加以知行和实践者,如张煌言、魏耕;或为理论大家,提倡诗史、有意作史者,如黄宗羲、万斯同;或以文献存邦,不致英雄湮灭者,如李邺嗣、全祖望。他们虽然各有所长、各

---

①　邓之诚:《清诗纪事初编》,台北:明文书局,1985 年,第 247 页。
②　(明)魏耕、朱士稚、钱缵曾辑:《吴越诗选》,清顺治刻本。
③　(清)余成教:《石园诗话》卷一,清刻本,第 8 页。
④　(宋)黄庭坚:《次韵伯氏寄赠盖郎中喜学老杜诗》,《山谷外集》卷十四,清文渊阁四库全书本,第 180 页。

有相异,但都与"史"或"诗史"有着千丝万缕的联系。

遗民诗歌因政治军事形势的变化,诗歌内容重心亦有所侧重:或反映战事倥偬(张煌言),或反映战后隐痛(魏耕);或表彰忠义(黄宗羲)、力倡文献存邦(李邺嗣)等。全祖望的《宋诗纪事序》论及宋诗的发展与变化,以为遗民诗"相率为急迫危苦之音,而宋诗又一变。"①认为南明浙东遗民的诗歌创作,注重理性分析,情辞激楚、犀利,为清初崇尚宋诗诗风奠定了基础。例如,为国捐躯的就有若干不同的类型:钱肃乐、张煌言等人和王翊、华夏等人不同,王翊、华夏等人又和施邦玠、魏耕等人不同;而夏子龙、周元懋等人的纵酒自残,更是另一种的沉痛表现;女英雄华夫人、沈隐等慷慨就死,全祖望则以一种所谓特笔,即和传统的一般写法不同的写法来表彰她们。其他遗民也可以分为几种类型:黄宗羲、顾炎武等,是倡导以致用为目的新学术风气的大师;傅山、刘献廷等,是不可笼络的振奇人物;黄宗炎、邵以贯、李邺嗣等,是一意孤往的畸士。然而他们不甘肥遁,隐然有落日重回之想,是一致的。② 此语道出南明浙东遗民复明的隐情与苦心,亦大致涵盖了南明浙东遗民的种种情感与存世状态。

儒家思想向来注重礼仪教化,遗民所重更在于斯。遗民的功利性与道德感,超越不了儒家的礼仪观、生死观。义无反顾、死后坦然,目的就是死后见列祖列宗于地下时,能够做到问心无愧。所谓"赢得生前身后名",遗民士子对身后之名的重视甚至大于人们对其生时的评价。魏耕、张煌言纯为遗民,为国家殉难,身死于此。乱世当中,幸存下来的遗民,如黄宗羲、顾炎武、全祖望等人,能够在适当的时机,化悲痛为力量,顺应已经无法改变的历史现实,转而着力为学。这些清初遗民在清廷的高压政策之下已不能模仿魏晋的名士风度,即如同魏耕一样放浪形骸,在这种境况下,他们多选择内化内敛的生存方式,即以文献存邦,撰书立说,使得中华文化不至于堕亡。强烈的忧国忧民之思,满蕴激昂悲愤的情感,成为彼时诗人群体共有的心理氛围与情感象征,文人士大夫阶层以睿智的旁观者身份,作为时代的见证者,目睹社会变迁、现实逼仄所产生的诸端乱象。同时,作为旁观者,对国家及个体命运的无力、无奈使得他们满怀乏力感与挫败感。"百无一用是书生",

---

① (清)全祖望:《鲒埼亭集·外编》卷二十六,朱铸禹汇校集注,《全祖望集汇校集注》(中册),上海:上海古籍出版社,2000年,第1247页。

② 谭献说,刘献廷"犹有鲁连田横之想",见谭献:《复堂日记》卷一,范旭仑、牟晓朋整理,石家庄:河北教育出版社,2001年,第2页。

比之为国殉难、杀身成仁的英雄志士,南明浙东遗民在唾弃自我与高扬斗志的纠结中,徘徊在希望与绝望的二律悖反中,辗转地谱写出潦倒英雄失路无门的人生轨迹。

第四章　诗播扶桑：东渡移民心越诗歌研究

　　明太祖立国伊始，为规范与各国的朝贡贸易，就已在浙江、福建、广东三省设立市舶司，即：浙江通日本，福建通琉球，广东通占城、暹罗、满剌加等西洋诸国。地理位置便利，使得明末清初因各种原因渡海远游的沿海中国移民形成了一个蔚为壮观的群体。作为亡明子民，他们被称为渡海遗民。"遗民"，早有学者对之有所定义，渡海遗民群体目前却还没有一个确切的称呼，称遗民者有之，称移民者有之，称流民者有之，还有逃难的难民及遗留下来的军队留民，都可以用来指称明末跨洋渡海到别国而不承认清朝的明朝子民。韩国学者吴一焕将明末赴朝鲜的明遗民划分成几个部分："政治性明遗民迁徙朝鲜、明末清初赴朝鲜的明移民，从其构成成分来说，又可分为壬辰明军留民、政治性的遗民与难民性质的辽东流民三种。在这三种移民中，留民与遗民，也可通称为遗民，人数相对不多，他们有较强的政治信念，多是有身份与社会地位的武将或读书人，他们的父祖不少人更是有威望的名人。他们到朝鲜后，受到朝鲜政府的优待和尊重，被称为'皇朝人'。"① 对南明遗民不同称谓的界定，源自他们渡海的初衷及其最终目标。

　　南明东渡日本的遗民与赴朝鲜者大致相似，取决于他们在日本所从事的职业，其身份主要包括唐通事、医生、僧人等，东渡日本的南明遗民主要有两个特点：一是唐通事制度，大阪、长崎在明末之前已有中国人留居，他们或者经商或者行医，后来才有专职做翻译的唐通事。二是遗民留在日本虽受

_____

　　① ［韩］吴一焕：《海路·移民·遗民社会：以明清之际中朝交往为中心》，天津：天津古籍出版社，2007年，第129页。

礼遇，也极少有所谓的"皇朝人"身份。政治性遗民一般都有较好的文化素养，赴日之后他们在日本的制度、文化、教育、艺术、医学等方面都有所建树，尤其在文学方面，甚至影响了日本的文学进程。日本学者冈田正之在《日本汉文学史》一书中说："如果将诞生在我邦的汉文学排除在我国的文学史之外，那么，既埋没了先贤的苦心，亦拘囿了我国文学的范围。我国国民的精髓实在不独发源于和歌与和文。"①明末清初是遗民志士激昂蹈厉的时期，他们有着鲜明的遗民意识，恪守自己的遗民道德，身负文化大使的使命，将中国文化流播于日本。这一时期的东渡遗民不仅在日本的文化、教育、政治制度、建筑等方面做出贡献，还在诗文方面为日本江户时代汉诗的兴盛奠定了基础。这一时段，诗文之士以政治避难的唐僧和"乞师日本"的文臣为主要组成部分。在此之前，本着各种目的赴日的商人、医生，包括专门从事翻译职业的唐通事等，亦是东渡移民群体的组成部分。若论文化贡献或者诗文成绩，在明清易代中日文化交流频繁的大背景下，东渡文人的汉诗创作仍以文臣及唐僧为多。

　　唐人，指日本社会，特别是德川幕府主政的江户时代（1603—1867）②对中国内地移民的称呼。与唐人一词相应，东渡的内地僧人被称为唐僧③。自明宣德年间（1426—1435）始，我国东南沿海居民就长期从事对日海上贸易，逐渐移至日本九州岛的北部地区，主要是鹿儿岛、五岛列岛、平户、长崎等地。1635 年（明崇祯八年，日本宽永十二年）5 月，德川幕府发布第三次锁国令，规定中国、荷兰等外国船舶只能进入长崎港。此后东渡唐人都得先到达长崎。根据推算，"在 1689 年唐人屋敷建成之前的 1688 年，长崎唐人约有一

---

①　［日］冈田正之：《日本汉文学史》，東京：吉川弘文馆，1954 年。

②　江户之改称东京，此是德川时代（1603—1867）结束，明治维新以后的事情。参见陈祖武：《黄宗羲东渡日本史事考》，《浙江学刊》1988 年第 1 期，第 75 页。

③　林观潮：《明清福建籍海外移民宗教信仰状况研究——以日本长崎在留唐人为重点》，《闽南佛学》第六辑。http://nanputuo.com/nptxy/html/201103/0415124973499.html。

万,占当时长崎总人口的六分之一。"①根据生活方式的不同,在日唐人分为三种类型:住宅唐人、来舶唐人、东渡僧人。又因为出生地和言语习俗的不同,还因为德川幕府对不同地域的来舶船只与之进行对应贸易,长崎唐人又结成了三大主要群体,即以南京为中心的长江下游出身者(包括江西、安徽、江苏、浙江等地);福建省福州府(福州地区,含福州、福清县、长乐县、连江县等地)出身者;福建省泉州府与漳州府(闽南地区)出身者。在日本长崎的住宅唐人中,产生了唐通事。唐通事是长崎奉行(长崎奉行是长崎的行政首脑)属下的地役人(基层官吏)。顾名思义,唐通事掌管着所有与中国有关系的事务。他们的职责,除了最基本的翻译业务之外,还涉及来航唐船的管理、制作商品买卖的账簿或报告书、裁定贸易业务、维持唐人社会及其住所的秩序、听取并报告唐船风说(收集唐船带来的海外情报,尤其是中国内地的消息),等等。有的唐通事本身还拥有商船,直接参与贸易。在唐人几乎占六分之一人口的长崎,唐通事无疑是联系日本与中国、联系长崎唐人社会与长崎奉行乃至德川幕府之间的举足轻重的群体。唐通事是世袭性的,子承父业,历代相传,形成各自的家系②,他们的职责包括筹建唐寺并努力维持华侨社会,佛教寺院、孔庙、妈祖庙、关帝庙、唐人墓地、中岛圣堂等都是华人的活动场所。据日本学者研究,在1620年前后,旅日唐人已达5000人以上,为适应唐人吊丧安葬和唐商迎送寄托妈祖海神的需要,必须修建规模宏伟

---

① 〔日〕小石ひかり、末吉亜希子:《唐船貿易 唐人屋敷》,《長崎大学教育学部社会科社会科教育学ゼミナール 中国文化と長崎》,http://www.edu.nagasaki-u.ac.jp/~fuku-da/soturon97/kikari/yashiki/yashiki.htm.该文认为长崎唐人至少经历了百多年的移居过程,到了17世纪初期,唐人在长崎逐渐形成了自己的社会。长崎唐人包括三种类型:一是住宅唐人,指在德川幕府锁国体制完成(1633—1641)之前已经定居在长崎的中国人。长崎唐通事就是从这些住宅唐人中产生的。二是来舶唐人,指每年贸易期间航海到达长崎而短期居住的中国客商。1689年(清康熙二十八年,日本元禄二年),长崎建成唐人屋敷,规定原来散居长崎市内的唐人客商集中居住于此。三是指渡日僧人。他们接受住宅唐人或是来舶唐人的邀请,东渡长崎住进唐人们建造的寺院,管理寺院并宣扬佛法。其中有些僧人留在了日本,有些又回到了中国。

② 〔日〕宫田安:《唐通事家系论考》第一章《馮六を祖とする平野氏家系》,长崎:长崎文献社,1979年。

的唐寺①,长崎的华侨社会完全形成的重要标志就是唐三寺的创建②。东明山于 1620 年修建了兴福寺(南京寺),唐通事则竭力邀请中国佛教高僧出任唐寺的住持。

在日中国人的聚会交流、凝聚本族团结都是通过宗家集会等活动来进行的,唐寺的建设使得留日中国人的本族文化得以延续,也加深了中日文化之间的交流。在幕府实行划区锁国政策之后,长崎就成为日本最大的中国人聚居地。长崎是日本重要的贸易港,起着与中国及西欧的葡萄牙、荷兰等国通商的枢纽作用。与西欧诸国的交易,使得基督教在此地也甚为流行。庆长年间(1596—1614)德川幕府为了国家安全,逐渐禁止了基督教。元和年间(1615—1623)到宽永年间(1624—1643)初期,随着锁国政策的完成,基督教受到了全面禁止。宽永十八年(1641),德川幕府将江户的荷兰商馆迁移到长崎,完成其锁国体制。长崎也查禁基督教相关物品,唐人为了自身的安全,将天妃圣母的妈祖祠堂改建成了佛寺。幕府为了抗拒基督教,亦鼓励建立佛寺,宣扬佛教。在这样的时代背景下,唐人们扩大了寺院的规模③,其规模蔚为壮观。长崎在此期间建立了大量的佛寺,几代主持除部分是唐通事出家而来,其他多是从中国请来的高僧。长江下游出身者于 1623 年(明天启三年,日本元和九年)建成兴福寺,俗称南京寺。福建泉州、漳州出身者于 1628 年(明崇祯元年,日本宽永五年)建成福济寺,俗称漳州寺。福建省福州出身者于 1632 年(崇祯五年,宽永九年)建成崇福寺,俗称福州寺④。除

---

① (日)布目潮沨:《中国茶文化在日本》,载蔡毅《中国传统文化在日本》,上海:中华书局,2002 年,第 252 页。

② 隐元禅师于承应三年(1654)率弟子二十余人到长崎,万治元年(1657)入江户,谒大将军德川家康,次年,赐地山城宇治,于是兴建寺院,仍以福建黄檗山的万福寺名之,隐元禅师成为日本黄檗宗的始祖。隐元以后,继其法席者,如木菴、慧林、独湛等十余代,都是中国人。长崎的唐三寺,一是兴福寺,俗称南京寺,明僧真圆开创;一是福济寺,俗称漳州寺,明僧觉海开创;一是崇福寺,俗称福州寺,明僧超然开创,皆以宇治黄檗山为本山。黄檗宗与原有的临济、曹洞宗并称日本禅宗三大派。参朱云影:《中国文化对日韩越的影响》,台北:黎明文化事业公司,1981 年,第 658-659 页。

③ 李献璋:《媽祖信仰の研究》,第五章《長崎三唐寺の成立》提及 1628 年在紫山修建了福济寺(漳州寺),1629 年在圣寿山修建了崇福寺(福州寺),1677 年在万寿山修建了圣福寺(广东寺)。東京:東京泰山文物社,1979 年。

④ 关于唐寺创建,可参考:1.《長崎土产》廿六页《唐寺》。2. 宫田安《崇福寺论考》。3. 宫田安《長崎唐寺の末庵》、《京都黄檗山万福寺》,1990 年 11 月。4. 李献璋《媽祖信仰の研究》第五章《長崎三唐寺の成立》。

兴福寺、福济寺、崇福寺外,1677年所建的圣福寺亦是唐人寺院。长崎的几个唐寺经历了四个发展阶段,即普通的妈祖祠堂→有僧人居住的妈祖祠堂→一般寺院→临济宗黄檗派的寺院①。长崎唐人主要按照籍贯出身结成了檀越团体,建立各自的寺院,从自己家乡招请僧人东渡并住持经营。兴福寺、福济寺、崇福寺等寺之间除保持自身地方特色之外,弘扬佛法时也会相互呼应。长崎唐人不断招请,使得明清时期僧人不断东渡。如果以真圆觉(1579—1648)于1620年(明天启泰昌元年,日本元和六年)在长崎登岸为上限,以后来成为京都黄檗山第十三代住持的竺庵净印(1696—1756)于1723年(清雍正元年,日本享保八年)7月在长崎登岸为下限,明清僧人东渡活动持续了一个多世纪②。据日本黄檗宗僧人山本悦心所作《黄檗东渡僧宝传》统计,东渡僧人共78名。③而这78名僧人中,长江下游出身者14人,其中江西2人,江苏3人,浙江9人④。浙江人数最多,在中日宗教经济文化交流中发挥了一定的作用,其中贡献最大的便是东皋心越。

第一节　东皋心越东渡

心越(1639—1695),俗姓蒋,名兴俦⑤,别号东皋、鹫峰野樵等,浙江浦江人(金华府)⑥,在日本时又称东皋心越。八岁时心越便在苏州报恩寺剃度,之后云游于江浙。二十岁时入曹洞宗寿昌派觉浪道盛之门。道盛往生之

---

① 林观潮:《明清福建籍海外移民宗教信仰状况研究——以日本长崎在留唐人为重点》,《闽南佛学院学报》第六辑,2011年3月4日。http://www.nanputuo.com/nptxy/html/201103/0415124973499.html.

② 林观潮:《明清福建籍海外移民宗教信仰状况研究——以日本长崎在留唐人为重点》,《闽南佛学院学报》第六辑。

③ (日)山本悦心:《黄檗东渡僧宝传》,日本爱知县黄檗堂,1940年。

④ 林观潮:《明清福建籍海外移民宗教信仰状况研究——以日本长崎在留唐人为重点》,《闽南佛学院学报》第六辑。

⑤ 黄大同:《琴僧东皋能称"蒋兴俦(畴)"吗?》,《中国音乐学》2004年第4期。认为"兴俦"是东皋的法名,"蒋"是其俗姓,"蒋兴俦"一说并不成立,"兴俦"之名是法名,并不是俗名。"兴畴"一说来自学者对东皋诗句的误读误解。"蒋兴俦"已经有误,"蒋兴畴"是误上加误。

⑥ 中国《中国美术家人名辞典》《广印人传》《清代画史增补》、荷兰高罗佩《明末义僧东皋禅师集刊》所附《东皋心越禅师传》、日本杉村英治《望乡诗僧东皋心越》等,多称"浙江浦江人",个别也有说"浙江金华人"的,大概因浦江旧属"婺州(金华)"之故。

后，心越跟从杭州东北皋亭山的崇光显孝寺住持阔堂学习，尔后再进入杭州西湖近处的永福寺，东渡日本之前，心越均待在永福寺。清康熙十三年（1674），藩王吴三桂军抵衡湘反清，浙、闽、台诸地区应声而起，心越因参与此事，垂败后无奈隐居西湖永福寺。康熙十五年（1676）八月，心越为避事，应已寓日的高僧澄一邀请，搭乘商船自杭州出发，经普陀，十二月抵达九州岛。第二年正月抵达长崎，与澄一在兴福寺相见，便于斯寺驻扎，之后便留日十九年，直至圆寂。

心越于清康熙十五年（1676）东渡，时年三十七岁，东渡的原因主要是抗清失败。康熙实行撤藩政策之后，吴三桂倒戈相向，反清复明较为激烈的浙、闽等省便群起呼应，兵祸也殃及城乡寺院。避难于日本的高僧澄一，因担心心越的安危，于是邀他东渡。心越家族乃明代望族世家，浦江县的蒋氏宗族，算是显赫一时，尤其是蒋氏第五代族人蒋可大，立有战功，曾被朱元璋封为"浦江翼副元帅"，心越抗清也是受家族门风的熏陶与江浙抗清情绪的感染。

渡海过程中充满惊险，远涉重洋的冒险经历是心越摆脱清廷追捕，在异域忘却亡国之痛，重新开启新生活的必经之路。途中舟车劳顿，其中艰险正如心越《怀忆昔渡海歌》①诗曰：

> 忆昔乘桴来海东，苍茫四顾任飘蓬。不期一夜起朔风，惊涛骇浪若游龙。扶桑日出半天红，寸心遥隔意难通。教人何处托冥鸿，此时无地去藏躬。

跋山涉水、海洋浮沉，无限扩大的空间里，愈加显现个体的流离命运。广阔、开放的空间，波诡、莫测的波涛，展示了心越茫然无措的心境。心越东渡所在地的长崎，临济、黄檗二宗独盛，心越则属曹洞宗②，因为遭人诬告，他曾以假冒黄檗僧入境的罪名被囚于幽室。水户藩王德川光圀较为雅重中国文化，经人在其面前陈情，心越即经他奏察而得以释放。康熙二十年（1681）他又迎心越移居江户，改天德寺为明式寺院，亦谓"寿昌山祇园寺"，心越便成日本曹洞宗寿昌派的开山之祖。康熙三十四年（1695），心越因气喘病复发

① （明）心越：《旅日高僧东皋心越诗文集》，陈智超编纂，北京：中国社会科学出版社，1994年，第82页。本章心越诗文皆引自本书，不再标注具体页码。
② 南宋智昭《人天眼目》卷三中说："良价晚年得弟子青山耽章（本寂之别名）禅师，深明的旨，妙唱嘉猷，道合君臣，偏正回互，由是洞上玄风播于天下。故诸方宗匠咸共推之曰曹洞宗"。http://www.360doc.com/content/15/1205/23/17132703518212642.shtml。

转为肺炎不治而亡,于九月三十日圆寂,寿年五十七。

心越在《日本来由两宗明辨》中自陈旅日理由:"山衲心越因唐山明清剥复,天下大乱,兵戈未宁,欲觅避秦无地。偶有人为予言扶桑之请,故不揣愚昧,一时浪跄而行。若言故国兵戈之乱,仍是生身之所,岂可一旦而弃之,岂不是大错矣?盖以大丈夫四海为家,就流离别国,亦不为过也。"①遗民心越东渡日本后,亦常怀念故国旧家,只是僧界本应怀放下之心,故而他情感的表达多恬淡随性。《曼陀罗闻》曾记有当时长崎两宗僧争,使心越蒙难身陷囹圄之事,但心越依旧情志高远,不以为意,由此可见他作为一代高僧的胸襟。其在除夕之夜所作的《除夜》诗曰:

> 此地唐津不是唐,唐津昔日把名扬。唐山唐水非唐境,唐树唐云非唐郡。唐日唐月同唐突,唐时唐节光阴速。唐津除夜今宵是,明日唐津又一年。

诗中十六个"唐"字,传神地表达了心越感慨时光荏苒,思念家国的乡愁。故乡早已物是人非,诗中充斥着"梦醒方知身是客"的失落感与恍惚感。明朝遗民的情怀,在此诗的字里行间,毕现无遗。这首写满"唐"字的诗歌,显现出漂泊异域他乡的游子,对家国的深深眷恋。而在异域的孤独岁月中,作为南明遗民的心越在时光流逝中消磨着自己的人生岁月与遗民心志。

心越东渡的杰出贡献,一直受到日本学术界的关注。他向日本传播了中国的古琴、书法、篆刻和诗文等艺术。他在古琴方面的成就尤为卓然,使得日本琴学复兴并使之流传三百余年,心越也成为日本琴学的奠基者。日本林罗山②的弟子人见竹洞③曾和心越诗曰:

> 东方君子国,上世曾有琴,之绝中华信,无嗣大雅音。越师来万里,更传山水心。初疑鸣凤下,后思潜龙吟。洋洋熙春曲,雨洒松竹阴。盈

---

① (明)心越:《旅日高僧东皋心越诗文集·序》,陈智超编纂,北京:中国社会科学出版社,1994 年,第 89 页。

② 林罗山(1583—1657),日本德川幕府初期的唯心主义哲学家、儒学家。他对德川幕府早期成立时的各种相关制度、礼仪、规章和政策法令的制定贡献很大,此外他对日本儒学的推展亦功不可没。林罗山一生读书不辍,著有《林罗山诗集》和《林罗山文集》。

③ 人见竹洞(1638—1696),江户时期的儒学者、汉诗人。名节,一名(字)宜卿,通称又七郎,友元,号竹洞,鹤山等。旧姓小野先生,野节和修す,生于京都。幼年便从师于林罗山,对汉诗较为精通。

耳自忘形，不觉清夜深。①

此诗对心越的音乐成就极为赞赏，饱含仰慕之情。对心越较为知名的研究，主要为日本杉村英治（东京大学图书馆）先生所写的《望乡诗僧东皋心越》，荷兰人高罗佩1944年出版的《明末义僧东皋禅师集刊》，自此心越东渡的贡献方才为人所识。不仅在古琴方面，心越在治印、书画和诗文方面，亦成就斐然。心越亦是日本汉诗文创作的促进者，他在长崎兴福寺于法雨宏施之余，对诗歌用力亦勤，不仅常有所思悟；作禅诗弘法，亦常描摹所见所闻，满盈诗情画意。艺术方面的融会贯通，使得他的诗歌韵味清灵，隽永深远，因此"诗僧"这个称谓应更符合心越的创作实绩。心越是自唐鉴真东渡以后，对日本文化较有贡献的华僧。

第二节　旧瓶新酒的诗歌晖光

南明遗民诗僧是一个蔚为壮观的诗群，他们集政治、文学与宗教问题于一体，兼遗民、诗人、僧人身份于一身，用"诗史"诗关照己身的落寞与彷徨，亦是部分遗民的无奈之举。南明遗民遁入空门者众，某些遗民僧人暗中从事反清复明的活动，即便削发也在所不辞，以示对清朝政权的极度不满。彼时的诗僧用无声的行动，佐证了明代遗民忠贞坚定的"忠孝"意识。诗僧的最大特点是具有宗教特质，同时在时代、政治的环境中又纠葛不清，摆脱不了尘世的羁绊。当风云骤变时，净土僧门亦无法幸免。"世变之来，宗门不能独免，虽已毁衣出世，仍刻刻与众生同休戚也。"②其在艺术方面的造诣一般要大于其在政治斗争中的价值，南明遗民诗僧除却传统的诗禅互渗，即将禅宗修为借诗歌加以阐释，还有因朝代易改而蕴含于诗歌之中的兴亡之感，家国之悲，使得禅诗不仅仅表现为清隽空灵，情感方面也厚重饱满，造就了佛门诗坛的殊胜之景。严迪昌先生在《清诗史》中道："清初'遗民诗僧'原是一个统称的概念，究其实应有两个层次：一是僧之为遗民者，一是遗老而为

---

① ［日］人见竹洞：《孟夏初八日，闻心越禅师弹琴，谢以鄙诗，师赐和，且别示古风一首，偶有官事扰之，阻月顷，日欲往访其草而未果矣，故和前韵二章以呈之》，《人见竹洞诗文集》，东京：汲古书院，1991年（抄本），第20页。

② 陈垣：《清初僧诤记》卷二，下册，励云书屋刻本，北京：北京师范大学出版社，1982年，第2468页。

僧者。前一层次指原本僧人而仍不忘故国之恨者,后一层次是原有家室而为固守志节,遁走空门。"①因之可谓:"综观遗民僧人之诗,不仅可见'世变之来,宗门不能独免',而且表现出一种僧、俗同步的文化态势。"②心越在其《东渡述志》中道:"畴昔渡海时,沿海击艨艟。苍生何颠沛,赤子尽飘蓬。……楼台皆灰烬,城市成故宫。哀哉伤五内,涕泪悼无穷。"描摹其渡海赴日的艰辛历程,然则亡国之痛更甚渡海的心酸。心越的文学书写,展现出一位游荡于域外的旧国遗臣的心路历程。诗僧心越的特定身份,亦使得他的诗文成为透视东渡日本南明遗民的最佳途径。

日本明治四十四年(1911),水户寿昌山祇园寺主持浅野斧山编辑出版《东皋全集》,这是第一次将东皋心越的诗文系统地结集出版。民国三年(1914),周庆云的《琴书存目》在上海刻印,卷六著录《和文注琴谱》一部:"日本东皋越杜多撰,或称东皋心越。"③这可以说是东皋心越的名字第一次见诸中国书籍。作者误认为东皋是日本人,将"头陀"翻译为"杜多"并当成了名字。民国三十三年(1944),荷兰汉学家、当时在荷驻华使馆工作的高佩罗(R. H. VanGulik,1911—1967)在重庆出版《明末义僧东皋禅师集刊》,这是第一次在中国出版的东皋心越的著作④。杉村英治于多地搜集资料,在水户彰考馆发现了《文苑杂纂》,其中有大量心越至江户、水户以后的诗文为浅野的《全集》和高佩罗的《集刊》所未收,故而他在 1989 年出版了《望乡诗僧——东皋心越》(东京三树书房)⑤,心越因之受到中日学界的关注。

陈智超编纂的《旅日高僧东皋心越诗文集》搜集了心越的五百余首诗、四十余篇文、近一百二十通往来书信。其中包括心越于永历二十二(1668)八月至长崎与东渡日本的二兄蒋尚卿及赴日乞师抗清的张斐会面的记载。《明末义僧东皋禅师集刊》⑥是一本全面介绍东皋心越的专著,其中收录了东皋禅师的信件及其在多种艺术门类中所取得的成绩,这些丰富的资料至今仍是学者们研究这一领域的重要参考资料。心越文献的流传,使得对其人其作的研究成为可能,他在诸多方面的突出贡献,甚至遮蔽了其诗文创作成就,从而掩盖了其南明遗民诗僧的身份。

---

①② 严迪昌:《清诗史》,杭州:浙江古籍出版社,2002 年,第 289 页。

③④⑤ (明)心越:《旅日高僧东皋心越诗文集·序》,陈智超编纂,北京:中国社会科学出版社,1994 年,第 2 页。

⑥ 国家图书馆分馆编:《中华佛教人物传记文献全书》第 48 册(影印本),北京:线装书局,2005 年,第 24283 页。

一、客寓扶桑的风物咏唱

明末清初东渡遗民初至日本之时,日本正处于江户时代,还没有完全师事西方文化,当时的幕府政府需要传播中国的儒家文化以巩固自己的统治,所以唐僧大儒到日本之后备受礼遇。心越赴日之后便终老于此,其诗不仅表现了当时中国文士或诗僧的水准,同时也记录了当时日本的风情国故,对保留日本文化也有一定的贡献。其以僧人的视角,对地方风物的感受较为平和冲淡,因此心越是通过写景咏物来介绍扶桑奇国,以畅其新奇之意,借景物所蕴含的禅机佛理,以抒发物外之情。

江户时期日本仍盛行崇尚唐诗,"托名李攀龙编的《唐诗选》,在江户时代就兴盛一时,其重印的次数多达二十次,印数近十万部。与之相关的,还有《唐诗选画本》、《唐诗选国字解》等书的问世。"①观心越诗集当中的诗风应多属唐调,所作仍不免带有明末诗风的余绪,但其诗歌内容却多以日本民情风物为主,包括对日本山川景物、风土人情的描摹,其中也蕴含着心越的僧侣生活与参禅感悟等内容。"东皋拙斧持来久,只是逢人未举扬,今日赠君须慎密,他年选佛岂寻常。"②因其身居日本,诗歌"华夷可异域,美恶不同宫。"(《赓心越禅师东渡述志长篇芳韵》)加入日本的地方风物及景致景观,心越的禅理诗颇为可观,所谓清幽精警,而其咏物诗亦殊为可读,清新可喜。

(一)异域风景的观赏

心越诗中常出现"以此代彼"的表现手法,即以他所熟知的中国地名称呼日本的地名,这在南明东渡移民诗文作品当中亦较为普遍,出于对故园的熟稔与怀念,使得他们常以旧名指称新所。这种借代与隐喻的手法,在南明遗民诗中,便成为一种怀念故国故园的情怀。如其《登舶偶兴》诗曰:"何日见洛阳,稳步方前进。"诗下小注,洛阳指日本之京都。其《后乐园漫赋》(三五七言)诗亦道:"春风荡,芳草芳。日丽千林秀,云连万树苍。沙鸥南岸兮清浅,啼鸟数声兮夕阳。"后乐园即水户藩主在江户藩邸之园。始建者为德川光圀之父赖房。光圀继其遗意,修饰润泽。此处朱舜水取范仲淹语,命名

---

① 转引自张伯伟:《日本汉诗总说》,《域外汉籍研究论集》,北京:北京大学出版社,2011 年,第 278-279 页。李攀龙曾编过《古今诗删》,所谓《唐诗选》乃是书贾以其中的唐诗部分为基础纂成,《四库全书总目》卷一百八十九《古今诗删》提要指出:"流俗所行,别有攀龙《唐诗选》的话。"参村上哲见《唐诗选话》,其著《汉诗と日本人》,東京:東京讲谈社,1994 年。

② (明)心越:《遗偈》,陈智超编纂《旅日高僧东皋心越诗文集》,北京:中国社会科学出版社,1994 年,第 204 页。

为后乐园。后几经破坏,今存。其他如心越的《友泊闻钟》:

> 海天何处寺,静夜吼鲸音。浮舶依孤屿,烟村隔远林。微风迎浪急,片月棹波深。寂寂空无寐,悠悠万里心。

友乃地名,在九州岛东松浦半岛北端,今名"呼子"。诗歌缥缈虚空,海天禅月,孤岛片舟,寡淡孤峭,颇具禅家清冷的韵味。日本本是岛国,四面环海,因之赏视月下大海的机会颇多,夜晚观海与白日观海就有不同的感受,白日临海则波澜壮阔、赏心悦目,而深夜观海则波谲云诡、愁雾漫漫。心越诗歌喜言夜海,异域孤夜,一腔胜朝遗民的愁绪借此得以疏泄。其他诗如《夜过玄海》,诗下小注曰:"玄海即唐津外海。"此诗也是写晚上的大海,如此多的"海洋诗歌"题材,是心越在凭海临风时,内心隐秘世界的折射与倾诉。心越在日本永福寺所写的《东明八景》(珠帘、剑池、松声、梅友、垂丝、听竹、雨窗、落月)组诗,有着陶渊明、白乐天的神韵,于平淡中见神奇,将其眷眷情思宛转托出,此诗一出,心越诗名为之大振。其中《雨后山行听鸟啼》诗云:"雨后苍山色更新,林梢望遍鸟相亲,欲穷幽间流泉滑,无限枝头声转频。"此诗清新悦耳、婉转迂回,诗情画意,跌宕有致。雨后深山,鸟鸣啾啾,山涧幽泉,一幅世外桃源的景象。中国古诗的诗味由此可品,因此心越的居所也门庭若市,慕名求教者络绎不绝。与此诗题类似,心越还作了《常光寺十景》(壬戌仲春偶作)、《武州金泽能见堂八景》《那须山温泉八景并序》《心月山长溪寺十景》《月夜泛舟至大阪》《肥州道中》《室津风阻》《大津》《望石山寺》《铃鹿阪》《桑名渡》等,其中《彰考馆十景诗》分别为:江户炊烟、总岭迭嶂、枫山归鸦、涛上振鹭、史馆雨余、乐园雪后、西邻丛祠、牛込板桥、莆田冰轮,这类传统诗歌最为心越所喜,安然恬淡,不语不伤。如他所作的《彰考馆雪后眺望》诗云:

> 新馆忻登雪未镕,布就乾坤锦绣中。珠树交加近拂风,瑶海苍茫远拍空。仰瞻天际日轮红,俯观富士势穹窿。千门万户水晶宫,重重叠叠玉玲珑。难写奇花六出丰,雪深泥泞独扶筇。

日本是温带海洋性气候,四季分明,尤其冬季雪景颇盛,作为江南人士的心越观之尤感新奇。彰考馆乃 1672 年德川光圀将治《大日本史》的史局移于小石川上屋敷,意为彰考往来。此诗作于雪后远眺时,雪覆大地,视域开阔,寒海雪树,玉树琼花,茫茫雪原上一轮红日,色彩极富视觉冲击力。雪花晶莹剔透,轻盈曼舞,无所凭附,羽化为雪,落土归根,满蕴涓涓禅意。"叠"字又增强了诗歌的柔和婉转,有动有静,俯仰之间,红日与"玉山"(富士山)遥相辉映,诗歌主题也得到了升华。富士山、樱花、武士是日本的三大主要标志,心越撰写此类题材的诗歌也很多。如《富士山诗所见良独二公峰双咏之作,余不胜珍赏之至,因赋别韵一律,以谓效颦一笑》诗云:

> 独峤三州①不记年,下临沧海上凌天。鸿蒙未现含元就,地阔当分以占先。形露半空凝积雪,影横云外隐飞仙。避秦昔日人何处,触目新诗赋一篇。

富士山是日本民族引以为傲的象征,被日本人民誉为"圣岳"。富士山的本意就是永远不死,当时武士们常到富士山炼丹制药。富士山高耸入云,白雪皑皑,有"玉扇"之称。心越以雄伟壮丽的富士山为诗题,缥缈飞仙是取道家之譬喻,符合日本文化中的富士山形象。心越其他诗如《后乐园即事偶赋二十韵伏祈笑正》,"葛东飞满目,富士雪盈头"。类似诗题,还有《富士山》《过富士山》(首尾吟)、《望富士山》(之三),都是以饱蘸欣赏之笔描摹日本的富士山,可见心越对富士山的喜爱之情。至于日本文化中的另一重要对象——温泉,《日本国志·礼俗志》曾道:"相模之箱根,伊豆之热海,皆有温泉,均在山顶。林树村落,棋布于下,朝岚夕霞,气象万变,而夏日晴雨不时,户牖间时有云气往来。"②在领略山魂水魄,吟咏湖海山色之时,温泉亦为日本的国土添加了诸多风采。知山乐水,此时心越临山望水,远离兵祸而身在扶桑,其《春初三日喜雨》诗曰:

> 春回万木苏,一雨滋群品。涧辙鱼戏游,疏林花簇锦。惠风畅人和,润泽洽时稔。只顾岁丰登,处处恣高枕。

当风和日丽,草长莺飞,花团锦簇,春意盎然之时,人们雅兴迸发,极有生之乐趣。

日本人极其丰富细腻的情感,其对美好而短暂的事物格外珍爱。每当"三月花时,公卿百官,旧皆给假赏花;今亦香车宝马,士女征逐,举国若狂也。"日本的诗人们似乎特别钟情于春季的游山赏花活动,"他们一代接着一代,在春天的百花盛开中感受生命的灿烂,又在春花的依次凋零过程中感悟

---

① 三河国(みかわ)(Mikawa):日本古代令制国之一,属东海道,俗称三州(或大写为叁州)。邻接尾张、美浓、信浓、远江四国,在历史上尤其是战国时代乃是兵家必争之地。大化改新时与穗国合为一国。明治四年废藩置县后成为额田县,同五年改称爱知县。
② (清)黄遵宪:《人境庐诗草笺注》,钱仲联笺注,上海:上海古籍出版社,1981年,第263页。

生命无常的莫名悲哀,从而不断谱写出春季赏花的诗篇,抒发着对生活的热爱与细腻感受,对生命的珍惜,表现出了大和民族坚韧的生命意志力。日本汉诗就是这样不断构架起诗人的细腻心灵与自然界景物之间的沟通桥梁"①。日本诗人春游赏花的风俗画,也是展现大和民族性情心灵的窗口。唐僧心越身处其中不能不受到熏陶与感染,对花亦是十分珍爱。

(二)扶桑花语的赞歌

吴伟业曾评归庄《落花诗》,"流丽深雅,得寄托之旨"②。色彩鲜艳、娇艳欲滴的花朵是人们寓情的最佳对象,爱花成痴的归庄在其《看花杂咏·众芳》中云:"众芳当秋荣,缤纷复鲜泽。丛丛入瓷瓶,簇簇映英石。残者辄更换,每日勤撷摘。知交时送至,与我娱晨夕。花虽非我有,却得自欢适。灯前当独酌,对之影不只。闲时聊一玩,何遽妨挟策。"③表达了他赏花养花的闲适心境。中国文人最喜梅花,而樱花是日本国人心目中的花王,是日本民族精神的象征,樱花亦是日本的国花。日本有大伴家持的万叶和歌《宴席咏雪月梅花歌一首》④:

> 雪映夜月,梅花正开时;愿有佳人在,折送一枝。

此诗吟诵雪月梅花,几乎囊括了影响日本人恒定审美意象中的三种景物。"雪月花"等意象在文学史上出现后,一直深受各国诗人及读者的追捧。"这三者后来也出现在白乐天的诗中,并从中国流传到日本,日本人对它们的热爱也就更加执著。"⑤日本本就是一个热爱绮丽物象的民族,因之梅花、樱花皆为其所钟爱。清末黄遵宪所作竹枝词《日本杂事诗》曰:"朝曦看到夕阳斜,流水游龙斗宝车。宴罢红云歌绛雪,东皇第一爱樱花。"⑥奈良时期,受中

---

① 严明:《日本汉诗中的赏春》,《上海师范大学学报》(哲学社会科学版)2005年第3期,第54页。

② 钱仲联:《清诗纪事》(明遗民卷),南京:江苏古籍出版社,1987年,第488页。

③ (清)归庄:《众芳》,《归庄集》,上海:上海古籍出版社,1984年,第95页。

④ 赵万牲:《万叶集》(卷十八),南京:译林出版社,2002年。

⑤ [日]中西进:《〈万叶集〉与中国文化》,刘雨珍、勾艳军译,北京:中华书局,2007年,第28页。

⑥ (清)黄遵宪:《日本杂事诗》,王慎之、王子今辑《清代海外竹枝词》,北京:北京大学出版社,1994年,第139页。下题小注:"樱花,五大部洲所无……种类樱桃,花远胜之。疑接以他树,故色相亦变。三月花时,公卿百官,旧皆给假赏花;今亦相车宝马,士女征逐,举国若狂也,东人称为花王。"

国文艺风尚的影响,日本的汉诗与和歌中多吟咏梅花,当时日本人心中的"花"非樱花而是梅花。江村北海(1713—1788)《日本诗史》有记:"咏梅之作与汉字几乎同时传入日本:上崩,仁德天皇继位,迁都浪速,王仁献《梅花颂》,所谓三十一言和歌也。……自仁德升遐,历世三十,经年四百五十,天智天皇登极,而后鸾凤扬音,圭璧发彩,艺文始足商榷云。"①平安中期,因发展本国文化的需要,贵族阶层首先用樱花取代了中国的梅花,赏梅改为赏樱。幕府统治时期,樱花又与武士结缘,成为武士的象征。江户时代受日本国学家的推崇,樱花便根植于日本文化与民族精神的土壤之中。江源高朗②《樱》云:"托得芳根东海边,琼英开遍养花天。轻云罩日暄尤好,飞雪翻风霁更妍。万朵蝉娟含露重,一林烂漫映霞鲜。倘教此树在西土,当入赵昌图里传。"③将樱花树看成神木,逢盛花季节,则举行盛大的"樱祭"和"镇花祭",此时繁花似锦,云蒸霞蔚,赏樱也成为日本民族的集体活动。樱花深得日本国人及赴日人士的喜爱,朱舜水生前最喜樱花,他去世后,日本的弟子在他坟墓周围种植了很多樱花。心越是画师又是琴师,也很喜欢花。如其《旌樱寺樱花数树,槎牙盘踞,皆巨十余围,花盛壮观,再为赋之以识胜游清赏》《樱花即时》(首尾吟三月朔于高田别墅)等,皆为唱诵樱花所作,其《旌樱花咏》:

> 晶晶万斛喷银光,皎皎千箱赛玉庄。胜日偶来花下坐,对花唯觉兴偏长。花花片片随风舞,叶叶枝枝带日扬。无限游人高着眼,引予重盼到斜阳。

心越运用双声叠韵的手法,吴侬软语的叠字使得诗歌音律柔和而轻盈,樱花万花怒放、花团锦簇,枝枝叶叶,片片花花,而游人如织,从"日扬"待到"斜阳",赏花之兴依然不减。在日本最古老的诗集《万叶集》中早有"樱花之歌",对美丽的樱花加以讴歌赞颂。

作为岁寒三友之一的梅花也为心越所喜爱。日儒龟田鹏斋题梅诗曰:"春夏秋冬花不断,东西南北客争来。"④语虽简洁,诗旨遥深。傲寒梅花点染了禅思妙想,清疏而含有妙语。"雨过疏林色更鲜,随风飘荡竞争妍。晚来潇洒纵横处,数点寒香几缕烟。"(《晚雨望梅》)这种清淡舒雅,有如中国水墨

---

① 　[日]池田四郎次郎:《日本诗话丛书》,东京:东京文汇堂书店,1920 年。
② 　江源高朗,字季融,国龟城主。著有《琴峰集》八卷。
③ 　(清)俞樾编:《东瀛诗选》卷十四,曹昇之、归青点校,北京:中华书局,2016 年,第 442 页。
④ 　郭啸麓:《江户竹枝词》,王慎之、王子今辑《清代海外竹枝词》,北京:北京大学出版社,1994 年,第 327 页。

画,未写"梅"字而意在"梅"情,诗中有画而意在言外。作为中国人,心越似乎更喜梅花,如其《除夜咏雪梅》诗,直接表达对梅花的喜爱:"我爱梅与雪,洁艳可人扪。雪消梅更爽,梅花犹独存。"梅花自来色香俱佳,独盛早春,代表着不畏严寒的坚强性格与不甘落后的进取精神,历来为士子文人所钟爱,尤其南明遗民,坚韧隐忍,品性亦如梅花,其或可寄托心越胜国遗民的心情。雪衬梅花,凌寒怒放,象征着中华傲岸坚忍的民族灵魂。心越在此直抒胸臆,畅达其喜爱之情。题诗入画,北宋始兴,元明盛行。明中叶以来,文人雅集风气的鼎盛和文人画的发展,使得诗画唱和、题画风气随之趋于兴盛。"中国题画诗到了明、清,堪称全盛。"①吴越诗画中涌现了梅、兰、竹、菊、莲、松等众多物象,其本为画家之主景,诗画融合,成为作者主体精神与人格特质的象征载体。出自吴越之地的心越受江南时风的影响,喜爱可入画的物象,尤其是可以入画的花儿,是他诗歌中所常见的对象。如其《花下即事》《丁巳春仲望有三日,喜值镇主驾幸敝寺因观海棠,恭赋俚言以谢》《赋得垂丝海棠花盛开》《熟翁儒释并担,真乃格外知音,为赋海棠盛开佳句见赠,谨次芳韵》《咏庭前白茶花》《送友因百合花开偶兴》《赋得雨后玉簪花》《赋得红白梅花》《得菊偶吟之二》《牡丹》(二首)、《题竹》(三五七言)、《老梅》《题画》(二首)、《长江万里图》《梅》《鹤》《题画》《题梅》《题画》(四首)、《步鹤林》等,不胜枚举。从这些题目中便可窥见画家心越的审美取向,其取材的物象多是可以用国画表达出来的诗题。其《座供牡丹吟》诗曰:"一花艳丽色无如,满座清芬意有余。谁道洛阳春富贵,此中兴味自堪舒。"此诗描摹国花牡丹,由颜色写至味道,由此再蔓延开来,豪言"一花独放亦为春"。清人张式谓:"题画须有映带之致。题与画相发,方不为羡文,乃是画中之画、画外之意。"②此诗画面变艳为淡,逐渐涟漪点染开来,诗中亦满蕴画意。画僧、诗僧心越,诗画共生,诗画相融,二者互为增色。"日本诸花,颜色敷腴,光艳独绝。或言比校华种,香味少逊。鼻观徐参,知其语真实不虚也。"③黄遵宪承认日本鲜花艳美,但认为花香稍为逊色,亦可知其爱花赏花之精妙。花儿可

---

① 李德埙:《中国题画诗鉴赏引论仁》,《历代题画诗类编》,济南:山东教育出版社,1987 年,第 6 页。

② (清)张式:《画谭》,载王伯敏、任道斌《画学集成》(明清),石家庄:河北美术出版社,2002 年,第 693 页。

③ (清)黄遵宪:《日本杂事诗》,王慎之、王子今辑《清代海外竹枝词》,北京:北京大学出版社,1994 年,第 140 页。

疏解心中的阴郁积怨,赏景则可遣散情绪中的纠结不快。诗僧心越将禅道修行与天地万物的感悟相结合,于名胜古迹和园林赏游这些人文活动中,访幽探胜,随意点染,便创作出诗与画的殊胜题材。日本诗人的诗歌创作,无论《万叶集》还是《古今和歌集》都有物象定型化的特点:"东国自物徂徕提唱古学,一时言诗悉以沧溟为宗。高华典重,乍读之,亦殊可喜。然其弊也,连篇累牍,无非天地、江湖、浮云、白日,又未始不取厌于人。"①心越却能化腐朽为神奇,创作出诸多清新可喜的咏物诗,这些诗歌亦深为日本人所喜爱,因之使心越赢得了日本人的欣赏与尊敬。

二、禅师游子的离情抒怀

清初禅诗诗风大致仍沿袭明代禅诗的余绪,黄宗羲《苏州三峰汉月藏禅师塔铭》云:"万历以前,宗风衰息。云门、沩仰、法眼皆绝。曹洞之存,密室传帕。临济亦若存若没。"②指出明代主要的佛学派系为曹洞宗,陈垣先生在其《明季滇黔佛教考》中谓:"万历而后,禅风浸盛,士夫无不谈禅,僧亦无不欲与士夫结纳。"③明代曹洞宗兴起,士子大夫与僧人结交并喜好禅宗,加之阳明心学的浸润,明末禅诗多以发凡禅理,谈禅论道为主,佛教与诗互通的表现形式便是佛教典籍中的"偈颂",也称"讽颂""孤起颂",其格律颇似律诗。自佛教传入中国后,一些僧人用"偈颂"的格式来写诗,或反之以诗写颂。所谓"诗为禅客添花锦,禅是诗家切玉刀"④。诗歌的整饬性规范了禅诗的表现形式,禅意乃渐次渗透于诗歌当中,因之"禅理诗、禅趣诗、山水诗、抒怀诗,更有酬唱、兴亡之作,其诗思高妙,诗境幽远,诗调清新,颇为可诵"⑤。禅诗不再佶屈聱牙,反而朗朗上口,品之有味。在禅宗的发展过程中,作为空观的禅观被中国人所着意吸收,早期的空观被极度纯化而形成了禅宗的现象空观,当禅宗渐次文人化,禅的经验也就被赋予了更多诗的特质。诗僧以"拈花微笑"释家超悟的智慧,反观世俗社会,以独特的视角与心态,观照

---

① (清)俞樾编:《东瀛诗选》卷十,曹昇之、归青点校,北京:中华书局,2016年,第293-294页。

② (清)黄宗羲:《南雷文定》卷六,沈善洪主编《黄宗羲全集》第十册,杭州:浙江古籍出版社,1994年,第101页。

③ 陈垣:《明季滇黔佛教考》,石家庄:河北教育出版社,2002年,第334页。

④ (元)元好问:《元遗山诗集笺注》卷十,施国祁笺注,北京:人民文学出版社,1958年,第134页。

⑤ 严迪昌:《清诗史》,杭州:浙江古籍出版社,2002年,第289页。

尘世,佛禅互参,反躬自省。诗僧发诸诗,出入净空,偶然也熏染了些许现实的味道,心越诗歌创作必然具有佛家诗歌的创作特质。同时,中国古代诗歌有按题材内容划分的,有按照语言形式划分的,譬如中国传统的"无题"诗,便是主题取向含混模糊,诗题内容朦胧多义,按照形式来划分多属律诗绝句。诗歌的五绝、七绝、五律、七律都是按照字数来划分,按照字数的话,词牌更是有规律可循,但是在心越的诗文集当中,也出现了多首题目超过20字的诗歌,文从字顺,故可称其为长题诗,禅理诗与长题诗皆是心越诗歌中颇有特质的诗歌种类。

（一）禅理诗的明心见性

禅诗最大的特点之一就是所谓的"揭颂气",如心越亦作有《偶偈》(四首)、《和偈》《因身究竟生老病死四颂》(兼行住坐卧句卜操作数调)、《示偈》等诗,用以阐释其修行与心得。禅家最讲修为,也讲究禅法,曹洞宗风在坐禅向上一路,探究学者心地的接机之法,即"曹洞用敲唱",其法门不管禅定精进,只需了达佛之识见便是"即心即佛"。心佛众生,菩提烦恼,名异而体一。此禅宗转而诉诸笔端便是妙笔莲花,清丽空灵。心越《腊八夜雪》诗云："风翻树折几鸣鸦,彻夜寒凝舞玉花。拈起青莲无一物,空山遍见向牛车。"诗境静空杳渺,清幽冷峭。玉花、青莲都是佛门之物,清灵中又夹杂着清寒的韵味。释家又最讲究修心随性,心越在其《示横念信士》诗序中道："盖修行做工夫,只要放下身心,一念不生,向一念未生前究取本来面目,是个甚么。体究之极,于自本心豁然契合,而性天独露,现出主人公,方识原来就是这个无心佛,众生是非齐平,始为了当耳。复书以偈示之。""教外别传、不立文字、直指人心、见性成佛",其诗又道："诸法起于心,而心是何物。会得心无心,即是天真佛。"修心顿悟、随性自然,就是彻底放下枷锁,不必再拘泥于苦修精进,因此"昔年空为心无缚,今日翻为心缚人。欲解此心无所缚,居尘更不染于尘。"(《宣心》)所以需"心不着境,境不着心。心境两忘,名为解脱。"(《道轩居士参语》)心越类似此类的诗作颇多,如在闭关期间参悟的几首诗,包括《窗隙问天》《寒夜问月》《默坐问心》,他举头问天,低头凝思,叩问自己,以此达到修行的目的。有此心境便能做到放下、放空,所谓禅心所向,因此而进入"空""灵"的世界。叩问己身的同时,亦转向蕴含禅机哲理的天地万物,天地大德,满盈哲理禅思。如其《过日峰山观莲池听雨似祖印禅师》诗曰："数丝微雨洒荷池,荡漾清光激滟时。鱼跃于渊皆妙义,花开花落总真如。"此诗羚羊挂角,若有若无中点到即止。所谓"鸢飞戾天者望峰息心,经纶世务者窥谷忘返"。鱼跃深渊，花开花落都取道自然，率性自如，不如彻底看透。世人伤心时便意在落花，欣喜时又心属花开，唯独看淡才能不在意花的姿态，不以物喜，不以己悲，能够风轻云淡，坐看花开花落，实践禅宗的修行。

　　禅僧还通过结交朋友，直抒胸臆来诠释胸怀，心越与禅师唱和颇多，主要包括黄檗宗、曹洞宗的僧侣，与僧侣诗歌往还唱酬，亦可以同道同修。其《和香林禅师来韵兼示》诗曰："大凡拈偈，以一句为意。从一句上发现，则其言不杂。参禅亦如是，只参一个话头。若头多别绪生，不能纯一矣。此便禅宗最要玄关耳。"强调偈子需简单扼要，不能烦冗拖沓。《示顺知信士》诗云："佛即心兮心即佛，即心即佛别无物。若知心佛本如如，者个便是如如佛。"心中有佛，佛即为心，强调佛心相通。其《示津田胜任》诗道："即心即佛即心心，往古来今只此心。识得此心真妙处，此心妙处别无心。"以上两诗恰好讨论的是"佛""心"的两面，"心""佛"本属两体，但较"佛"来讲，"心"更像是"佛"的载体与容器。如其《示道柱信士》诗亦道："直下无时不可无，无中更有始知无。得无所得无不得，无得得时无不无。"此诗则言辩证之理，有无相对，相生相克，阐释的亦是求"空"的道理。其他如《赠明源信士》诗谓："新旧都忘却，本来佛日新。吾即云：日新又日新，原来日日新。日新日新了，了得自然新。"用自然赓续的思维，看待云起云落。日新日了，阐释了释家的随性淡然。如其《五日感兴》所言："天涯随处好，年华悄自移。……何须虑淹留，凡事待于时。"对时间如此，对空间也是如此，需要看破红尘，修得心安，即所谓"安得深茂林，泉石清幽憩。独出宵壤间，睥睨人间世。"（《言志诗》辛酉元旦始）强调空灵寂寥的心境，以禅家之眼，看待世间的悲欢离合与纷纷攘攘，铺陈出诗僧心越的禅理哲思。心越诗亦多有吟咏佛寺的，如《兴福寺》《耕山寺》《东泉寺》《华藏院》等，对其活动区域内禅寺的摹写，显现了禅师心越的本色。

（二）抒怀诗的游子离情

　　心越诗中还有一些与唐通事交游的诗，都是其在日本结交的一些赴日群体。唐通事家庭多为中日混合，一般都是中国男人赴日，娶得日本女性为妻，这也是受当时南明特殊时段及中国传统文化影响的表现。中国沿海多地，船家的风俗不允许女性搭船出海，即"平时渔船，妇女相戒不敢登，其诚敬如此。"①心越《孟夏朔值何居士等命题东明坐雨即事》诗前注曰:"何居士,何兆晋,字可远,日名仁右卫门。父福清人,母日人。通事。《耀翁居士等枉集》注,耀翁居士:刘三光,字耀哲。父福建长乐人,母日人。生于长崎。日名为彭城仁左卫门。通事。曾为隐元禅师通译。其从父刘沂春为南明大学士。"唐通事多是易代之前便已到日本做生意的福建人。关于交友,心越交友的原则是只求知音,如其《古交行》所道:"世人交处未交心,总未交心意未深。交到心交方契合,高山流水有知音。"异乡的孤独,唯有亲身经历过的人,方才有着深入骨髓的感受,对友谊的渴望,正说明了南明浙东遗民心越异域游子的情怀。

　　身处异域,最难忍受的便是思乡之情,这在朱舜水、陈元斌等人处,也同样如此。拳拳爱国心,悠悠故乡情,渡海游子之心可鉴。在日本,心越毕竟是异邦之人,时间的流淌,反而加深其对故园空间的怀想:"一别家乡十四年,孤身抑郁少人怜。何时得遂平生志,流水高山兴浩然。"(《上元夜有思》)孤绝之情溢于言表,人见竹洞与心越通信回应道:"万里沧溟一苇航,飘零寻真蓬莱岛。来此日出太平邦,犹然初觉解悬倒。"(《简心越师》)从情感上,他并不能真正与心越相呼应。心越有《读苏武传》诗道:"持节归来十九年,也曾啮雪与飧膻。孤臣心固如金石,不枉汉庭有大贤。"他始终强调的是明朝的"孤臣"身份,这种明朝遗臣情感的升华,为其踯躅异域提供了心理上的安慰。在心越闭关期间,他创作了大量的诗歌②,如《思亲自责》(三首)、《赋得秋夜愁听夜雨声》(中秋后一日)、《思月写怀》《秋夜闻虫》《愁中自遣》《深宵风雨有感》《秋夜独兴》《伏见道中忆洛阳》(怀乡)等,其《舟中得梅》诗曰:"此地殊风土,维舟瀰水滨。笑把梅花嗅,陌路喜相逢。"总有"人在异乡身是客"的慨叹,偶见华人便欣喜若狂。其《赋得舟中愁听夜雨声》诗曰:"苍穹何事多霖雨,悉得心猿不可依。"心烦意乱想家之时,他约束自己不要过于放纵自己怀乡思旧的情感。心越初至长崎东明山兴福寺(1677—1679),其怀乡之情可鉴,他的《舟中夜雨》,"夜雨天难晓,和风惊宿鸟。谁怜故国人,苦楚知多少。"仍以故明遗臣的身份,独自面对清风冷雨,这种凄楚直渗心肺。送他人归国时,心越由衷地表达自己的羡慕之情,如其《送客回唐》诗所云:"闲庭

① 浙江省鄞县地方志编委会:《鄞县志》,北京:中华书局,1996年,第2196页。
② 参严明:《花鸟风月的绝唱——日本汉诗中的四季歌咏》,银川:宁夏人民出版社,2006年,第81页。日本佛教各教派都有一个大同小异的规矩,在盛夏季节要斋居一段时间,斋居时间不能外出化缘,也不能云游四方,只能待在寺庙内念经修行。

拭目看孤帆,倏尔如飞过万山。无限离情俱隔断,望余两眼泪潸潸。"离情万里,江山阻隔,在心越的诗中,他一直以"大唐"比拟旧国、故园,有其在日本的语言习惯使然,亦有刻意避免缅怀故明心绪的嫌疑。送别华人归国的系列诗作,方才透露出已为僧人的心越,依然思恋故国家乡的情感。其《客回唐寄怀》诗道:"为缘底事叹暌违,意欲归时身未归。还疑人似天边鸟,几度飞时不得飞。"身在日本,即便想回到故园,犹如鸟儿般自由而轻盈,似已难找到归国的理由。

　　毕竟寓居他国,心越也有部分诗作摹写了自己身在异域所感受到的冷漠与疏离,其《望月有感》诗曰:"世态炎凉唯普照,人情冷落岂相停。"想必心越禅师在异域感受到了人情冷暖、世态炎凉,所谓客居他国的艰难与悲凉。此处没有熟悉的场域与人际关系,因此他也吟出"一自故园人别后,漫听殊筓唱何歌。"《己未元旦》(漫兴)"故园"是关涉成长情感、追忆怀旧的载体,心越怀恋故国的诗歌,是对故园故地的认同。"此夜堪闻曲,故园情可伤。"(《夜帆闻曲有感》),激起他对故园的思念与感伤,察觉到异域生活的陌生,由此需心安随缘、安贫乐道。心越《元夜雪》诗曰:"贫居颇胜银堆茎,富户休辞玉作家。"孤独与寂寞的灵魂,在无奈接受去国离乡的现实后,渴望再次回归乡土故园。记忆抚慰了游子受伤的心灵,域外游子重组关于家园的生存记忆并用文学图景加以还原。心越《执徐人日述怀》诗云:"人日因诗思故乡,遥瞻故苑天一方。"他毕竟是禅门中人,情绪起伏的最后,加以消解、释然,其《孤山处士》(偶足)云:"圣湖深处一孤山,结个茅庵紫翠间。隔断红尘万余里,何人得自汝清闲。"禅思哲理,化了心越心中对故园的强烈思慕。东渡遗民与南明遗民追忆故园的情感不同,南明浙东遗民缅怀故明具有强大的道德属性,可以归入思想领域内,是个体情感对公共道德的趋附;而东渡遗民思念故园则是私密性的情感抉择,具有更多个人化的主动选择。心越系列抒怀诗的创作,更加真实地展现了一位身处异国他乡的游子情怀。

　　(三)长题诗的记录叙写

　　《东皋心越诗文集》中诗文的编纂,是按照心越的经行之处为栏目,每一处所与特定时段皆有一定的主题。心越部分诗歌撰有诗前小序,甚至取长句作为诗题,主要的作用是加以注释或提醒,借此阐释诗歌的创作因由,心越的长题诗也是值得研究者关注的内容。

　　心越的长题诗,主要有《月慎禅俊志同慈亲精修向上之因果,感落叶归根,知机自在。盖以大士千手眼,处处悉现身,随所度脱而为说法,何况能自作与人供养,其功行可思议哉!偶偈序此,以识不朽云耳》《次木和尚原韵,恭贺铁眼大师鼎建瑞龙院成,兼讲楞伽宝筏,四众听者万余,为此界唱导之师,令大地人人尽悟无上楞伽矣》《辛酉仲夏,时值皓台主师回崎,言及禅翁盛意,更喜重同风,格外投机。欣慰无任,渴想瞻晤未期,心甚耿耿,兹抵东城,复蒙光顾兼承珠玉雅谊何深,即依原韵,奉次专祈哂正》《今井将兴仁兄从崎阳邂逅识荆,自分袂以来,每念星移物换,节序推迁,孰料相晤未期,讵忆复能聚首。兹届新秋,以喜面悉衷肠罄诸怀抱,若非金石之交,乌得始终全美,亦往古不闻之调乃来。今未接之,音义重情深于诗尽见矣》(三首)、《前言参究狗子佛性一则,公案不舍书,夜提撕这个严关如何透得乎? 答云:"此事正须向百尺竿头进身一步,方始了当。"和来偈一章宜须味之》等诗,这些诗作多是以交游唱酬为主,乃为文人诗文交流而作。心越的长题诗歌除却叙事的功能,亦能表达深厚的情感。表现于形式,便是用语紧凑、连续叙述等将诗歌的基本内容呈现出来,有自话自说的用意。此种类型诗歌的创作,是心越交游诗歌的一大特色。

心越在日本的遗存画中,有一幅《朱舜水像》,画上题曰:"舜水贤兄肖像,樵云心越写。"心越与朱舜水在赴日前似有密切的交往,不过在日本,他们接触次数并不多,惊闻朱舜水去世后,心越接连写了几首悼念诗,如《悼闻邻封耆儒舜水朱君寿届杖期有三,忽于初夏十有七日顿尔逝世,越忝梓里,幸得遇于江府,虽然萍水相逢,亦可聚谭故园风味,痛兹永别,岂无恸乎? 聊赋俚句一章,以识感怀耳》诗云:

> 蓦地相逢喜故知,死归生寄不须疑。怜君只是孤身客,事到头来我亦悲。

仍是长题诗示人。从题目看,心越将其与朱舜水的相识、相知通过诗题表述出来,题目颇有喧宾夺主之嫌,或是为了表达对与朱舜水的萍水相逢的怀念和深切的悼念之情,将自己作诗的原因及对朱舜水的情感皆由诗题揭示出来。心越在其诗歌《明故硕儒舜水朱公居士七回忌辰炷香而感赋》中亦叹曰:"舜翁捐馆七年期,荐想仪容暗自悲。梓里郁怀徒怅望,此心能有几人知。"乡梓故知的悲逝,推人及己,难免让他有故友凋零、物伤其类之感。

东渡诗僧心越的多才多艺使得对他的定位变得十分复杂,因为他的身份首先是僧人,所以称诗僧者有之,称琴僧①者有之,称画僧者有之,或笼统称其为遗民僧人,他几乎是当时僧人中兼通其他艺术的通家。心越在艺术方面的造诣颇为突出,故而其诗歌也充满了浓郁的艺术色彩。观其诗,目其人,心越诗文中虽然出现了异邦他国的景色风物,但此时他仍采用中国传统的古诗写法,即明末清初诗人的创作手法,除却表达的物象有所不同,其面貌风骨仍属于中国诗歌的范畴。"尤其是到了江户时代,众多的日本汉诗人运用各种写作手法自由地表达自己的复杂情感,细腻地表现自己的人生经历。这种创作的高涨不仅把日本汉诗艺术推向了高峰,而且在汉诗创作蓬勃发展的过程中也逐渐表现出了日本汉诗的民族文化特色。从东亚汉诗文化圈的角度看,把继承中国诗歌的传统与体现本民族文化特色相结合,又往往是汉诗作品中最有价值的地方。"②心越当仁不让属于其中一例。心越文章的内容,多是与日本友人唱酬,表达感谢之情等,从中也可以看到心越的人生经历及心理变化。心越在《致木庵性瑫书》中写道:"自腊月十九日登舟,一路守风,至新正十四日以至大阪。因漂泊日久,忽染风寒,又添目疾。况小徒二人未经出路,调治行李、吃食之事,一些不谙。"描摹远赴重洋颠沛流离之苦。到了日本之后,心越在《致今井弘济书》道:"三月初七在京起身,至大阪又调治月余略可,始于四月十五日在大阪登舟,至五月十一日以到长崎。"道明自己的具体行程时间,又有《今井弘济来书》谓:"晚生弘济,常州寒户,士林庸材,少无歧嶷之誉,长有顽愚之毁,幸遇邦君拔擢,叨入文武之列。十四从于朱先师(朱舜水),粗晓经史之义。尔来谆谆之诲,不绝乎耳,惓惓之情,日加于躬。"表达了自己觍颜赴日,谦逊谨慎的态度。心越在其《致今井弘济书》中道:"更兼邻封朱楚翁叨居西席,复振儒风,衲幸得瞻光霁。奈缘悭薄,祇得一面谭心,略尽萍水之遭耳。"表明他赴日本的原因,即如《今井弘济来书》所言:"然究其源头,则洞僧之失计也。何者? 师唯孤身东来,淡然无声,则渠不起此嫌疑也。仆与师约,勿泄密计,元虑此故耳。"文中所道便是去日本乞师一事。当时日本对清廷的行为不满,清朝的建立颠覆了日本对华夏民族的景仰之情。虽然当时德川光圀也禀告过上司华人乞师之事,但最终借兵日本变成了南明浙东遗民的黄粱一梦。心越《肃候中纳言相

————————

①　司冰琳:《中国古代琴僧及其琴学贡献》,博士论文,中国艺术研究院,2007 年。《琴史初编》,北京:人民音乐出版社。《辞海》《中国音乐辞典》、音乐史等词条解释多以琴僧目之。

②　严明:《日本汉诗中的赏春》,《上海师范大学学报》(哲学社会科学版)2005 年第 3期,第 55 页。

公致仕荣归赋呈教正》诗曰:"羡君今致仕,衣锦旋常阳。德贯乾坤久,名高日月辰。一人林下少,两字世无双。政治淳风厚,群黎乐汉唐。"南明浙东遗民的赴日之举,尤其是大儒朱舜水、禅师心越等人赴日,仍使日人对中华文化追慕不已。

明末清初,明遗臣退居东南沿海组织抗清活动,其间与日本颇有海上往来。郑芝龙、郑成功父子即多次遣使赴日,请求德川幕府出兵援助。清顺治十六年(1659),郑成功、张煌言策划的北伐战败,参与其事的东南遗民纷纷渡海,如朱舜水等人,便是这一时期,逃亡至日本乞师,并寓居终老。朱舜水、心越等人作为南明浙东遗民,他们原有复明之志,虽到日本乞师最终未果,却因此阴差阳错,成为在日本传播中华文化的大师。

南明浙东遗民皆经历易代之变,部分遗民仍秉持强烈的民族意识,远赴扶桑,渡海浙东遗民诗歌仍以"胜国遗民"为主旋律,吟咏世事沧桑、家国巨变的身世之感。其文学创作与文学活动,仍承接明末文学创作风习的余绪,以士绅阶层的思维与活动习惯,重构了漂泊于国土之外的另一文学世界。在躲避乱世,被迫渡海时,南明浙东的政体与战事已与他们渐行渐远。但他们与故国仍有着千丝万缕的联系,赴日浙东遗民顽强自励,延续传统文化与地域文化,在日本依然"经世致用""修身养性"。以心越为代表的南明浙东赴日遗民的诗歌创作,其明末诗歌创作的传统手法,纳入异域风物及自身感悟的创作内容,是明末清初中国古典文学创作的再度呈现,亦间接促进日本汉诗的创作。身兼多重身份的心越,以其诗僧的身份,创作了融汇个人身世之感及个体生命感悟的诗篇,呈现了南明浙东遗民迁徙日本后,其诗歌书写对象的变化。以遗民之内核,写移民之情怀,禅思妙义与长题叙写,皆是心越诗歌的具有个性特征的文学创作。

南明浙东遗民群体中与东渡乞师事件关系密切者还有浙东余姚的张斐,他与江南许多遗民文人交往密切,经常诗酒过从。如其《答广州屈翁山》诗曰:"千金悬词赋,一饭起悲歌,共是他乡客,相思幸屡过。"《南北史合注序》记李清七十寿辰,与张斐携酒避客东皋,纵论古今世道之变,表露注释南、北史的志向。《至崎得晤家兄》记载康熙二十五年(1686)心越为亲见东渡至长崎的兄长蒋尚卿,特别从水户南下。心越见到其兄蒋尚卿,有诗曰:"忆别乡心几断魂,思亲梦里泪添痕。今朝兄弟重相逢,尽感上公高厚恩。"其间张斐也随同前往,心越作有《拙怀赋谢非文居士》(非文即张斐)赠之曰:"悲昔雁离行,频年徒皓首。穷途郁未伸,所遇皆贤友。壮志多磊落,廊庙心俱朽。觅弟泛重溟,意气何高厚。把臂诉衷肠,无分卯与酉。弟当返祇林,兄自归田亩。指日促行程,漫折长亭柳。清河张征君,良会知难否。"张斐于1686年赴日本乞师抗清,未果而还,后乃不知所终。浙东遗民张斐追慕先贤朱舜水,舍家弃子、举身赴日,与心越也有过一段交往,他虽然历经千难万险,竭尽其力,但"乞师"之事仍成为泡影,张斐成为"乞师"日本的最后一拨遗民。朱舜水、心越、张斐一生的遭遇,恰能佐证南明浙东遗民的艰难处境,尤其是临近明郑投降的时期,南明遗民终究走入末路。在"南明"这一语词变成抽象的符号时,南明遗民人生际会与心灵嬗变的经历,折射了南明浙东遗民几代人的情感感知与文学审美。

第五章　末路余响:流亡游民张斐诗歌研究

　　南明浙东遗民这一群体具有鲜明的时代特征,他们身上所具有的朝代所赋予的流亡话语与故国想象,使得他们成为虽拥有故国却身无所依的群体。在清兵大举入驻江南之后,抗清义士所抛洒的热血,成为彪炳史册的历史遗迹。余下的南明遗民却需面对被迫或主动选择的流亡生涯。爱德华·W.萨义德曾道:"对于知识分子来说,流离失所意味着从寻常生涯中解放出来;在寻常职业生涯中,'干得不错'(doing well)和跟随传统的步伐是主要的里程碑。流亡意味着将永远成为边缘人,而身为知识分子的所作所为必须是自创的,因为不能跟随别人规定的路线。如果在体验那个命运时,能不把它当成一种损失或要哀叹的事情,而是当成一种自由,一种依自己模式来做事的发现过程,随着吸引你注意的各种兴趣、随着自己决定的特定目标所指引,那就成为独一无二的乐趣。"①南明浙东遗民流亡形象的构筑及其心路历程的书写,体现为南明浙东遗民托足无门的四处流亡。这应该是多数南明遗民在清朝将要及已经推翻整个明朝后,遗民及后遗民们的生活常态。遭逢这种沧桑巨变,南明遗民在生存危机与自我救赎中,经由文学而实现其美学意义上的慰藉与人生意义上的自我拯救。

　　南明浙东遗民张斐(1635—1687?),字非文,初名宗升,号霞池,日本人称其为霞池省庵,浙江余姚人。约生于明崇祯八年(1635),卒于康熙二十六年(1687)以后,具体年月不可考。张斐出身世家,岳尊李安世,字泰若,明崇

―――――――――

　　① [美]爱德华·W.萨义德:《知识分子论》,《知识分子的流亡——放逐者与边缘人》,单德兴译,陆建德校,北京:生活·读书·新知三联书店,2013年,第56页。

祯十六年(1643)进士,官至尚宝司卿,明亡后隐居不仕。有兄名宗观,字用宾,号朗屋,雅擅乐府歌诗,事迹散见清初载籍,为当时颇负盛名的遗民,与同县朱士稚(字朗诣)并称"山阴二朗",常自比管仲、乐毅,陈子龙诗咏二人有"越国山川出霸才"①句。全祖望《鲒埼亭集》所载张近道事,有言:"好黄、老、管商之术,以王霸自命,见诗人则唾之曰:雕虫之徒也"②,所指即张宗观。张宗观与朱士稚、魏耕、祁班孙、祁理孙兄弟经常密会,共谋反清复明的计策。朱士稚涉嫌入狱时,张宗观奔走营救,因闻朱士稚出狱,星夜渡江往迎,途中遇盗身亡。

张斐在父兄辈的影响之下,绝意仕进,慨然以遗民自许,自号客星山人,浪迹江湖,四处交结遗民志士,以图反清复明。据其《莽苍园稿》记载,他曾与屈大均、李清、魏禧、费密、顾祖禹等人颇多交往。基于强烈的遗民情感,张斐对南明抗清志士、清初不与清廷合作的遗民皆抱有崇敬之心,在他的文集中,多有为他们所作的传记文字,而且与他们的后人保持一定的联系。

日本嘉永年间(1848—1853),会泽安纂辑张斐流传于日本的文章,题名《莽苍园文稿余》,安政年间(1854—1859)爱风书屋用活字出版。会泽安序文云:"非文所稿莽苍园文者,藏在彰考馆,世无之知焉。乃与同社谋誊写一本。而如非文事迹,则亡友宇佐美公实尝书刻非文真迹后,详其颠末,故亦以附卷尾,将俟他日公于世,是亦区区犬马心。窃恐明季贤豪之正气,不啻埋没于草野,而虽其存于沧海波涛间者,亦渐灭将尽尔。"③早稻田大学中央图书馆尚存有两部《莽苍园稿》钞本,一部原为水府森氏所藏,系森鸿次郎于明治三十五年(1902)十一月二十七日寄赠;另一部则是用国书刊行会的稿纸誊录,文字与森氏本完全一致,应是准备出版未果。两版钞本均分为上、中、下三部,上为《莽苍园文稿余》,与爱风书屋本内容相同,只是文章排序有所不同,间有文字校订;中、下为《莽苍园诗稿余》,收录张斐各体诗作三百余首,并附录《东国纪行》二十一首及补遗一首。诗文稿间有张斐自题,据之可

---

①　陈子龙:《钱塘东望》,(雍正)《浙江通志》卷二百七十六,清文渊阁四库全书本,第6759页。

②　(清)全祖望:《雪窦山人坟版文》,朱铸禹汇校,《鲒埼亭集》卷八,《全祖望集汇校集注》(上),上海:上海古籍出版社,2000年,第174-175页。

③　(清)张斐:《莽苍园稿·序》,刘玉才、稻畑耕一郎编纂,南京:凤凰出版社,2010年,第4页。

以判断原稿当是他在日期间抄示友人的。如其《登高赋》①（九月九日作于长崎）自跋曰：

> 赋自扬马而外，并驾而齐驱者，难其人矣。此后唯少陵三大体，犹有骨气可观，差与古辞奥衍之才可敌。苏子瞻《赤壁》，则创体也。其气萧瑟，其情旷放，读之使人有遗世之想。《秋声》步而超之，又瞠乎后矣。斐本非作家，而漫为之，所谓跛鳖之望骐骥，更不及蝇之附尾而行也。可笑可笑！作文作字，须得笔墨精良，窗几明净，而神思又复潇洒。斐于此数者，一无所有，故益形其丑态矣。

张斐借此自谦难以追步先贤，无法避免自己文笔的鄙陋之处。比之心越，张斐在日本的遗迹并不多见，但其在日本留存的诗作较多。2011年凤凰出版社出版发行的《莽苍园稿》，计有张斐诗歌：四言诗5首、五言古诗102首、七言古诗34首、五言律诗108首、五言排律21首、七言律诗7首、五言绝句32首、七言绝句29首、词曲4首、古风9首、近体诗12首、补遗10首，共计373首，其中在日期间所作《东国纪行》19首，补遗30首。张斐部分诗歌创作时间不可考，但管中窥豹，通过对他诗文作品的解读，亦可初步了解其人其文。张斐独特的乞师经历，以及身为后遗民的无所适从，展现了南明末期遗民的尴尬处境与末路情怀。

第一节　张斐及其日本乞师

清末民初李放撰写的《皇清书史》卷十五载有张斐的小传："张斐，字非文，初名宗升，号霞池，别号客星散人，余姚人。明亡阴结奇士，欲再造明室，曾两至日本乞师，卒无成，后莫知所终。"②张斐曾自谓："将偕隐以入山，嗟无寸土之干净。聊抗怀而蹈海，视同尺水之波涛。击楫而誓澄清，叹乘流之徂逊。席帽而历险阻，伤去国之管宁。袖匕而入函关，身脱虎狼之地。提椎而潜下邳，泪湿犬羊之天。盖四十载之经营，既多义士；三百年之德泽，尚有曾

---

① （清）张斐：《莽苍园稿》，刘玉才、稻畑耕一郎编纂，南京：凤凰出版社，2010年，第142页。本章张斐诗文皆引自本书，以下不再标注具体页码。

② （清）李放：《皇明书史》卷十五，《丛书集成续编》（史部）第38册，上海：上海书店，1994年，第124页。后记"丁敬曰：'非白歌，空庭映竹绕奇花，云云。'在鬻古肆中钞得于册子者，绫书以空心行草代飞白，殊谬书者，姓张，名斐，字飞文，歌岂此人所作耶？（飞白录）"

孙。夏有一成,已赖斟鄩之定乱;楚虽三户,欲效包胥之乞师。"①申明自己欲
仿效当年申包胥为国请命的遗民心志。到了日本后,他又谦虚地向安东省
庵剖明心志:"斐少失父母之训,长无师友之功,国破家亡,流离至老,放怀自
适,礼不能拘,其为人略节而疏于文,世皆目之为狂性使然而不能改也。
……斐生亏忠孝,学问无成,浪迹乾坤,块然一蠢,无端至此,亦不自意上公
之遽有宠命,而疏野成性,或罪通事,欲遂远遁,势又未能,终俟月旬之未行。
且附舶可归,不及与先生(指省庵)一面,罄我夙怀,耿耿此衷,何时可释?"②
解说自己孤苦无依,流离漂泊的人生经历。张斐用语虽较为质朴谦虚,所道
也确是实情。张斐对自己有着客观的评价,他在《陈孝明墓志铭》中道:"山
阴张斐弃其家七年,走四方求友,得八人焉,其一则江宁陈孝明也。……呜
呼!交游零落,生者抱奇负异,蓄志不售,或匿迹山林,求以自全;或游江湖
之间,取升合之粟,以养其妻子;而甚者非罪诖误,陷于狱囚,急不能出。其
不得志则一也,而死者又迫之。余年衰气短,益厌世事,将归而待余年之尽。
人不乐于中,其又何必久于斯世也。"③遭逢几近半生的游荡流亡,张斐早已
厌倦了四处碰壁的生活,但相较别人的匿迹自全或因时制宜,他对自己一生
寥落,一事无成的"蓄志不售"毫无悔意而矢志不渝。

　　张斐《寄安东省庵书》文曰:"斐游天下久矣,所识知名士不可胜指,特未
至于海外,比者闻门下(指省庵)名,则又跃然以喜,以为天下生材不以地限,
果如此也。故不惮风涛之险,远附贾舶而来,愿及一见,以快我平生。不意国
门有禁止人出入,踌躇却望,计属无聊,未审门下处贫又年老,深恐跋涉艰难,
不遂人意,私心未敢必也。小诗写飞白(案:张斐擅长的飞白体书法),奉寄左
右,见斐倾心门下已非一日耳……苦言语未达,终不得其详也。"④又曰,"生虽
异域,同于一气,兄弟呼之,谊似加亲,而先生不然是弃绝我也。且斐虽荡然肆
意,独不敢肆志于有道之人,况先生又斐所倾倒而惊服者也。"⑤张斐在日本的
交游,亦与其匡扶明朝的志节息息相关。所谓"开宗明义",张斐自圆其说,声
明了自己两赴日本乞师的缘由,其赤诚的复明之心,俯仰之间,皆有所现。

　　①　(清)张斐:《复大串元善启》,《莽苍园文稿余》,《民报》第十五号夏季增刊本,第38
页。录自《民报》本《莽苍园文稿余》,《莽苍园文稿余》跋语,第268页。
　　②　朱舜水:《朱舜水集补遗》,第124页。张斐:《莽苍园稿》,第268页。
　　③　(清)张斐:《莽苍园稿》,刘玉才、稻畑耕一郎编纂,南京:凤凰出版社,2010年,第176页。
　　④　(明)朱舜水:《朱舜水集补遗》,徐兴庆辑,台北:学生书局,1992年,第126页。
　　⑤　(明)朱舜水:《朱舜水集补遗》,徐兴庆辑,台北:学生书局,1992年,第131页。

张斐得以渡海,得力于朱毓仁的招引与说明。朱毓仁,字天生,朱舜水之孙。康熙十八年(1679)得到祖父家信,遂赶至长崎,欲赴水户探望,碍于日本国禁,未能成行。德川光圀特意派儒臣今井弘济赴长崎会见朱毓仁,并转告其朱舜水在水户的生活情形。张斐启程赴日的时间为康熙二十五年(1686)五月,其《笔语》自云:"今岁五月,适自芜湖至吴门,有姚、朱二君之便,不胜狂喜。""吾国之兴,必有藉于日本。今水户侯好义,舍此安适乎! 遂奋不辞家而航长崎"。张斐著有《东国纪行》诗,自述其行历,其中有作别吴门友人,女婿胡氏送至上海,停泊黄浦,然后搭乘商舶出吴淞口,途经鹿径头、双洞岛,并在海上度过七夕和中元节。船到达长崎的时间大约在七月下旬,该船同行者除姚江、朱毓仁、张斐之外,还有蒋尚卿、黄士美、任元衡诸人,蒋尚卿是著名旅日高僧东皋心越的胞兄。蒋尚卿随船抵达长崎后,姚江寄书驻锡江户(今东京),东皋心越还作有《拙怀赋谢非文居士》诗①。

南明乞师义士的本意,是希冀日本当局可以派遣兵士帮助恢复故明,而日本当时处于幕府统治之下,对于中华事务早已无心顾及,幕府高层招揽南明义士有对故明同情的成分,也有借此了解中华情报、学习中华文化的成分。张斐在长崎蹇延数月,多方设法,终究未得赴江户面见德川光圀,只能快快回国。最终的结果是经由张斐及南明义士的乞师,证实日本不再是中华眼中的"倭寇"之国,反而变成了一个独立,甚至是实力高于当时的中华的国家。

根据张斐致安东省庵书札附诗,冬至日他尚在长崎,见早梅开放,故归程应是在冬至以后。行前赋排律一首赠大串元善,有"吾越仇能报,维周命尚新。渡辽非避汉,潜邳先椎秦"之句。另有寄安东省庵书,曰:"弟行矣,老涉风波,一年两度,志衰气馁,忧惧交并,遥想中流,回首崎阳,惨目伤心,情可知矣。来春虽期复至,人事变态,夫岂有常",②翌年正月,张斐再次抵达长崎③,旅途碌碌,除夕亦是在海上度过,其赋有《除夕渡海,作夜如何歌,使三

---

① (明)心越:《旅日高僧东皋心越诗文集》卷五,陈智超编纂,北京:中国社会科学出版社,1994 年,第 148 页。似作于既将分别之际:"悲昔雁离行,频年徒皓首。穷途郁未伸,所遇皆贤友。壮志多磊落,廊庙心俱朽。觅弟泛重溟,意气何高厚。把臂诉衷肠,无分卯与酉。弟当返祗林,兄自归田亩。指日促行程,漫折长亭柳。清河张征君,良会知难否。"

② 张斐、安东守约:《霞池省庵手简》,日本平安书林柳枝轩刊本,第 22 页。亦(清)张斐:《莽苍园稿》,刘玉才,稻畑耕一郎编纂,南京:凤凰出版社,2010 年,第 196 页。

③ 徐兴庆撰有《锁国后长崎来航の明人について一张斐を中心に》(《九州史学》第 95 号,九州史学研究会,1989 年 8 月),考订张斐第二次赴日时间为日本元禄十一年(1698)。然证据并不充分,且与现存文献记载颇相矛盾,故未采纳。

老者歌之,以呼风助行》诗为证。正月初一,船至长崎,因未得登岸许可,其滞留船中长达二十日。张斐致安东省庵书有"惊涛万里,以衰年病肺之夫当之,此行大不如前,睡若魇魅,醒若醉痴,蒙腾恍惚,耳目俱欲无"。还记有"斐抵崎在元日,时已暮矣,关门严峻,不得上岸,屈指舟中,镇镇阅二旬日。比离舟头,风骤作,复生呕眩"等语(《霞池省庵手简》第24页),其中的艰辛可以想象。时值德川光圀六十寿辰,张斐特意嘱友人汤来贺①作寿序进呈,然张斐此行仍未有结果。对日本友人的帮助,张斐心存感激:"先生初赐之书与佳制,传播四方,京江户无贵贱,佥曰:省庵得中国大儒之称许,是稀有之事,虽登瀛洲之荣,蔑以加焉。虽愧其无实,而此大恩大造,非天之灵,何以至此。"(安东守约《与素轩书》)张斐与日人的交游,依然没给乞师之事带来任何进展,在此过程中,他倒是同朱舜水、心越相似,在中日文化交流中起到了一定的作用。

日本人后藤肃堂详细记录了张斐与日本人的交互往来,其记载曰:"大串元善在与张斐晤谈之后,曾将双方笔谈记录及往来书简结集,题曰《续西游手录》,并撰题记置诸卷首,题记手稿藏于柳川安东氏,后藤肃堂《明末乞师的张非文》有文曰:宽文甲辰岁,先辈小宅顺奉使崎港,始见我文恭先生,归报上公,遂言之幕下,辟致江府。顷录其在崎笔语,名曰《西游手录》,今藏在彰考馆。尔后卑礼厚给,备极恩眷,及其没,建祠奉祀,编集行世,薄海传唱,叹其奇遇,诚百世之美谈也,何其盛也。先生没后数年,善复使崎港,偶遇先生乡人张斐非文者,其学问议论,虽不可与先生同日而语,又间有可爱者。因借其行囊前稿,以呈上公。上公大喜,欲复召致为邹枚,事已就绪,有故而止,上公遗憾特甚。凡事之济否,虽有人力不可强者,又奉使之不良也。善每思之,深以自歉。而安知无今日之塞再通,得遂上公之志,不使斐膺厚宠,享盛礼,袭先生之芳躅哉?其能如此,而他日为斐编集,则必取此稿冠之集首。故不敢弃掷,又并其在崎往来书简及一时笔语等,以为三册,名之《续西游手录》,以藏馆中云。贞享丁卯春,常阳府学生大串元善谨书。"②张斐的

---

① 汤来贺(1607—1688)原名汤来肇,字佐平,改字念平,号惕庵,别号主一山人,世称"南斗先生",江西南丰人。汤绍中长子,明万历三十五年(1607)生于科甲世家。崇祯十三年(1640)进士,任扬州推官,主管本府司法事务,官至升兵部侍郎兼广东巡抚。汤来贺幼承家学,淹贯古今,博文为豫章之冠。其在政期间以廉洁著称,时逢灾年,汤来贺多方赈济救治灾民,并为无辜受牢狱之灾的死囚平反昭雪。其品行兼优,受史可法器重,奏荐朝廷誉其为"立品以千秋自命,立志以圣贤为法,天下治行第一也"。

② [日]后藤肃堂:《明末乞师の张非文》,日本《东洋文化》大正十四年(1925)五月号。

学问虽比不得大儒朱舜水,但在与日本人交流的过程中,他也悉心阐述了自己对中国学术的看法。张斐在其《笔语》中,亦曾针对朱陆之学表明自己的观点:

> 程子有言:"慷慨趋死轻,从容就义难。"大凡战国人才,率是假仁义而成功名之流,非纯乎纯者。图王为霸,古贤格言,作法子凉,其终如何?性不顾尊严,咕咕利口,亦遭遇之欢,溢而浪发,幸亮!但鄙意以为,终日谈诚意正心,而无裨于实,虽宋室诸名贤,亦适遭厄运,未得展施,然在当时,如陈同甫、张乖崖等辈,已有有激之论。弟之僭妄,诚为不稽,然生平志愿,不在温饱,设在程朱之时,当或不摈诸门墙之外了。士各有志,不可强也。

张斐对孔门之学,乃至对宋室灭亡时群臣的言论皆有所訾议,浙东乖张激烈的性格在其身上亦有所体现,他的主张便是各人可有各自的想法,原也不必千人一面,而他自己强为复明所做的努力,亦属于他的个体选择。张斐赴长崎乞师日本,虽未挽救明朝的倾覆之灾,却在中日交流史上留下了一笔。在临别寄赠安东省庵与其他日本友人的诗中,张斐道:"吾道东矣东复东,海门大唤乘长风。身为鲁连不得志,翻作教化成文翁。眼前弟子森玉树,后来领袖纷无数。俨如绝壑起清风,万里青天拨云雾。虽未相见心相知,寄书行人兼寄诗。寒天朔吹今如此,何似当年立雪时。"①因忙于联络乞师事宜,张斐自道:"近年以来,忧愤恐悸,神志销铄,披卷则是,掩卷则非,无以答吾子之勤也,甚惭甚惭!"(《复大串元善书》)谦虚之情溢于言表,在其与日本弟子的互动中,他接替了朱舜水的角色,针对日本弟子层出不穷的问题,大至安邦定国儒道孔孟,小至饾饤细致之语词及地方风俗风物等都给予解释,这也能看出当时日本人对中国的好奇与神往之心。安东守约所作《张先生去年留诗而别,今春重来,不堪喜,奉和惠韵,敬呈郢教》诗曰:

> 忠愤去国来海东,后生喜仰起儒风。志慕鲁连不帝秦,教爱谆谆及野翁。中原衣冠变豹虎,出身取荣何足数。嘉君隐沦远屏迹,楚骚托词吐胸雾。同心相得如金石,去年临别赐新诗。仄闻重来与春至,待得最欢及花时。

此诗基本表达了当时日本知识阶层对中原文化的态度,对于清军灭明充满

---

① (清)张斐:《寄赠安东先生并贻今井氏弘济及诸同人》,《霞池省庵手简》第 22 页。

了同情。张斐与日本弟子所谈及的内容非常广泛,亦对安东守约影响很大①,具体包括问学、风物、生活、公文、服饰制度、乞师、花木、经济、地理、造纸、艺术、鲁王政权等问题,他们之间用图画一问一答,事无巨细,多有所涉猎。这种问答方式,颇有阳明语录体《传习录》的风范,亦可见日本人认真好学的精神及对南明、清朝的关注。日本人以"异域之眼"对中国某些问题加以聚焦,恰好反映出"华夷变态"意识形态下,日本对清朝的复杂态度,包括他们如何理解看待中国②。张斐在其《自学》篇中对安东守约道:"名者,古今之美器,造物者深忌之,天地间无完名。"张斐与本乡朱舜水的宗法取向皆很相似,他们以崇尚实学为要,这与浙东地域文化传统及明清易代的影响都有直接的关系,张斐的回答大致传达了彼时浙东诗学思想的精髓。明末以朱子学为代表的理学还未大为盛行,清初士子虽对明末空疏的学术风气较为排斥,但阳明心学仍占有一席之地,张斐评曰:

> 吾乡王阳明亦可谓铮铮者矣,乃至今日,而犹以禅疑之。计其一生,半以杀人为事,禅者果如是乎?设当时幸而无宸濠之逆,桶冈大藤峡之大盗,则阳明将终无所见矣,真谓之禅矣。故吾谓阳明不得已以杀人为道者,是阳明之大不幸也,要其所谓心,则毫无损而已矣。

张斐对文韬武略、建功立业的先贤充满仰慕之心,认为即使王阳明不得已穷兵黩武,却更成就其心学大师的身份,可惜张斐空有一腔热血却无用武之地,最终老死于江湖而不为人所知晓。日本学者宇佐美允在《书刻张非文真迹后》中评曰:"呜呼!自当是而言之,则非文之不幸,固可谓痛恨;自今日而观之,则其为不幸之幸也亦大矣。盖天之所覆,地无东西,苟气类之相感,各有其人,不应于彼,则必应于此,《易》所谓'鸣鹤在阴,其子和之'者。其事之奇固不足以为奇,然使非文不困厄而激,则其言之传,不可得而保也。"(爱风书屋本《莽苍园文稿余》)同样阐释了张斐在困厄之下,所呈现出的奋斗热忱。转而作文,足可为人所称道。

"乞师"之行虽未成功,后人却仍对张斐抱有由衷的敬佩之心。任元衡

---

① 详参刘玉才:《知己是同胞　不论族与乡——浅议张斐与安东省庵的文字之交》,辑自徐兴庆:《朱舜水与近世日本儒学的发展》,台北:台湾大学出版中心,2012年,第399-419页。刘玉才的主要观点是安东省庵受张斐的影响,主要表现在"忠""义"字眼与夷夏之辨的切磋关注方面。

② 详参葛兆光:《想象异域——读李朝朝鲜汉文燕行文献札记》,北京:中华书局,2014年,第12-17页。

致今井将兴书曰："值中土世衰,腥沦九鼎,幸白水尚存,爰整一旅,率土皆仇。无他邦之可泣,仰瞻邻德,思继绝之可施,是以三涉危波,念旧德之难忘,必欲报以国士;两受大命,惭为使之多愆,实难效包胥。"对当时中国士大夫的境况充满了同情,对所谓"华夷变态"颇为遗憾,而中国的有识之士,同样也高度评价张斐等文臣的乞师之行,荀任曰:"明季遗民乞师幕朝,皆不得命,识者疚之。夫日本之与华夏,海水相隔,其于吾族,固不能休戚与共者矣。……苟非日人阐明幽光,祀越二百,其将斩乎? 舜水老作宾师,得保衣冠于水藩,而非文踪迹,则虽日人亦莫知其所届,悲夫!"①最后张斐不知所终,他的踪迹也成为一个永远的谜团。作为南明遗民的一员,张斐回天无力,救国无望,在绝望与挫败情绪交织下的微弱力量,最终只能被压垮乃至不知所终,这也许是最适合张斐的命运归宿。张斐在长期压抑的情绪下,为匡复明朝到处奔走,这种压抑的心绪带给他强烈的打击,在此种非常理的压抑中,张斐创作了部分反映其心绪与情感的诗篇,通篇纵览,能够感受到其力透纸背的苍劲与凄凉。

第二节　文学图景的主题变调

诗文作品中衰败的景象常常能引发人们悲伤的情感,让人感知诗作主体的逆境及其情绪与心境,创作者将个体遭际与物象情境浑融交汇,往往会形成难以名状的感伤氛围。南明浙东遗民的诗歌作品,内容上难以摆脱身世之感与家国乱离,因此他们赋诗作文时,难免倾向于表达一己之悲。在关注南明时代及社会变迁的同时,就诗歌而言,遗民诗歌中的悲景与哀物皆能达到最佳的诠释效果,即恰当地转述出南明遗民的悲怆心境。南明浙东遗民群体中,因个体性情的不同,或有固执、自信者,但面对现实时,难免悲愤失望;或有沉湎昔日岁月,难以面对未来的衰飒又难免过度哀恸者,却反而能隐忍幽咽、顽强自持。南明遗民群体成员众多,他们有着大致相似的人生经历与思维模式,但在具体体会人情冷暖时,又有着完全不同的情感经历。如浙东遗民张斐,他以末路英雄般的悲壮人生,成为遗民群体中苍凉悲苦又桀骜不屈的一员,在丰满理想与残酷现实的强烈冲撞下,其诗作浮现出南明

---

① 《国粹学报》第一年十二号,清光绪三十一年(1905)刊,转引自张斐:《莽苍园稿》,刘玉才、稻畑耕一郎编纂,南京:凤凰出版社,2010年,第272页。

遗民独特的情感特征，这亦是其人生经验与诗歌意境相互作用的结果。清乾隆年间商盘编选《越风》，曾录张斐《岛中坐雨》①一首，清朝阮元所辑《两浙辏轩录》②卷十三亦收有此诗，诗云：

> 海暗沈秋雨，林回偃夕风。寒花欹绝岸，独鸟匿深丛。漂泊应吾道，蹉跎已老翁。极西乡国在，万里正空濛。

诗下有作者寥寥数语的小传："张斐，字非文，会稽人。"③作品评曰："张翁坐雨一诗，能状凄惨之色，读罢冷气逼人。"④此语极为恳切。诗人心情沉重，情感随时代的风雨飘摇而沉浮激荡。时间瞬息即逝，积重难返，踌躇满志而光复明朝的愿望在家国危如累卵的情状下被撕扯得粉碎，留下的是其衰败之躯及遥不可及的梦想。岂止此一首诗，张斐诗歌的整体境界大致如此。张斐志慕贤豪，不以腐儒为意，自言"才卑而志远。每忽寻常，少作而寡思。尤苦四六，直写胸臆。本非著作之伟士，属词比对，敢同呫哔之小儒"⑤。其孤寒之作，如《舯雪》：

> 霰雪初来听，孤蓬声尚稀。渐分沙影乱，复近水痕微。花缀飘衰鬓，珠圆溅客衣。晚时寒更重，故傍钓鱼矶。

江南之雪，在鲁迅眼中是死掉的雨，是雨的魂灵，在浙东乡贤前辈张斐的眼中，雪亦是清冷之物，毫无优美曼妙之感。刘勰《文心雕龙·物色》篇曰："是以诗人感物，联类不穷，流连万象之际，沈吟视听之区；写气图貌，既随物以宛转；属采附声，亦与心而徘徊。"⑥《舯雪》是张斐宣泄自身漂泊不定及远赴异域凄凉心境的作品，借以倾诉其背井离乡、江湖浪游的孤独与寂寞。所谓言为心声，在南明遗民张斐的话语体系中，诗歌作为他心声代言的载体，婉转道出的是其对自身悲苦遗民生涯的摹写与国破家亡、积怨难消情感的疏泄。

---

① （清）张斐：《莽苍园稿》，刘玉才、稻畑耕一郎编纂，南京：凤凰出版社，2010年，第122-123页。《岛中坐雨》书中作《雨》："海暗沉秋雨，林回偃夕风。寒花欹绝岸，归鸟匿深丛。泊没来殊域，蹉跎任老翁。极西故园在，万里正空濛。"内容稍有出入。

② （清）阮元辑：《两浙辏轩录》卷十三，清嘉庆刻本，第552页。

③ （清）阮元辑：《两浙辏轩录》卷十三，清嘉庆刻本，第552页。

④ （清）阮元辑：《两浙辏轩录》卷十三，清嘉庆刻本，第552页。

⑤ （清）张斐：《复大串元善启》，《张非文莽苍园文稿余》，北京：科学出版社，1985年。张斐：《莽苍园稿》，刘玉才、稻畑耕一郎编纂，南京：凤凰出版社，2010年，第168页。

⑥ （南北朝）刘勰：《文心雕龙》卷十，北京：中华书局，1985年，第62页。

一、无事只浪游，穷年向江湖

观张斐的近四百首诗歌，常出现的意象就是"江湖"。复明形势到末期已是强弩之末，绝无恢复的可能，但是张斐依然游荡于湖海之中，意图有所作为。因饱尝江湖漂泊、人情冷暖之苦，所以张斐诗歌多凄苦脆薄之感，语多愤世嫉俗，常借诗作抒发其穷途不遇、寂寞凄怆的情怀。张斐所作《留别吴门诸人》诗曰："丈夫生斯世，思保千金躯。无事只浪游，穷年向江湖。"恰好这种风雨飘摇的身世之感，可以概括其部分诗作的主题，"浪游"一词，本有毫无目的的浪迹江湖之意，张斐借此语表明其作为南明浙东遗民一生蹉跎，一事无成的心境。

张斐与此诗题相似的相关诗作颇多，诸如其《得六舍弟书》诗云："我如浮空云，行止未有期。江湖无情物，流落失所依。"江湖飘摇，行无所止，这场毫无目的的行旅，挫伤的是张斐满腔赤诚的遗民之心，"怀抱热切之情，期望能够效用于当世，也对仕途前景不乏憧憬，当他们真正接触世事情态，其耳闻目睹则未必与期待的世景相吻合，现实和理想的反差，不可避免会刺激到他们的内心世界"①。其《送友还蜀》诗道："我已飘零随落叶，一身渐老眼流血。更为后会知何期，人事萧条便永诀。"张斐对南明王朝这份沉重的情感几近压垮他的精神世界，举目纵览，他的诗歌满蕴危机、消沉的基调。他将自己置于四面楚歌的境地："坐悬乡思切，立见故人违。万物伤阴气，四方触险机。"（《雨中送友泛太湖》）对故乡的惦念，又激发出他漂泊无根的游子情怀，"鱼龙积水气，风雨暗江城。游子贪归早，故人空待晴"。（《代友九日留客，戏赠》）这些江湖羁旅的诗歌创作，衬托出张斐一生漂泊不定的困塞旅程。所谓"何处登高销客愁，兴来扶病出同游。荒村雨少黄花晚，古木风多赤壁秋。破帽不嫌吹短发，敝衣尤欲称科头。江水万里羁离日，身似飘飘一水鸥。"（《九日赤壁》）离别与漂泊，秋愁与病身，清风冷雨中的张斐，因穷愁气氛下的江湖生活而窒息，频繁的空间移动及江湖蹇滞的旅程，折射出遗民张斐的焦虑心境。

张斐号称"周游天下，足迹几遍"，其实略有浮夸，根据今人对《莽苍园诗稿余》的分析，张斐的主要活动范围在南京、苏州、扬州、泰州、绍兴等地，但也数度往返于今江西、安徽、湖北的部分地区。张斐的《笔语》载：

　　问：承示三省放浪十年余，其间经历何地乎？

---

① 郑利华：《前后七子研究》，上海：上海古籍出版社，2015 年，第 415 页。

答:南北之地,所历颇多,唯云贵并两广未曾到,然终日鞭马,久居之郡邑无几。不过寻觅好友,与弟合志而有才者,则安其家,或旬日,或月余,不久又别有所往。就今日而思,究竟无益,是以浩然有海外之观。

辗转漂泊的生活情状由社会政治变迁与个人仕途遭逢变化所导致,张斐空有济世之志,现实却让他在寻求经世途径时屡遭挫折。张斐忧国忧民的浪游少了些潇洒,多了些沧桑。苏东坡《王定国诗集叙》曾道:"古今诗人众矣,而杜子美①为首,岂非以其流落饥寒,终身不用,而一饭未尝忘君也欤。"②此语何尝不可以用在张斐身上。同样是"位卑未敢忘忧国",与魏耕集结抗清的文人小团体不同,张斐虽与当时诸多名人有往来,但他们未曾形成固定的圈子。当时与张斐往来唱和的有李清、冒襄、孔尚任等人,他还与顾祖禹及客游江南的魏禧、费密、唐甄等文士往来。张斐自道曰:"寸心所向尽,结交多丈夫。"(《赠管文懿三首》)志同道合的南明遗民相互交游时,至少有同声相求之感。张斐《游仙诗,赠友人,三首》道:"大抵稿中之人皆吾同心胆者,其有名字者,则未尝有事故,而可以不隐,故直书之;其曰友人或故人者,皆有事故,而不可明言,故隐之。"诗稿结尾处有注:"《清平乐·赠别友人》,诗中有数人作房宦者,多弟之亲戚。在外游行,未免偶籍其资斧,故不能绝,聊亦从俗,与之往还。弟诗只取其一味真了,若谓作家则未也。"张斐的作品涉及与屈大均、李清、魏禧、费密、顾祖禹、张肩三(张煌言之弟)等人的交往,亦可补南明、清初史事记载的不足。

张斐歌酒唱酬的交游诗,纵论古今时势的变迁,表露其与友人的情志。如其《吉祥寺梅》诗序曰:"又壁间黄汝亨、董其昌、顾起元辈皆有诗,予嫌其词肤薄,更为续韵,得百字。"与张斐交游的人包括:李清(生卒年不详),明崇祯年间进士;许承钦,隐居泰州,肆力古文诗词;还有冒襄、孔尚任等。张斐客居泰州期间,每每造访许承钦,并撰有《农部许公传》,张斐还与顾祖禹以及客游江南的魏禧、费密、唐甄等文士往来。其《赠顾景范》诗注:"旧名成畴,今名祖禹,此人尝著《皇舆纪要》。"诗云:"君才超什佰,秉贞从所好。著书包六合,古今满怀抱。仆亦历落人,足迹遍海峤。徒然汗漫游,作事苦无要。"关于与魏禧交往的诗,其有《怀翠微峰,寄魏叔子》《魏叔子客死仪真,哭

---

①　在中国古代诗人中,杜甫是用"江湖"一词入诗次数最多的诗人,其诗中出现了三十六次"江湖",散见在三十五首诗中。

②　(宋)苏轼:《王定国诗集序》,《苏轼全集·文集》卷十,上海:上海古籍出版社,2000年,第853-854页。

六绝》,感情颇为真挚。蜀人费密"避地淹吴楚,飘零四十载",与张斐同病相怜,也互有致赠。唐甄晚年寓居苏州,张斐有《读唐铸万〈衡书〉,因赠》诗,注云:"铸万名大陶,本夔州人,今住苏州,年六十五,尝著《衡书》。"张斐的记述文字涉及友人姓名、字号、生平、著述,颇有与他书相异之处,可备参考。

张斐与南明抗清义士有着密切的联系,其《过张职方肩三寓斋,因赠》内有小注,谓:"肩三今改姓李氏,即所谓秋水也。兄煌言字玄箸,尝在海上聚义,后事败,为虏所捕,故肩三改姓,逃之内地。"张煌言是南明抗清的主力,张斐与其弟交往甚密,意欲反清复明,有所作为。其《送张肩三》诗曰:"此去投何处,江城复送君。异乡人意尽,别路客情分。落日悬秋浦,征帆隔暮云。艰难成独往,愁语不堪闻。"张斐的浪迹生涯,充满了凶险与艰辛,他自言"身从刀枪丛里过""潜邸先椎秦(自注:此斐实事,非借用也)",大概确有其事。《莽苍园诗稿余》中载有多处描摹其经历及心境的诗句,其中悲苦,可见一斑,但张斐却依然壮士不悔,充满斗志:"丈夫生斯世,思保千金躯。无事只浪游,穷年向江湖。问今是何日,雨雪已载涂。道远足偃蹇,囊空品嗫嚅。强笑一为别,无劳问所如。"(《留别吴门诸人》)强自欢笑的坚强,就是为了践行南明遗民的品德,甚至张斐不以品德为意,注重的是"知行合一"的实践,他自有其"低头向时辈,混迹客殊方。不知情独苦,怪我空持觞。开口聊自哂,徙倚庭树傍"(《弹琴、饮酒二诗,赠迁客,兼述鄙怀》)的情怀,江湖苦旅,诗酒畅怀,张斐向死而生,生逢南明末期,早知事已不可为,而张斐却四方奔走,弃家人于不顾,但其内心颇受折磨,《归二首》诗曰:

> 十年作客心,风雨不安室。念切妻在房,无儿又无食。入门方踟蹰,不忍问相识。父老几人来,慰言叙畴昔。游子乍得归,人情自喜色。怆怀何独予,徒伤故乡迹。客子杂殊方,不习乡语久。同人知姓名,格格难出口。况涉衰病余,忽已成老叟。平生知己恩,不落侯嬴后。堂堂魏公子,甘为屠肆友。车马入穷巷,执辔恭在手。……我非游荡子,空有闺中妇。临行所生女,长大已及时。问父知何如,娇啼不离母。计拙困风尘,纵横皆不就。狼藉暮归来,泪尽空搔首。

清乾隆年间诗人黄仲则作有《都门秋思(四首)》,其一云:"全家都在风声里,九月衣裳未剪裁。"①此诗与张斐的诗境有着惊人的相似之处,两诗皆以情感质朴而动人。治生无计的书生却满蕴家国情怀,当家国无望时,便自

---

① (清)黄仲则:《两当轩全集》卷十三,清咸丰八年黄氏家塾刻本,第127页。

我放逐,在强大的爱国道德面前,对家人的愧疚才是张斐最为柔弱的情感所在:"一人不戒,左右皆贼。离绝妻子,不见三年。妻啼子号,隆冬饥寒。"(《四言诗寄友》)张斐投身南明抗清事业,他的江湖漂泊牵累了全家。隆冬饥寒,家人缺衣少穿,生活贫苦,张斐多年未归,心中颇觉亏欠家人:"人生事错料,年今过半百。妻孥寄在人,纵归犹似客。嫁女已生男,我婿尚未识。"(《五舍弟领胡氏婿吴门相见,怆然别去,有诗》)为恪守忠臣义士的道德准则,遗民自动放弃了对小家庭的经营与建设。张斐的妻子是明崇祯十六年(1643)进士李安世的女儿,但由于丈夫反清复明的原因,她长年过着孤独清贫的生活。张斐有《慰内人病》诗曰:

> 孤矢空在把,不如弃道旁。丈夫不得志,枉言游四方。辟纑共笑语,举案劳耕桑。念我结发妇,十年厌糟糠。少时矜弱质,宛转多在床。一月数呻吟,春日不理妆。形容渐衰苦,饥寒迫中肠。膝下又无子,谁能慰独伤。斋食返素心,静室对妙香。知尔具佛性,□尔试药王。忏悔或有语,及情安可忘。

国家机器的运转,消磨的恰是忠贞于所谓"君臣大义"士子的人生,个体利益被弃置于国家利益之下,遗民张斐虽知其苦却依然为之奔波,此诗表达出张斐深深的内疚之情。其《忆内》诗亦云:"故园杨柳发,垂条拂石矶。山花满山涧,处处黄莺飞。有妇携女蚕,女娇弄桑枝。桑枯不长叶,蚕老不吐丝。一日几萦虑,十年望我归。寸寸续成匹,将远思寄衣。讵知客海畔,音书且复稀。丈夫崇志业,感叹徒歔欷。"(辑自柳川古文书馆藏张斐诗稿)张斐对女儿的回忆仍然停留在女儿尚且幼小之时,妻女对张斐已无所待,但张斐却对她们抱有深厚的愧疚之情。虽是南明遗臣的身份,但亲情却始终无法割舍,张斐作有《梦六弟》:"惜别忆壮年,衰白共潦倒。……空余泪满枕,沉思错昏晓。"组成国家的基本元素是家庭,遗民对亲人亦有欲罢不能的情感,但遭逢时代裂变,他们牺牲的只能是血浓于水的亲情。张斐即便对仆人也怀有愧疚的心理,他有《示蛮奴阿进》:"客路蛮奴久,相依愧主人。风尘老尽力,海国病伤神。"多年的江湖漂泊,张斐牺牲了大部分的亲情、友情,换来的依旧是自己一事无成,故国覆灭的最终结局。南明浙东遗民因光复明朝这一宏大的目标,将个体私利埋没于国家利益之下,江湖飘摇,凄风苦雨,这是南明遗民无奈的道德选择与人生宿命。

二、勋业时难转,男儿志未成

鲁迅先生曾道:"于越古称无敌于天下,海岳精液,善生俊异,后先络绎,展其殊才。"①越地英雄辈出,怪才频现,愤世嫉俗、桀骜不驯是越地的文化传统。张斐"独行寡和兮,群刺为怪"②,刚强勇武、思想敏锐,明人杨慎在《越绝书》跋中曰:"春秋之末,复仇之事莫大于斯三者,《越绝》实补之。有国有家者,可以鉴观焉。"③身出浙东余姚的张斐在《辱黄咸士赠诗三年不能和今将又燕赵之游追感旧事书怀寄之》亦道:"饮恨化为血,碧色照吴钩。……人尽自豪杰,腐儒甘蒙羞。拂衣从此去,长啸凌幽州。"浙东人勇猛决绝,豪杰任侠的质性跃然纸上,且"锐兵任死,越之常性"(《越绝书》),为了复仇的理想,他们鞍马劳顿,偃蹇困顿皆不足挂齿。越地文化的代表者——鲁迅,其一生的书写主题便是"复仇"与"死亡",如其小说《孤独者》《铸剑》当中所叙,这种仇恨是个体情绪和民族情感的纠缠体,必须大肆宣泄才能道尽不平之气。日本作家厨川白村道:"在伏在心的深处的内底生活,即无意识心理的底里,是蓄积着极痛烈而且深刻的许多伤害的",发出"或呻,或叫,或号泣"④的声音,南明浙东遗民张斐身上所蕴含的便是壮志未酬、国家颠覆的仇恨。光复明朝是南朝遗民不顾个人安危为之奋斗的理想。在清朝逐渐平定国内战事,百姓安居乐业的时候,这种理想更加让人觉得凄惨与绝望,南明遗民张斐的心中积攒着的是"国将不国、家将不家"的国恨家仇。对照浙东在清初战斗至死乃至被捕就义的遗民,张斐不甘于做隐逸的耆旧宿老,又不似心越、隐元等诗僧逃禅避世,他内心不仅苦寒凄冷,更是装满复仇的愤怒。

(一)壮志难酬的抒怀

张斐怀有光复的信念,在诗文中常表现出侠客气质。江湖侠客最大的特点便是快意江湖,行侠仗义。清康熙十二年(1673)十一月底,清平西王吴三桂于云南发布讨清檄文,起兵造反,拉开了长达八年的抗清序幕,这使得东南沿海的抗清势力异常振奋,张斐在诗集序言中记载:"吴三桂举兵,有廖精忠者为三桂将,颇与弟同志,惜其人庸懦不足倚,故遂别之。"其作诗《九日岳阳怀李白》,"我来适构兵,投书与主将。奇谋却不用,前军倏已丧"。虽然吴三桂曾投降清军,引狼入室,但时运不济,将才难得,这次起兵对张斐等人来说仍算是一个希望。在此诗中他称廖精忠为"同志",遗民砥砺,激励志

---

① 鲁迅:《〈越铎〉出世辞》,《鲁迅全集》第八卷,北京:人民文学出版社,2005 年,第 41 页。

② 《至长崎告朱楚瑜先生文》(柳川古文书馆藏作者自抄稿作《初至长崎告朱楚瑜文》)。

③ (东汉)袁康,等:《越绝书》,上海:上海古籍出版社,1985 年,第 113 页。

④ [日]厨川白村:《苦闷的象征》,鲁迅译,天津:百花文艺出版社,2000 年,第 20 页。

节。至于其真正砥砺志节的诗作,如《吊草屋先生胡星卿,归途述哀,三首》诗前小注曰:"草屋先生姓胡,字星卿,其先海尚太平公主。先生苦节,国变后不肯贬服,终身著白衣巾。所居贴近城下,四十年不出户。斐亦敬之,曾易服而往,访者再四。"彼时的诗歌多少都有纪事诗的特点,从此诗的小注中就窥见当时遗民的一些事迹。出于对乱世英雄的仰慕之情,张斐专门为吕大器写了传记,叙述了遗民的另一种反抗方式——不进城,不着装,不出门,客观记录了彼时遗民恪守志节的行为。张斐也记录了清兵入侵给当地百姓带来的灾难,《北之蚊》序曰:"北地平常无蚊,因非水乡也。乙丑岁,连京齐鲁更甚,人死数十万。此灾异也,故作诗记之。"其诗云:"城头过舟楫,树杪悬死尸。居者无完屋,行人山上栖。"发生蚊灾后的水乡,尸首遍野,百姓流离失所,所以张斐用文字加以载录。对旧国故园的热爱,使得张斐甘愿抛洒热血以换来和平与富庶,然则"山阴我故乡,一一告君路。莫出东门谒宋陵,此行最是伤心处"。(《送人之山阴》)面对满目疮痍的故国旧家,救国无门,治生无计,束手无策的他悲愤地表达:"雕鹗因风折,麒麟至死鸣。奔腾终不见,搏击有谁争。勋业时难转,男儿志未成。"(《哭陈孝明旅榇二十四韵》)他希望如乡贤朱舜水那样,能够在异域有所作为,其《寄今井弘济书》曰:

> 楚瑜先生耻食虏粟而逃之海外,亦夷齐之流亚,可谓凌寒之松柏矣。又得门下为之桃李,春晖互映,古道照人。每闻其事,辄为叹息。弟亦磊落人也,常谓天地之大,耳目有所未尽,引以为耻。平生游历已远,所交亦多国士,窃意海外尚有奇杰,今门下非其人乎?

朱舜水在日本的功绩,后学皆有所耳闻,他能够"起后生之顽儒,励壮夫之名节"①,是张斐所仰慕的大儒,同时张斐对今井弘济也礼貌性地加以赞誉。张斐《赠侠客》序曰:"此侠客自是奇人,善剑术,随行挟两大铁锥,人皆呼为大铁锥。闻其名,则曰:人只为一名字坏了多少事,我却不用此也。亦无妻子无家,曰:人只为妻子家累坏了多少事,我却不用此也。专取响马银子济贫人,响马甚畏之。魏叔子为作《大铁锥传》,可与史迁相上下。响马,北方强盗之别名,单用一人骑马取财物者。"此诗道:"大带宽衣较不如,指天划地笑粗疏。一生只博纤毫义,胜却吾儒万卷书。"通过此序此诗,张斐表达了他对侠客义士的追慕之心,也显现出其重生轻死、刚肠嫉恶的浙东气质。

反映张斐湖海生活的诗篇大部分辑于柳川古文书馆所藏之《东游稿》

---

① 《又祭楚瑜先生文》(柳川古文书馆藏作者自抄稿作《祭楚瑜文》)。

中,主要是其往返中日的乞师经历,其中就有一系列的涉海诗歌。《杂兴》序曰:"客居无事,歌竟即书,积之得十三首,亦无诠次,在海中,涉海事居多也。"他自道所作多是涉海之诗,海洋赋予弄潮儿以勇气,弄潮儿走遍四方所依靠的便是跋山涉水的本领:"男儿初堕地,已营四方谋。跋涉竟徒尔,远渡来海陬。……身极东海畔,心悬故国忧。犬羊气充塞,鸠鹄满道周。……鞭挞驱之去,赋钦同累囚。饿死与兵死,均死亦何忧。"①他对自己选择涉险渡海之举毫不后悔,坚信与其坐以待毙,不如放手一搏,这表现出张斐落拓洒脱的个性。对于乡贤朱舜水,他心怀崇敬,加以赞颂。他追步朱舜水东渡的足迹,对其极尽颂扬之能事,其《飞白诗》曰:"海外谁知有奇士,平生不减鲁朱家。东风亦解传人善,曾递声名到若邪。"张斐又有文论曰:"吾中国朱楚瑜先生,耻食虏粟,而逃之海外。有省庵者,日本产也,闻而义之,为之衣食者六七年,盖几几乎可谓难矣。为作一小诗赠送之。"赞颂朱舜水渡海乞师及闻名海外的事迹。对于自己孤苦的漂泊生活,张斐虽有些许的遗憾,如其《海外逢族祖候问》所道:"白头宗孙黑头祖,相见天涯泪如雨。几年忆别独伤心,万事萧条向谁语。承问消息空茫然,老妻稚女海西偏。不成挟匕入秦地,今日翻悲作鲁连。"但在慨叹时光易逝的同时,张斐亦数次提及鲁连,对他"彼(秦昭王)即肆然称帝,连有蹈东海而死耳!"的志节充满崇拜之情,并以奇伟高蹈、不慕荣利的鲁仲连为榜样。柳川古文书馆所藏张斐诗稿《射不来》曰:"周室既衰,诸侯不朝,苌弘作射不来,祭以动之,诸侯终莫朝者,卒吞于秦。秦之先祭陈宝祠,事颇怪,及汉犹盛,思汉者疾秦也。殷殷雄雉射不来,秦王气壮周王衰。汉鼎曛暚礼崇台,敢告上帝荐三才。黄云下覆鹿走回,路弓乘矢兆龙媒。"张斐与朱舜水如出一辙的有秦朝情结,不同于其他遗民向宋元遗民看齐,他们直接取法于秦朝时鲁仲连的义不帝秦,申明自己遗民的忠贞。辑于《霞池省庵手简》的《寄赠安东先生并贻今井氏弘济及诸同人》诗曰:"身为鲁连不得志,翻作教化成文翁。"张斐追慕鲁连的这一情结,亦被安东守约所察觉并予以赞赏,这种情结是南明浙东遗民共通的情感倾向。安东守约作《张先生去年留诗而别,今春重来,不堪喜,奉和惠韵,敬呈郢教》②诗和之。

---

① 章太炎在清末排满时也引用过此诗。
② 据《霞池省庵手简》辑录。张斐:《莽苍园稿》,刘玉才、稻畑耕一郎编纂,南京:凤凰出版社,2010年,第260页。

安东守约之诗，以"华夷变态"的姿态，对张斐艰辛乞师之经历及清朝易明之状况颇表同情。张斐所写的传记，如《晋阶柱国光禄大夫少传兼太子太傅吏兵部尚书武英殿大学士吕文肃公传》《皮太师传》《张默传》《农部许公传》等，多是祭奠抗清英雄义士的篇章，其《烈士歌》曰：

> 烈士者谁鬼无头，查为其姓字天球。分明白日索人语，却道吾生事已休。烈士死已月余，其友忽见于章江门，口道云云，事实也。

神化当时烈士的事迹，是记录南明遗民乞师事迹的书籍中经常出现的一种写作手法。此种怪力乱神的事迹，载述者记录起来皆言之凿凿，犹如亲历，这也是南明遗民文化中一个有趣的现象。创作者不顾现实与历史的因素，大力美化甚至神化南明遗民其人其事，甚至加以善意的渲染与夸张，这些撰述寄托了创作者对南明烈士的美好想象，以及对忠君爱国者的敬意。历来符合中国传统审美心理的作品，多少会迎合阅读者的审美，杜撰出子虚乌有的"英雄""神迹"，创作者与阅读者似乎达成了某种共识——无人道破，甘之如饴。即便是深受浙东"经世致用"诗学思想影响的张斐，亦杜撰了许多美丽的结局，寄予他内心深处对抗清英雄的尊敬之意。

漂泊生活的艰辛，满腹经纶却怀才不遇，恢复明朝的理想难以实现，世道险恶、人情浇薄，遭逢动荡、赤胆忠心却不被理解，即使朋友众多，张斐依然有深重的孤独感。但凡怀有孤独感，多因诗人怀才不遇，同时也有对亲朋、故园的思念。张斐宣泄胸中的孤寂与忧伤，吟咏成诗而加以宣泄，他在《书刘青田集》中自谓："吾诗刻苦而成，虽乏恬淡之致，要自矜铼。今人见者谓多愁音，代为吾虑，诗能穷人，私亦疑之。……天之不能以冬为春，犹人之不能以忧为乐也，苟抑之欲其强啼作笑，大是不情。"他对自己的评价还算中肯，即便"诗能穷人"，张斐亦表现出不能"以冬为春"强作欢笑。世人常谓岁寒三友是松、竹、梅，张斐的生活四友便可称为穷、寒、愁、老，这四点在其诗集《莽苍园稿》当中出现频率极高，充满幽怨、凄苦心绪的张斐只剩下了恨——无成、无力、无为、无奈。但这哀怨同时夹杂着激昂，即幽苦与壮志共存。"生时眼未干，死泪终满腮。"张斐早已将生死置之度外，"我宁爱一死，于义不能殉"。为了国家大义，遗民志节，张斐于义尚不能殉国，所谓悲愤出诗人，他恪守遗民志节，以国仇为家仇："一身了无事，半生只愤懑。"（《赠秦嗣唯》）将这沉重的精神枷锁扛到了自己身上，其《谒景先生祠》诗云："志屈天移命，家残帝不仁。宁知时代易，俎豆尚如新。"申明了自己的志向，天崩地解之时，个体在强大的时代主旋律下被压制，他只能时时砥砺且奋力抗争。如其《九日雨对菊》：

> 萧萧江雨闭茅屋,苦吟兀坐头颓秃。愁窥天井暗复低,登高何处堪极目。

这首诗以江南空间视域中的物象,以压抑的视角,突显其诗歌沉重苦闷的境况,抒发表达其愤懑之情,萧萧、茅屋、秃头、愁、暗等一系列语词的运用,勾勒出一位穷愁病老的诗人形象。诗人与雨中败菊两两相对,整首诗意境萧索,触目晦暗,气氛悲凉,读罢冷气逼人,颓败凄凉至极。其他如《小至泊仪真,忆与陈孝明同舟宿此,泫然有作》(冬至前一日谓小至):"野泊孤灯宿,遥闻戍鼓传。江湖逢至日,雨雪逼残年。"触处皆冷,诗风凄冷悲凉。其《哭李仪及》诗又言:"年来频失友,老去哭他乡。旧识多新鬼,先衰却后亡。泪痕映死睫,墨渍尽枯肠。有绝笔诗,不成而逝。苦忆平生好,何时得暂忘。"故交零落,知音渐少,张斐感受到的是恪守南明遗民志节的艰难,这种心境的描摹,是深处绝望境地中的张斐所不能自已的一种情感。其《遣兴》诗云:"懒惰逢人久,村居颇自宜。茅斋闲少客,秋日病多诗。篱菊披荒径,亭荷倒涸池。朝来清镜里,萧飒更添丝。"菊披荒径,疏朗旷野偏僻无人,徒留菊花疯长。夏天早已过去,而池中荷花败落,荷叶干枯,视域所见,败荷残菊更显颓唐之象,整首诗歌充满了窒息压抑的韵味。

(二)悲苦意象的选择

时运不济、怀才不遇、寂寞孤独、人生无望,种种难以排遣的愁苦构成了张斐诗歌的主体情感倾向,其《友人饯别金华杜明府,与席,分星字》诗曰:"异乡闻折柳,独客叹浮萍。"以浮萍折柳,寄托自己的孤绝心境。萧条凄清的境界,却徒然使张斐生发出隐居余生的想法。"徒然挈衣被,长途走风雨。浮云忆故居,萧条委环堵。浩荡江海中,宁知老渔夫。"(《逸圃诗,赠顾迁客》)张斐描绘自己心境的苦寒孤寂,犹如孤舟垂钓的老翁渔夫。张斐的诗句意象,其大略的分类见表5-1所示。

表 5-1　张斐诗歌意象表

种类	示例
孤寒	《伤春五首》(时在浔阳作):天高私疑问,地阔苦容身。……不死怜春在,此生误昨非。今朝豁所见,悔失钓鱼矶。……直觉谋生拙,空悲行路难。艰虞蹈箕斗,局促度支干
	《孤燕》:檐雀诚非类,林莺必见猜
	《立春》:蹉跎感新春,叹息念旧历。夜来心未老,佳梦破愁寂
	《赠别赵生》:腊尽闻门柳,萌芽带雪生。世乱丑斯文,儒冠不足惜。……四顾余无声,沙际动寒色
	《重过黄氏园林》:阴崖蛇自伏,虚室鬼如闻。晚色冲寒路,衔悲空为君
	《送友》:老树柴门僻,孤舟野岸停
	《西陵赠别》:树稀沙鸟乱,帆尽海云孤
愁苦	《冬至》:至日江南老,思家一倍愁
	《送友》:人愁心易感,惜别更伤情。白发怜谁在,青山送独行。云凝沙雁起,风急草虫鸣。迢递长安道,愁君去马轻
	《元宵二首》:他乡愁里月,故国少时春
	《归闻湖上采菱歌者》:高秋八月堪愁思,一片歌声奈尔何
老病	《寄史华青》:岁月穷愁尽,风尘老病除
	《赠秦嗣唯》:尽日不关事,老年唯课书
	《戏赠乡人从军者》:承君恕老钝,向我语平生
	《赠蜀人费此度》:去国今垂老,他乡即故乡
	《入雪岩,寄在燕诸公》:苦心忽渐老,得意定何年
贫穷	《感怀》:千金殊少诺,一饭始怜贫
	《答张式甫》:遭乱苦相失,为贫未有涯。稚年不可忆,衰病已堪嗟
	《代书答故人》:愁眼看迷字,穷途苦捉襟
	《秋怀》:风高木叶落,江上独登台。向晚途穷客,谁令怀抱开
	《与任来叙别》:贫老江湖里,残年雨雪稠。故乡总逆旅,别路偶同舟。莽莽天涯阔,萧萧人事愁。动寒聊此去,何处更追游

身处困窘之境,南明浙东遗民张斐的诗歌创作,难免沾染悲苦的气息,此种类型诗歌的书写,展露了他在南明末期一筹莫展的心绪,时不我待,坚守遗民操守的他,在时代车轮的碾压下难以抽身,唯有接受悲观愁苦的宿命。张斐在其《赠金筬文序》中曰:

> 吾谓人贫贱如此,即富贵必无所动于中,此其可逆知者矣。岂非君子哉!岂非君子哉!《南北史合注序》:独自刘宋、元魏以还,则正朔不知其谁与,而天下化为无统之世,载笔之君子不得已,目其朝曰南北,则自二帝三王数千年所未有。

张斐强调自己不以贫病为意,相信君子乐贫,坚守道德才是最重要的操守,此处表达了其为文作诗并非"为赋新诗强说愁",而是为了恪守遗民志节。"穷愁病老"亦是他生命中的必然之笔,甚至可以说,这些因素促成了张斐忠贞的志节,所谓逆境出英雄,中国诗歌意象中的愁、贫、老,多是诗人真实生存状况的写照,亦是他们磨砺意志,顽强自立的基础。

张斐诗作所撰述的皆是普通南明遗民的人生经历与所思所感。记录其谋生之苦,如其《薤园》序曰:"静则辞劳,俭则节费,不劳不费,于斯时也尤宜。因使作诗,得两首。"张斐在其《浔阳江舟中夜听吴刘二子论刘项荥阳之战》中云:"此身有生死,此心无存殁。"身为遗民,他早已超越了身体上的生死,遗民之心不死,谈到心学,未免会想到浙东先贤阳明先生的心学之用,用心即可,便不需在乎身体的存殁,《渡江二绝句》诗云:"寒天风浪急,不载客行舟。"张斐诗歌传达的还有紧迫感与冷静感,如"暇日邀人醉,空庭待月凉。"(《过来壁清隐居》)"凉月"的意象,又给人冷气逼人之感,而这种冷清,张斐有句道:"琴书惊室冷,苔石喜花清。"(《雨后萤,和友》)掩卷思之,张斐诗歌所传达的皆是时代鼎革下恪守旧朝道德的末世情怀。江山易主,山河破碎的巨变给士子们带来了极大的精神痛苦,以"言情"为主的诗歌必然是表达亡国之痛、乡关之思和忠君之情的载体,因而遗民诗作具有深厚的社会内涵与崇高的思想价值。颠沛流离之苦与沉哀入骨之愁,都在忧国伤世,怜时悯民的崇高思想中得到了升华。伤春悲秋、离别相思本是人之常情,但是忧国伤世所萌生的愁苦也使得观者产生强烈的共鸣,"累若丧家之狗分,亦何望乎腾骧",这些南明遗民诗歌的创作,因悲苦悲壮而极具艺术魅力与审美价值。

"秋虫"意象是中国古典诗歌中常用的一种寄托之物,借以阐释诗人的哀伤凄惨之情,"幽咽低吟"与"声哀音渺"的"虫"意象给诗歌增添了衰弱感伤的氛围。诗歌"幽苦语"的表达,不仅突出了孤独者的哀歌,在这鸣虫的悲歌中亦渗入了诗人的身世之感与家国飘摇之痛,乃至对政治及时代的思考。"咽露秋虫,舞风病鹤"(洪亮吉《北江诗话》)的诗作也渲染了张斐诗歌苦语凄寒的色彩。"鼠肝虫臂"(《庄子·大宗师》)的微弱哀鸣,恰好反映出作为匹夫的张斐的爱国之情与赤子之心。试举几例，见表5-2。

表5-2　秋虫意象示例表

《病中示仆》："彭殇理则一，盖棺事何知。……白日下颓檐，鸣虫出草底。偶捡病中作，一笑长已矣。"
《送友人归成都省试》："人生会面难，况涉万里途。……鸣虫出石底，白月辉中衢。顾影起独舞，悲歌向秋芜。"
《闻磬》（《莽苍园诗稿余》）："草根鸣虫止，树头落叶摧。"
《将之江北，寄家信》："思家属秋夜，客里复长征。总是狂奔走，能无损性情。雨中遥雁过，灯下暗蛩鸣。寄书恐不达，惆怅出东城。"
《萤火》："萤火风方炽，辉辉过水亭。花间兼露白，草际带烟青。体弱乘残叶，光寒错列星。九秋霜气重，愁汝尚飘零。"
《促织》："老妻罢刀尺，游子急衣裳。地迥看唯月，天空愁是霜。"
《闻蛩》："天心尔最苦，人事我频惊。……谁怜助叹息，唧唧向离情。"
《秋夜读楚词，李太守恕闻之泣，复起饮酒达旦，明日作诗十韵请和》："蒹葭渺何处，蟋蟀鸣林皋。"
《蟋蟀》："秋馆初寒夜复深，绕床蟋蟀向人吟。衰年已怯多愁病，游子况经长别心。万籁无声余独响，五更有梦断凄音。霜天吹汝时时急，不觉伤神泪满衾。"
《琴记》："予好琴，贫不能自有，友人有善琴者，兴至则造之……时残暑初退，月色满庭，操弦声动，鸣虫皆寂，家人睡者亦窃起听。……乐之日无几，而悲岂有穷期哉？"

　　张斐在此类诗中与渺小的秋虫同病相怜，读之哽咽幽曲，难免产生萧瑟萎缩之感。南明浙东遗民尤其抗清义士的诗歌创作，多以悲壮宏大取胜，然则因张斐的人生中，事事不成，只能徒然地面对亡国之痛，因此，遗民张斐的诗歌创作多是吞吐呜咽，难伸其志。其《萱草》诗曰："如何朝暮里，不见解人忧。"以鸣虫衬人的孤独、失偶，以动衬静，诗境中颇有"多余人"的虚无感。其《张先生第二书》曰："独念斐生亏忠孝，学问无成，浪迹乾坤，块然一蠹。"张斐对自己终身未有建树颇感愤恨，甚至认为自己是一条蠹虫，一定程度上有自轻自贱与怨怼之感。

　　作为自我生命体验的意象，"秋虫"或具体化为"秋蝉"诗作的绘写，承载着个体悲愁哀怨的情感体验，此亦是张斐所特有的诗歌情感符号系统。这些诗歌不仅代表了他孤高清傲、清澈远举的性格，亦传达出其茕茕孑立的伤悲，乃至对生命易逝的哀叹。其诗作中的咏暮钟、诵风筝等诗，亦是此种情感的一种表达。如表现孤独情怀的《来隐居园梅》："屋角梅初放，骑驴空却寻。自栽供老眼，相对助孤吟。"清高孤傲却不得不与世沉浮，唯有写梅以喻志、自励。沧海桑田，江湖飘摇后，作为末世遗民的张斐，在戎马书生的豪气之外,又借独来独往的飞禽,传达其不胜孤独、凄冷的黯然伤神。其《鸥》诗道:"江湖无日静,天地此生浮。"飞鸟失侣,孤独振飞,隐喻了自己壮志难酬的悲凉。张斐还作有《雏鸡》《雁》(年年关客恨,日日向人哀)、《一雁》等诗,其《孤雁》诗曰:"落日照犹见,寒风吹更悲。他乡多旅思,为尔益凄其。"孤雁孤傲,却无比孤独,顽强自立却难免漂泊放逐的命运,恰是诗人自身生命经历的写照。其《百舌》诗云:"百舌一只好,无群声已多。"现实对个体理想的磨灭、销毁,诉诸诗文,颓废的物象与诗人的情感形成了某种默契。这些孤寒、秋虫、独鸟等意象的选择,使得张斐的诗歌呈现出孤冷清寒的风貌。其诗多是指向某些特定的物象或场景,借助清冷之物的衬托,渲染出诗人对万物的感知及九曲愁肠的心境,使人们切实地体会到时代空间界限下个体的孤独存在。作为逐臣弔客的张斐,前途茫然,人生黯淡,其笔下的人生被摹写成漂泊无寄的孤独行旅。诗中充斥着寒意森森、行旅匆匆的节奏,诠释着生命的弱小,乃至无法与强大的黑暗与孤独相对抗,永无止境的期盼与毫无头绪的希望,使得诗人沉重的肉身无法从宿命中解脱出来,面对孤寂冷清的世界及飞速流逝的时间,诗人只能徒然消磨自己的雄心壮志。

"穷愁病老"本是中国传统诗家必然或故意采用的一种情感基调,所谓"欢愉之辞难工",因此诗歌晦暗的一面,有被诗人刻意夸大的嫌疑。尤其是以张斐为代表的南明浙东遗民,遭逢覆国之悲,在救国无门,复国无望的情形下,他们的诗歌创作便具有了某些"群体性症候",那便是吟咏苦闷之情,以疏泄内心的郁结。这种类似秋冬寒夜的"季节性思想",亦是南明浙东遗民"群体性思想"的一种折射,部分遗民深陷亡国弃民的境地而无法自拔,况且救世无策,这种个体无力改变国家、民族命运的挫败感,对传统儒生"修身齐家治国平天下"的治世理想来说,是非常致命的打击。

三、安能日共忧,得意且为乐

对于南明遗民张斐而言,他一生中有所作为的事情便是东渡日本乞师,虽然结果不如人意,但毕竟他也为挽救明朝付出过努力。经历江湖之游的张斐,经受惊涛骇浪的洗礼,颇为辛苦地来到日本,在诗作《东国纪行》及《舟发》(出吴淞口)中表达了他对异域的新鲜好奇,"要观天宇大,不能惮险恶"(《舟发》),更阐发了自己对乞师颇有憧憬。他还以出使匈奴的张骞为榜样,如其《渡海逢七夕》所云:"却惭非汉使,有忝似张骞。"虽然无法与张骞比肩,但他仍踌躇满志,赋予自己以神圣的使命。在海上漂泊时,张斐回想家国满目疮痍的惨状,不禁悲从心来,其《述怀三首》诗曰:"天下胡尘满,儒家失旧冠。愁心向海阔,老泪逐波寒。"俯仰之间,皆是此种痛失故国的遗民情怀,对蛮夷的唾弃及有感于儒家道统的落败,皆使张斐陷入深重的悲痛当中,此种情感也是他不顾风险,历经千辛万险,渡海乞师的动力。张斐在给日本友人的书信中道:"积水为区,远遏狂澜之倒;扶桑初旭之临。"来到日本,他只简单地提及日本与中国风物的不同,依然心情沉重,无暇欣赏风景,所谓"云物他乡异,愁看海外天"。张斐还作有《至日》《长崎漫言三十六韵》(遵韵洪武初至长崎,漫赋志怀三十六韵)等诗,后者云:"风俗犹(粗)存古,人情好去疑。带刀常示武,载笔亦摛词。"张斐因此视当时的佩刀武士为新鲜事物,因为这与他的思想视域也较为接近,醉心于尚武精神,希望文治武功救国,他所关注的焦点仍是与此相关的事物。适应一段时间后,张斐在《书感》(雷雨)中写道:"泽国常多雨,东方亦(复)易雷。"甚至,在初次奔赴日本长崎时所见的海浪,他亦洋洋洒洒地加以渲染,其文《浪》曰:

> 丙辰七月,浮海之日本,舟中无事,大观乎浪之形状,而极其变,盖藉以汰吾抑塞磊落之气。有若缭者,城漫者,沙缺者,墙空者,洞崩者,崖兀者,石直者,烽搓者,木吐者,花沉者,玉碎者,珠错者,锦浮者,云划者,电殷者,雷靡者,雾泛者,霞轻者,烟无者,风垂者,雨断者,虹晴者,雪阴者,冻夜者,火夜而散者,星其动者,萤跃者,鱼骇者,兽矗者,禽鸡(离)而立者人。凡旬有余日,乐而扣舷此诗。

海浪波谲云诡,从感官与审美的角度来说,难以称之为壮美,只感觉到海沸波翻,十分凶险。此次去日本,张斐心怀家国大事,依然忧心忡忡:"今来海外观,将身沉海若。感时正多虑,去国方易愁。夷歌胡太繁,夜半声啾啾。"(《中秋》)字里行间,始终不忘一"愁"字,同时也意得志满,充满期待,力图有所作为。在张斐的诗歌中,也偶有心情舒展、心绪畅达的时候,如其在国内所作的《春日金陵寓中镊白,喜王次峰至》:

> 二月春光繁,丛花半已落。人生无百年,衰老忽如昨。朝来清镜里,形影殊萧索。不知须发枯,摘之欲盈握。……安能日共忧,得意且为乐。

春日融融、花团锦簇,诗人感慨人生苦短且需得意尽欢,这种欢愉之辞是张斐诗作中少见的亮色。其《中秋小酌,赠职方张肩三》诗云:"酣歌荡竹露,鸣虫通四邻。物性各有适,天心宁不仁。"此诗率性自然,颇有《古诗十九首》的风范,将个体的感悟融入自然天理当中,引发己身活在当下的诸种思考:"此时不为乐,百岁将何如。"(《醉歌,为金陵樊翁寿意》)春花春树,良辰美景,为什么不让自己暂时得到解脱呢？张斐学陶潜之风，自题挽诗，其《酬别王生》诗曰："自作挽诗成，掷笔未云既。骊歌又在途，人生真憔悴。"其看淡生死的超然心态也缓冲了其对家国兴亡、建功立业的热衷程度。热爱生活的人生态度的复苏，也使他有闲暇驻足四季的风景，如其描绘春色的诗："空庭映竹饶奇花，石上芭蕉弄春色。"(《写飞白歌》)虽纤小细致，意境逼仄，但仍有春意溢于言表。张斐诗中还有少量描写浙东民情风俗的诗，如《东海打鱼歌》：

> 春海茫茫鱼起口①，渔人千帆出海走。将柁欹樯杂妓蠕，撑突波涛取石首。忆昔海檄承平日，十家九家多富室。天下鱼监流泉通，不独网罟纵出入。一朝法令禁莫施，白日不敢潜捕为。暮夜赤脚苦沙砾，撷拾虾蛤沾妻儿。今年船船尾相衔，大鱼小鱼百丈牵。渔人气猛提网急，一呼船集争客先。鱼竭水浑吁可怪，群龙怒搏船几坏。黑风白浪恼鬼神，回船入岛呼老大②。不见公家赋税频，簿书不遗馨与鳞。嗟尔冒险亦何苦，慎勿贪得厌清贫。

诗中详尽地描摹浙东渔民依海为生的生活，昔日十室九富的渔家，在康熙颁布禁海令之后，只能晚上偷偷去捕鱼，趁着夜色在海滩捡些贝类海鲜给家人食用。解禁之后，又出现了渔民喜庆丰收的景象，张斐还奉劝船老大适可而止，且忌贪婪，使得捕鱼劳作的场景充满民风野趣。

张斐还作有比较清新亮丽的诗句，如"花发行舟处，风帆眼一新。飘飘愁已暮，泪没楚江春。"(《舟过宜陵，见桃花盛开，二首》)，《汪明府游山观，得功字》诗曰："溪草映袍绿，山花拂绶红。"动词的运用，充满灵动。新旧互衬、诗意盎然，色彩亦富有视觉上的冲击力。然而，张斐的诗歌仍摆脱不了抑郁、黯淡的影子："夕阳翻叶底，一蝉号西风。白发映檐花，衣冠睟古容。"(《秋日过访吴门张老》)张斐的欢乐又是短暂的，他对美好事物的感受，皆是一笔带过，其人生终究难以摆脱暗沉无光的阴影。在第二次赴日时，张斐自道："此行大不如前，睡若。"(《张先生第五书》)年华已逝，壮心不已，然则恢复明朝却是海市蜃楼，难以实现，时光带走的不仅是张斐的壮志，亦冲刷出纵横交错的历史轨道，完全不按照人们既定的设想前进。

张斐诗歌中亦有部分诗作具有自嘲的色彩，体现其性格当中所具有的诙谐幽默，如其《杂兴二首》诗云："好马不受羁，脱辔走危冈。青刍一时尽，

---

① 鱼有声，土人谓之起口。
② 掌船者之称。

讵知道里长。……良材中绳墨,大匠嗟不休。体重举匪易,双驾必用牛。"诗后有注:"此二人滥交,故及此,盖惜其不就尺绳,故讽之也。"张斐个性率真,常在诗中自嘲,如其《海陵诸公请吃蟹,作蟹歌》诗曰:"酒醋大嚼吃不得,即今齿落令人悲。"他还作有《齿落二首》:"即今齿已落,留舌示山妻。"表现了其难得的自嘲和豁达精神。自嘲自适与愤怒抗争是当时南明遗民最为明显的两种类型,自嘲式的抗争因为有着"含泪的微笑"而弥足哀伤,如调侃自己牙齿已老,壮志难酬的心情有"留于空舌示老妻"。南明浙东遗民在面对家国颠覆时,自嘲、调侃的方式亦能暂时掩盖他们无力回天的无奈。张斐《南乡子》(江州南湖烟水亭秋夜有怀,以下词曲)词曰:"回首思悠悠。乍见银河挂玉钩。天阙不知何路近,层楼。一曲阑干万里愁。"调侃与自嘲的结果,依然是悲苦穷愁,张斐文学的书写,为南明浙东遗民的最终结局铺陈了晦涩凄楚的基调,无力回天的失落感伴随着落魄遗民的终身。

在张斐的诗文集中,还有少量的诗论,他仍以宗唐为主调,喜言杜诗,主张为文当学唐宋。其文论《张先生答守直书》曰:"细诵高文,气骨遒上,寝食于《史》《汉》二书,不当下拾唐宋。"其诗中有品评唐诗者,如《守岁赠友》:"五十飞腾至(杜诗),四十明朝是,飞腾暮景斜。年华倍惜人。无将今夜酒,更忆少年时。"他对杜诗极为推尊,因此在作诗时常常模仿杜诗的风韵,以杜诗为范本。如其《魏叔子(魏禧)客死仪真,苦六绝》道:"死时犹含睐,何时遗恨终。"下注:"杜诗:泪痕映死睫。"其《元日四首》云:"世途长怪出门险,吉日应须捡历书。"下注:"杜诗:远行不劳吉日出。"张斐的诗论中,也有评论心学的言论,如其《字说》诗云:"世俗之采,无恃于中而托于外者也,求炫人者也,久而剥落而已矣。……佛氏之业白,老子之守玄,是也,而吾儒亦恶朱紫之相夺。今采坐则隅,行则随,言若不能出其口者,循循乎有礼而文也,是求益,非欲速也。将为采,先学其为云;学云者,学其为山川之气,而出之无心也,是真云矣。诗曰:云汉为章。夫岂求夫外者哉!"阳明先生曾道:"圣人之求尽其心也,以天地万物为一体也。……盖圣人之学无人己,无内外,一天地万物以为心。"①张斐对阳明先生的敬仰,在其诗歌中常有所显现,其诗歌的深层内蕴,亦是能将其渊博的学问转成智识,天地以其气发露为文,人以其心发声为诗,以诗歌剖露其思绪。以我观物,复见其心,因之再达到悟道、超脱的境界。

---

① (明)王阳明:《重修山阴县学记》,《王阳明全集》卷七,(明)钱德洪编《阳明先生年谱》下卷,明嘉靖四十三年毛汝麒刻本,第74页。

遗民文学有一些固定的模式,在主题内容及情感表达方面以怀念故国、寄托兴亡、友朋酬唱、志节砥砺、写景赋诗、感物伤怀等为主,意象群及所呈现的境界等皆在既定的范围之内,借助物体、数字等象征符号,记录具有历史感的国情、民生及事件。南明东渡遗民文学除了具有这些基本特征之外,因为身处异域,家国之思愈为明显,其诗歌创作结合日本文化的某些特征,又采用中国诗歌的创作手法,在文体上表现为介绍故国的问答式语录体,在诗体上表现为收纳异域的景点式咏物诗。南明遗民尤其是浙东地区东渡文人有成就者,主要以心越、朱舜水、张斐等为代表,在诗学崇尚上,他们仍延续明代诗坛余风,以唐诗为宗,承袭七子的余绪,虽偶有性灵派诗歌的气息,但大体上遵循明末诗坛的旧路。虽然在诗歌价值的创建上,他们对汉诗也起到了一定的宣扬作用,但与其说是促进日本汉诗的发展,还不如说他们的功绩在于呈现了中国诗歌创作的原貌。彼时赴日诗人的汉诗因未展现流派性的群体诗歌创作,诗歌创作仍以个人心志的抒发为主,体现了南明浙东遗民个性化的文学创作特征。南明浙东东渡遗民诗歌创作仍有强烈的政治倾向,作为最后一批乞师日本的浙东抗清义士,这一阶段的诗歌,仍是"旧瓶装新酒"的方式,即以中国古典诗歌的框架,杂糅个人的情志。诗作内容不外乎咏唱四季风物,感伤故国凋零、个人飘摇,甚少清末民初旅日诗人充满异域风情的"新诗"创作。受到社会环境、诗作水平等因素的影响,南明浙东遗民所创诗作亦属于中国古典诗歌的范式。南明浙东诗家创作的反映东渡历程、旅日心态、留居日本的诗歌,如心越诗中的风物吟唱,也远远超过当时日本本土汉诗的水平,张斐"穷愁寒老"的诗歌风格亦是在失望与奋起中备受折磨的遗民心态的反映。心越诗歌的特点是诗琴友谊,这是其僧诗的特点之一;张斐则江湖蹇蹇,浙东性中刚直迸发、任侠好勇、快意恩仇的特点在诗中亦有所体现。这些禅理诗或江湖诗,其固定的思维习惯与地域精神都渗透在他们各自的诗作内容当中。作为南明东渡遗民,他们的诗歌创作对日本汉诗的繁盛亦有所促进,松下忠统计江户时代著名的汉诗人最少有 150人[1],南明浙东东渡移民朱舜水、陈元赟、心越等皆是对日本汉诗发展推波助澜的人物。总体来说,东渡遗民勇于尝试、经世致用,在复明事业无望时,其于扶桑反而收获了一片赞誉的声音,其强项不屈的遗民精神,亦是南明浙东东渡遗民所呈现出的独异特质。

---

① [日]松下忠:《江户时代の诗风诗论》,东京:明治书院,1972 年,第 13-30 页。转引自严明:《东亚汉诗的诗学构架和时空景观》,台北:圣环图书出版公司,2004 年,第 324 页。

结　语

　　南明小朝廷是历史上较为短暂的临时政权,明朝江山被清朝取而代之,南明君臣便开始了颠沛流离的逃亡生活,亡国之悲如影相随,始终伴随着他们反抗与隐退的全程。南明君臣在面对强敌时,本没有预想到清兵的野心,他们还以中原文化正统自居,意欲在清兵帮助其驱除李自成后,与之共同分享天下,最终却落得亡国的下场。鲁王监国绍兴后,在特定时空交汇下,造就了南明浙东遗民这样一个特殊的群体,并因之衍生出不同的身份群体(名臣、遗民、移民、游民等)。浙东自宋代以后多出学人,南明时期,浙东遗民群体以浙东学术宗承与儒家道德品格自律,遭逢鼎革之变,他们破旧立新,坚守传统文士的志节德行。时代的异变,亦致使浙东南明遗民的人生轨迹有所偏离,他们被挟裹于历史的洪流之中,南明志士以个体的自持与自强,谱写了一部南明王朝与南明志士的受难记。南明浙东遗民,除却遗民惯有的家国情仇、离愁别恨等情结,浙东以牙还牙、疾恶如仇的地域文化传统,浙东学派“经世致用”“知行合一”等学术思想,赋予了南明浙东遗民以开放的观念与思维,他们在恪守旧有的忠贞观念时,亦以思辨的思想和行动,建构出自我在时代、地域、政治等关系中具有个性特质的独立价值体系:既有趋附,又有固守;既有坚持,又有规避。浙东遗民在政治形势的逼迫下,以个体对政治理想与自我期待的理解,竭力践行个体的生命价值。南明浙东遗民的诗文描摹,传达出群体性的情感征候,抒写出他们对民族、国家、身份的情感认同。南明遗民诗歌创作是其身份变异后,以文学记录的形式,书写了个体在时代裂变形势下所持有的情感变奏与处世变调。

一、南明浙东遗民文学书写的成就

在中国浩荡的历史进程中,南明近四十年的时间跨度略显短暂,而且具有混乱而晦暗的时代特征,所谓"国家不幸诗家幸",文人志士在文学领域却躬耕出丰硕的文学成果。侄傯岁月中颠沛流离的南明遗民,他们的文学创作,成为探赜索隐南明文化的重要媒介。南明遗民的文学作品,带有特殊的文艺风貌,他们依傍现实,以国为家,结合地缘的个人质素,创设出关乎时代、政治、军事、经济、民生等一系列问题的文本世界,架构出南明历史语境下的文化体系,呈现南明文学创作的异质特征。透过南明与清朝军事角力的史实,借助南明文士的诗文记录,形塑出南明文学移步换景、切景换情的创作模式,因循南明浙东遗民身份的变化,遗民以诗言志,诠释个体不同方式的抗争意义及其文本价值。后学通过对南明遗民这些遗民文学文本的细读,得以追溯南明政体系统的运作模式及其与清朝间政治军事纷争的纠葛,包括南明被迫与周边国家、地区间的互动往来,借由对南明诗歌的文本解读,获悉南明志士的价值体系与精神信仰,捕捉离乱时期南明文士所缔造的文学形象。

(一)歌咏胜国情怀、尊崇遗民志节

对故国领土与传统文化的坚守与恪守,是南明浙东遗民的核心价值观念。为践行这一价值体系,南明浙东遗民的文学创作多通过记载战争史实来缅怀故国山河,进而抒发怀念旧朝的情感。同时,在文学世界中,他们亦寄予了光复明朝的希望,表达其理想、志节以及情感取向,而忠诚爱国的情感表达,也是南明浙东遗民所具有的突出表现。南明旧师与浙东义师是南明抗清史上较为壮丽的队伍,战事的偶有胜况也多反映在南明遗民的诗歌作品当中,表现出遗民昂扬的战斗热情。除了南明浙东抗战遗民,那些退守隐居、著书立说,乃至遁迹于湖海,流寓至台湾,甚或东渡扶桑的浙东文士,亦能以爱国情怀与遗民道德操守为崇高至上的情操,时时不忘他们胜国遗民的身份。对故明的忠诚与缅怀,视清朝为蛮胡与仇敌,这也成为南明浙东遗民诗歌所诠释的情感内核。

易代之际,遗民的爱国诗作及遗民自励自持的诗作较多,相较于浙东地域文化传统中的"执拗"与"顽强","遗民"与"爱国"的身份与情感选择不仅赋予了浙东遗民以深重的信仰力量,最重要的是,南明浙东遗民诗歌的文学书写,具有核心价值与核心精神的双重意义。南明浙东遗民的一腔赤诚,在既有传统道德语境中,含有特殊的价值判断意味——将时代裂变后身份的

异质转变,内化为遗民群体认同的情操与品行,借由文学的手段,对这些抽象的价值观念加以具体诠释,抒发所谓麦秀黍离之悲,对亡明怀有缅怀哀伤之感。南明浙东遗民诗歌的主旨,便是对胜国遗民情怀的鼎力唱诵。

（二）强调忧患意识、重视个体使命

南明浙东遗民面对满目疮痍、残山剩水的故土,在内忧外患之时,唯有忘却恐惧,竭尽其力地抗争,化悲愤为自强,才得以坚守自己的道德操守。南明浙东遗民的诗歌创作围绕时代巨变下的社会风习与自身的生平遭际,减少了虚幻与理想的成分,他们直面明清易代、天翻地覆的世事变迁。明亡前,诗人多以文士的日常生活为摹写内容,诗酒交游的生活中,偶尔透露出些许牢骚与忧思,所关乎的多是个人情绪的叙写,其诗以近体形式为主,诗语较为平淡;明亡后,山水田园诗多不得见,表现隐忧与晦暗心境的诗题较为常见,借诗文对南明遗民戎马生涯、壮志难酬的情怀加以疏泄,此为南明浙东遗民诗歌主要的表现内容。

南明浙东遗民诗歌情感激昂悲愤,沉着壮丽,传达出遗民忧国忧民的情结。忧生嗟叹的诗歌撰述,太平年间为文人的附庸风雅,遭逢乱世则是遗民的真情实感,遗民诗中蕴含着他们构筑的太平盛世,这是士大夫阶层在运拙时艰的情状下,对"天下兴亡、匹夫有责"的具体诠释。在手足无措、进退失据的情形下,他们借诗歌呼唤能文能武、任侠仗义的盖世英雄。每一位南明浙东遗民皆在其先验的时空框架中,重新书写他们的人生经历,在经验的基础上,感知时代变迁造成的时间的推移与空间的辗转,时间、空间各种遭遇际会的相互纠缠,勾勒出南明志士可歌可泣、可悲可叹的人生经历与活动痕迹,那些人生困苦、步履维艰的诗作内容,皆是遗民诗歌创作的一种主观选择。

流变中南明浙东遗民的文学书写,以时间为支点,比附于南明朝历史的前世与今生,在前途未卜的王朝命运中,吟诵个体在过去、现在、未来这一时间轴中不同情境下自身对国家、族群的所思所想所感。在不同时间、空间的撕裂与延续中,个体身处王朝鼎革的环境下,体悟国家前途与个人命运的生死变灭,疏泄他们对兴亡之感与家国之思的浓重情感。怀念故明情感的累积与亡国之臣的反躬自省,最终凝集成南明浙东遗民的悲悯情怀。山川无改,而人臣易主,人生渺若尘埃,遗民对半壁江山文化地理的书写,描绘他们的生存空间,对浙东南明鲁王的追随与拥戴,是多数南明浙东遗民终其一生所尊奉的事业。经由诗歌的唱诵,浙江地域文化传统因子中的"非毁典谟"

思维，又唤起遗民们自我意识的觉醒，即便对南明君王有着清醒的质疑，在故明的旧有经验及清朝代明的创伤记忆中，南明浙东遗民依然坚守对故明的感情与承诺，甚至经受时空变迁对个体的种种冲击，在不违背遗民信念的基础上，他们保留南明浙东遗民的"事功"之心，避难于他处，继续经营自己功勋卓著的事业。

（三）传达政治理想、注重诗以纪史

坚持与放弃、游走与转移、固守与归化，在南明浙东遗民困惑的人生中，软弱、渺小的个体在面对巨大的时代变迁时，其内心复杂的情感与沉重的心灵，借诗文得以剖析并加以解构。时光流转中，曾经的爱恨情仇与峥嵘岁月，早已铸就了南明浙东遗民独特的群体精神。遗民内心的悲哀与激情不退的壮阔，是浙东地域文化与南明时移世异局势两相结合后所产生的情愫。面对明朝颠覆的事实，"中兴"之念一再出现在南明浙东遗民的文集中，如钱肃乐曾道："务使一二才猷智能、先事业而后功名之士奔走雀跃，共佐主上中兴恢复也。"①不难想象遗民渴望大展宏图、再造乾坤、拯救黎民百姓于水火之中的治世理想。江河日下时，他们在诗歌当中抒发了对国运民瘼的担忧，所谓壮士失志、英雄末路，在诗文的世界中，他们借鉴先贤的智慧经验，以治世贤臣为榜样，流露出希望明朝东山再起、免除生灵涂炭的文士情怀。国家灭亡时，他们亦与国家共呼吸，以历代遗民为楷模，砥砺志节；或以殉节来践行个体的道德操守；或以遁入空门的方式来了却残生；或维护一贯的高洁质性而退居隐守；或舍生取义、奋而起义抗争。在此过程中，多数人皆无功而返，抱恨终生。直线救国与曲线守国的选择，皆是南明浙东遗民个体面对时代鼎革时的取舍与抉择。遗民人格所迸发出的强烈生命力，无论结局如何，应是大多数彼时文人的最大努力。

诗歌在人生经验、人生感悟及情感表达、审美情趣等方面，皆有其优势，南明浙东遗民诗歌创作蕴含着他们的心路历程与思想意识，具有一定的个性化思维特质。诗歌采用比喻、用典、象征等方法，传达出南明浙东遗民内在的隐秘的理想与情感，其中交游、唱和等活动亦是南明浙东遗民诗所表现的重要内容，他们相互之间同志砥砺、激荡鼓舞，诗歌亦成为南明遗民文士交游的重要媒介。因而南明遗民结成了具有民族意识的文士社团，包括以

---

① （明）钱肃乐：《越中集·沥血辞衔疏》，卿朝晖点校，《钱肃乐集》，杭州：浙江古籍出版社，2014年，第173页。

"反清复明"为秘密纲领的诗社组织。文士的诗文创作甚或诗文结社,是南明浙东遗民在改朝换代之际文坛交往的形式与方式,也是他们众志成城,反抗清朝侵占明朝国土的文化抗争形式。

生逢波涛汹涌的时代,南明浙东遗民以其顽强不屈的意志、忠贞壮烈的性情,恪守传统士大夫的操守。于戎马生涯、避世独立中,借诗文以畅达襟怀,淋漓直斥者有之,婉转吞吐者有之。他们借助诗文当中的诸般物象,营造出特定时代风云下士子文人诗歌创作的文化氛围与情感基调。诸如梅、菊等花类的绘写,往往是其自身的一种写照。冰天雪地之下,万物萧飒,唯有梅花意气风发、一枝独秀、傲霜凌雪,标识着坚贞不屈的另类精神。末路遗民意在救明朝于倾覆之中,然则乱世之中,屈志难伸,君子惜身自保,孤忠抗节,诗作中的物象选择,是其不愿遭受摧折的精神映射。遗民怀才不遇、救国无门的流亡生活,导致其精神世界中的独自幽怨与自我抗争——愤世嫉俗、哀怨低徊;豪迈狂放、纵横驰骋。浙东学派"经世致用"的学术精神,亦熏染了南明浙东遗民的诗歌创作。浙东遗民的诗歌风格深得浙东学派精神的精髓,他们的政治抱负与诗歌创作风格,皆因地域文化的影响,既有理性思想的精神特质,又将诗作与史料相结合,注重诗歌创作的实录精神。黄宗羲曾道:"但见以史证诗,未闻以诗补史之阙,虽曰诗史,史固无藉乎诗也。逮夫流极之运,东观兰台但记事功,而天地之所以不毁,名教之所以仅存者,多在亡国之人物,血心流注,朝露同晞,史于是而亡矣,犹幸野制谣传,苦语难销,此耿耿者明灭于烂纸昏墨之余,九原可作,地起泥香,庸讵知史亡而后诗作乎?"①南明史实中的重大事件,在浙东遗民的诗文作品中事无巨细多有体现,诗补史漏,后学间或在其诗文中得见史实的真相。诸如清廷迁界一事,南明浙东遗民的诗文作品中多有所涉及,全祖望《续甬上耆旧诗》中收录的多篇诗歌涉及清朝"迁界"一事,特别是浙东地区"迁界"后的情状,如张鸢《插界》《巡海》、董守瑜《见招宝山观海有感》等诗,诗中所述甬东舟山多次迁界,而迁界与海禁并行,所迁之处,焚掠一空。因清廷对此事禁书禁言,浙东遗民的文学载述,恰能弥补历史资料的匮缺。由此观之,南明浙东遗民投身建构地域文化的历史记忆,此亦是南明浙东遗民文学的一大贡献。

---

① (清)黄宗羲:《黄宗羲全集》第十册,沈善洪编校,杭州:浙江古籍出版社,2005年,第49页。

二、南明浙东遗民活动实绩的垂范

所谓"强胡窃鼎",南明浙东遗民的生存去留与其活动的时间和空间相关涉,时间上的紧迫感与压抑感,促就了其在特定空间范围内的积极奔走,固守乡国或远遁他乡。南明浙东遗民的诗文,展现出这种时空下的情感与心志,彰显了在所谓文化与政治浪潮地冲击下,个体的行为活动与信念选择,所有这些因素皆融入诗人个体的生命意识中,借由诗文,再现明清鼎革时,时代风云的瞬息万变及士子文人的命运遭际。

南明遗民的社交生活亦围绕着明清易代、反清复明而展开,他们形象地阐释了"天下为公""摒除小我"的无私情怀,在时代主旋律的张力下,"小我"的生存空间早已被挤压成千人千面式的遗民行为范式。士子文人虽仍以诗文歌赋相往还,而使文士秉烛夜游、促膝长谈的还是让他们为之纠结愤懑的国运民瘼。遗民妄图保留旧有的生活习惯或政治制度,都是在试图挽回曾经看似稳定的故明生活状态。浙东南明遗民群体,具有别于他家的独特质性,简而概之,大致可分为以下三个方面:

一是南明浙东遗民群体在特定的地域文化内,传承浙东性中"绝不宽恕""勇于复仇"的质性,以江南地区为抗清根据地的南明君臣,以"中兴"明朝为理想,聚拢其所有的财力、物力、人力,重新树立"反清复明"的精神标杆。浙东遗民将"中兴"精神延续下来,即便在南明王朝几易其主的情况下,依然化"中兴"为"复仇",他们秉承了浙东地域文化精神的一贯性特征,发扬乡邦文化的自豪感,这也是南明浙东遗民的精神内核。钱肃乐《海上闻信》诗云:"潮来枕畔泣潺湲,尽是孤臣泪血潸。云外山河难着眼,愁中花鸟亦无颜。传闻帝子开灵武,复道胡儿出玉关。不谓皇天真欲杀,一番虚信也还悭。"①传达出明朝孤臣的惶惑无助,但在所谓惨淡营生的境遇下,南明浙东遗民仍恪守臣子的忠诚。诸如浙东地区的张煌言,他怀有国仇家恨的复仇精神,佮偬一生;魏耕秘密结社,暗中组织复明活动,被俘而亡;张斐在知事已不可为的情况下,依然游走江湖,奢望反清复明。他们抛家弃子、流亡一生,因诗歌得以剖露其爱国忠君的遗民心迹。其他隐居乡邦者,亦以"复仇"为"留存",著书立说,弘扬其遗民气节,保存华夏文化道统不至于湮灭,诸如一系列的《甬上耆旧诗》《续甬上耆旧诗》等地方文献,皆是具有浙东遗民地方性的诗歌汇编,以诗纪人,彰显南明浙东遗民的忠诚。全祖望《题徐狷石

① (明)钱肃乐:《钱肃乐集》,卿朝晖点校,杭州:浙江古籍出版社,2014年,第330-331页。

传后》道："猰石笑曰：'吾辈不能永锢其子弟以世袭遗民也，亦已明矣。然听之则可矣，又从而为之谋，则失矣。'"①面对故明的兴衰、朝代的更迭，遗民精神濡染下的浙东义士，通过退居、避难、逃禅等一系列行为，表达其坚守遗民志节的决心，这种自毁前程、阻绝人生的决绝方式，是遗民对社会、人生的"自弃"，亦是他们对沉重的兴亡之感与家国之悲情感的极大回应。遗民人生的幻灭与反抗，所谓的"复仇"情结，皆是因为国家覆亡、民族落败后，对社会现实的极度失望，这种消沉的情绪，亦是南明浙东遗民抗争清朝的另一动力。然而他们不以"一己之志"强加于同侪与后学，钱穆先生曾有"遗民不世袭"的论断，以此佐证明清易代后，学人随之转型成为新朝新学风的拥趸，所谓"遗民不世袭"的命题为遗民研究界所瞩目。所谓"遗民不世袭"也稀释了以清朝为仇敌的愤恨情绪，这种变化也是南明浙东遗民在明清时期浙东文化影响下的正常反应。

　　二是明中期阳明心学的兴起，在浙东地区自成一体，被本地域的学者不断融会贯通并加以改良，明末之际，刘宗周、毛奇龄、黄宗羲等大儒又将之加以锻造，以浙东文化中的"经世致用"为文化根基，构筑出因某种相似观念而聚集的士大夫群体，将学术观视为核心思想的团体，能够围绕这一价值体系，暂时摒除个体利益，为达成学术理想的一致性，这个核心主轴，便成为理解南明浙东遗民价值观与行动力的最佳线索。南明浙东遗民以文化宗承代替党派聚集，注重集团活动与交流，如甬上证人书院的建立，集聚了因道德信仰而云集的士子。诸如朱舜水、心越、沈光文等浙东地区的南明遗民，因缘凑巧，他们被逼无奈或主动选择，在"实用""实学"等思想的影响下，将目光转向了蕴含巨大凶险的冒险之旅并在各自的领域敢为天下先，皆开辟出史无前例的疆域。

　　三是南明浙东遗民与明王朝的其他遗民相似，具有坚定的抗清决心与斗争意志，但在抗清过程中，他们亦表现出极大的矛盾性与复杂性。明朝覆亡后，秉承传统文化的士子文人，必将背负"忠孝"的道德枷锁，在重负之下，部分士子亦有所反思。如黄宗羲《明夷待访录》，三百年之后，世人方才发现其中所蕴含的惊世骇俗的思想，黄宗羲的思想固然与自己及其父亲黄尊素

---

① 　（清）全祖望：《鲒埼亭集》，朱铸禹集释《全祖望集汇校集释》，上海：上海古籍出版社，2000 年，第 1365 页。

的遭遇相关①，但南明时期，他在腐败的小朝廷中已洞见其不可为之处，于是便以给老母颐养天年为由隐身而退，这个举动的背后是对南明朝深深的失望，甚至是对传统文化中君权思想的遗弃。见大事难成，便有意规避，立足客观状况，探索个体的生存发展方向。浙东学派思想中的思辨性，使得浙东地区的士子具备一定的质疑精神与叛逆思想，他们的思想具有一贯性：王阳明反抗权臣刘瑾，黄宗羲则反抗阉党，对强权决不妥协。个体对时事的洞察力与穿透力，使得南明浙东遗民并不一味地愚忠愚孝，他们亦不以私利为目的，坚持自我并强项不屈。南明浙东遗民中的浙东士子，在鲁王监国政权中处于一定的劣势，因为他们官阶过低，或者缺乏权臣武将的身份。这使得刘宗周、黄宗羲、朱舜水在与南明王朝权贵的接触中，都遭受到一定的打击，虽不影响其赤诚，但间接引起刘宗周的愤而绝食、黄宗羲的隐居著述、朱舜水的远避扶桑。从某种程度上说，这些大儒清醒地意识到了南明小朝廷的事不可为，亦对此失望至极，但他们毕生仍以明朝为皇朝正统，坚守气节但不助纣为虐。张煌言、钱肃乐、王翊等抗清力量本可以有所作为，但南明小朝廷的权益之争与文臣内耗，促使他们错失了多次可以恢复明朝的机会。崇祯帝在自尽前对文臣异常愤恨，案头写有"文臣个个可杀"②，甚至还有"朕非亡国之君，诸臣尽亡国之臣尔"③等语，崇祯皇帝对文臣的迁怒，确因部分文臣弄权误国，这种观点也影响了南明小朝廷的部分政治决策，隆武朝初期便是采用尊武黜文的策略。

　　浙东遗民这一知识阶层，在南明政体中分别扮演了参与者、受害者、拥护者、质疑者等角色，传统儒家思想在明清鼎革时发生了变化，在经受异族军事与文化的冲击后，"君君臣臣"等观念被强势瓦解，在国难家仇纠葛不清的情形下，南明朝与清朝之间的斗争史与血泪史，在当时文人士子的信仰抉择、出处选择等方面皆有集中的体现。浙东地域文化的强大基因及浙东遗民间的亲疏关系，使得南明浙东遗民在鲁王监国的旗帜下，虽有熟悉本域地理环境的有利形势，亦败于略显狭隘的地方主义，在与其他南明政权将领的

---

　　① 黄尊素(1584—1626)，初名则灿，后改尊素，字真长，号白安，浙江余姚人。明末"东林七君子"之一，与汪文言并为当时"东林党的两大智囊"，黄宗羲之父。万历四十四年(1616)进士，天启初擢御史，力陈时政十失，忤魏忠贤，被夺俸一年。后又上疏论事，再忤魏忠贤意，被削籍归。不久被逮入都下诏狱，受酷刑死。有《忠端公集》。

　　② (明)文秉：《烈皇小识》卷八，清钞明季野史汇编前编本，第135页。

　　③ (清)谷应泰：《明史纪事本末》卷七十九，清文渊阁四库全书本，第748页。

合作与沟通中,皆显现出保守的乡缘、地缘观念,此为南明浙东遗民的优势,亦是其劣势。南明浙东遗民在其诗歌书写中,还原了在此背景下,国家、族群、个体的经历遭遇,抒写了特定时代某种类型的士子文人面对困苦与纷争,依然选择恪守自己的信念,虽然有过犹豫、动摇和退避,南明浙东遗民仍发扬越地的文化精神,结合浙东学派的学术传承,借诗歌疏泄其在家国兴亡时的个人遭际与遗民志节,以文本形式记录峥嵘岁月,抒发混乱时期漂泊人生的流离之情,弘扬坚贞的个性主义光辉,诠释封建文化末路时,士子文人悲天悯人的爱国主义与理想主义。

　　南明遗民文学研究确有其独特之处,南明时期特定时间、空间中的文学创作,恰好有助于研究者从新的角度审视这一特殊时段文士的群体意识及个性特质,由此了解南明文士对时局的敏锐感知,以文字为媒介的文学撰述,亦承载了南明遗民特定风格的情感书写与情感疏泄。

参考文献

一、古代文献

(东汉)袁康、吴平:《越绝书》,上海:上海古籍出版社,1985 年。

(宋)苏轼:《苏轼全集》,上海:上海古籍出版社,2000 年。

(元)元好问:《元遗山诗集笺注》,施国祁笺注,北京:人民文学出版社,1958 年。

(明)王阳明:《王阳明全集》,上海:上海古籍出版社,2006 年。

(明)徐孚远:《交行摘稿》,北京:中华书局,1985 年。

(明)徐孚远:《钓璜堂存稿、交行摘稿、徐暗公先生遗文》,《清代诗文集汇编》编纂委员会:《清代诗文集汇编》第 14 册,上海:上海古籍出版社,2010 年。

(明)文秉:《烈皇小识》,清钞明季野史汇编前编本。

(明)文秉:《甲乙事案》,清钞本。

(明)夏完淳:《夏内史集》,清艺海珠尘本。

(明)魏耕、朱士稚、钱缵曾辑:《吴越诗选》,清顺治刻本。

(明)魏耕、钱介人辑:《今诗粹》,清刻本。

(明)魏耕:《雪翁诗集》,杭州:浙江古籍出版社,1985 年。

(明)心越:《旅日高僧东皋心越诗文集》,陈智超编纂,北京:中国社会科学出版社,1994 年。

(明)张煌言:《张苍水集》,上海:上海古籍出版社,1985 年。

(明)朱舜水:《朱舜水集》,朱谦之标点,北京:中华书局,1981 年。

(明)留不居士辑:《明季稗史初编》,上海:上海书店,1988 年。

(明)钱肃乐:《钱肃乐集》,卿朝辉点校,杭州:浙江古籍出版社,2014 年。

（明）张家玉:《张家玉集》,广州:广东高等教育出版社,1992 年。

（明）张永祺,等:《甲申史籍》(三种校本),栾星辑校,郑州:中州古籍出版社,2002 年。

（清）王先谦:《荀子集解》(全二册),沈啸寰、王星贤点校,北京:中华书局,2016 年。

（清）郭庆藩:《庄子集释》(全三册),北京:中华书局,2012 年。

（清）张廷玉,等:《明史》,北京:中华书局,1974 年。

（清）纪昀:《钦定四库全书总目》(集部),北京:中华书局,1997 年。

（清）黄叔璥:《台海使槎录》,清文渊阁四库全书本。

（清）丁曰健辑:《治台必告录》,清乾隆刻知足园刻本。

（清）谷应泰:《明史纪事本末》,清文渊阁四库全书本。

（清）何福海,等修:《新宁县志》,光绪十九年(1893)刻本。

（清）计六奇:《明季南略》,北京:中华书局,1984 年。

（清）施琅:《靖海纪事》,《续修四库全书》(史部)第 390 册,上海:上海古籍出版社,2002 年。

（清）翁洲老民:《海东逸史》,杭州:浙江古籍出版社,1985 年。

（清）吴伟业:《吴梅村全集》,上海:上海古籍出版社,1999 年。

（清）夏琳:《闽海纪要》,《台湾文献丛刊》第六辑,台北:大通书局,1987 年。

（清）徐秉义:《明末忠烈纪实》,杭州:浙江古籍出版社,1987 年。

（清）钱澄之:《所知录》,合肥:黄山书社,2014 年。

（清）查继佐:《国寿录》,北京:中华书局,1959 年。

（清）黄宗羲、顾炎武,等:《南明史料》(八种),南京:江苏古籍出版社,1999 年。

（清）计六奇:《明季南略》,任道斌、魏得良点校,北京:中华书局,2006 年。

（清）徐鼒:《小腆纪年附考》,北京:中华书局,2006 年。

（清）邵廷采:《东南纪事》,上海:上海书店,1982 年。

（清）陈田:《明诗纪事》,清陈氏听诗斋刻本。

（清）陶元藻辑:《全浙诗话》,清嘉庆元年怡云阁刻本。

（清）俞樾:《东瀛诗选》,曹昇之、归青点校,北京:中华书局,2016 年。

（清）胡文学选:《甬上耆旧诗》,李邺嗣叙传,袁元龙点注,宁波:宁波出版社,2010 年。

（清）全祖望辑选：《续甬上耆旧诗》，沈善洪审定，方祖猷、魏得良点校，杭州：杭州出版社，2003 年。

（清）全祖望：《全祖望集汇校集注》，朱铸禹集注，上海：上海古籍出版社，2000 年。

（清）全祖望：《鲒埼亭集外编》，清嘉庆十六年刻本。

（清）黄宗羲：《黄宗羲全集》，沈善洪编校，杭州：浙江古籍出版社，2005 年。

（清）方文：《嵞山集》，清康熙二十八年王概刻本。

（清）张岱：《石匮书后集》，北京：中华书局，1959 年。

（清）张岱：《琅嬛文集》，栾保群点校，杭州：浙江古籍出版社，2013 年。

（清）李伯元：《南亭笔记》，上海：大东书局，1919 年。

（清）戴名世：《戴名世遗文集》，王树民，等编校，北京：中华书局，2002 年。

（清）李邺嗣：《杲堂诗文集》，张道勤点校，杭州：浙江古籍出版社，1988 年。

（清）万斯同：《石园文集》，张寿镛辑《四明丛书》第十四册，扬州：广陵书社，2006 年。

（清）陈确：《陈确集》，北京：中华书局，1979 年。

（清）归庄：《归庄集》，上海：上海古籍出版社，1984 年。

（清）黄遵宪：《黄遵宪集》，天津：天津人民出版社，2003 年。

（清）黄遵宪：《人境庐诗草笺注》，钱仲联笺注，上海：上海古籍出版社，1981 年。

（清）朱彝尊：《曝书亭集》，四部丛刊景清康熙本。

（清）杨凤苞：《秋室集》，清光绪十一年陆心源刻本。

（清）吴伟业：《梅村家藏稿》，四部丛刊景清宣统武进董氏本。

（清）李放：《皇明书史》，《丛书集成续编》（史部）第 38 册，上海：上海书店，1994 年。

（清）姚佺：《诗源初集》，《四库禁毁书丛刊》（集部）第 169 册，北京：北京出版社，1997 年。

（清）余成教：《石园诗话》，清刻本。

（清）屈大均：《翁山诗外》，清康熙刻凌凤翔补修本。

（清）杨宾：《杨大瓢先生杂文残稿》，江苏省立苏州图书馆民国二十八年（1939）（复印装订本）。

（清）谭献：《复堂日记》，范旭仑、牟晓明整理，石家庄：河北教育出版社，2001 年。

（清）钱谦益：《牧斋有学集》，四部丛刊景清康熙本。

（清）钱仪吉：《碑传集》，北京：中华书局，1993 年。

（清）邵廷采：《思复堂文集》，祝鸿杰点校，杭州：浙江古籍出版社，2010 年。

（清）张斐：《莽苍园稿》，刘玉才、［日］稻田耕一郎编纂，南京：凤凰出版社，2010 年。

（清）郑梁：《寒村诗文集》，《四库全书存目丛书》（集部）第 256 册，济南：齐鲁书社，1997 年。

二、近现代著作

赵尔巽主编：《清史稿》，北京：中华书局，1977 年。

章太炎：《章太炎全集》，上海：上海人民出版社，1985 年。

梁启超：《中国近三百年学术史》，上海：上海三联书店，2006 年。

孙静庵：《明遗民录》，杭州：浙江古籍出版社，1985 年。

陈垣：《清初僧诤记》，民国二十三年（1934）励云书屋刻本。

张寿镛辑：《四明丛书》，扬州：广陵书社，2006 年。

董沛辑：《四明清诗略》，忻江明，等校，北京：中华书局，1930 年。

陈寅恪：《柳如是别传》，北京：生活·读书·新知三联书店，2001 年。

陈寅恪：《元白诗笺证稿》，北京：生活·读书·新知三联书店，2001 年。

罗振玉辑：《徐俟斋先生年谱》，北京图书馆编《北京图书馆藏珍本年谱丛刊》第 75 册，北京：书目文献出版社，1999 年。

鲁迅：《鲁迅全集》，北京：人民文学出版社，2005 年。

台湾“中央研究院”历史语言研究所编：《明清史料》，北京：中华书局，1987 年。

廷臣奉敕撰：《钦定胜朝殉节诸臣录》，台湾文献丛刊（291 种），台北：台湾银行经济研究室编印，1963 年。

谢国桢：《明清之际党社运动考》，上海：上海书店，2006 年。

谢国桢：《增订晚明史籍考》，北京：北京出版社，2014 年。

谢国桢：《晚明史籍考》，上海：华东师范大学出版社，2011 年。

钱海岳：《南明史》（全十四册），北京：中华书局，2006 年。

顾诚：《南明史》，北京：光明日报出版社，2011 年。

《清代诗文集汇编》编纂委员会编:《清代诗文集汇编》,上海:上海古籍出版社,2010 年。

钱仲联:《近代诗钞》,南京:江苏古籍出版社,2001 年。

钱仲联:《清诗纪事》,南京:凤凰出版社,2003 年。

陈祖武:《清初学术思辨录》,北京:中国社会科学出版社,1992 年。

陆扬:《死亡美学》,北京:北京大学出版社,2006 年。

方祖猷:《黄宗羲长传》,杭州:浙江大学出版社,2011 年。

时志明:《山魂水魄——明末清初节烈诗人山水诗论》,南京:凤凰出版社,2006 年。

宋越伦:《中日民族文化交流史》,台北:正中书局,1966 年。

孙文:《唐船风说:文献与历史——〈华夷变态〉初探》,北京:商务印书馆,2011 年。

钱明:《胜国宾师——朱舜水传》,杭州:浙江人民出版社,2008 年。

邓之诚:《清诗纪事初编》,上海:上海古籍出版社,1984 年。

李德埙:《历代题画诗类编》,济南:山东教育出版社,1987 年。

李瑞良:《中国古代图书流通史》,上海:上海人民出版社,2000 年。

郑利华:《前后七子研究》,上海:上海古籍出版社,2015 年。

何宗美:《明末清初文人结社研究》,天津:南开大学出版社,2003 年。

龚显宗编著:《沈光文全集及其研究资料增编》(上、下册),台南:台南市文化局,2012 年。

龚显宗选注:《沈光文集》,台南:台湾文学馆,2012 年。

郭秋显选注:《徐孚远·王忠孝集》,台南:台湾文学馆,2012 年。

贾启勋:《朱舜水东瀛授业研究》,北京:人民出版社,2005 年。

陈国栋:《东亚海域一千年 历史上的海洋中国与对外贸易》,济南:山东画报出版社,2006 年。

吴晗辑:《朝鲜李朝实录中的中国史料》,北京:中华书局,1980 年。

王慎之、王子今辑:《清代海外竹枝词》,北京:北京大学出版社,1994 年。

魏中林:《清代诗学与中国文化》,成都:巴蜀书社,2000 年。

徐兴庆:《朱舜水集补遗》,台北:学生书局,1992 年。

徐兴庆:《新订〈朱舜水集〉补遗》,台北:台湾大学出版中心,2004 年。

严迪昌:《清诗史》,杭州:浙江古籍出版社,2002 年。

严明:《东亚汉诗的诗学构架与时空景观》,台北:圣环图书出版社,2004 年。

严明:《花鸟风月的绝唱:日本汉诗中的四季歌咏》,兰州:宁夏人民出版社,2006年。

杨念群:《何处是"江南"?》,北京:生活·读书·新知三联书店,2010年。

杨儒宾、吴国豪主编:《朱舜水及其时代》,台北:台湾大学出版中心,2010年。

张伟主编:《浙江海洋文化与经济》第二辑,北京:海洋出版社,2007年。

赵万甡:《万叶集》,南京:译林出版社,2002年。

中国第一历史档案馆编:《雍正朝汉文朱批奏折汇编》,南京:江苏古籍出版社,1991年。

周作人:《周作人作品新编》,孙郁编,北京:人民文学出版社,2011年。

李奭学:《中国晚明与欧洲文学》,北京:生活·读书·新知三联书店,2010年。

潘承玉:《南明文学研究》,北京:中华书局,2012年。

张晖:《帝国的流亡　南明诗歌与战乱》,北京:中国社会科学出版社,2014年。

余美玲:《日治时期台湾遗民诗的多重视野》,台北:文津出版社,2008年。

施懿琳:《从沈光文到赖和:台湾古典文学的发展与特色》,高雄:春晖出版社,2000年。

张萍、戴光中、张如安,等:《沈光文研究》,杭州:浙江大学出版社,2014年。

曹淑娟:《流变中的书写——祁彪佳与寓山园林论述》,台北:里仁书局,2006年。

赵素文:《祁彪佳研究》,北京:中国社会科学出版社,2011年。

赵园:《明清之际士大夫研究——作为一种现象的遗民》,北京:北京师范大学出版社,2014年。

赵园:《明清之际士大夫研究　士风与士论》,北京:北京师范大学出版社,2014年。

赵园:《易堂寻踪——关于明清之际一个士人群体的叙述》,北京:北京师范大学出版社,2013年。

吴航:《清代南明史撰述研究》,天津:天津人民出版社,2015年。

程大学编著:《台湾开发史》,台北:众文图书公司,1991年。

郑梁生编校:《明代倭寇史料》,台北:文史哲出版社,2005年。

金渭显编著:《高丽史中中韩关系史料汇编》(上、下册),台北:食货出版社,1983 年。

蔡石山:《海洋台湾:历史上与东西洋的交接》,黄中宪译,台北:联经出版公司,2011 年。

吴浊流:《无花果》,台北:前卫出版社,1989 年。

郑维中:《荷兰时代的台湾社会》,台北:前卫出版社,2004 年。

尚小明:《学人游幕与清代学术》,北京:社会科学文献出版社,1999 年。

廖肇亨:《琼浦曼陀罗:中国诗人在长崎》,王瑷玲主编《空间与文化场域:空间移动与文化阐释》,台北:汉学研究中心,2009 年。

连横:《台湾通史》,北京:人民出版社,2011 年。

葛兆光:《想象异域——读李朝朝鲜汉文燕行文献札记》,北京:中华书局,2014 年。

王汎森:《权力的毛细管作用——清代的思想、学术与心态》,北京:北京大学出版社,2015 年。

樊树志:《晚明史:1573—1644》,上海:复旦大学出版社,2005 年。

黄一农:《两头蛇:明末清初的第一代天主教徒》,上海:上海古籍出版社,2006 年。

高嘉谦:《遗民、疆界与现代性——汉诗的南方离散与抒情(1895—1945)》,台北:联经出版公司,2016 年。

三、外国文献

[英]伯克:《关于我们崇高与美观念之根源的哲学探讨》,郭飞,译,郑州:大象出版社,2010 年,第 85 页。

[美]牟复礼、[英]崔瑞德编:《剑桥中国明代史 1368—1644》,北京:中国社会科学出版社,1992 年。

[美]司徒琳:《南明史:1644—1662》,李荣庆、郭孟良、卞师军、魏林译,严寿澂校订,上海:上海书店,2007 年。

[美]余英时:《历史人物考辨》,桂林:广西师范大学出版社,2006 年。

[美]爱德华.W.萨义德:《知识分子论》,单德兴译,陆建德校,北京:生活·读书·新知三联书店,2013 年。

[美]邓尔麟:《嘉定忠臣——十七世纪中国士大夫之统治与社会变迁》,宋华丽译,卜永坚审校,北京:中央编译出版社,2012 年。

[美]马尔库塞:《美学的面向:艺术与革命》,陈昭瑛译,台北:南方丛书

出版社,1987 年。

　　[美]谢正光:《明遗民录汇辑》,南京:南京大学出版社,1995 年。

　　[日]石原道博:《明末清初日本乞師の研究》,東京:富山房,1945 年。

　　[日]石原道博:《朱舜水》,東京:吉川弘文館,1961 年。

　　[日]小松原涛:《陳元贇の研究》,東京:雄山阁,1962 年。

　　[日]木宫泰彦:《日中文化交流史》,胡锡年译,北京:商务印书馆,1980 年。

　　[日]杉村英治:《望鄉の詩僧——東皋心越》,東京:三树书房,1989 年。

　　[日]厨川白村:《苦闷的象征》,鲁迅译,天津:百花文艺出版社,2000 年。

　　[日]川合康三编:《中国の文学観》,创文社刊,2002 年。

　　[日]町田三郎、潘富恩主编:《朱舜水与日本文化》,北京:人民出版社,2003 年。

　　[日]中西进:《〈万叶集〉与中国文化》,刘雨珍、勾艳军译,北京:中华书局,2007 年。

　　[日]中川忠英:《清俗纪闻》,北京:中华书局,2006 年。

　　[日]松浦章:《海外情報からみる東アジア—唐船風説書の世界》,東京:清文堂,2009 年。

　　[日]松浦章编著:《明清时代中国与朝鲜的交流——朝鲜使节与漂着船》,台北:乐学书局,2002 年。

　　[韩]吴一焕:《海路·移民·遗民社会:以明清之际中朝交往为中心》,天津:天津古籍出版社,2007 年。

四、期刊及硕士博士论文

梁启超:《黄梨洲、朱舜水乞师日本辨》,《东方杂志》1923 年第 6 卷第 20 号。

朱则杰:《歌舞之事与故国之思——清初诗歌侧论》,《贵州社会科学》1984 年第 1 期。

方祖猷:《黄宗羲与甬上证人书院》,《浙江学刊》1985 年第 1 期。

陈祖武:《黄梨洲东渡日本史事考》,《浙江学刊》1988 年第 1 期。

吴光:《黄梨洲"乞师日本"史实考》,《浙江学刊》1988 年第 1 期。

何龄修:《关于魏耕通海案的几个问题》,《文史哲》1993 年第 2 期。

王汎森:《清末的历史记忆与国家建构:以章太炎为例》,《思与言》1996 年第 3 期。

南炳文:《周鹤芝的姓名及其乞师日本》,《明史研究》2001 年第 7 辑。

南炳文:《南明首次乞师日本将领之姓名考》,《史学月刊》2002 年第 1 期。

刘小珊:《活跃在中日交通史上的使者——明清时代的唐通事研究》,《江西社会科学》2004 年第 8 期。

严明:《日本汉诗中的赏春》,《上海师范大学学报》(哲学社会科学版) 2005 年第 3 期。

林观潮:《明清福建籍海外移民宗教信仰状况研究——以日本长崎在留唐人为重点》,《闽南佛学院学报》2008 年第 6 辑。

张西平:《关于卜弥格与南明王朝关系的文献考辨》,《史学史研究》2009 年第 2 期。

邓晓东:《拯救与宣泄:魏耕诸友入清后的文学活动及其意义》,《南京师范大学学报》(社会科学版)2010 年第 9 期。

刘玉才:《清初渡海遗民与中日文化认知——以〈张斐笔语〉〈霞池省庵手简为中心〉》,《北京大学学报》(哲学社会科学版)2010 年第 4 期。

司冰琳:《中国古代琴僧及其琴学贡献》,博士论文,中国艺术研究院, 2007 年。

胡梅梅:《魏耕研究》,硕士论文,南京师范大学,2008 年。

荆晓燕:《明清之际中日贸易研究》,博士论文,山东大学,2008 年.

曹楷:《张煌言生平及诗歌考论》,硕士论文,江西师范大学,2011 年。

栾志杰:《流寓台湾明遗民及其著述研究》,硕士论文,福建师范大学, 2015 年。

附录　南明、清朝对照年表(1644—1683)

　　南明及清朝的皇帝名称、年号与所对应的公元年、干支年及主要事件列表如下①：

南明皇帝	南明年号	清朝皇帝	清朝年号	公元年	干支年	主要事件
明毅宗朱由检	崇祯十七年		顺治元年	1644	甲申	京师破，崇祯自缢。鲁王至台州。黄宗羲、沈光文等赴南京，事不成黄宗羲避居浙东
福王朱由崧 唐王朱聿健 鲁王朱以海	弘光元年 隆武元年 鲁王监国元年		顺治二年	1645	乙酉	六月二十七日福州继位，改元隆武。鲁王与唐王叔侄争位。鲁王六月监国台州，七月十八日至绍兴。浙东钱肃乐等乡绅起师抗清。黄宗羲纠子弟兵，号世忠营。清朝八月下薙发令。是年左良玉、史可法战死
唐王朱聿健	隆武二年 鲁王监国二年	清世祖福临	顺治三年	1646	丙戌	降臣洪承畴攻浙东，画江之役方国安叛变，六月丙戌朔江上师溃，破绍兴，鲁王与张名振、沈光文等至南澳岛。至舟山，黄斌卿不纳，改至厦门。黄宗羲入四明山寨，后避居化安山丙舍。张国维、余煌、陈潜夫、陈函辉、沈履祥、方逢年、王之仁、朱大典、孙嘉绩、吴易等卒
桂王朱由榔	隆武三年 永历元年 鲁王监国三年		顺治四年	1647	丁亥	张煌言留守舟山，鲁仍称监国。鲁王出师，郑彩克三府一州及二十七县，军势颇盛。冯京第乞师日本，不果

<hr>

　　①　为比照方便，特将崇祯十七年(1644)也放入表内。部分参考龚显宗编著：《沈光文全集及其研究资料增编》(下册)，台南：台南市文化局，2012年，第41-83页。

续表

南明皇帝	南明年号	清朝皇帝	清朝年号	公元年	干支年	主要事件
桂王朱由榔	永历二年隆武四年	清世祖福临	顺治五年	1648	戊子	三月鲁王军溃,留居金门。清廷调江广、两浙大兵至闽,六月初五,钱肃乐卒。十月永历帝封郑成功为威远侯,郑氏仍用隆武年号。四月,御史冯京第赴日乞师,张煌言护送。五月,甬上有"五君子之难"。同时郑成功亦向日本乞师
	永历三年		顺治六年	1649	己丑	正月至四月鲁王至沙埕,尽失闽地,郑彩弃鲁王。五月郑彩向琉球乞军器、向日本乞师,未果。四月至七月张名振、阮进奉鲁王至南田,七月至十月至健跳所,从者沈宸荃、刘沂春、吴钟峦、李向中、孙延龄、黄宗羲(左都御史)、朱养时(兵部职方郎中)、林瑛等。八月初五世子生。九月张名振与郑成功联盟,与张肯堂、四明山寨王翊联系,克舟山,杀黄斌卿。十月驻跸舟山,以张肯堂为大学士。十一月郑成功掌握粤海上霸权,鲁王控浙海。七月永历帝封郑成功为延平公
	永历四年		顺治七年	1650	庚寅	正月桂王出奔,令郑成功、勤王收复行在。鲁王于舟山,阮进与郑成功联合灭郑彩。朱舜水为清兵所执,刘文高等人救援其至舟山,文高等遇害,张煌言率旅复入于海
	永历五年		顺治八年	1651	辛卯	八月十三日,清兵攻四明山寨,王翊遇难。王翊与朱舜水为莫逆之交。八月二十日,舟山战役,鲁王出奔,依附郑成功。九月初二,舟山城破,张肯堂全家遇难。吴钟峦、朱永佑、李向中、郑遵俭、董志宁、朱养时、林瑛等死。十一月,张煌言、张名振扈鲁王入闽,鲁王至厦门,移居金门,其将张名振、周崔芝、阮骏皆归郑成功。黄宗羲至常熟绛云楼。黄宗炎被捕。毛奇龄(为僧)避难出游淮上。朱舜水七月避清兵,自舟山漂泊转徙安南 十一月,郑成功遣使通好日本,得铜铅之援。鲁王至厦门,待以宗人礼。张名振、周崔芝、阮骏等皆投郑成功

南明皇帝	南明年号	清朝皇帝	清朝年号	公元年	干支年	主要事件
桂王朱由榔	永历六年	清世祖福临	顺治九年	1652	壬辰	朱舜水在越南。鲁王居金门如隐士。郑成功正月攻海澄，二月攻长泰，四月攻漳州，六月围漳州克清兵。十月清援兵至，郑成功败退海澄，张煌言师至湄岛
	永历七年		顺治十年	1653	癸巳	鲁王仍居金门，三月去监国号。朱舜水七月复至日本，十二月复至越南。清军围攻海澄，郑成功大败清兵，战况惨烈。郑氏遣使至安龙疏报，晋封延平郡王，表辞。张名振请郑成功出师与张煌言北上，与清兵战于崇明平阳沙，大败清兵
	永历八年		顺治十一年	1654	甲午	张名振、张煌言以余军进入长江，掠瓜州，抵仪真，泊燕子矶，遥祭明陵。郑成功送鲁王浮海。鲁王在金门三月，南去，遂居南澳。鲁王以黄绫敕谕至安南召朱舜水，称监国九年三月，此诏先至日本，由日转越。永历帝在安龙。郑成功因台湾与清粤督使节往来，下令禁止沿海与台湾贸易。八月僧隐元抵日本
	永历九年		顺治十二年	1655	乙未	郑成功改厦门为思明州，迎鲁王回金门，礼遇避地遗臣。八月，张名振、张煌言再统兵北上，入长江，攻崇明。同时，郑成功派黄廷率军南下揭阳，攻普宁、澄海。张煌言十一月克舟山，十二月二十八日，张名振卒于舟山，遗言以部卒付张煌言，郑成功遣人来通好，张煌言仍终从于鲁王
	永历十年		顺治十三年	1656	丙申	二月清军入南明，李定国奉永历帝至云南。二月清以李率泰为闽浙总督驻漳州，时鲁王在金门。黄宗羲遭捕得脱，弟宗炎亦得脱。清以水师犯思明，郑成功分师抗击，飓风起，清惨败而退。郑成功乘胜督师北上，克闽安镇，逼至福州城下。清援兵至，退守罗星塔。八月张煌言下闽海，鲁王旧臣皆尽，张煌言孤军流寄穷岛

续表

南明皇帝	南明年号	清朝皇帝	清朝年号	公元年	干支年	主要事件
桂王朱由榔	永历十一年	清世祖福临	顺治十四年	1657	丁酉	朱舜水供役安南,得转自日本的鲁王谕,复疏南澳,时鲁王已返金门。郑成功遣张英率师攻福建、兴化、温台等地。二月十七日抵温州,守将以城降,所至皆捷。郑成功同意与荷兰恢复通商。冬十一月,永历帝遣使至南澳,仍命鲁王监国。至思明,敕封郑成功为潮王,郑成功因南明未复,仍称召讨大将军。张煌言复至舟山
	永历十二年		顺治十五年	1658	戊戌	朱舜水又至日本,为张煌言、郑成功乞援。二月初一日,徐孚远等人入滇谒永历帝,途经云南。清科场案发,吴兆骞戍边。郑成功破海寇许龙。五月,会鲁王兵部右侍郎张煌言师,大举北伐,以牵制清军入滇。七月遇飓风破舰,入舟山修理,与张煌言会师。清分设浙闽两总督。七月郑成功求援日本,未果
	永历十三年		顺治十六年	1659	己亥	二月永历帝奔闽,出奔缅甸。遣使再敕命鲁王监国,六月始至。五月,鲁王已在澎湖。七月郑成功兵围南京,二十四日兵败出海。张煌言已得四府三州,二十余县,闻郑成功兵败南京,欲入江西,为清征贵州凯旋之师所败,只身奔浙。朱舜水朝鲁王于金门,见郑成功,参与长江战役,兵败与陈元斌同至日本,不复归。五月郑成功出发前迁鲁王于澎湖,以不欲其监国也。九月初七日郑成功退保金、厦。十月郑成功与张煌言溃兵,多数渡海至台湾
	永历十四年		顺治十七年	1660	庚子	鲁王居澎湖。荷兰人认为沈光文是嫌疑犯,受太守询问。七月郑成功命兵官张光启日本借兵,十一月回厦门,日本不允。张煌言由象山移驻临海。魏耕上书张煌言,力陈敌情,请以舟师再举。江南奏销案起。 十二月吴三桂入缅甸执永历帝

南明皇帝	南明年号	清朝皇帝	清朝年号	公元年	干支年	主要事件
桂王朱由榔 延平王郑经	永历十五年	清世祖 福临	顺治 十八年	1661	辛丑	四月郑成功奉鲁王居金门。四月四日，安平城降。郑成功驱逐荷兰殖民者，收复台湾，成立延平王国，又称东宁王国、郑氏王朝，改台湾为东都。清实施迁界，施禁海令。十月三日清杀郑芝龙及其家属。"通海案"发，魏耕被捕
延平王郑经	永历十六年	清圣祖 玄烨	康熙元年	1662	壬寅	二月十三日吴三桂杀永历帝父子于昆明。五月初八郑成功病逝。十一月二十三日鲁王殂于金门，年四十五。张煌言等曾欲奉鲁王再起事。沈光文定居目加溜湾社，教番人读书识汉字、中医救人。徐孚远携全家至新化镇。六月，魏耕殉节于杭州。黄宗羲著《明夷待访录》
	永历十七年		康熙二年	1663	癸卯	正月十一日郑经返厦门。荷兰人退出台湾后，欲联合清袭台，出兵助清，进攻厦门。王忠成、沈佺期均被执，皆剃发回籍。张煌言围林国梁，林斩煌言弟。清继续迁界
	永历十八年		康熙三年	1664	甲辰	三月，郑经率师迁台，明宗室随行。郑经改东都为东宁，置天兴、万年二州。清伐台不克。张煌言被擒，九月初七就义于杭州，年四十五。黄宗羲、宗炎、吕留良同访虞山钱谦益，十二月黄宗羲返里
	永历十九年		康熙四年	1665	乙巳	沈光文入山为僧。五月二十七日徐孚远卒于潮州，年六十七。清用八股文取士，恢复科举。万斯大、万斯同兄弟同受业于黄宗羲。四月，施琅率师攻台湾，遇飓风未果
			康熙五年	1666	丙午	沈光文避祸入罗汉门山。正月台湾圣庙落成，三月立大学，设立义学，聘中土之士教子弟。台湾与日本、暹罗、安南、吕宋等通商，制造铜器、倭刀、盔甲、铸造永历钱

续表

南明皇帝	南明年号	清朝皇帝	清朝年号	公元年	干支年	主要事件
延平王	永历二十一年	清圣祖玄烨	康熙六年	1667	丁未	清玄烨亲政。清招抚郑经,不成。黄宗羲与姜定庵、张奠夫复兴证人书院
	永历二十二年		康熙七年	1668	戊申	清拟禁海、迁界欲死困台湾,施琅被调至京为内大臣。黄宗羲开设甬上讲经会。王忠孝卒
	永历二十三年		康熙八年	1669	己酉	清命明珠入闽招降郑经,郑经主"照朝鲜事例",商讨无果。韩孔当主讲姚江书院。清廷严禁天主教
	永历二十四年		康熙九年	1670	庚戌	八月,台湾斗尾龙岸番反,郑经亲自征讨,破其番。英人克理浦斯至台与郑经约定通商,输入军火,郑氏收取关税
	永历二十五年		康熙十年	1671	辛亥	六月陈元斌卒于日本,年八十五。沈光文结茅罗汉门山中,削发为僧。漳泉人多至台湾,南北路遂通
	永历二十六年		康熙十一年	1672	壬子	南明安西王李定国取道广东灵山县,攻占广东高州、雷州、廉州三地与清对抗
	永历二十七年		康熙十二年	1673	癸丑	三藩乱始。三藩自撤藩,康熙许。十一月二十一日吴三桂起反兵。郑经接吴三桂书,请出师舟师向西,共图大事。清封古龙为暹罗国王
	永历二十八年		康熙十三年	1674	甲寅	五月郑经离台。吴三桂入湖南,孙延龄以广西,耿精忠以福建叛应吴三桂。吴三桂遣兵入江南,反者有六省,中原动摇。耿精忠与郑经书,约定以漳泉与郑经,后毁约,耿郑火拼,吴三桂调和。二月日本严禁天主教
	永历二十九年		康熙十四年	1675	乙卯	正月耿精忠与吴三桂合兵破连州。十一月郑经陷漳州,杀黄芳度。耿郑通好,以枫亭为界。英人与郑经通好,在厦门设商馆,贸易兴盛
	永历三十年		康熙十五年	1676	丙辰	耿精忠杀闽督范承谟。吴三桂兵败平凉。耿精忠降清,以攻郑经邀功赎罪
	永历三十一年		康熙十六年	1677	丁巳	郑经为清兵所破,福建平。郑经连失七府,后退思明,守将专权,郑经自屯兵沿海,自不成军。耿精忠施离间计,诸将蒙嫌自杀。后郑经回厦门,散兵休民,士兵遁逃山谷间,耕种自给。清帝倡导程朱理学,重用理学大臣。日本义公聘朱舜水以宾师之礼。华僧心越归化日本

南明皇帝	南明年号	清朝皇帝	清朝年号	公元年	干支年	主要事件
延平王	永历三十二年	清圣祖玄烨	康熙十七年	1678	戊午	八月吴三桂称帝,女婿胡国柱降清,吴寻死,孙世璠立,改元洪化。姚启圣、赖塔遣使招抚郑经,议无成,清廷重下迁界令
	永历三十三年		康熙十八年	1679	己未	清廷诏修明史,开博学鸿儒科。黄宗羲、吕留良、万斯同誓不应诏,保守遗民志节。万斯同入京,黄宗羲作诗送行。刘国轩犯长泰,败清兵于漳州。守将吴淑遇难,郑经以其子天驷统其军。郑经财政困窘,刘国轩捐俸饷三月。郑经依陈永华议以子郑克𡒉监国
	永历三十四年		康熙十九年	1680	庚申	清将万正色大破郑经,沿海为清军所占,郑氏水师无法寄泊,郑经命刘国轩放弃海澄,二月二十六日率军回台湾,三月十六日回东宁,董太夫人再令切责。郑克𡒉年幼监国。清军忌陈永华,用计夺其兵权,悒悒而终。李邺嗣卒,年五十九。吕留良削发为僧
	永历三十五年		康熙二十年	1681	辛酉	正月二十八日郑经卒,年四十。郑聪摄政,实冯锡范摄政,民心尽失。姚启圣籍入台吊丧名,遣使离间,暗杀郑氏忠党,冯锡范采访情报。清廷开海禁,使民复业。十月初六清廷任施琅为闽海水师提督,准备攻台
	永历三十六年		康熙二十一年	1682	壬戌	四月十七日朱舜书卒于日本,年八十三。冯锡范为掩护自己而兴大狱,清不血刃而得台湾。清宁海将军喇顺告谕台民毋误顺逆
	永历三十七年		康熙二十二年	1683	癸亥	台湾旱灾,民心大乱。六月十四日施琅自铜山出发,郑军先后战败,刘国轩驾小舟二十四日逃回东宁,清军尾追至台。七月二十日郑克𡒉投降,清军收台湾。吕留良卒,年五十五。万斯大卒,年五十一

索　引

后 记

　　自 2009 年伊始,因研究明末清初浙东学派诗人,我便翻阅了部分有关南明史实的书籍,在那些泛黄的典籍中,每每为彼时的忠贞之士所感动。在国事日益衰亡、家国乱离之时,南明士大夫恪守传统知识分子的道德操守,肩负起了明朝已沦落的精神信念与道德信仰,他们以孱弱之躯,投笔从戎,践行"士不可以不弘毅"的操守。虽然南明遗民的行为和思想有愚忠愚孝的嫌疑,甚或国家的败亡亦与彼时的士人有一定的微妙关系,崇祯皇帝临终时在写给农民起义军的遗书里认为书生误国,甚至请农民军诛杀文臣。展卷阅之,那些悲怆、峥嵘但又让人啼笑皆非的史实,亦令人血脉偾张,唏嘘不已,那时我便有探索南明文学的想法。南明遗民研究不算新鲜的选题,但研究南明时段文学作品的学者,多数被南明士子的坚忍执着所感动,铺陈于文本世界中,便是弘扬高尚人格,这种遗民行为与情怀,是正直善良的人性与文士读书明理、强项不屈的一种生动写照,这种精神在各个时代都有其存在的价值,亦有不同层面的阐释意义,所谓浩气英光,万古常新。

　　本书以我的部分博士论文为基础,历时四年,重新加以增补修订。此前我已出版过《清初浙东学派诗人群研究》,主要是探讨在浙东地域文化影响下,清初浙东学派诗人群的诗歌创作活动,其中亦涉及明清易代时传统士大夫的生存去就。本书则以南明时期浙东抗清、隐居、旅日、居台的遗民为研究对象,结合较为前沿的研究成果与学术方法,揭橥南明大时代下浙东文士的生命经历及其诗歌创作。南明浙东遗民延续浙东学派"经世致用"的文化传统,力挽狂澜而有用于当世,成为南明史上具有悲壮与凄怆双重特质的文士群体,其人其诗皆反映了南明这一特殊时期的社会风云与士子文人的信仰取向,以及传统文士历经国变后所反映出的精神面貌与文学风尚。

我攻读博士学位时期的导师——上海师范大学严明教授主攻方向为中国古代文学和东亚文学。严师恩慈持重,着实使我深为感动,本书即在博士论文的基础上修改而成,严师倾力良多。我博士后期间的导师为复旦大学的郑利华教授。郑老师学识渊博,对学术的严谨态度使我颇受震撼,跟随老师亦学到了规范的学术标准与严谨的学术态度,这对本书的修改完善皆有着莫大的帮助。后期撰写的章节及重新查缺补漏,我尽力做到态度诚恳、实事求是,亦多采用郑老师的研究范式与研究方法。我硕士时期的导师——西北师范大学的龚喜平教授和张兵教授慈爱可亲,一如既往地关怀我的学习与生活,龚老师在我的博士阶段至博后阶段,仍不断督促与鼓励我,为我提供一定的研究范围,提醒我需留意规避的问题。诸位恩师为我付出了很多的心血,使我诚惶诚恐。我常反躬自省,深为愧疚,汗颜有负诸位导师的教诲与厚望。

2014 年 9 月,因得到公派出国经费的资助,我得以奔赴日本进修,因而充实了本书的部分内容,此时我的博士后研究报告亦到关键时期,因之,这两项选题均在日本查阅了部分相关原始文献。我有幸受到关西大学东亚文化研究中心主任藤田高夫教授的邀请,得以身赴关大。先生学问精深又身兼多职,本已事务繁忙,还亲自开车去机场接我,到海关办理入境申请、签订住房合同、查看租房情况,带我熟悉图书馆等事宜,皆是先生亲力亲为。藤田先生带我走遍校图书馆并告知与我研究相关的资料区域,演示如何避免在地下书库迷路,先生的礼遇与贴心让我非常感激,至今回想起这些,总让我感觉甚为温暖。研究中心的松浦章、二阶堂善弘先生馈赠我多种研究资料并对我加以指点,内田庆市教授亦邀请我参加他给博硕士所开设的研究课程,沈国安教授也给我提供了诸多学习、生活上的便利。研究中心博士后二宫聪、冰野善宽和办公室的早川真弓小姐亦无微不至地为我提供帮助,还有大阪府吹田市 SIFA 日语授课中心的老师,让我的日语水平得到了一定的提升。回国后,藤田先生与松浦先生还在邮件里嘱咐我要继续努力做好研究工作,让我感受到日本学者对后学深切的盼佳之意,借此亦诚挚感谢关西大学东亚文化研究中心的藤田先生及其他先生对我的种种照顾。

能够行至今日,皆因得到诸位恩师与前辈的宽宥与鼓励,每念及此,常感激涕零。时光倏忽而逝,让人感慨万千,多年的书斋生涯,负笈求学的路上,亦寻得一群志同道合的好友,常相互勉励,心有戚戚,在此亦诚挚感谢诸友的帮助与陪伴,感谢所有帮助过我的人!本人虽已勉力撰稿,但必有疏漏之处,还望方家多加指教并诚请谅解!

　　本选题"南明浙东遗民诗歌研究"(JD12ZD03)得到了宁波市社科联研究基地课题的经费资助,最后对基地负责人宁波大学人文与传媒学院院长张伟教授表示衷心的感谢。

敖运梅
2017 年 8 月于宁波大学文萃新村

图书在版编目(CIP)数据

　南明浙东遗民诗歌研究 / 敖运梅著. —杭州：浙江
大学出版社，2017.9
　ISBN 978-7-308-16849-6

　Ⅰ.①南… Ⅱ.①敖… Ⅲ.①古典诗歌－诗歌研究－
浙江－南明 Ⅳ.①I207.22

　中国版本图书馆 CIP 数据核字(2017)第 092487 号

南明浙东遗民诗歌研究

敖运梅　著

策划编辑	吴伟伟 weiweiwu@zju.edu.cn
责任编辑	杨利军
文字编辑	马一萍
责任校对	沈巧华　张春琴
封面设计	项梦怡
出版发行	浙江大学出版社
	（杭州市天目山路 148 号　邮政编码 310007）
	（网址：http://www.zjupress.com）
排　　版	浙江时代出版服务有限公司
印　　刷	杭州日报报业集团盛元印务有限公司
开　　本	710mm×1000mm　1/16
印　　张	14
字　　数	247 千
版 印 次	2017 年 9 月第 1 版　2017 年 9 月第 1 次印刷
书　　号	ISBN 978-7-308-16849-6
定　　价	42.00 元